KB240213

독립운동가
우석(友石)
유혁

조선이 독립한 나라이며
조선인이 자주인임을 선언하

초상화

우석 유혁 흉상

흉상에 새겨진 비석문

遺民遺墟(유민유허) 비석문

아천 미술관

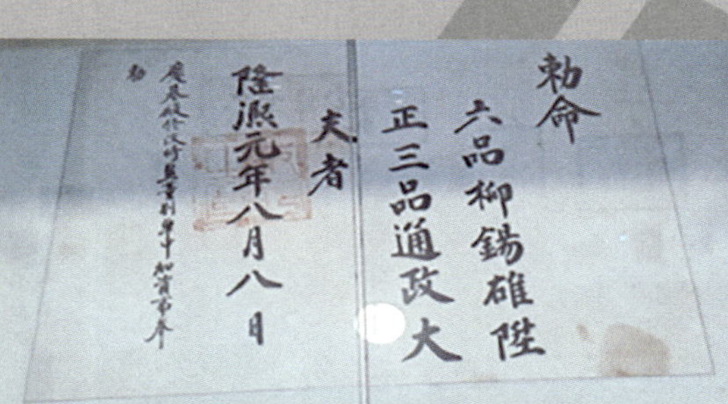

〈문화 유씨 하정공파조 유관〉〈조부 유석웅 정3품 칙명〉

서대문형무소 수감 때 일제감시인물카드에 있는 유혁 앞면(1929.1)

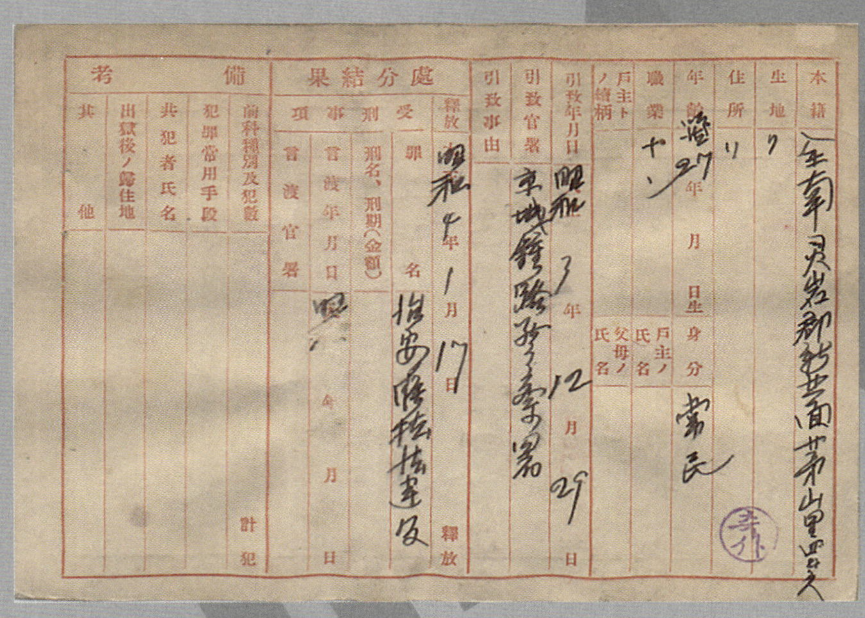

서대문형무소 수감 때 일제감시인물카드에 있는 유혁 뒷면(1929.1)

서대문형무소 수감 때 일제감시인물카드에 있는 유혁 앞면(1929.7)

서대문형무소 수감 때 일제감시인물카드에 있는 유혁 뒷면(1929.7)

애국지사 우석 유혁선생 추념비(영암 금정 선산 제실 앞)

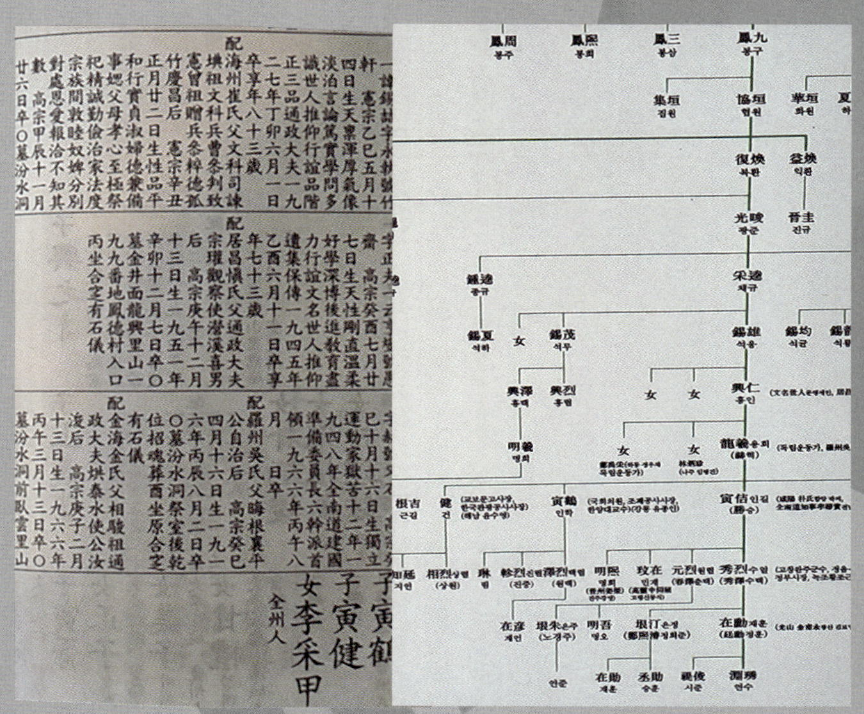

유혁 족보

유혁 가계도

독립운동가
우석(友石)

유혁

박 해 현 지음

국학자료원

추천사

독립운동가 우석 유혁 선생
빛나는 공적 새롭게 조명되길

한국 사회가 처한 위기의 뿌리는 '친일 미청산'과 '분단'이다. 해방을 맞이하였으나, 친일 기득권세력이 일제 강점 36년에 이어 여전히 우리를 옥죄고 있다. '친일에 뿌리를 두고 분단에 기생'하였던 이들은 자칭 '보수'라고 칭하고 있다. 그러나 이들은 보수의 참뜻인 "지킬만한 가치가 있는 것"을 지켜온 '보수'가 아니라, 일제 치하에서는 일제에 기생하려고 동족을 팔았고, 해방 후에는 독재 권력에 빌붙어 민중을 억압하였던 '가짜 보수'들이다. 우리 사회의 모든 갈등은 보수와 진보가 아니라 민족과 반민족의 구도에서 비롯된 것이다.

'가짜 보수'들은 그들의 반역이 기록된 항일 독립운동 역사를 철저히 왜곡, 날조하고 은폐하였다. 1945년 해방이 연합국의 승리 결과로 갑작스럽게 왔다고 하여 대한민국 임시정부를 중심으로 처절히 전개된 독립 투쟁의 결과를 받아들이지 않았다. 이들은 독립운동가의 공적을 찾기는 커녕 끊임없는 왜곡을 통해 폄훼하였다.

홍범도 장군 흉상 이전 논란은 가짜 보수들이 곳곳에서 암약하고 있음을 극명히 보여주었다. 이들이 독초처럼 버티고 있는 현실에서, 항일 독립운동가들의 빛나는 삶이 제대로 조명될 리 없다. 일제 강점기 무려 8차례 구금. 8년 넘게 투옥된 독립운동가이자 사상가인 유혁 선생이 대표적인 예이다. 선생은 '백정', '인력거꾼' 등 하층 민중을 포함하여 다양한 계층의 역량 결집을 통해 민족 해방운동의 토대를 구축하려 한 위대한 혁명가이자 사상가였다. 1925년 결성된 전남 최대 독립운동 단체인 '전남해방운동자 동맹'과 1927년 결성된 신간회 중앙본부는 선생이 노력한 산물이다.

여운형 선생이 조직한 조선건국동맹에 참여한 선생은 해방 직후 결성된 전남건국준비위원회 산파 역할을 하는 등 좌·우를 아우르는 조직 결성에 앞장섰다. 진화론을 바탕으로 민족주의에 기반한 독립운동 방략을 추구한 선생의 노선은 박헌영계가 표방한 레닌의 사회주의와 전혀 달랐기 때문에 박헌영계로부터 집요한 공격을 받았다. 한국전쟁 때 박헌영계에 체포되어 납북된 계기였다. 위당 정인보 선생과 함께 납북된 선생은 북한 정권의 끈질긴 회유 협박을 거부하다 노역장에서 생을 마감하였다.

오욕으로 점철된 한국 현대사에서 '가짜 보수'들의 진실 왜곡은 집요하였다. 선생에게 '공산당'이라는 '낙인'을, '납북'된 선생에게 '월북'이

라는 낙인을, 북한에서 '노역'한 선생을 '평양 부시장'이라고 낙인찍었
다. 이렇게 낙인된 이가 어찌 선생뿐이겠는가만, 선생이야말로 '가짜 보
수'들이 만든 한국 현대사의 대표적인 피해자라 하겠다.

'가짜 보수'가 만들어 놓은 '친일 미청산'은 한국 사회의 무서운 독버섯
이 되었다. 12·3 내란은 '가짜 보수'의 무서운 준동이었다. 진정한 '친일
청산'을 통해 역사 정의를 바로 세울 마지막 기회라는 절박감이 밀려오
는 이때, 새로운 사조에 부응하는 독립운동가의 생애를 다룬 연구가 유
난히 큰 울림으로 다가온다.

많은 독립운동가를 발굴하고 연구하는데 앞장선 박해현 교수는 2025
년 2월 광복회 창립 60주년을 맞아 광복회로부터 '감사패'를 수상한 연
구자이다. '시대의 피해자'를 학자의 양심과 열정으로 치유하려는 박 교
수의 노고를 고맙게 생각한다.

광복 80주년을 맞이한 뜻깊은 해에

광복회장 이 종 찬

추천사

독립운동가 우석 유혁 선생
그의 伸寃과 광복 80년

　오랜 벗 유인학 의원 선친인 유혁 선생을 나는 잘 알지 못한다. 몇 년 전 유혁 선생의 생가터에 세워져 있는 아천미술관에서 선생을 추모하는 작은 음악회가 있어 헌정회 회원들과 찾은 적이 있다. 선생의 흉상이 미술관 앞뜰에 세워져 있었다. 생가가 있는 영암 신북 모산리는 소론을 대표하는 유상운·유봉휘 부자父子 정승의 고향이자 『연려실기술燃藜室記述』을 지은 이긍익의 외가라고 한다.

　광복 80주년을 앞두고 독립운동가 유혁 선생의 생애와 사상을 체계적으로 다룬 연구서가 출간되었다. 일제강점기에는 독립을 위해서, 해방 이후에는 통일 조국을 열망하며 한평생을 바쳤던 선생의 빛나는 삶이 원고 곳곳에 스며 있었다.

선생은 1928년 8월 전남 소년연맹 결성 사건으로 4개월, 같은 해 12월 치안유지법 위반으로 2년 6개월, 1932년 영보 항일농민운동 사건으로 5년 3개월 등 8년 넘게 투옥되었다. 심지어 8차례나 선생을 경찰서로 연행하였다. 선생을 두려워했다는 증거이다.

'민족의 단결'을 독립운동의 주요한 방략으로 삼은 선생은 민족·민중을 주체로 여겼다. 당시 인구 대부분을 차지하였던 농민, 하층 계급인 인력거꾼, 백정 등 기층 대중의 힘을 조직화하였다. 선생의 이러한 인식은 웰스의 진화론에 입각한 것이었다고 말한 저자의 설명이 무척 흥미로웠다. 선생의 이러한 스펙트럼은 마르크스·레닌의 사상 체계와는 근본적으로 달랐다.

민족의 단결을 강조한 선생의 꿈은 신간회 중앙본부 결성으로 이어졌다. 지역 활동가가 중앙본부 결성에 주도적 역할을 하였다는 사실, 놀라울 따름이다. 만약 선생이 서대문형무소에 투옥되어 있지 않았다면, 신간회는 해소되지 않았을 것이라는 저자의 안타까움이 가슴에 닿았다.

1932년 영암에서 일어난 농민운동은 조선농지령 제정 등 일제의 식민통치 방식을 바꿀 정도로 항일 독립운동사를 빛낸 사건이다. 대구 복심법원에서 단일 사건으로는 최대인 무려 67명이 징역형刑을 받았다. 이 운동을 이끌었던 선생은 징역 5년을 선고받았다.

일제가 마지막 발악하던 1944년, 몽양 여운형 선생이 조직한 조선건국동맹에서 활동한 선생은 해방 직후 전남 건국준비위원회 결성을 주도하였다. 선생은 반탁을 주장하였다고 하여, 레닌 사상과 배치되는 사상체계를 세웠다고 하여 해방공간에서 박헌영계로부터 집중적으로 공격을 받았다. 그리고 한국전쟁 때 박헌영의 지시에 따라 체포되어 납북되었다.

본서에는 일제강점기 분단과 한국전쟁으로 이어지는 한국 현대사를 치밀하게 고증하고 있다. 북한 정권의 핵심으로 활동하였던 박병엽·김남식의 증언과 저자가 찾은 남, 북의 여러 자료를 유기적으로 엮어 유혁 선생이 '월북'한 것이 아니라 한국전쟁 때 '납북'되었다는 사실을 밝혀냈다. 지금도 남아 있지만, 해방공간에서 '친일', '빨갱이' 표현은 상대를 공격하는 무서운 수단이었다. 철저한 실증을 통해 저술된 본서는 분단을 이용하여 친일파들이 교묘히 범한 역사 왜곡을 바로 잡고 있다. 본서가 선생에 대한 올바른 신원伸冤을 넘어 '위대한 사상가 유혁'을 재조명하는 계기를 만들 것이라는 데 의심의 여지 없다.

저자 박해현 교수는 최근 전라남도에서 추진한 미서훈 독립운동가 1,023명을 서훈 신청하는 일을 맡은 데 이어, 현재 전남독립운동사 편찬 위원장을 맡고 있다. 수십 명의 미지의 독립운동가를 발굴하여 그들의 삶을 중심으로 독립운동사를 체계화한 연구자이다. 본서는 한국 현대사가 '질곡'의 부끄러운 역사가 아니라 당당하고 빛나는 역사였음을 밝히고 있다.

광복 80주년을 앞둔 오늘, 우리 사회는 '더불어 살아가는 공동체 건설', '조국 통일'이라는 적지 않은 과제를 안고 있다. 본서는 이 물음에 답을 줄 것이다. 영암 항일농민운동이 새롭게 조명되는 계기가 되기를 바라며 유혁 선생의 명복, 진심으로 빈다.

2025. 8. 15.

헌정회 원로회의 의장·전 헌정회장

유 경 현

머리말

역사를 사건이나 제도 중심으로 보려는 경향이 많다. 역사는 살아있는 인간의 다양한 삶을 기록한다. 제도나 사건 중심으로 역사를 읽으면 그 시대를 살았던 인간의 삶을 놓치게 된다. 인간의 활동상이 비교적 많이 남아 있는 한국 현대사는 어느 시기보다 인물 연구를 지향할 필요가 있다. 최근 저자는 광주 3·1운동과 사회주의 운동을 이끈 인물[1], 독립운동에 뛰어들었다가 해방 후 교사가 된 인물들을 다룬 전기물[2]을 잇달아 펴내 인물 중심으로 광주·전남 현대사를 파악하려 하였다.[3] 이는 역사를 동태적으로 파악하는 데 유효한 방법이라는 점에서 의미가 있다.

본서는 8차례 구금, 세 차례에 걸쳐 8년 넘게 투옥되면서도 독립운동의 토대를 구축한 위대한 독립운동가이자 사상가 유혁을 다룬 연구서이다. 유혁은 1919년 10월 총독부 기관지 매일신보에 조선총독부의 교활한 기만정책을 정면으로 공박한 글을 게재한 이래, 일제와 투쟁하기 위해

---

1   박해현, 2020, 『독립운동사 의사 김범수 연구』(도서출판 선인) 및 2022, 『강석봉 평전』(다큐디자인).

2   박해현, 2021, 『독립운동가 교사가 되다』(도서출판 다큠).

3   최근 5·18민중항쟁에 참여한 시민군 기동타격대 31인의 생애사를 다룬 『1980. 5. 27 도청의 마지막을 지킨 사람들』도 인물 중심으로 현대사를 파악하려 한 시도라 하겠다.(박해현·이윤정, 『1980. 5. 27 도청의 마지막을 지킨 사람들』 2022, 5·18민주화운동기록관)

서는 민중 힘을 결집해야 한다는 독립운동 방략을 세운 민족 지도자였다.

그는 개별 운동세력을 하나의 '조합'으로 묶고(1단계), 그 조합을 지역·단체의 '연맹'으로 묶은 다음(2단계), 이들을 단일 운동세력으로 확대했다(3단계). 1925년 결성된 전남 최대의 항일운동 단체인 '전남해방운동자 동맹'은 그렇게 탄생한 것이었다. 신간회 중앙본부 창립에도 깊이 관여한 유혁은 중앙과 지방, 좌와 우를 넘나들었던 독립운동세력의 구심점이었다. 1944년 여운형이 조직한 조선건국동맹에도 참여하였던 그는 해방 직후 결성된 전남건국준비위원회의 산파 역할을 맡았다.

안타깝게도 독립운동사에 길이 빛날 시時·공空을 초월하여 전개된 그의 운동의 구체적인 실상을 우리는 잘 알지 못한다. 해방 공간에 상대를 공격하는 데 이용된 그릇된 정보들이 그에 대한 평가를 가로막고 있다.[4] 이제 그에 대한 올바른 역사적 평가를 통해 신원伸寃할 때가 되었다. 본서의 집필 동기이다.

그의 활동은 당시 신문, 판결문 등 곳곳에 꽤 많이 보인다. 특히 무안 출신으로 북한 정권의 핵심 인물이었던 박병엽의 증언은 그의 행적을 살피는 데 적지 않은 도움을 주었다. 유혁의 4남 인학과 장손 수택의 증언 또한, 그의 삶을 유기적으로 살피는 데 큰 힘이 되었다.

저자는 독립운동가 강해석이 옥중 유혁에게 보낸 서신에 적힌 웰스의 '문화사대계'라는 책명에서 유혁의 사상적 토대가 '진화론'에 있음을 밝

---

4 유혁에 관하여 오수열의 연구가 있다. (2011, 「우석 유형의 생애와 정치 이념」, 『서석 사회과학논총』 4-2) 최근 저자는 한국학호남진흥원, '미지의 초상'에서 유혁을 포함한 15인의 글 연재를 통해 그를 소개한 바 있다.

했다. 동시에 유혁이 그와 대립, 갈등 관계에 있던 박헌영의 지시로 한국 전쟁 때 납북되었음을 밝혀 근거 없이 막연히 제기된 '월북설'이 사실이 아님을 확인하였다. 역사서로서 본서의 가치를 빛낼 것이라 자평한다.

본서에는 유혁의 4남 유인학(현 마한역사문화연구회장, 한양대 교수·국회의원 역임)·5남 건(교보문고 사장·한국관광공사 사장 역임)의 애끓는 사부곡이, 조부의 삶을 애타게 그리워한 장손 수택(국무총리실 공보비서관·광주광역시 부시장 역임)의 효심이 가득 들어있다. 본서 말미에 있는 조부를 그리워하는 장손의 편지글은 차마 눈물 없이는 읽을 수 없다.

본서는 원전 번역에 도움을 준 한국학 호남진흥원 나상필 박사, 원고를 꼼꼼히 읽어준 전남대 대학원 백형대 선생, 제자題字를 보내 준 양전 김원익 선생, 그리고 국학자료원 정구형 사장의 수고로움 덕분에 번듯하게 나오게 되었다. 특히 저자에게 전임교수의 기회를 주고 격려를 아끼지 않았던 박종구 전 총장님과 민족정신을 잇는 우리 대학의 정체성을 강조하며 부설 연구소 설립까지 해주신 서유미 현 총장님의 은혜 잊지 못한다. 부끄러운 글에 격려의 글을 주신, 광복회 이종찬 회장님, 유경현 전 헌정회 회장님께 진심으로 감사드린다. 일제강점기와 해방 전후사 관련 얘기를 해 주셨던 저자의 부친은 2023년 1월, 하늘의 별이 되었다. 병석에서도 "노트북을 가지고 와서 내 옆에서 일해라" 하시며 항상 장남과 함께 있고 싶어 했던 아버님 목소리, 한없이 그립다.

2025. 8. 15.

동학골에서 저자

차례

제1장
위대한 혁명가 탄생

명문거족 문화 유씨

유혁柳赫!

일제강점기 가장 많은 항일 독립운동 기록을 남겼던 독립운동가, 진화론을 토대로 민중 역량 결집을 독립운동 방략으로 확장한 혁명가, 분단을 막으려 노력한 민족주의자 등 온갖 수식어도 그의 빛나는 삶을 설명하기에 부족하다. 현대사를 빛낸 문화 유씨 대표 인물이라 해도 지나치지 않는다.

우리나라에서 열아홉 번째로 규모가 큰 성씨가 유씨柳氏다. 유씨 '본관' 가운데 가장 많은 숫자를 차지하는 '문화' 유씨의 시조는 황해도 유주儒州 출신으로 고려 왕조 개국에 큰 공을 세워 '대승大丞' 관직과 삼한 공신의 훈호勳号를 받았던 유차달이다. 조선 성종 때 편찬된 『동국여지승람』에 "유차달은 고려 태조가 후삼국 통일 전쟁을 치를 때 수레와 군량미를 공급한 공이 있었다"라고 나와 있다. 9세손 유경이 고려 최씨 무신정권을 종식하는 데 공헌하였다고 하여, 고종 46년 유경의 고향 유주를 '문화'로 개칭, 하사한 이후 '문화'가 문화 유씨의 본관이 되었다. 문화 유씨는 고려 때 4대 명족名族, 조선 때 8대 성으로 일컬을 정도로 소문난 명문가였다.

중시조는 고려 명종 때 활약한 문화 유씨 7세손 유공권이다. 그에게는 유언침, 유택 두 아들이 있었는데 그 후손을 각각 갑甲파, 을乙파라 한다. 문간공 유공권은 의종 14년 등과登科 후 명종 때에 추밀원사·정당 문학을 지냈다. 장남 유언침은 예부상서판각문사, 차남 유택은 좌복야·한림학사 승지를 지냈다.

'문화' 명칭을 본관으로 한 유경柳璥은 원 간섭기인 고려 고종, 원종 때 활동하였다. 1258년 유경은 김준 등과 협력하여 무인 집정자 최의를 제거하여 왕권이 행사하도록 하는 데 큰 역할을 하였다. 이 공으로 상장군에 올랐으며 문하시랑동중서문하평장사 등을 역임했다. 그는 문장도 뛰어나 신종, 희종, 강종, 고종의 실록 편찬에 참여했고, 이존비, 안향 등 명성 있는 학자들이 그의 문하에서 배출되었다.

고려 말 관직에 진출한 유만수, 유관, 유량은 조선왕조 개국 공신으로 문화 유씨의 기반을 확고히 하였다. 이 무렵 문화 유씨는 14파로 분화되었다. 만수는 좌상공파, 관은 하정공파, 량은 충경공파 파조派祖가 되었다. 이성계의 위화도 회군에 참여하였던 유만수는 조선 개국원종공신으로 판개성부사, 회군공신回軍功臣 1등에 추록되고 문하시랑찬성사門下侍郎贊成事까지 올랐다. 하지만 1차 왕자의 난 때 이방원에 의해 정도전 등과 함께 참살되었다.

하정공파의 파조인 유관은 공민왕 20년 문과에 급제, 이성계의 개국에 협조하여 조선 개국 후 개국원종공신이 되었다. 강원·전라도 관찰사를 역임하고, 대사헌·계림부윤·예문관 대제학을 역임하였다. '태조실록' 편찬에 참여하고, 1424년 우의정에 올랐다.

충숙공 유권은 조선 인종 때 좌의정을 지냈으나 을사사화 때 연루되어 사사賜死되었다. 이 사건으로 이조판서 유인숙, 대사간 유감, 이조참판 유희춘, 대사간 유경심 등이 파직당하고, 유배되는 등 유씨 가문이 거의 멸문의 화를 입었다.

유관의 차남 유계문柳季聞은 세종 때 병조판서를 역임하였으며, 유계문의 손자 유담년도 중종 때 병조판서를 역임하였다. 실학자이며 토지개혁과 경제혁신을 주장한 '반계수록磻溪隨錄'의 저자인 유형원은 유계문의 8대손이다. 이처럼 하정공파가 다른 분파에 비하여 으뜸임을 알 수 있다. 실제 문화 유씨 성씨 비율만 보더라도 하정공파가 18.43%로 다른 분파보다 훨씬 많았다.

유혁은 문화 유씨 30세로 참판공파에 속했다. 참판공파는 문화 유씨 17세인 유희정을 파조로 하고 있다. 하정공파의 현손인 유희정은 1472년(성종 3년)에 태어나 27세에 무과에 급제하였고, 선전관·함평현감·공조좌랑·남원판관 등을 거쳐 형조정랑을 지낸 후 중종 대에 3년 동안 영암 현감을 지냈다. 사후 병조참판에 추증되었으므로 '참판공파'라고 불렀다. 참판공파를 '영암공파'라고도 한다.

사육신 중의 한 사람인 충경공 유성원柳誠源, 임진왜란 때 고경명과 함께 금산 전투에서 전사한 유팽노柳彭老, 실학자 유득공柳得恭 등이 문화 유씨를 빛낸 역사상 인물이다.

조선 조 134인이 대과大科에 급제한 문화 유씨는 음사蔭仕를 포함 실직 당상관이 90여 인에 이르렀는데, 그 가운데 상신相臣 9인, 호당湖堂 5인, 청백리 4인, 공신 11인 등이 배출되었다. 내려진 시호는 22장, 문시文諡 7장이었다.

‘公論’의 상징
유상운·유봉휘

모산촌 문화 유씨의 뿌리는 중시조인 하정 유관으로 비롯되었다고 한다. 유관이 전라도 관찰사 재직할 때, 아들 맹문에게 그곳에서 살면 좋겠다고 추천한 곳이 모산촌이었다. 이에 따라 유맹문의 현손인 유용공과 유용강이 입향하면서 문화 유씨 집성촌이 되었다. 모산촌에 정착한 유용공과 유용강은 하동정씨 정효손의 딸과 경주이씨 이해의 딸과 각각 혼인하였다.

유용공의 둘째 아들인 유몽익은 유수원의 5대조이다. 그는 구림마을의 함양 박씨 박성건의 증손녀, 여흥 민씨 민덕귀의 딸과 혼인하였고, 아들 유속과 유준을 두었다. 유용공의 넷째 아들 유몽정은 고부군수를 역임하였는데 나세찬의 문인이자 사위였다. 1589년 정여립의 기축옥사에 연루되어 옥사한 유몽정으로 인해 집안 전체가 큰 타격을 입었다.

하지만, 이후 유몽익의 큰아들 유속이 명문가인 반남 박씨 박응인의 사위가 되고, 동생 유준의 장남 유성오를 양자로 들이고, 유성오 역시 반남 박씨 박동량의 딸과 혼인하여 중앙으로 진출하면서 가문의 힘이 급성장하였다.

기축옥사와 임진왜란으로 흐트러진 모산촌의 질서를 새롭게 다진 사람이 사교당 유준이었다. 그는 삼종형인 유공신과 후술할, 분비재를 만들어 향중鄕中 자제를 교육하였고, 지역사회의 사림 종장宗匠으로서의 정신적 역할도 담당하였다. 유준이 죽자 그를 배향하기 위해 분비재 뒤편에 죽봉사가 건립되었는데, 훗날 손자 유상운도 이곳에 추배되면서 창계서원 등과 함께 나주·영암 지역의 대표적 소론계 서원이었다.

모산촌 문화 유씨 가문의 최고 전성기는 부자父子 정승으로 유명한, 약재 유상운과 유상운의 아들 만암 유봉휘가 활약하던 때였다. 유년 시절과 만년을 모산촌에서 보냈던 유상운은 조부 유준의 유지를 받들어 모산촌을 중흥시켰다. 1692년 영팔정 중건을 통해 모산촌을 호남 소론의 거점으로 성장시켰다. 영의정을 역임한 유상운은 탄핵받아 관직에서 물러난 후 생가가 있는 경기도 광주 율리栗里에서 은둔하여 '율리선생'이라 불렸다.

그러나 경종, 영조시기에 활약하고 영조 때 좌의정을 역임한 만암 유봉휘柳鳳輝는 1921년 동아일보에 연재된 '이조인물략전李朝人物略伝'에 소개될 정도로 유명하였다. 부친의 당색에 따라 소론계였던 유봉휘는 경종(1720), 영조(1724)의 즉위 과정에 치열하게 전개된 노론, 소론의 권력 쟁탈전의 한복판에 있었다.

유봉휘는 희빈 장씨가 왕비로 책봉된 기사환국으로 권력을 잡은 남인들이 문묘에 이이와 성혼 등 서인계 인물들이 배향되는 것을 문제 삼자 이를 정면으로 비판할 정도로 옳은 성정을 지녔다. 그는 1697년(숙종 23) 39세의 늦깎이로 과거에 수석으로 합격하였다. 하지만 급제 당시 그의 부친이 영의정이어서 공정성 시비가 일어나 합격이 취소되었다. 그러나 유봉휘는 이듬해인 1698년 삼일제三日製에 당당히 수석을 차지하여 세인들을 깜짝 놀라게 하였다.

소론이 권력을 잡았던 경종, 영조 즉위 초에 우의정, 좌의정의 지위에 있으며 개혁적인 정책을 추진하였던 유봉휘는 노론의 집중 공격을 받아 관직에서 물러나 귀양지에서 죽음을 맞이하였다.

난곡 이건방이 유봉휘의 신도비명을 지었다. 이건방은 소론계로 양명학을 체계화하였고, 정인보의 스승이기도 하다. 정인보의 가장 가까운 친구였던 윤기중은 이건방이 쓴 유봉휘 신도비명을 읽고 "이 글을 지어서 저 당黨(노론)의 철안(鐵案: 변하지 않은 의견)이 거짓임을 깨어 부수고, 몇 분의 외로운 충성을 눈처럼 밝혀서 영원히 빛이 있게 하였으니 난곡의 공은 크오"라고 하였다.

실학자 유수원을 배출한
'모산촌 문화 류씨'[1]

전라도는 실학의 선구인 반계 유형원(1622~1673)이 20여 년간 전북 부안에 살면서 『반계수록』을 집필한 곳이며, 다산 정약용(1762~1836)이 강진에서 유배 생활을 하며 실학사상을 완성한 곳이다. 같은 문화 유씨 하정공파 가문이지만, 중농주의 관점에서 접근한 유형원과 달리 상공업 중심으로 사회 개혁을 주창한 농암 유수원(1694~1755)의 사상이 배태된 곳이 모산촌이었다.

조선 세종 초 함풍 노씨가 처음 터를 잡은 곳이 모산촌이었다. 함풍 노씨의 외손인 영해 박씨가 입향조로 자리 잡았다. 이어 진주 이씨, 그리고 하동 정씨가 모산촌에 입향入鄕하였고, 문화 유씨가 들어와 '모산리 유씨'의 전통을 세웠다.

모산촌 문화 유씨는 22대 유상운, 23대 유봉휘, 24대 유수원 대인 숙

1 문화 유씨들은 '류'로 성씨를 사용하려 하지만, 저자는 '유'로 통일하여 사용한다. 단 원문이 '류'로 표기된 경우는 예외로 한다.

종, 경종 연간을 정점으로 문과·사마시에 급제하고 현달顯達한 후손들이 많았다. 호남 소론의 핵심 근거지가 모산촌이었다.

유수원의 조부인 유상재, 숙부 유봉령이 모산촌에서 태어나 관직 생활을 영위하였고, 당숙인 유봉휘가 전라도 관찰사 시절 이곳을 자주 다녔다. 특히 농암의 고조인 사교당 유준의 강학 및 창의 활동, 종조부 유상운, 당숙 유봉휘 등의 경세제민 활동은 유수원이 중상주의 실학이라는 근대사상을 잉태한 배경이라고 할 수 있다. 유수원의 처가 역시 같은 소론계였다.

나주·영암 지역의 소론의 대표적인 가문으로 모산촌의 문화 유씨, 엄길리 일대의 반남 박씨, 회진의 나주 임씨 등을 들 수 있다. 나주목사를 역임한 박동열의 둘째 아들인 박황(박동언에게 출계)의 후손이 나주괘서사건과 연루되어 복주伏誅되었다. 창계 임영의 나주임씨 가문은 임영의 종증손인 임징원이 나주괘서사건의 주모자 윤지와 모산촌 문화 유씨인 유상전, 유봉태 부자와 연계되어 복주되었다. 유준 이래 유상운, 유봉휘의 부자 정승을 배출한 호남 소론의 주 근거지였던 모산촌 문화 유씨가문이 풍비박산이 났다. 을해옥사에서 유상운의 종손자인 농암 유수원은 처형되었고, 모산촌을 처가로 둔 원교 이광사도 이 사건에 연루되어 완도 신지도로 귀양을 갔다가 그곳에서 생을 마쳤다.

을해옥사 때 겨우 죽음을 면한 모산촌 문화 유씨 일족은 인연이 없는 곳으로 흩어졌다. 순천으로 이거했다가 충남 금산으로 피신한 후손은 내금위장파를 형성하였는데, 그 후손이 야당 당수를 지낸 유진산·유한열 부자이다. 그리고 일부는 차車씨로 개명하여 신분을 숨겼다고 하는데 그 후손인 차봉기가 신북면 초대 면장으로 부임하여 그 뿌리인 모산촌을 찾았다 한다.[2] 차봉기는 신북의 발전과 모산촌의 부흥에 진력하고 나중에 유씨로 복원하였다.

관직에 나아가는 것을 포기하고 평생을 실증적인 학문에 뜻을 두었던 원교 이광사의 아들인 연려실 이긍익과 신재 이영익 형제는 외가인 이곳 모산촌을 근거로 학문을 완성하였다. 정인보는 유혁의 부친이 짓고자 한 '아천정' 정자의 '기記'를 지어 주었는데, 그 '아천정기'에 이광사, 이긍익과 연결된 모산촌의 역사성이 잘 설명되어 있다.

---

2 신설된 면사무소의 위치가 유혁의 생가 앞에 있었다고 유혁의 4남 인학이 증언한다.

인물의 고장·유혁의 고향,
모산촌

1. 명당 중의 명당, 모산촌

모산리는 풍수학적으로 명당지지로 유명하다. 유혁의 17대조 하정 유관이 전라도 도관찰사 재직시 나주목 비읍면 모산리를 지나다 한양길목 모산리를 발견하였다. 그리고 손자 희정을 영암군수로 보냈다. 훗날 문화 유씨 영암파의 시조가 된 희정은 조카를 모산리 거주 하동 정씨에게 출가시키고 자기 후손 용강 등도 정착시킨다. 모산리 지리에 흠뻑 빠져 일가들이 이주한 셈이다. 희정이 유혁의 13대 선조이니, 모산리 정착이 약 500여 년 전이다.

원래 모산리는 영암 박씨, 경주 이씨, 하동 정씨들이 정주하였는데 현재는 대다수 주민이 유씨이며 하동 정씨 몇 가구가 거주하고 있다. 그러나 정씨, 이씨의 선산은 지금도 있어 후손들이 제사를 모시고 있다.

원래 풍수지리설의 명당터는 좌청룡·우백호·북현무·남주작으로 마을

뒤는 큼직하고 든든한 산이 있고, 뒤산의 줄기로써 마을을 옹립하고 앞은 물과 들이 있어야 한다. 그런데 모산리는 뒤에는 곰봉熊山, 동쪽은 죽봉竹峰, 서쪽은 토끼봉卯峰이 있다. 앞에는 모산천이 흐르고 있다. 옛날에는 바닷물이 닿았다고 한다.

바로 모산천 건너편 남향에 귀인들이 산다는 마산馬山이 있고, 마산 위에는 다섯 봉우리의 백룡산이 펼쳐져 있고, 바로 정남향에는 이목동梨木洞의 기린산麒麟山이 있다. 남쪽과 서쪽은 광활한 들녘이며, 그 뒤에는 호산虎山이 모산리를 향하여 머리를 들고 있다. 풍수지리설의 상서로운 동물과 광활한 들녘, 풍부한 물을 다 갖추었다. 더구나 동네 한가운데는 당산제를 모시는 야트막한 언덕과 정당이 있다. 특히 신북면 소재지 남쪽에 우뚝 솟은 호산虎山 정상에 오르면 주변 일대가 조망된다. 1920년대 나주, 신북 청년들이 '호산'을 이름으로 청년회 등 단체를 결성하였다. '호산'이 지역민의 자부심이었음을 알 수 있다.

모산茅山은 본디 못(연못) 안에 구만동, 벽촌, 산정, 구암촌으로 구성된 문화 유씨 집성촌이다. 영팔정, 죽봉사, 분비재 등 문화 유씨의 빛나는 역사를 설명하는 유산이 집중되어 있다. 신북면 개칭 이전 나주 비음면의 중심지였고, 신북면사무소 소재지였다. 유혁의 생가 앞 분비재 있는 곳에 면사무소가 있었다고 인학은 증언한다.

모산촌은 과거 나주 행정구역에 속하였다. 1906년 대한제국이 행정구역을 개편할 때, 나주군 관할인 금마면, 원정면, 비음면, 종남면을 영암으로 편입시켰고, 영암군 관할이었던 옥천면, 송지시면, 송지종면, 북평시면, 북평종면을 해남군으로 이관하였다. 일제강점기에 들어 대대적으로 행정구역을 개편한 1914년[3] 4월 1일 비음면, 북이시종면은 신북면, 금마면·원종면은 금정면, 군시면·서시면은 군서면으로 통합하고, 북일시면, 북일종면, 곤일시면, 곤일종면, 곤이시면, 곤이종면은 그대로 유지된다.

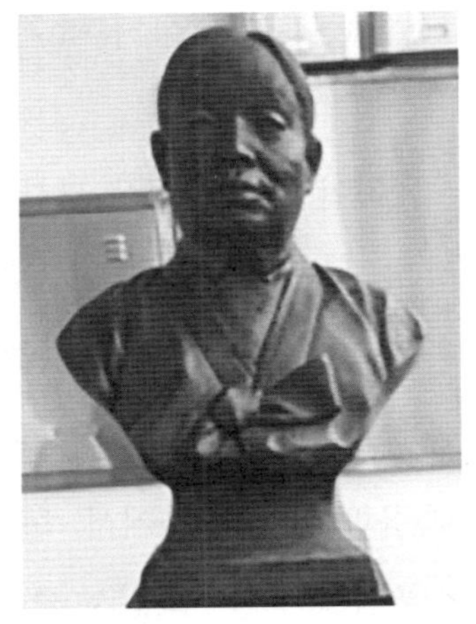

박경애 흉상

1917년 곤일시면을 미암면으로, 곤일종면을 삼호면으로, 1929년에 북일시면을 덕진면으로, 1930년에 곤이종면을 서호면으로, 1932년에 북일종면을 도포면으로, 곤이시면을 학산면으로 개칭하였다. 1979년 영암면이 영암읍으로 승격하였다.

1914년 4월 1일 행정구역의 통폐합에 따라 북일종면의 탑동, 호산 2마을과 종남면의 복용동 일부와 나주군에 속하였던 비음면의 갈곡, 종오, 우정, 신월, 연곡, 학동, 연동, 양계, 백우, 금계, 서동, 유곡, 모산, 방축의 14개 마을과 반남면의 평촌, 성덕, 하촌의 일부, 그리고 세화면의 황계 일부 지역을 병합하여 신북면이라 개칭하였다. 나주의 '비음면'에 속하였던 '모산리'가 영암군 '비음면'을 거쳐 '신북면' 모산리로 역사에 새롭게 등장한 순간이다.

---

3   이때 남평군이 나주군 남평면, 창평군이 담양군 창평면으로 격하되었다. 공통점은 남평, 창평 지역에서 의병 전쟁이 치열하게 전개되었기 때문에 일제가 의도적으로 군세의 약화를 꾀하려 한 것이 아닌가 생각된다.

2. 모산촌의 상징, 유혁 가문

유혁이 탄생한 곳은 모산리 열두 마을 중 산정山亭 동네로, 바로 영의정 유상운과 우의정으로 소론사대신少論四大臣의 한 사람인 유부휘 등 부자 정승의 고택이 있다. 숙종, 영조 때 우의정을 역임한 유봉휘는 신임사화를 일으킨 주동자라는 노론의 공격을 받고, 이듬해 면직되고 경흥으로 유배된 후 그곳에서 죽었다. 게다가 곧이어 발생한 나주괘서사건에 소론계열이 연루되면서 모산리 유문柳門은 100년간 벼슬을 못 하는 멸문의 상황에 처하였다.

그러나 대한민국 정부 수립 이후, 후손들의 활약은 역사에 빛나고 있다. 충남 금산의 유진산·유한열 부자, 모산촌의 유인곤柳寅棍·유재희柳在熙·김윤덕金胤德·유인학柳寅鶴 등 4명의 국회의원을 배출하였다.

유혁의 선조는 현재의 영암군 신북면 모산리 406번지의 약재의 탄생지 인근이며, 전남에서 가장 오래된 영팔정泳八亭 옆의 아천미술관 터에서 500년 이상 거주하였다. 그러나 당쟁의 소용돌이에서 큰 피해를 입었던 모산촌의 유혁 조상들은 서당을 가업으로 삼아 오로지 학문을 닦고 제자 양성에 혼신을 기울였다.

출사를 단념한 유혁의 선조들은 서당 산정재山亭齋를 열어 후학을 가르쳤다. 조부 석웅의 호는 산정당山亭堂, 부친 흥인의 호는 아천당我泉堂이었다. 일제강점기를 받아들일 수 없다고 생각한 유흥인은 조선왕조의 후

예라고 하여 '유민거사遺民居士'[4]라고 불렀다고 한다. 유혁은 어렸을 때 진외가가 있는 구림과 외가가 있는 영보에서 서당 공부를 하였다.

한편 몰락한 명문가의 부인들은 명문가의 전통을 지키려 혼신을 다하였다. 구림의 명문거족으로 참판을 지낸 해주 최치현의 손녀인 조모는 3명의 시종과 많은 유산을 가져왔다. 항상 검소한 삶의 태도를 견지하며 모든 이들의 존경을 받았다. 모친인 거창 신씨는 수많은 과객과 서당의 학생을 돌봤던 품격 높은 여인이었다. 유혁의 부인 김해 김씨는 시댁 식구와 서당의 연습생들을 살피고, 특히 남편이 감옥을 제집처럼 드나들고, 자식들이 환난을 겪고도 선비의 아내로서의 위엄을 잃지 않았다.

이러한 전통을 이은 큰 며느리 효부孝婦 함양 박경애朴敬愛는 한국전쟁 때 사망한 남편을 대신하여 주조장을 운영하며 시동생 인학과 건이 국회의원과 한국관광공사 사장, 아들 수택이 여섯 고을 군수, 국무총리실 공보관, 광주광역시 부시장으로 국가의 부름을 받게 하는데 큰 공을 세웠다. 박경애는 5일장이 열리면 제일 싱싱한 생선을 사서 시부모에게 가져왔고, 국민학교의 월사금도 항상 시동생인 인학과 건의 것을 먼저 내고, 자신의 아들, 딸은 뒤에 냈다.

유혁은 독립운동과 사회운동을 할 때 자기 집, 여섯 가구의 호재집 식구들을 면천시켰다. 면천 시에는 논 몇 마지기 등 정착금을 주었다. 첫째, 둘째 호재집은 "샌님들 덕분에 글을 알았으니 섬島에 가서 양반 노

---

4 '유민(遺民)'의 뜻은 이와 달리 "나라가 망해도 '백성은 남는다'"는 뜻이 들어 있다고 살피기도 한다.

릇을 하겠다"라고 섬으로 들어갔다. 넷째와 다섯째는 동네 일을 하는 동직洞直으로 일하고, 제일 마지막 N은 시장에서 도가니 업을 하였다.

1950년 한국전쟁이 발발하자 다섯째 동직의 아들 삼룡이는 영암군 빨치산 유격대 부대장, 막내 N의 아들은 소방대 부대장이 되었다. 낮에는 소방대 *봉이 찾아오고, 밤에는 삼룡이가 찾아오는 등 혼란이 이어졌다. 밤이면 가족들이 면사무소가 있는 간은정 마을의 신북주조장에 가서 경찰의 보호를 받기도 하였다. 이때의 두려움을 조모 신씨와 함께 겪은 인학은 70년이 훌쩍 넘었어도 여전히 생생하게 기억하고 있다. *봉 가족은 잘되었지만, 삼룡의 집안은 소멸되었다.

현재 마을 입구에 세워져 있는 영팔정에는 "大丞相 杖樓之鄕대승상 장루지향, 큰 정승이 나신 곳"이라는 현판이 있고, 유혁의 집터에는 흥인이 강조한 "유민"의 터라는 "遺民遺墟유민유허" 비가 세워져 있다. 일제 말 창씨개명이 강요될 때, 유혁 가문은 이를 거부하였다.

백룡의 정기를 이은
위대한 혁명가 탄생

1. 민족의식이 투철한 유학자 유흥인

　유혁의 손자 유수택은 생가에 조부를 기리는 간절한 효성으로 2011년 '아천미술관'과 '독립운동가 우석 선생 기념관'을 건립하였다. 미술관 앞뜰에 '유민유허遺民遺墟'라는 사각형의 표지석이 있다. 표지석에는 "1945년 6월 아버지가 돌아가시자 온갖 풍파와 시련에도 백성은 살아남는다'라는 뜻의 '유민' 명정을 적어 관 위에 덮어 드렸다"라는 설명이 있다. 유혁이 '유민遺民'이라는 글씨가 있는 명정銘旌으로 부친의 관棺을 덮었음을 알 수 있다. '유민'에는 보통명사의 '유민'의 뜻을 넘어, "나라가 망한다 해도 백성이 살아남아 있으면 그 민족은 부활한다"라는 의미가 담겨있다. 곧 '유민' 두 글자에는 백성들을 항상 역사의 주체로 인식한 흥인의 생각이 고스란히 담겨있다. 유혁의 평생 좌우명이었다.

유혁의 부친은 흥인興仁, 자字 정부正夫 또는 형섭亨燮, 호 우재愚齋였다. '금강시사'에서는 '유주儒州'를 호로 사용하였다. 유주는 유씨가 처음 뿌리 내린 곳이다. 천성이 강직하고 온유하고 학문을 좋아하였던 흥인은 모산리 마을에 서당을 열어 후진 교육에 열성을 쏟았다. '분비재' 학통을 계승한 것이라 할 수 있다. 국권 피탈기에 무궁화 꽃으로 울타리를 만들었고, 독립운동을 한 아들 유혁을 감시하러 찾아온 일본 경찰들을 한복을 입고 꼿꼿이 맞아 그들의 기를 꺾었다고 4남 인학은 기억한다.[5]

> "아버님(유혁)을 감시하기 위해 자전거를 탄 일본 경찰이 매일 오전 10시부터 12시 사이에 집을 방문하였다. 이때 조부님(흥인)은 사모관대와 한복을 입고 사랑채에 정좌하여 일본 경찰을 맞이했다. 조부님의 당당한 위세에 기가 질린 일본 경찰은 '저 영감탱이' 하며 그냥 돌아가곤 하였다."

일본 경찰이 당당한 조선의 마지막 유학자의 기품 앞에 꼼짝하지 못하였음을 알려 준다. 그는 대한제국 말 정3품 통정대부 벼슬에 올랐던 석웅(일명 석철)과 구림의 해주 최씨 딸 사이에 1873년 태어났다. 대쪽 같았던 흥인의 성격은 출가한 딸이 그대로 닮았던 것 같다. 고모할머니를 '호랑이 할머니'라 했다고 하는 말을 들었다고 증손 수택은 말한다.[6]

유흥인은 인근 나주 유학자들과 시사詩社를 조직하여 민족의식을 고취

---

5 4남 인학은 1938년생으로 7, 8세 때의 일은 정확히 기억하고 있다.

6 유혁의 장손 수택은 1940년생이다. 해방 직전의 유혁의 모습이 기억에 남아 있다고 한다. 그는 직접 겪었거나 당시를 살았던 이들의 얘기를 대부분 정확히 기억하고 있다.

하는 데 앞장섰다. 그가 참여한 시사가 금강시사錦江詩社와 반양시사潘陽詩社였다.[7] 원래 조광조를 숭앙하던 나주 출신 유생 11명이 조직한 시회詩會가 시초였던 금강시사는 여러 차례 재건을 거쳐 1920년대에 이르러 재건된 것이다. 이때 금강시사를 재건한 내용이 '금강시사속수안錦江詩社續修案'에 자세히 언급되어 있다. 유흥인은 '속수안'에 금강시사가 다시 출범한 배경을 썼다.[8] 그가 시사 재건과정에 중요한 역할을 맡았음을 알 수 있다.

1926년 창립된 '반양시사潘陽詩社'는 나주 반남 출신 정창현이 주도하여 조직하였다. 정창현은 독립운동가 정우채의 종조부였다. 반양시사 창립 당시에 유흥인도 참여하였지만, 당시 중앙에서 명성이 높았던 정인보 등 한양의 명사들까지 참여하고 있었다. 시사 명칭을 '반남'의 '반'과 '한양'의 '양'을 합하여 '반양潘陽'을 삼은 까닭이다.

반양시사는 자미산 정상에서 매년 4월 12일 시회를 열었다. 시기적으로 4월인데다 자미산 정상에서 바라본 삼포강 일대의 경관과 한漢, 당唐대의 한시 등을 소재로 7언율시七言律詩의 한시漢詩를 지었다. 이들 작품 상당수에서 중국 고사를 빌어 일제의 식민 지배를 비판하는 내용이 들어있음이 확인된다. 이 시사가 민족의식을 함양하는 중요한 조직체였음을 알려준다. 물론 그 중심에 유흥인이 있었다.

1926년부터 1940년까지 이어졌던 반양시사의 활동은 1943년 간행

7　독립운동가 정우채의 장남 정찬준은 이들 시사 회원이 1919년 3·1운동 때 자미산에서 횃불 시위를 하였다고 증언하였다.

8　이때 유흥인은 호를 '儒州'라 하였다. 반양시사에서는 '蘭圃'를 호로 사용하였다.

된 발췌시집 '반양시사'에 잘 나타나 있다. 이 시집에 여러 회원의 시가 실려 있는데, 유흥인이 지은 한시도 5편이 실려 있다. 이를 통해 그가 빼어난 문장가임을 알 수 있지만, 당시 시대 상황 및 흥인의 역사의식을 이해하는 데 도움이 된다. 유흥인의 역사의식은 아들 유혁에게 영향을 끼쳤다는 점에서 그의 시 세계를 이해하는 것은 중요하다.

먼저 1934년 지은 시부터 보기로 한다. 유혁이 영암 영보농민운동 주동자로 징역 5년 형을 받고 대구형무소에 갇혀 있을 때였다.

 ① 연조燕趙 검가劍歌를 일찍이 들었으나
 ② 오늘의 이 자리 감회 많구나
  문재文才가 백 년 머문 고택이지만
 ③ 인재가 언제 여기에 있을까.

 ④ 봄에 피는 꽃은 봄이 지나 시들해졌지만
  꾀꼬리 우는 사월 청화淸和하구나.
  경치는 변해도 모두 함께 즐거워한다.
 ⑤ 빈집을 지키는 심정은 어찌할 것인가

번호는 저자가 편의상 붙인 것이다. ① "연조 검가를 일찍이 들었으나 오늘 이 자리 감회 많구나"라는 부분은 독립운동하다 투옥된 아들을 생각하며 일제에 대한 치밀어오르는 분노를 표출한 것으로 생각된다. ② "문재가 백년 머문 고택이지만"이라는 표현은 '우리 집안은 부자 정승을 배출한 명문가로, 그러한 인재를 어디에서 찾을 수 있을까?'라는 의미를 담은 것으로 명문거족 후예로서의 명예와 자존심을 잃지 않겠다는 당당함을 표출하고 있다. ③ "인재가 어디에 있을까"라는 부분은 아들 유혁처럼 당당하고 자존감을 지켜준 인재를 찾기는 쉽지 않음을 은연중 이야기하고 있는 것으로 보인다. ④ "봄에 피는 꽃은 봄이 지나 시들해졌지만, 꾀꼬리 우는 사월 청화淸和하구나. 경치는 변해도 모두 함께 즐거워한다."라는 부분은 일제의 탄압으로 아들은 감옥 가고 견디기 쉽지 않지만, 굳건히 이겨내겠다는 강한 신념을 보여준다. ⑤의 "빈집을 지키는 심정은 어찌할 것인가"라는 부분은 장남이 감옥에 있어 집안이 텅 빈 것처럼 느껴진다는 안타까운 부정父情을 보여준다.

다음은 1935년도에 지어진 시이다.

① <u>자미산 높이 솟아 하늘에 가까우니</u>
   늙은이들 소년들과 더불어 올랐다.
   매실 익는 빗소리에 시원한 평상
   구름이 내린 불그림자 푸른 내를 적시네

② <u>난세에 이기고 지는 것은 모두 꿈이로다.</u>
   덧없는 인생 술에 취해도 잠들지 못하구나.
③ <u>홍교虹橋의 소식이 만일 진실이라면</u>
   모든 나라가 바람 따라 한길로 가리

1935년 장남 유혁은 여전히 대구형무소에 갇혀 있었을 때였다. ①을 통해 그가 자미산에 올랐음을 알 수 있다. 자미산은 반남면의 주산으로, 마한왕국의 왕궁터라는 전승이 있다. 지금도 매년 10월 초에는 자미산에서 천제를 지낸다. 자미산은 대한제국 국호의 상징이자 마한의 정체

성의 표징이다. 그가 국권 상실의 아픔을 자미산을 통해 이겨내고자 하
는 의지를 보인 것은 비록 일본에 패하여 나라를 빼앗겼지만 이를 받아
들이지 않겠다는 의미이다. 흥인은 이 무렵 1931년 만주사변 이후 본격
화되고 있는 일본의 군국주의 야욕을 주목하였던 것 같다. 강도 일본이
만주까지 지배하였다 하여도 그것은 순간에 불과한 것임을 지적하고 있
다. 특히 흥인이 ③ "홍교의 소식이 진실이라면 그 길로 가겠다"라고 한
부분이 주목된다. 홍교는 상하이의 홍커우 공원을 말하는 것으로, 1932
년 4월 29일 윤봉길 의사의 의거를 상징하고 있다. 그가 윤봉길 의사의
목숨을 건 독립 투쟁을 통해 일제와 당당히 맞서 싸우다 옥중에 있는 아
들을 자랑스러워함을 알 수 있다.

결국 1935년도에 쓴 시는 민족정신의 상징 자미산과 항일의 표상 홍
커우 공원을 엮은 대표적 저항시라고 할 수 있다.

다음은 1936년에 작성한 시다.

숲속의 개구리가 날이 갬을 알려주니
하늘이 빌려준 풍류를 찾아온 오늘
공명이 높은 열사는 누구인가!
어리석은 꿈에 취해 한평생 보냈다.

사립문에 이르러 학을 쫓아내고
술잔을 손에 들고 다시 듣는 꾀꼬리 소리
높은 산 맑은 물에 구름 많은데
두견새 우는 소리 옛정 그립다.

아직 아들이 옥중에 있었을 때였다. 밑줄 친 부분 "공명이 높은 열사 누구인가! 어리석은 꿈에 취해 한평생 보냈다"라는 부분에서 아들 유혁이 오랫동안 수감생활을 한 것을 안타까워하고 있음을 알 수 있다.

1937년 지은 한시다.

> 단사같은 그대 얼굴 흰 눈 같은 내 머리
> 자미산에서 열리는 시사에 이르렀다.
> 술 바치고 잔을 받는 아름다운 잔치를
> 속인들의 방탕함이 어찌 따르리
>
> ① 지난 봄날은 비바람으로 흐렸는데
> 오늘의 강산은 비단 무늬가 흐르는 듯
> ② 흩어진 인재 쓰지 못함을 한탄치 마오
> 바다에는 건네줄 배 기다리고 있으니

이 시는 유혁이 출옥할 무렵 지은 것이다. ① "지난 봄날은 비바람으로 흐렸지만, 오늘의 강산은 비단 무늬가 흐르는 듯하다"에서 어려움을 이겨내고 출옥한 아들의 미래를 축복하고 있음을 알 수 있다. ② "흩어진 인재 쓰지 못함을 한탄치 마오. 바다에는 건네줄 배 기다리고 있다"에서 아들의 능력을 발휘할 해방된 조국을 기다리고 있음을 상상할 수 있다.

다음은 1938년에 작성한 시이다.

> ① 철쭉꽃 이미 지니 봄은 지났고
> 산 오르며 옷자락이 풍진 날렸다.

② 돌길에 푸른 이끼 아름다운 무늬
　　쟁반 위에 비친 햇살은 은빛의 비닐

무릎 치며 그 이름 들었던 명사들
눈을 뜨고 처음 보는 꿈속의 사람
구고九皐에 우는 학을 그대는 아는가?
천 리에 같은 소리 내 마음 같았다.

유흥인이 독립의 시간이 다가옴을 느꼈음을 알려준다. ① "옷깃이 풍진을 날렸다"라고 하는 것에서 일제의 압박을 털어내고 있다고 하는 것을, ② "돌길에 푸른 이끼 아름다운 무늬, 쟁반 위에 비친 햇살은 은빛의 비닐"에서 아름다운 무늬, 은빛의 비닐 등 희망에 찬 시어가 등장하고 있다는 것을 알 수 있다. 이는 아들이 출옥하여 홀가분함과 함께 1937년 중일전쟁을 일으킨 일제의 패망이 다가옴을 느꼈던 흥인의 심정이 시어에 고스란히 반영되어 있다.

이처럼 강한 민족의식을 토대로 독립의 힘을 불어넣는 흥인의 서당에는 항상 학생이 가득했다. 사랑채는 영암이 낳은 애국지사 김준연[9] 등 흥인을 찾아 가르침을 얻으려는 지식인들의 발길이 끊이지 않았다. 흥인의 집안은 소론 집안인 데다 나주 괘서 사건으로 모산리 유씨들이 멸문지화의 피해를 입은 이후 사실상 벼슬길은 막혀 있었기 때문에 서당이 가업이

9　유혁의 5남 건이 서울대학교 법과대학을 다닐 때인 1960년대 초 서울의 재경 전남 향우회에서 김준연을 우연히 만나 유혁의 아들이라고 하였더니, 너희들이 살아 있었느냐 하며 무척 반가워했다고 한다.

었다. 특히 그의 집은 약재 유상운의 집터 바로 옆이고, 모산리 중심인 영팔정 분비재 옆이다. 서당에 항상 학생이 넘치고, 지나는 과객에게도 음식과 숙식을 제공하였다. 교통의 요지였던 모산리를 거쳐 가는 인사들 대부분이 서당 사랑채를 이용하였다. 일제강점기에 흥인의 사랑채는 많은 이들이 모여 시국을 걱정하는 공간, 곧 독립운동의 거점이었다.

유흥인의 강건한 민족의식이 아들 유혁에게 고스란히 이어졌음은 당연하다. 누구보다 조국 해방을 바랐던 흥인은 해방을 불과 보름 앞둔 1945년 7월 31일(음 6월 11일) 작고하였다. 향년 73세였다. 흥인은 일제강점기 아래에서 장례를 치른다는 것은 의미가 없다며 최대한 검소하게 치르라는 유언을 남겼다. 유혁을 비롯한 가족들은 가족장으로 조용히 모시려고 하였으나, 흥인의 제자를 비롯하여 지인들이 조문을 와 인산인해를 이루었다. 유혁은 부친의 관에 '유민'이라는 명정을 덮었다.

당시 영암경찰서장이 조상호(전 체육부 장관)의 부친 조희인으로 사돈지간이었다. 조희인은 유흥인이 위독하자 장례를 마칠 때까지 유혁의 예비 검속을 늦추어 주었다. 장례를 마친 후 예비 검속된 유혁은 이번에는 투옥 기간이 오래 걸릴 것 같다고 모친에게 이야기하였다. 이때 예비 검속은 그가 조선건국동맹 활동한 것과 관련 있지 않을까 짐작된다.

2. 백룡의 정기를 이은 혁명가 탄생

인학, 찬준, 수택, 저자

2024년 8월 말 만난 조카 정찬준[10]은 외숙 유혁에 대한 기억이 생생하다. 해방 직후 광주중학교(광주동중학교)를 다녔던 정찬준은 광주의 친척 집에서 하숙하고 있었다. 광주에 자주 올라왔던 유혁은 찬준이 거처한 방에서 주로 머무르곤 하였다.

이때 유혁은 "사람이 편히 살려고만 하는 것은 좋은 것이 아니다"라고 강조하곤 하였다. 그러자 이 얘기를 듣고 있던 다른 조카가 "(그렇다면) 고단하고 힘든 삶이 좋은가요?"라고 묻자, 유혁이 "뜻을 바로 세우고 꾸준히 정진하여 고난을 이기고 헤쳐나가는 사람이 되는 것이 중요하다는 뜻이다"라고 부연 설명하였다.

유혁의 이 말에는 온갖 고난을 이겨낸 백성들이 주체가 되어 독립을 쟁취해야 하며, 그들이 주인이 되는 나라를 세워야 한다는 의미가 내포되어 있다. 그가 한평생을 오로지 '백성', '농민'을 민족사의 주체로 인식한 데는 이러한 의식이 바탕에 깔려 있다.

그의 일거수일투족을 감시한 일본 경찰이 그의 사상을 "공산주의 민족

---

10 정찬준은 유혁의 여동생인 우희의 아들, 곧 후술할 독립운동가 정우채의 아들로, 1932년 생이다. 본서의 초고를 마무리한 후 그를 만났다. 그의 증언이 기록과 거의 일치하고 있다. 당시 상황을 이해하는 데 도움을 얻었다.

유혁 족보

"주의"라고 정의하였다.[11] 곧 그가 사회주의 사상에 입각한 민족주의자였음을 알려준다.

유혁이 태어나던 1893년 10월은 동학교도들이 주관한 세 번째 교조신원운동이 충청도 보은 속리산에서 열린 직후로 혁명의 열기가 폭발 직전이었다. 영암, 나주에서도 속리산 집회에 참여한 신도들이 꽤 있었다. 사회변혁을 지향하였던 모산리 문화 유씨 가문에서는 급변하는 국내외 정세를 걱정하고 있었다. 난세에 영웅이 태어난다는 옛말이 있다. 이때 무너져 가는 국운을 바로 세울 혁명가가 모산리에서 탄생하였으니 유혁이었다.

유혁은 1893년 10월 16일 부친 흥인과 모친 거창 신씨 사이에 1남 2녀 중 장남으로 태어났다. 유혁의 모친 신씨는 통정대부 종관으로, 관찰사 희남의 후손이다. 신북과 이웃한 덕진면 영보리 출신이었다. 1870년 12월 13일에 태어나 한국전쟁 때 납북된 아들 유혁, 강도에게 살해된 장손 인길로 인해 한을 품은 채 1951년 12월 7일 82세로 작고하였다.

유혁의 조부는 석웅錫雄, 일명 석철로 불렸다. 자字는 영집永執, 호 죽헌竹軒이었다. 헌종 을사 1835년 5월 4일에 태어났다. 족보에 "기상이 담박하고 언론이 독실하고 학문이 다식"이라고 하였다. 정3품 통정대부에 올랐다. 1927년 6월 1일 83세를 일기로 하세下世하였다. 조모는 영암 구림의 명문가 해주 최씨 집안으로 사간司諫 관직에 있던 최전의 딸이었다.

효성이 지극하고 제사를 정성스럽게 모셨던 유혁의 조모는 항상 근검하고 집안의 우애를 돈독하게 하는 데 앞장섰다. 집안의 노비를 대할 때도 항상 분별 있게 대하여 그 은혜에 보답하고자 하는 사람들이 줄을 이었다고 한다.

훗날 유혁이 백정들의 결사체인 형평사 단체 조직 결성 등 하층 민중들의 삶을 위한 일에 누구보다 앞장을 섰는데, 항상 어려운 사람을 배려한 가풍의 영향 때문이었다. 유혁의 손자 수택의 증언에 따르면 1894년 갑오개혁 때 신분제가 철폐되었을 때 그의 집안에서 가장 먼저 노비들을 양인으로 면천해 주었다고 한다.

유혁은 제적등본에는 본적이 영암군 신북면 모산리 406번지라고 되어 있으나, 실제는 덕진면 영보리 외가에서 태어났다. 옛날에는 아이를 친정에서 낳은 경우가 많았다. 모계 사회의 유풍이라고 할 수도 있고, 산후조리도 친정이 훨씬 편리하였기 때문이다. 아내인 거창 신씨가 출산하러 친정에 가고, 혼자 아내의 출산 소식을 기다리고 있던 흥인은 용龍이 품에 안긴 꿈을 꾸었다. 흥인은 범상치 않은 인물이 태어났음을 직감하였다. 유혁의 선산이 있는 백룡산의 정기를 받아 태어난 것이다.

영암읍에서 금정면으로 넘어가는 여운재 서쪽에 있는 백룡산이 있다.

해발 420m의 백룡산은 덕진면과 금정면, 신북면에 걸쳐 있고 모산리에서 바라보이는 곳에 있다. 구름이 덮여있을 때 하얀 용과 같다고 하여 백룡산이라고 불렀다는 전설이 있다. 또한, 용이 승천해 생긴 용지龍池가 산 밑에 있어 백룡산이라는 이야기도 있는 등 용과 관련된 전승이 남아 있다.

흥인의 꿈에 용이 품 안에 들어왔다는 것은 승천한 백룡산 용이 흥인의 아들로 환생하였음을 말한다. 꿈을 깬 흥인은 소스라치게 놀랐다. 그리고 아들을 낳았다는 반가운 소식이 들렸다. 유혁의 초명을, '용'이 들어간 '용희龍羲'라고 지은 까닭이다. 실제 유혁의 등에는 큰 점이 세 개 있어 마을 사람들은 일찍부터 그가 큰 인물이 될 것임을 알고 있었다.

3. 호남자好男子 유혁

유혁은 본명 용희龍羲, 자 혁赫 호 우석友石이다. 일부 기록에는 '용의龍羲'라고 적혀 있기도 하다. 유혁의 인상착의 등 그의 신상은 조선총독부가 작성한 『소화 20년 조선인 요시찰인 약명부』[12]에 구체적으로 언급되고 있어 참고된다.

　-유·용의 柳龍義
　-창씨명 柳龍羲

---

[12] 일제는 도항(渡航) 과정에서 조선인에 대한 차별과 억압이 사회문제화하자, 1944년 12월 각의에서 조선인의 '내지도항제한제도'를 철폐하기로 결정하였다. 이로 인해 노골적인 단속이 쉽지 않게 되자 고등경찰은 각 도 별로 '약명부'를 작성해 일본과 조선 등지의 보안 관계자 그리고 연안·국경 지역의 경찰서와 헌병대 치안 책임자에게 배포해 요주의 인물에 대한 통제를 강화하였다.

　　-별명 赫
　　-직업
　　-본적 전남 영암군 신북면 모산리 406
　　-주소 전남 영암군 신북면 모산리 406
　　-인상 특징 키 5척 3촌, 보통체격이다. 하이칼라 머리, 이마가 넓고 치아가 가지런하다. 호남자로 보인다. 머리카락이 백발이어서 항상 검게 염색한다.
　　-시찰요점 공산·민족주의 ① 1928년 8월 보안법 위반으로 징역 4월, ② 1929년 7월 17일 치안유지법 위반으로 징역 2년(OO맹), ③ 1934년 3월 7일 치안유지법 위반으로 징역 5년(공산주의자협의회사건)

　일본 경찰이 작성한 유혁 자료이다. 이를 통해 유혁에 관한 소중한 정보를 얻을 수 있다. 일제는 그의 이름을 '유용의'로 적었다. 그의 족보에는 본명이 용희, 자는 혁, 호 우석으로 되어있다. '용의'라는 이름은 없다. 그럼에도 일제가 작성된 명부에 '용의'로 되어 있다는 것은 유혁이 '용희' 대신 '용의'를 비공식적으로도 사용하였다는 증좌가 아닐까 싶다.

　일제강점기 독립운동가들은 이름을 여럿 개명하여 사용하였다. 대한민국임시정부 최연소 의원이었던 변극[13]도 변장성 등 이름을 사용하였고, 광주학생독립운동을 촉발한 이경채 또한 중국 망명시절 이중환, 김판수 등의 이름을 사용하였다. '용희' 이름을 일제가 창씨 개명한 것으로 적고 있다. 유혁은 창씨개명 사실이 없다. 유혁이 창씨 이름을 내놓으라 하니 본명 '용희'로 적은 것이 아닌가 한다. 유혁이 '용희'와 비슷한 '용

13　변극은 전남대 초창기에 교수로 학생들에게 독립운동사를 강의하였다. 그리고 말년에 원불교에 귀의하였다. 변극 교수는 전남대 재학 중인 유혁의 4남 인학이 독립운동가 자제임을 알고 무척 이뻐하였다고 인학은 증언한다.

의’를 추가로 사용한 것이다. 유혁이 여러 이름을 번갈아 사용하였다는 것은 여러 기록에서 확인된다.

‘모산리 유씨’의 혈통을 가지고 ‘용’의 기상을 품고 태어난 용희는 어렸을 때부터 총명하였다. 부친인 흥인과 조부로부터 한학을 공부한 유혁은 해주 최씨들이 토반인 구림 진외가와 거창 신씨 집안이 있는 영보리 외가 등지에서 유년기에 공부하였다. 특히 외가가 있는 영보리 송내 마을에는 열락재說樂齋라는 유명한 서당이 있었다. 병인양요 때 척사 관련 상소문을 지어 유명한 노사 기정진의 문인인 송암 신재철이 세웠다. 영보의 대표적 집안인 거창 신씨와 전주 최씨 자제들이 주로 공부하였던 이 서당은 영암에서 가장 영향력이 컸다. 유혁은 이웃 모산리 출신이지만 거창 신씨의 외손이기 때문에 이곳에서 공부하는 것이 가능하였다. 이곳에서 기정진·최익현의 위정척사 사상을 공부한 그는 민족의식이 더욱 내면화되었다.

당시 서당교육은 사서삼경 같은 유교 교육뿐만 아니라 근대적 민족 교육을 병행하고 있는 경우가 많아 뜻있는 이들이 선호하고 있었다. 대표적으로 전북 부안 계화도에서 후학을 기른 유학자 간재 전우[14]를 예로 들 수 있다. 상해임시정부 대의사로 활동한 독립운동가 변극도 한학 교육을

---

14 전우(田愚, 1841~1922)는 전북 전주 출신의 유학자로, 사헌부 장령 등 여러 벼슬을 모두
    거부하였다. 급진개화파인 박영효는 전우를 보수 학자의 우두머리라고 참(斬)하여 한다고
    고종에 청을 하였다고 한다. 을사늑약 체결 후 1908년 부안, 군산 등의 작은 섬에 은둔하며
    성리학에 매진한 그는 1912년 계화도에 정착하여 저술과 제자 양성에 힘썼다. 그는 전통적
    유학사상을 그대로 실현시키려 한 점에서 조선 조 최후의 정통 유학자로 추앙을 받고 있다.

선호한 부친 때문에 간재 선생으로부터 유학을 배웠다.[15] 유혁이 공부하였던 구림에서는 유학에 신학문을 접목한 개량서당 등이 있었는데 유혁이 근대 민족의식을 형성하는 데 적지 않은 도움이 되었다.

부친이 서당 훈장을 하고, 조상 대대로 조선 성리학을 일군 집안의 후예였던 유혁은 불의에 타협하지 않은 강직한 성리학적 전통이 배어 있었다. 하지만 노론 중심의 기득권을 타파하고 새로운 개혁을 추진하였던 소론 가문의 전통, 양명학과의 접촉 등은 그의 인식의 폭을 확장시키는 좋은 계기가 되었다. 여기에 일본 유학을 통해 접촉한 서구의 합리적인 문화는 전통에 바탕을 둔 개혁을 추구하는 그의 사상적 토대가 되었다.

유혁의 개방적인 태도는 집에 '노비' 신분에서는 벗어났으나 여전히 반노비 상태로 있었던 이른바 머슴들이 완전히 신분에서 벗어나도록 하였다. 이때의 노비 출신 머슴을, 모산리나 영보에서는 '호집'이라고 불렀던 것 같다.[16] 이들은 다른 지역에서는 '호외집', '협호挾戶'라 불리는 계층으로, 지주에게서 집과 소작지를 빌어 생활하면서 주인의 일을 도와주는 이들이었다. 이들은 대체로 이전의 노비 출신들이었다.[17] 유혁의 집에는 '호외집'이 6호나 있었다 한다. 영보 부잣집의 경우 대체로 2~3호 정도의 호집을 거느리고 있었다고 하니, 유혁 집안의 경제적 수준을 알 수 있다.

유혁은 키가 5척 3촌, 약 161cm 되는 그리 큰 키는 아니었다. 약명부에 있는 것처럼 보통 체구였다. 하이칼라 머리에 이마가 넓고 치아가 가

---

15 박해현, 2021, 『독립운동가 교사가 되다』

16 유혁의 4남 인학은 '호재집'이라고 하였는데, '호집'을 말하는 것 같다.

17 박찬승, 앞의 글.

지런하다고 하였다. 주목되는 것은 일제가 그를 '호남자'라고 우호적으로 적었다. 그를 감시한 일본 경찰의 입장에서 볼 때도 유혁이 정말 '호남자'였던 것이다. '정말 남자다운 남자'였던 것이다.

일본 당국이 남긴 요시찰인 명부의 이 부분 설명은 누구보다 유혁을 잘 아는 조카 정찬준의 기억에서도 확인할 수 있다. 그는 "외숙(유혁)이 화를 낸 적을 본 적이 없다. 항상 온화한 미소를 머금었다. 외숙이라는 혈족을 넘어 정말 존경한 분"이었다고 회상하였다. '호남자'라는 일본 경찰의 보고 내용이 객관적인 사실의 반영임을 알 수 있다.

유혁을 일본 경찰 당국은 '공산민족주의'로 분류하였다. 당시 요시찰인 명부는 크게 '민족주의', '공산주의', '공산민족주의' 이렇게 세 집단으로 구분하여 작성되었다. 이 가운데 '공산민족주의자'는 민족 해방을 우선하였던 서울회계 출신으로, 박헌영의 조선공산당과 이념이 달랐던 이들을 말한다. 유혁은 후술되지만, 대표적인 서울회계 출신으로 정통 마르크스 레닌 사상 추종자가 아니었다는 사실을 일본 경찰도 잘 알고 있었다.

한편 그는 기본적으로 인류에 대한 보편적 사랑을 지녔다. 1945년 8월 15일 해방이 되고, 예방구금소에 갇혀 있던 유혁은 이튿날인 8월 16일 풀려나 고향에 돌아왔다. 우리나라 곳곳에서 있었던 일이기도 하였지만, 영암에서 일본인 또는 일본인의 주구 노릇을 한 이들에게 보복하려는 움직임이 있었으나, 유혁은 말단이 무슨 죄가 있는가 하며 그들을 용서하자고 하며 분노한 주민들을 달랬다고 한다. 인간에 대한 한없는 사랑을 유혁이 지녔음을 알 수 있다.

제2장
유학과 양명학의 결합

분비재 강학과 모산촌[18]

기축옥사와 임진왜란으로 모산촌 유씨들의 재지 기반이 동요하였다. 영암 현감을 지내며 모산리의 가치를 알고 그곳에 살 것을 당부하였던 유희정은 영암파의 파조이다. 부친의 뜻에 따라 희정의 아들 유용강은 희정의 아우인 희저의 아들 유용공과 모산리에 들어와 영암파를 형성하였다.

유용공은 거창 현감으로 재직 중 관아에서 순직하였다. 그의 아들 5명 모두 관직에 진출해 명문가를 형성하였다. 실학자 유수원은 둘째 아들 유몽익의 후손이다. 고부 군수를 역임한 넷째 유몽정은 정여립 모반사건에 연루되어 옥사하였다. 그의 부인은 나주의 명문 사족 나세찬의 딸이었다. 유용공의 장손 유렴의 사위는 정개청의 문인 나덕준이었다. 기축옥사에 정개청, 유몽정, 나사침, 나덕명, 나덕준 등 나주 출신 인사들이 연루되어 있었다. 기축옥사로 유몽정이 죽임을 당하자 모산리 유씨들은 화를 피해 뿔뿔이 흩어졌다.

---

18 이 부분 서술은 김승대의 글 참조(2018, 「호남 소론의 근거지 모산촌 연구」, 『한국실학연구』 36).

분비재

유몽정의 장남 후손은 여천 율촌으로, 둘째 아들 후손은 함평, 보성 등지로, 셋째 아들 후손은 곡성 옥과 등지로 흩어졌다. 유몽정의 아우인 유몽삼의 후손들도 상황은 마찬가지였다. 큰아들은 영암, 경기도 고양, 장성으로, 둘째 아들은 경기도 광주지역으로 흩어졌다. 유용공의 둘째 아들 몽익의 후손 가운데 큰아들 유속의 자손은 서울 양천으로 이거하였고, 둘째 아들 유준의 자손인 신오, 창오, 형오 형제들만 모산촌에서 세거하며 가문을 지켰다. 그런데 유속의 장인인 박응인이 반남 박씨였는데, 이 집안의 딸이 선조 왕비 의인왕후 박씨였다. 몰락한 유속의 집안이 중앙의 명문가로 발돋움할 수 있는 기틀이 형성되었다.

기축옥사로 거의 와해 상태에 있었던 모산촌 유씨 가문의 전통을 새롭게 세운 이가 유준이었다. 유준은 실학자 유수원의 고조였다. 유준은 생원시에 급제하였고, 인종 반정 때 의금부도사가 되어 국왕을 호위한 공이 있었다. 하지만 효성이 지극한 그는 관직에서 물러나 모산촌에서 제사를 모시고 있다가 병자호란이 일어나자 나주에서 거병하였다.

계속된 국난으로 향촌 사회가 동요하자, 유준은 유교적 질서의 확립을 통해 국난 극복과 항촌 사회를 안정시키고자 하였다. 그가 모산촌에 '분

영팔정　　　　　　　　　　　죽봉사

비재憤悱齋'라는 강학을 세운 배경이다. 분비재는 문중(門中, 洞契) 서당의 확대형으로써 덕망과 학식이 뛰어난 스승을 모시고, 각 마을의 유능한 자제를 교육하는 강학 공간이었다.[19]

1642년 첫 강론은 영팔정에서 시작하였다. 영팔정은 하정 유관이 주위의 경치에 감탄하여 아들 맹문에게 짓도록 하여 조선 태종 6년(1406년)에 지은 정자이다. 처음에는 모산리 '모'자와 하정의 '정'자를 따서 '모정'이라고 불렀으나, 훗날 이이·고경명·유상운 등이 주변 경관을 팔영시八詠詩로 읊어서 '영팔정'으로 바뀌었다 한다. 현재 영팔정은 1998년 중건된 목조 건물이다. 정면 4칸 측면 2칸의 팔작지붕이었다.

원래 '분비憤悱'의 뜻은 주자가 말한 "마음에 알고자 번민하여야 깨우쳐 준다"라는 뜻으로 "학도들은 학문에 분발하여 그 몽매함을 계발하고자 한다"라는 의미에서 비롯된 것인데, 1648년 작성된 분비재기에 의하면 "'분憤'은 아직 깨닫지 못한 것을 알고자 하는 것이고, '비悱' 또한 말로 표현하지 못한 것을 말하고자 함을 이른다"라고 하여 분비재 강학의 성격을 분명히 하였다.

---

19 영암문화원, 2021, 『모산동분비재학도권학문』

　현재 분비재 뒤편에는 유준과 약재 유상운을 배향하는 죽봉사竹峰祠가 있다. 죽봉사는 1664년(현종 5년) 유준을 배향하기 위해 세워졌는데, 1729년 유상운이 추배되었다. 이긍익은 그의 연려실기술에서 나주·영암의 대표 서원의 하나로 죽봉사우를 소개하였다. 모산촌의 죽봉사는 영팔정과 함께 모산촌의 정신적 지주 역할과 더불어 호남 소론의 거점 구실을 하였다. 유혁의 부친 흥인도 서당을 운영하였는데 분비재의 전통을 계승한 것이었다. 유혁이 한학에 뛰어난 것은 이러한 전통이 이어진 탓이다.

이광사의 처가·이긍익의 외가 모산촌

연이어 정승을 배출한 가문으로 명성을 누렸던 모산촌 문화 유씨 가문은 영조 31년(1755년)에 발생한 '나주괘서사건'으로 거의 멸족 수준이 되었다. 이때 유명한 양명학자 이광사도 처벌받았다.

이광사의 전주 이씨 집안은 노론과 대립을 한 소론 가문이었다. 백부 이진유는 신임옥사[20] 당시 사간으로 경종을 보호하고 노론 4 대신을 공격하는 데 앞장섰고, 아버지 이진검도 예조판서로 노론 공격에 앞장섰다. 1725년 영조 즉위와 함께 노론이 집권하였을 때, 이진검은 추자도로 유배되었다가 무신란[21]에 연루되어 국문鞫問 받다 옥사하였다.

소론 준론 가문 출신으로 노론이 득세한 정국에서 관직 진출이 차단되었던 이광사는 강화도에 있는 정제두鄭齊斗에게 양명학을, 그리고 윤순

---

20 조선 경종 1년(신축년)과 2년(임인년)에 걸쳐 일어난 경종을 지지한 소론과 훗날 영조가 되는 연잉군을 지지하는 노론의 싸움으로 소론이 승리하였다. 하지만 곧 영조가 즉위하면서 소론이 몰락하게 된다.

21 1728년 영조 4년에 일어난 이인좌의 난을 말한다. 소론계가 이 사건으로 몰락한다.

에게는 글씨를 배웠다. 정제두가 강화도에 있으며 양명학을 체계화하였다고 하여 강화학파라고 하는데, 강화학파는 인간의 내면을 중시하는 양명학을 바탕으로 주자학적 인식론을 재수용하거나 실증적 학풍을 도입하였다. 특히, 이광사는 '존실리存實理'를 주창하였다.

그는 윤순의 영향을 받아 왕희지체를 표방하는 옥동玉洞 이서가 일으킨 동국진체東國眞體를 완성하였다. 하지만 1755년 나주괘서사건에 연루되어 가문 전체가 파란을 겪는다. 역모의 주동자인 윤지의 문서 상자에서 이진유·이진검·이광사 등의 서찰이 발견되었다. 이것이 이광사와 윤지가 서로 통했다는 죄목으로 엮어져 친국을 받고 유형을 받았다.

원교 이광사는 1755년 을해옥사로 부령으로 유배 갔다가 1762년 완도 신지도로 유배지가 옮겨졌다. 그는 처가 마을인 모산촌과 지리적으로 가까운 거리에서 유배 생활을 16년 하다가 생을 마친다.

또한, 원교는 장인인 유종원과 매제인 유규원(유수원의 4촌)이 8촌 사이로 모산촌을 근거로 겹혼을 이루고 있었다. 부친을 만나러 유배지 신지도를 자주 찾았던 이긍익·이영익 형제는 오가며 외가 동네 모산촌을 자주 들렀다. 이긍익은 연려실기술을 저술한 학자로 교과서에 소개될 정도로 유명하다.

이긍익의 아우인 이영익의 신재집에 모산촌에서의 생활을 적은 글이 있다. 정인보의 아천정기에 그 내용이 소개되고 있다.

다음은 신재집에 소개된 모산촌 관련 내용이다.

임진년(1772) 5월 형님이 가족을 데리고 모산에 우거하여 멀리서 16
수의 절구를 올리다壬辰五月 家兄捲家寓茅山 遙呈十六絶句

비 내리는 밤 외로운 서재에 온갖 생각 드는데　　　　雨夜孤齋集萬思
해마다 더해가는 것을 이별뿐이구나　　　　　　　　年年增盆是分離
수심에 잠들다가 다시 시끄러운 소리에 깼는데　　　愁眠又被喧喧撼
어찌 개구리 우는 소리 사사롭지 않다 말하리　　　　可道蛙鳴不爲私

슬픔을 풀 만한 술 한 잔도 없으니　　　　　　　　未有盃樽可釋悲
여윈 아내 신음하고 누이동생 굶주려 우네　　　　　瘦妻呻病妹啼飢
시름시름 누워 떠난 이 있는 곳 생각하니　　　　　　涔涔臥念行人處
바로 모산에서 나를 그리워할 때이겠지　　　　　　正是茅山憶我時

……

일찍이 우리 어머니께서 자라신 고향　　　　　　　曾是吾慈生長鄕
손수 심은 붉은 열매가 숲 너머로 자라네　　　　　手栽朱果出林長
우연히 지나쳐도 오히려 눈물이 흐르는데　　　　　偶然經過猶堪涕
하물며 떠돌다가 다시 이곳에 이르렀으니　　　　　況復流離落此方

정령이 천 리 밖 고향 산천에 돌아왔으나　　　　　精靈千里故山歸
사십 년 동안 온갖 재앙이 닥쳐 변하였네　　　　　四十年來百劫移
오직 울타리만 옛집임을 알아볼 뿐　　　　　　　　唯有籬遭知舊宅
마을 늙은이 중 당시를 기억하는 이 없네　　　　　並無村老記當時

덕진의 생선회 눈처럼 어지럽게 펼쳐있는데　　　　德津魚膾雪紛羅
게다가 영암의 큰 석화까지 있구나　　　　　　　　更有靈巖大石花
춘추 제사 지낼 때 많은 감회에 젖었는데　　　　　春秋時薦須多感
일찍이 고향 산천의 이 맛이 좋다고 말했었지　　　曾說鄕山此味嘉

이긍익 형제가 성장한 외가 동네인 모산촌에 대한 그리움, 풍광, 음식 등이 자세히 소개되어 당시의 사정을 아는 데 도움을 주고 있다. 을해옥사로 인하여 모산촌의 기존 질서와 풍속이 많이 변한 것에 대한 안타까움이 드러나 있다.

소론 학맥 정인보와 유혁

우리에게 꼿꼿한 선비로 각인된 위당 정인보는 일제강점기 엄격한 사료 추적에 의한 사실 인식과 민족사적 의미를 부여한 학자이다. 1931년 '조선학'이라는 단어를 처음 사용하며 국학을 체계화한 위당은 손진태가 처음으로 설명한 '신민족주의 사학'의 사실상 원류이다.

그는 해방 후 국학대학장을 거쳐 1948년 새로 출범한 이승만 정부의 초대 감찰위원장을 맡아 정부 초기의 관직 기강을 세우려 노력하였다. 한국전쟁 때인 1950년 7월 31일 서울 자택에 있다가 북한 인민군에게 강제로 납북되었던 위당은 북으로 끌려가다 굶주림과 추위로 사망하였다. 후술하겠지만, 유혁 또한 한국전쟁 때 서울에 머무르고 있다가 정인보와 함께 납북되었다.

위당과 유혁 양인의 돈독한 관계는 정인보가 쓴 '아천정기'라는 글을 통해 짐작할 수 있다. 유혁 부친 흥인이 '아천정'이라는 정자를 짓고자 할 때 그와 관련한 '기記'를 정인보로부터 받고자 하였는데 다음에서 알 수 있다.

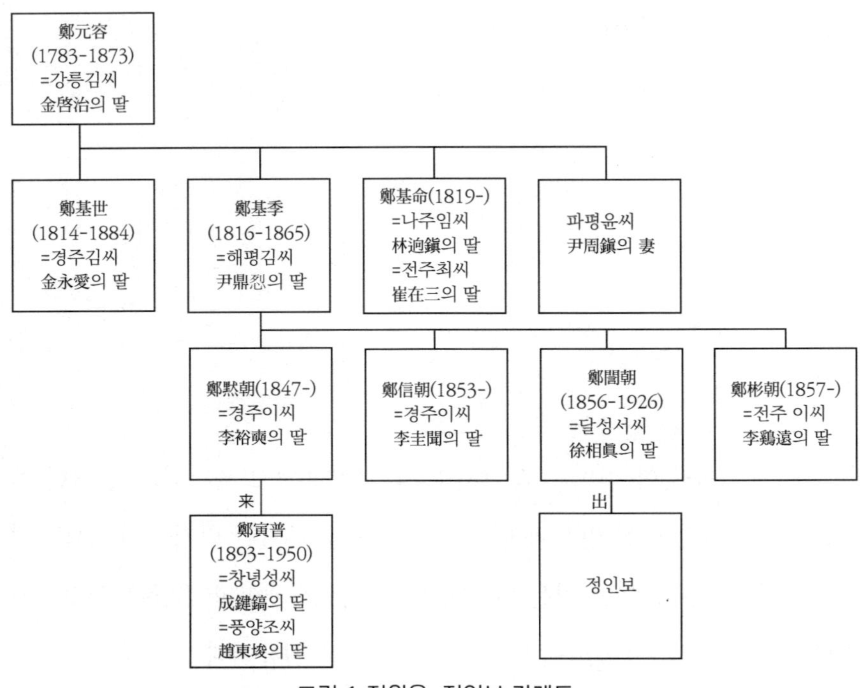

그림 1 정원용·정인보 가계도

> "저의 아버지는 늙었소, 늘 답답증을 견디지 못하여 산골짜기로 나
> 가 두어 칸 집을 지어 거닐면서 아천정我泉亭이라 이름 짓고는 남에
> 게 記를 부탁한 적은 없건만, 유독 자주자주 그대의 글을 이야기하오.
> 그대가 지어주면 아마 우리 아버지 마음에 들 듯하오."

정인보가 지은 아천정기[22]에 당시의 사정이 드러나 있다. 흥인이 유독 정인보의 글만을 받으려 하였음을 알 수 있다. 정인보는 유혁의 부친 흥인 등이 조직한 '반양시사' 회원으로 이름이 올려져 있다. 하지만 '반양

---

22 담원문집에는 '아천당기'로 나와 있다.

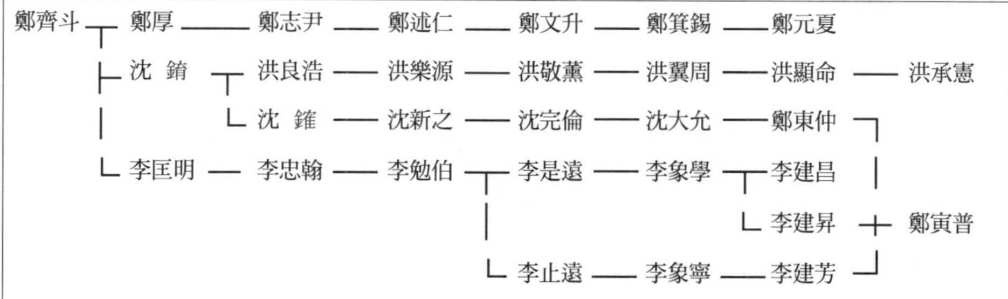

그림 2 정제두·정인보 학맥도

시사'에 그의 글이 보이지 않는다. 시집 편찬할 때 누락한 것인지, 아니면 회원으로 이름만 올려놓은 것인지 알 수 없다.

정인보의 글은 당대인들에게는 극찬의 대상이었다. 그의 절친인 윤기중은 정인보의 문장을 다음과 같이 평가하였다.

"만약 우리 담원에게 이 제목을 짓게 한다면 그 문장이 마땅히 어떠할 것인가? (중략) 담원의 문세文勢는 우레가 진동하고 용이 달리는 위풍이 있고, 깊이 스며드는 자욱한 전국의 향내가 있고, 일을 따질 때 강개慷慨함을 극에 이르게 하여 질탕한 소리와 채색彩色이 사람의 정신을 번쩍 불러일으켜 그 신묘神妙함을 이루 헤아릴 수 없다. 비록 타고난 품성品性에도 기인하지만, 그 이룩함이 남다르니, 인공人工 또한 속일 수 없다."[23]

정인보는 적지 않은 묘비명 등 많은 청탁 글을 남겼다. 글을 부탁한 이

---

23 「尹器重 先生이 담원 선생에게 한 서한」, 위의 책, 123~125쪽. "家伫亦來讀, 因相謂曰: '使吾薈園作此題, 其文章當何如?〔…〕薈園之文勢如雷動龍行, 而有沈浸醲郁之味, 其論事極致慷慨跌宕, 聲彩喚人精神, 妙不可測, 雖因天稟, 而所就有異, 人工亦不可誣也.'"

는 대체로 그와 막연한 관계였다. 정인보가 유혁의 부친 소망에 따라 글을 작성하였다고 하지만, 유혁과 깊은 관계가 형성되었기 때문에 가능한 것이었다. 유혁 또한 정인보와 '호형호제'하는 사이였기 때문에 어려운 청이 가능하였을 것이다. 이렇게 두 사람이 가깝게 된 배경은 정인보와 유혁 모두 소론계 후손이라는 점이 작용하였다.

문화 유씨를 빛낸 유상운·유봉휘는 조선 후기 대표적인 소론계 관료였다. 본관이 동래인 정인보는 조선시대 16명의 재상을 배출한 명문가의 후손이었다. 청백리로 소문난 영의정을 역임한 정원용(1783~1873)이 그의 증조부였다. 대표적인 소론계 출신 관리였다.

정인보는 1893년 5월 6일 외가인 서울에서 호조 참판을 지낸 아버지 정은조(1856~1926)와 어머니 달성 서씨達城徐氏 사이에 태어났다. 유혁과 나이가 같았던 것도 서로 '호형호제'하는 계기였다.

소론계로 정치적 박해를 받았던 가문의 전통과 같은 길을 걸었던 모산촌 문화 유씨의 가문의 역사는 정인보에게 연민의식을 느끼게 하였다. 정인보의 아들 정양모(전 국립박물관장)는 유혁의 4남 인학에게, "부친께서 선친인 유혁 선생을 얘기할 때, 같은 소론 가문이었다는 사실을 꺼내곤 하였다"라고 회고하였다.

정인보는 양명학을 체계화한 정제두의 학맥을 완성한 이건방, 이건승 등 유명한 양명학자를 스승으로 섬겼다. 이건방은 유봉휘의 묘갈을 지었다. 정인보는 정제두 곧 하곡학파의 직계 학맥의 계승자로 자리매김하고 있었다. 그의 대표적 저술인 『양명학연론』은 이러한 학적 토대 위에서 나왔다고 하겠다. 결국, 정인보는 소론의 학맥 바탕 위에 양명학을 체계화한 대표적 학자였다.

강화학파라고 불렸던 양명학은 성리설과 의리명분론에 치우치지 않고, 민생民生에 필요한 여러 실용적인 학문 분야를 연구하였다. 중국에서의 양명학이 심성론에 치우쳐 자연학에 소홀한 경향을 보였던 반면, 강화학파는 심성론에 있어서는 양명학을 받아들였지만, 자연학, 국어학 등 민생에 관련된 여러 구체적인 문제에 관해서도 깊은 연구를 병행하였다. 강화학파 학풍의 중요한 특징이라고 할 수 있다.[24]

유혁과 정인보의 관계는 단순히 지인의 관계를 넘어 학문과 식민지 현실의 극복 방안, 곧 독립운동 방략 등을 논의하는 정치적 동지이기도 하였다. 특히 1937년 유혁이 출옥 이후 일제 말, 그리고 해방 후 급변하는 국내외 정세를 헤쳐나가는 데 두 사람은 늘 함께한 것으로 추측된다.

---

[24] 조성산, 2010, 「정인보가 구성한 조선후기 문화사」, 『역사와 담론』 56.

제3장
일본 유학과 민족의식 확대

의병 전쟁과 민족의식 형성

유혁이 열락재 등에서 한학을 공부하고 있을 때, 대한제국의 운명은 날로 기울어져 갔다. 1905년 체결된 을사늑약은 유혁의 가슴을 답답하게 하였다. 민영환, 조병식의 자결 소식을 들은 유혁은 하늘을 응시하며 주먹을 불끈 쥐었다. 을사늑약 체결로 전국에서 의병이 봉기하고 있었고 늑약 무효를 주장하는 성명서가 발표되고 있었다. 1907년 7월 고종황제의 강제 퇴위와 8월 1일 대한제국 군대의 해산은 의병봉기를 촉진시켰다. 특히 전남 의병은 1908년 1909년 만 2년 동안 무려 350차례 이상의 전투를 일본군과 치렀다.

전남 의병의 주축은 함평 출신 심남일이 이끈 '호남의소湖南義所'였다. 호남의소의 주력은 나주·영암 의병이었다. 영암 금정의 국사봉에는 호남의소의 지휘부가 있었다. '나주·영암 의병'이 중심이 된 '호남의소' 나아가 '호남 의병'들은 '분진'을 바탕으로, '연합' 작전을 전개하였다. 박사화 의병부대의 십장인 김치홍은 심남일 의병부대 기군장, 박민홍 의병부대 십장이었다. 김치홍이 심남일·박사화·박민홍 의병부대를 자유롭게 이동하고 있음을 알려준다.

일본 기록에 의하면, 박사화·박민홍·강무경이 인솔하는 250명 의병이 덕룡산에 진지를 구축하고 일본 군경과 3시간에 걸쳐 총격전을 벌였다. 박사화 의병부대가 심남일 의병부대의 강무경을 비롯하여 또 다른 의병부대를 이끌고 있는 박민홍 의병부대와 연합전선을 구축했음을 보여주고 있다. 이러한 '호남의소'의 특징은 '호남의소' 의병부대가 강력한 의병부대를 오랫동안 유지하여 일본 정규군과 2년 가까운 독립전쟁을 치른 원동력이었다. 이러한 '독립 의진'을 중심으로 '연합 의진'을 구성한 '호남 의병'의 뿌리는 '나주·영암 의병'에서 비롯되었다.

'호남의소'의 주력인 나주·영암 의병은 매일 일본군과 치열하게 전쟁을 치렀다. 전사한 의병 숫자는 셀 수 없다. 이처럼 엄청난 인적 희생이 따랐음에도 불구하고 전쟁이 2년 넘게 지속되었다. 이는 인근 주민들의 인적·물적 뒷받침이 수반되었음을 의미한다. 곧, 의병들의 빛나는 항쟁에는 나주·영암인들의 자발적이고 헌신적인 도움이 뒷받침되었음을 알 수 있다.

나주·영암 의병에는 모산리 문화 유씨 가문도 많이 참여하였다. 대표적으로 모산리 출신 유시연이 있다. 그는 심남일 의병장 후군장으로 빛나는 전공을 세웠다. 금평산이 지휘하는 일본군 기병중대와 맞서 싸우다 1909년 장렬하게 전사하였다. 정부로부터 애국장 서훈을 받았다. 저자가 정리한 『영암의병사연구』(2019, 영암문화원)에 농소 전투에서 전사한 유병협을 비롯하여 유성열, 유춘신, 유치선(금정) 등이 문화 유씨 출신 의병으로 추정된다.

이렇듯 문화 유씨 가문의 빛나는 의병 활동은 유혁의 항일 의지를 더욱 불태웠다. 이 무렵 그는 모산리 생가 앞에 새로 들어선 면사무소에 면장으로 부임한 친척의 추천으로 면사무소에서 근무하고 있었다. 유혁의 4남 인학의 증언에 따르면, 1755년 나주괘서사건의 소용돌이를 피해 다른 곳으로 이거했다. 아예 차車씨로 개명한 모산리 유씨 후손(차봉기)이 면장으로 왔다고 한다. 면장은 유혁을 비롯하여 유인구, 인흥 등 유씨 일족을 면사무소에 취직시켰다고 한다. 이 증언이 구체적인 것을 보면 어느 정도 사실과 부합할 가능성이 있다.[25]

유혁은 나주·영암 곳곳에서 일본군과 물러서지 않은 전투를 전남 의병들이 치르는 것을 보고 의병으로 참전하려 하였다. 하지만 부친 흥인은 힘을 기르는 것이 중요하다고 설득하였다. 그는 국권이 피탈되자 곧장 적국 일본으로 건너갔다.

---

25 인학은 유혁이 18세 때 면서기를 하고 20세 때 일본 유학을 하였다고 기억하고 있다. 18세 때는 1910년 무렵이고, 1912년 일본 유학을 떠났다는 이야기가 되겠다. 그러나 유혁이 1913년 메이지대 전문학부를 졸업한 것을 보면 1911년 유학을 떠난 것으로 추측된다. 모산리가 영암 행정구역에 편입되었을 때가 1906년이다. 이 무렵 차봉기가 면장으로 부임했다면 이 어간이 된다.

일본 유학과 민족의식 확대

　조선인의 일본 유학이 시작된 것은 1881년이었다. 1880년 김홍집을 단장으로 한 2차 수신사와 조사시찰단 파견이 계기였다. 이때 유학생들은 조선 정부로부터 파견된 관비 유학생들이었다. 그러나 1882년 임오군란, 1884년 갑신정변 등 정치적 불안정이 이어지면서 유학생 파견이 중단되었다.

　1895년 갑오개혁 때 나온 근대 교육의 필요성을 강조한 고종의 '교육입국조서'에 따라 유학생 파견이 본격적으로 이뤄졌다. 당시 파견된 유학생이 경응의숙 162명, 사관학교 8명 및 세관학교 6명 등 182명이었다. 1897년 64명, 1898년 47명 등으로 파견 유학생 숫자가 일정치 않았다. 1903년에는 재정 부족으로 관비 유학생 파견 지원 중지, 1905년 을사늑약 체결 이후 재개 등 관비 유학생 파견에 우여곡절이 많았다. 이는 재정이 부족한 데다 국내 정치 상황이 급변하였기 때문에 관비 유학생 파견을 계속 추진할 수 없었던 정부 정책과 관련이 있다. 1905년 무렵 파견된 관비 유학생에는 조소앙, 최린 등 일제강점기에 활동하였던 인물들도 포함되어 있었다.

관비 유학생들의 교육, 기숙, 감독은 당시 일본 동경부립제일중학교가 맡았다. 제일중학교는 1879년에 개교한 학교로 당시 학생 수가 800명, 교사가 50명 정도 되는 명문 학교였다. 유학생들은 5시 기상, 6시 식사, 7시 등교 등 철저히 짜진 일과표에 따라 생활하였다. 유학생들이 일본에 온 것은 부강한 나라를 건설할 역군이 되어야 한다는 고종황제의 특명에 의해서였다. 하지만 1905년 을사늑약의 체결은 유학생들의 꿈이 좌절되는 것이어서 누구보다 비통한 심정이 컸다. 조소앙은 "오장五臟이 끓는 듯 타는 듯 통탄을 금할 수 없었다"라고 술회하였다.

이렇게 조선 유학생들이 격분하고 있을 때 일본 동경부립제일중학교 교장이 잡지에 "한국 유학생들을 이과 과목에 진전이 없다. 고등교육은 무리다. 규율이 없다, 지능이 낮다"라고 유학생들을 비하하는 내용의 글을 게재하였다. 1905년 12월 5일 관비 유학생 37명 전원은 학교장의 편견과 주권 침탈에 맞서 동맹휴교를 결의하고 타학교로의 전학을 요구했다. 학교 측이 요구를 거절하자, 학생들은 12월 11일 전원 자퇴서를 제출하며 강경하게 맞섰다. 그러자 학교 당국은 12월 22일 전원 퇴학 처분하였다. 이후 타협안이 나오며 26명은 복교를 하였으나 나머지 10명은 끝까지 거부해 관비 유학생 자격을 잃었다. 유학생들의 동맹휴교 및 자퇴서 제출은 유학생들의 항일운동사에 길이 빛나는 사건이었다. 동맹휴교를 주도한 학생들은 이후 유학생단체를 조직하여 본격적인 독립운동에 나섰다.

한편 동경부립제일중학교를 졸업한 20명의 진로를 살피면, 메이지대학 법률 전문과와 고등학교 진학이 5명, 고등공업학교 4명, 고등상업학교 3명, 와세다대학 2명, 사범학교 2명, 의학교·농과대학·경찰학교 등의 진학 등 다양하였다. 학생이 가장 많이 선택한 곳이 메이지대학 법률 전문과였다.

1881년 메이지 법률학교로부터 시작된 메이지대학은 1903년 전문학교령에 따라 메이지대학 전문부로 개칭되었고 전문학교로 인가받았다. 1920년 대학령에 따라 메이지대학이 되어 법학·상학 2개 학부 및 예과를 설치하였으며 뒤에 경제학부를 두었다.[26] 메이지대학의 전신이 법률학교이다 보니 법학에 관심을 둔 학생들이 많이 지원하였다. 특히 전통적 유교적 관료집단에 익숙한 조선 유학생들이 이 대학·학과를 많이 선호하였다.

제일중학교를 졸업한 26명 관비 유학생 가운데 메이지대학 법률 전문과를 진학한 이는 박유병, 조소앙, 양치중, 윤태진, 어윤빈 등 5명이었다. 1907년 3월 제일중학교를 졸업한 조소앙은 이듬해인 1908년 3월 메이지대학 고등예과에 입학하였고, 1909년 9월 법학부 본과에 입학하였다.

한편 재일유학생들은 을사늑약 체결 이후 급속히 진행되는 일제의 침략 야욕에 맞서기 위해서는 국민의 힘과 실력 양성이 절실함을 깨달았다. 유학생들은 10여 개로 난립하였던 단체 통합 논의를 본격화하여 1907년 9월 대한유학생회를 출범시켰다. 이 단체는 1908년 2월 대한

---

26 다음 백과. 그런데 1943년 9월 25일 메이지대학 졸업 증서를 보면, '전문부 상과 본과'라고 나와 있다. 백과사전 설명과 달리 전문부가 여전히 유지되고 있음을 알 수 있다.

학회, 1909년 1월 대한흥학회로 발전하였다.

을사늑약 체결 후 점차 관비 유학생 규모는 줄어들고, 사비 유학생 숫자는 늘어났다. 무작정 일본으로 유학을 떠나려는 학생들이 줄을 이어, 1910년 1월에는 700여 명이나 되었다. 이렇게 유학 풍조가 만연되자, 당시 황성신문은 "학문에 독실한 지취志趣도 없고 학식도 없는 어린 학생들이 풍조에 휩쓸려 일본으로 유학하게 되어 실지 공부도 못할 뿐만 아니라 잘못된 의식을 갖게 된다"[27]라고 우려를 표시하기도 하였다. 다음 표는 당시 일본 유학생의 규모이다.[28]

<표1. 일본 유학생 수>

	1897	1899	1900	1901	1903	1904	1905	1906	1907	1908	1909	1910	1911
기존	150	161	152	141	140	148	102	197	430	554	702	739	595
新渡	160	2	6	7	12	37	158	252	153	181	103	147	5
합계	310	163	158	148	152	185	260	449	583	735	805	886	600

1909년 2월 메이지대학 법학부 본과에 입학한 조소앙은 유학생단체 대한흥학회를 창립하는 데 주도적 역할을 하였고, '대한흥학보' 편찬위원과 편찬부장을 맡았다. 그리고 대한흥학회 총무도 맡아 한·일 병합 반대 운동을 추진하기도 하였다. 그는 1912년 6월 메이지대학 졸업시험을 치른 후 잠시 귀국하여 경신학교 등에서 교사로 근무하다 중국에 건너가 신규식이 조직한 '동제사'에 가입하여 활동하였다.

---

27 황성신문. 1909. 7. 20

28 이계형, 2008, 「1904~1910년 대한제국 관비 일본 유학생의 성격 변화」, 『한국독립운동사연구 31』

메이지대학에는 비슷한 시기에 조만식, 김병로, 현준호, 정노식, 이인 등이 재학하고 있었다. 와세다 대학에는 같은 시기에 최남선, 송진우, 김성수, 신익희, 현상윤, 김철수, 장덕수 등이 공부하고 있었다. 도쿄제국대학에는 김준연, 유억겸, 김우영 등 여러 학생이 재학 중이었다. 영암 출신 김준연은 1914년 일본에 건너갔다. 1911년 일본에 건너가 같은 해 와세다대학 정경학부에 입학한 안재홍은 1914년 졸업하고 귀국하여 지내다 1916년 상해로 건너가 동제사에 가입하여 활동하였다.

유혁이 1913년 10월 메이지대 전문부 3년을 수료했다고 하는 것으로 보아 도일 시기는 1910년 국권 피탈 무렵으로 추측된다. 일본에 건너와 다른 유학생들처럼 정칙正則학교 등에서 어학 공부를 잠깐 하였을 것이다.

재일 조선 유학생은 지주 등 부유한 가정 출신이 많았다. 하지만 이들 가운데 상당수는 유학 생활을 통해서 민족의식의 각성 및 새로운 사상을 습득하여 민족해방 운동에 몸을 던졌다. 특히 전체 유학생의 1/3을 점하는 노동자·농민의 자제인 고학생苦學生들은 노동자 생활을 직접 경험하며 현실사회의 모순에 눈을 뜨며 민족 해방운동에 앞장섰다. 유혁도 그리 넉넉한 가정형편이 아니었기 때문에 '고학생' 처지였다고 훗날 술회한 적이 있다. 그렇지만 일본 유학은 그의 민족의식을 키우는 계기가 되었다.

한편 재일유학생이 증가하면서 이들은 단체를 조직하였다. 다음 〈표 2〉를 통해 확인할 수 있다.

<표2. 재일 조선인 단체 연도별 추이>[29]

연도	1906	1907	1911	1912	1913	1914	1916	1917
동경	2	1	1	1	2	1	2	1
대판								
기타								
계	2	1	1	1	2	1	2	1

연도	1919	1920	1921	1922	1923	1924	1925	계
동경	1	6	7	4	6	9	6	50
대판			2	8	5	8	22	45
기타			1	2	8	24	31	66
계	1	6	10	14	19	41	59	161

재일본 조선인 유학생들은 표면적으로 친목과 상호부조를 목적으로 조직을 결성하였으나 내면적으로는 민족해방운동을 전개하였다. 1910년 결성된 대한흥학회가 해산된 후에는 출신 도별로 친목향우회가 결성되었다.

1912년 10월 27일 안재홍(와세다대), 최한기(메이지대), 서경묵(메이지대) 등은 '재동경조선유학생학우회(학우회)'를 결성하였다. 학우회는 사무소를 동경기독청년회관에 두고 기독청년회와 밀접한 관계를 맺으며 재일 조선인 전체의 중심적인 존재가 되었다. 학우회는 친목 단체를 위장한 독립운동 단체였다. 당시 일본 경찰의 감시보고서에 잘 드러나 있다.[30]

---

29 경보국 보안과, 1925, 「大正14年中ニ於ケル在留朝鮮人の狀況」 ; 金基旺(1998, 「在日朝鮮留學生の民族解放運動に關する硏究」, 神戶大學大學院博士論文 재인용)

30 김기왕, 앞의 글.

　　"대정大正 원년(1912년) 동경에서 조선인 유학생 대부분을 망라한 조선 유학생 학우회가 만들어졌는데, 본회는 명실공히 완전한 단체로써 일반 조선인 단체 가운데 중심적인 세력을 유지하고 있는 기독교청년회의 후원에 의해서 독립운동, 기타 각종 불온한 일을 기도하는 데 앞장서 참가하고 그 계획 및 실행을 하고 있다."

　　이 단체에 유혁도 참여하였을 것이다. 본국에서는 국권을 빼앗기자 전남 곡성에서 정재건 의사가 자결하고, 구례에서 매천 황현 선생이 목숨을 끊는 등 온 민족이 비통에 빠져 있었다. 유학생들은 흐르는 눈물을 감추지 않았다. 이를 악물고 힘을 길러 독립을 쟁취해야 한다는 의식이 커졌다. 이들이 유학생단체의 결속을 강화한 배경이다.

　　유혁은 메이지대학 동문인 조소앙을 비롯하여 와세다 대학에 재학 중인 안재홍 등을 만났다. 훗날 조선을 대표하는 사상가이자 독립운동가들을 일본에서 만나 인연을 맺었던 것은 유혁의 활동 공간에 있어 매우 중요한 계기가 되었다.[31] 유혁은 조소앙과 안재홍과 함께 한국전쟁 때 북한에 납북된 아픔도 겪었다.

　　1919년 동경 기독학생회관에서 동경 유학생단체인 학우회가 2·8 독립선언을 주도하였는데, 국내의 3·1운동 촉발에 결정적 영향을 끼쳤다. 일본 경찰의 감시를 받았던 학우회는 1923년 9월 1일의 관동대진재 때 큰 타격을 입었다. 관동대진재 때 희생된 조선인이 6,000여 명이었다. 유학생도 1,000여 명이 포함되어 있었다.[32]

31　박병엽, 구술자료.

32　김기왕, 위의 글.

한편 유혁은 메이지대에 입학한 1910년 겨울방학 방학 때 귀국해 결혼하였다. 그의 아내는 나주 오씨 회근의 딸이었다. 그의 결혼 시기는 정확히 알 수 없으나 장녀 열순이 1912년 2월에 태어난 것으로 보아 역으로 추정해보았다. 장남 인길이 1915년 8월 태어났다. 이는 유혁의 귀국 시기를 1913년 10월로 추정한 가족들의 얘기가 사실에 가까움을 말해준다. 하지만 김준연이 1914년 일본에 건너갔고, 그곳에서 유혁이 김준연을 만났다면 그의 귀국 시기는 가족들이 기억한 것보다 조금 더 늦었을 가능성도 있다.

고 있었다. 이러던 중 영암 구림에서 대규모 시위가 일어났다. 참고로 영암 시위의 전개 과정을 살펴보겠다.

영암 지역의 시위는 4월 10일 영암 읍내의 영암시장과 구림의 구림보통학교 앞 등 두 곳에서 동시에 열렸다. 유혁이 영암이나 구림 3·1운동에 참여한 구체적인 증거는 없다. 그러나 3·1운동 때 직접 거리 시위 현장에 참가하였고, 예리한 필봉으로 항쟁 군중들의 참여를 독려하였다는 본인의 증언으로 볼 때[34] 만세 시위에 어떤 형태로든지 가담되어 있을 것 같다. 이때 주목되는 것이 유혁과 구림과의 인연이다. 유혁은 구림리 해주 최씨 최참판댁이 진외가 동네였기에 구림에 있는 서당에서도 공부하였다. 그러므로 구림의 유림과는 친형제 같은 유대감을 갖고 평생 교류를 하였다.

한편 모산리 이웃 반남면에는 근대식 교육을 한 '남화학당'이 있었다. 본서에 설명할 정우채의 조부인 정복현이 세운 학당인데, 이 학당의 졸업생이자 복현의 아들 순규는 나하집, 나준집 등 다른 졸업생과 함께 3월 25일 반남 장날 만세 시위를 하기로 광주 3·1운동에 참여한 숭일학교 재학생인 반남면 대안리 출신 김성민 등과 모의하였으나, 김성민이 체포되어 뜻을 이루지 못하였다. 이들의 만세 시위는 성공하지 못하였지만, 정순규·유흥인 등이 주도하여 복설한 금강시사 회원들이 반남의 자미산에 올라 횃불 시위를 전개하기도 하였다. 반남을 중심으로 전개된 만세 시위에 유혁이 참여하였을 가능성이 적지 않다. 여하튼 3·1운동은 민족의 역량을 확인하는 계기가 되었다.

---

34 박병엽 증언.

식민 통치기구, '중추원' 공개 비판

일제는 1910년 조선을 강제로 병합한 이후, 이완용 등 친일파를 중추원의 고문으로 앉혔다. 곧 대한제국기에 의회 성격을 띠었던 중추원을 허울 좋은 총독의 자문기구로 삼았다. 하지만 총독의 자문은커녕 강제 병합에 공이 있는 자들을 위한 자리를 보전해주는 것에 불과하였다. 1919년 3·1운동이 일어날 때까지 단 한 차례도 회의가 없었다.

이처럼 허울에 불과한 식민통치기구가 1919년 3·1운동 이후 조선인들의 여론을 수렴하는 기구로 성격이 변화하였다. '고문'의 수를 줄이는 대신 '참의'를 늘려 근대식 교육을 받은 젊은 층과 민간 유력자를 끌어들여 여론 수렴 기능을 실질적으로 하게 하였다. 물론 이 제도는 식민통치를 선전하는 도구에 불과하였다. 하지만 이처럼 형식적이건, 내용적이건 간에 약간의 변화가 보였던 데는 유혁의 공개 비판이 크게 작용하였다.

3·1운동 발발 직후, 유혁이 중추원의 결정과 그러한 정책을 추진한 총독부를 직, 간접으로 공개 비판하였다는 사실이 믿기지 않는다. 또한, 중

추원의 성격 변화가 단순히 일제의 식민통치 변화과정에서 일제가 자발적으로 추진한 것이 아니라 유혁과 같은 조선의 용기 있는 혁명가에 의해 이루어졌다는 사실은 놀라울 따름이다. 이 문제를 상세히 다루어 보겠다.

유혁은 1919년 분묘 규정 개정이 총독부의 자문 요청을 받은 중추원이 만장일치로 의결된 사실을 비판하였다. 이를 살피기에 앞서 총독부가 추진하고자 한 '분묘 규정 개정'(안)을 살펴볼 필요가 있다.

묘규 개정 요지[35]
지난 15일 중추원 회의에 자문한 묘지 화장장 매장 및 화장 취체 규칙의 요지는 다음과 같이 하되 동 회의에서는 만장일치 찬성 가결하였다.
개정의 요지
묘지의 설치에 관한 허가의 원칙을 폐하고, 종래 분묘를 가진 자는 허가를 받지 아니하고 묘지를 설치할 때는 단 다음의 제한이 있다.
(가) 한 집에 붙여 1개소에 한할 것
(나) 묘지의 면적은 3천 평 이내로 할 것
(다) 선조 및 배우자의 묘지의 경역에 의하여 또는 이에 접속하여 설치할 것
(라) 자기의 소유지에 한할 것
(마) 특별한 사정이 있는 경우 도지사의 허가를 받는 일가에서 2개소 이상의 묘지를 설치하며 또는 3천 평을 초과할 때는 길을 열 것
(바) 묘지를 설치할 때는 계출을 요할 것
　1. 부·면에서 공동묘지를 설치할 때는 또는 조상의 분묘를 갖지 아니한 자가 전연 신규에 묘지를 개설하고자 할 때는 도지사

　　<u>허가를 받을 것</u>
　　1. 타인의 소유지에 승낙을 얻지 아니하고 매장하는 자는 1년 이
　　　 하 징역 또는 1백 원 이하의 벌금에 처할 것
　　1. 종래의 분영墳塋은 무연 분묘 외에는 그대로 존치할 것
　　묘규 개정의 핵심 요지는 대개 현행 규칙 '<u>제2조 묘지는 부·면·리·</u>
<u>동 기타 지방 공공단체 또는 이에 준한 것이 아니면 새로 설치할 수</u>
<u>없고, 단 일족 또는 동족의 분묘를 집장集葬하기 위하여 현재 남아 있</u>
<u>는 분묘의 경역에 의하며 또는 이에 접속하여 묘지를 설치하고자 하</u>
<u>는 경우 또는 특별의 사정이 있는 경우에는 이에 한정하지 않는다고</u>
<u>한다. 전단을 개정 요지 제2항으로써 도지사의 허가를 얻어야 신설</u>
<u>할 수 있다고 하는 것이다.</u>

　　1910년 중추원이 설립된 이후, 묘규 개정안 자문이 총독의 정책에 대한 최초의 자문이었다. 곧 1919년 8월 12일 조선 총독으로 부임한 사이토 총독이 추진한 문화정치의 일환으로 나온 중추원 기능의 활성화 과정에서 나온 것이었다.[36]

　　총독부에서 추진하고자 한 분묘 개정의 요점은 밑줄 친 부분에 나와 있듯이, 집안에서 문중 묘지와 같은 집단 묘역 신설은 도지사의 허가가 있어야 가능하다는 내용이다. 이 내용을 중추원에서 만장일치로 가결하여 통과시켰다는 것이다.

　　이러한 보도가 나오고, 묘를 함부로 쓸 수 없다는 소문이 돌자 유혁이 이를 비판하는 글을 총독부 기관지나 다름없는 매일신보에 기고하였다.[37]

---

36 이승렬, 2005, 「일제하 중추원 개혁문제와 총독정치」, 『동방학지』 132.
37 이때는 아직 동아일보, 조선일보 등이 창간되기 이전이었다.

묘규墓規개정에 대하여[38]

영암 유용희

9월 15일 중추원 회의에 의장 수야水野 총감 각하의 자문한 묘지 화장장 매장 및 화장 취체 규칙 개정에 관하여 동 회의에서 만장일치로 찬성 가결하였다함을 듣고 귀지를 소개하여 외람되히 한 마디 진술코자 한다. 우리 조선은 유래로 제반 미신적 관념이 많은 가운데 ① 묘지와 같은 조상祖先의 해골을 길지에 매장함은 자손된 효성의 큰 것이라 칭하여 관습이 되어 무령無靈고골枯骨을 천장遷葬을 무상無常한 자도 있으며 자주 이장하여 해골이 없는 경우에는 취토取土 매장한 자도 있으며 또 중류 이상의 세력이 있는 자는 타인의 금양산禁養山 내에 늑장勒葬·암장하여 끝내는 산야까지 늑탈한 자도 있어 이 묘지로 인한 제반 악폐는 일일이 들기 어렵다.

생존 인류의 사업을 영혼이 없는 해골 매장에 모든 힘을 들어 자산을 蕩敗(탕진)하고 목숨이 위태롭기까지도 알지 못함은 조상을 위하는 정성이라 칭하나 기 실은 길지에 매장하면 자손이 번창한다는 미신적 이욕利慾에 不外(불과)한 자인 바, 다행히 전 총독 각하 사내백寺內伯께서 공동묘지 규칙을 제정하여 묘지의 시설과 규칙의 관행을 보아 금일에 이르렀다. 이로 인하여 소위 지관(풍수) 등은 타인을 기망하여 재물을 취한 것이 타격을 입었다. 고로 이러한 지관 및 미신적 관념이 많은 완고한 노쇠한 인민은 몰래 서로 떠도는 소문으로 ② 공동묘지 규칙은 조선인 습관에 부당하다는 어리석은 사상이 없지 않으나 현재 조선은 그 완고하고 노쇠한 조선이 아니오. 신진청년의 조선일 뿐이다. 목하 서구의 난(1차 세계대전, 저자 주)이 종식되어 인류 생존 경쟁의 제반 급한 일이 박두함은 세계 가운데 동양, 동양 가운데 우리 일본의 조선이어늘 어찌 묘지 규칙 개정으로 급하고 우선한 일을 만들어 미신적 사상을 조장하며 영혼이 없는 사체로써 유용한 산림을 낭비하리오. 산림에 관하여 당국에서도 더욱 고려할 터이지만 ③ 중추원 설치 이래 의회는 형식적에 불과하였으나 신총

---

38 매일신보 1919. 10. 13

독, 신총감의 부임하신 벽두에 이 의회를 개회한 것은 우리도 환희를 감당할 수 없거니와 묘지 규칙의 개정은 현재 조선의 사상계로 또는 물질적으로 보더라도 급한 일이 아닌 줄로 생각하니 해당 중추원 의원들도 고려치 아니치 못할 것이며 또 이후의 당 원에 회의가 있으면 ④ 시국 상 형편도 연찬하며 지인志人·달사達士와 심지어 우민愚民·광부狂夫의 언론과 사상을 공평하게 참작하여 우리 조선 반도 정책상 유익한 의원이 되기를 간절히 바람.

200자 원고지 6매 분량의 꽤 긴 글이다. 1945년 12월 전국농민조합총동맹 결성 때 연설한 내용과 더불어 유혁이 작성한 대표적 글이다. 저자가 밑줄 친 바와 같이 크게 4가지 내용이 들어있다. 우선 조선의 조상숭배 사상이 분묘를 통해 이루어지고 있음을 예를 들어 설명하였다. 심지어 이장을 자주해 유골이 없어져 버렸을 때는 봉분이 있었던 곳의 흙으로 유골을 대신하였고, 힘이 있는 자는 길지라 하여 다른 사람 소유의 임야에 무단으로 묘를 쓰고 그 토지를 빼앗기도 한 사례도 있었다고 하였다.

유혁은 이러한 폐단이 조선총독부에서 제정한 공동묘지 규칙을 통해 많이 정비되었다고 하였다. 하지만 조선인의 조상숭배에서 비롯된 관습이 약간 지나친 측면이 있다고 하더라도 그것을 빌미로 일제가 우리의 전통에 개입한 것은 온당하지 못하다고 비판하였다. 곧 지나친 조상숭배 사상은 완고한 어른들의 사고일 뿐, 젊은 조선 사람들은 스스로 그러한 생각에서 벗어나고 있음을 강조하고 있다.

그런데도 1919년 일어난 3·1만세 운동에 책임을 지고 물러난 총독 후

임으로 부임한 새 총독과 정무 총감이 부임하자마자 기껏 추진한 정책이 우리 실정에 맞게 개선할 필요가 있는 이미 오랜 전통으로 굳어져 있는 묘지 규정 개정에 있는 것이라는 사실을 유혁은 비판하였다. 유혁은 정말 우리 민족에게 필요한 정책을 수행할 것을 당부하고, 특히 완전히 형식적이고 유명무실한 기구에 불과한 중추원이 묘지 규정과 같이 우리 민족의 전통과 관련된 문제에 간여하려고 한 것을 비판하였다. 중추원이 지향할 방향은 진정으로 우국지사나 일반 백성의 주장하는 바를 반영하여야 함을 강조하였다.

결국, 유혁은 우리 전통사회 내부의 개혁 요인은 내부 역량으로도 개혁할 힘이 있음을 분명히 하였고, 총독부는 이러한 우리의 정체성 문제는 간섭하지 말 것을 경고하였다. 아울러 형식적 들러리 기구에 불과한 중추원이지만, 우리 민족을 위한 기구 역할을 할 것을 충고하였다.

유혁의 중추원 기능에 대한 공개 비판은 나라를 파는 데 앞장선 이들의 자리보전을 위한 중추원에서 한국민의 여론을 수렴하는 기능을 수행하는 조직으로 바뀌는 계기가 되었다. 물론 그렇다고 중추원이 지닌 친일 기구 성격이 달라진 것은 아니다.

진화론에 입각한 민족운동 모색과 사회주의

3·1운동은 우리 민족 스스로 독립을 쟁취할 수 있다는 자신감을 심어주었다. 식민지 조선인들이 그들의 민족적 정체성을 집단으로 경험한 것이다. 민족적 정체성의 집단적 자각은 각각 분열되었던 민족적 역량을 하나로 묶는 데 중요한 역할을 하였다. 일제는 무단통치 방식만으로는 식민지 조선을 효율적으로 통제할 수 없다고 판단하여 그동안 통제한 언론·출판·결사의 자유를 부분적으로 허용하는 방향으로 통치 수단을 전환하였다, 이른바 문화통치라 불리었던 이 통치 방법은 친일파를 길러 우리 민족을 분열, 이간시키는 정책이었다.

3·1운동은 민족적 자존심을 확인하였지만, 동시에 비폭력적 시위만으로는 독립을 이룰 수 없음을 조선인들은 깨달았다. 하지만 이들은 3·1운동을 통해 확인한 민족의 힘을 하나로 모을 수 있다면 독립은 가능하리라는 생각도 하였다. 이때 민족이라는 집단적 공동체를 통해 민족의 독립이 가능하다고 생각한 이른바, 민족주의자들은 새로운 사조로 들어온

계급주의 사상을 바탕으로 독립운동의 방법을 모색하려는 사회주의 계열과 투쟁방법을 둘러싸고 이견을 노출하였다.

1920년대 민족 지도자들은 이념을 떠나 투쟁 방식에 대해 고민을 거듭했다. 노선의 차이에 따라 접근하는 이데올로기도 달랐고, 이후 투쟁방법, 심지어 해방 이후 그들의 정치적 진로도 달라졌다.

3·1운동을 겪은 유혁은 무섭게 폭발하는 민족의 응축된 힘에 감동받았다. 그는 일제강점기에 무려 3차례, 8년 동안의 투옥, 여러 차례 경찰 구금 등 누구와 비교할 수 없을 정도로 처절하고 무서운 항쟁을 전개하였다.

그런데 그의 활동내용 및 여러 단체의 창립대회, 창립기념일에 초청 강사로서 그가 발언한 것을 보면 일정한 방향성이 보인다. 곧 여러 계층의 민중 힘을 하나로 결합하여 민족 독립을 쟁취하자는 것이었다. 그가 모색하였던 민족운동의 방략의 토대는 무엇이었을까?

> 세계 무산자 단결하자는 선배의 유훈에 의하여 광주에 있는 여러 노동자들은 각기 직업별로 조합을 창립하였다 함은 누차 보도하였거니와 40여명이나 있는 인력거꾼들에게는 이제까지 하등의 기관이 없었음을 유감으로 여기던 유지 여러 명의 발기로 광주완차부조합 창립총회를 지난 5일 하오 3시부터 광주 청년회관 내에서 유혁씨 사회로 개최하고 발기인측의 경과보고가 있은 후 유혁씨의 의미심장한 취지 설명에 만장일치의 박수 소리는 "우리도 ①대동단결의 힘으로 ②진화법칙상 필연성을 가진 ③신사회를 건설하여 보겠다"는 것을 무언의 웅변으로 제창하는 듯 하였다 하며 임시의장 선거에 유혁씨가 피선되었다.[39]

---

39 동아일보 1926. 2. 5.

광주에서 열린 인력거꾼 조합 창립대회가 기사이다. 임금을 둘러싼 인력거꾼들의 조직적인 반발은 이전에도 있었다. 1922년 11월 동맹회까지 결성한 인력거꾼들이 다음 달인 12월 초 서울 천도교당 앞에 모여 시위를 전개하자 경찰이 제지한 사실도 있었다.[40] 이미 인력거꾼 조직체가 결성되어 있음을 알 수 있다.

하지만 아직 광주에는 관련 단체가 없었다. 유혁이 창립총회에서 임시의장을 맡았다고 하는 사실은 그가 앞장서 인력거(완차부) 조합 결성을 서둘렀음을 알 수 있다. 이 행사를 유혁이 주도하였음을 알 수 있다. 그런데 밑줄 친 "우리도 ①대동단결의 힘으로 ②진화법칙상 필연성을 가진 ③신사회를 건설하여 보겠다"라는 부분은 무언의 웅변이 아니라 임시의장으로 취지를 설명한 취지문에 유혁의 생각이 들어있다고 보아야 한다. 유혁이 '단결', '진화법칙', '필연성' 등을 강조하였음을 알 수 있다. 곧 유혁이 '진화법칙'에 입각한 민중의 역량을 키우려 함을 살필 수 있다.

1920년대에 세계사적으로, 나아가 제국주의 침략의 소용돌이에 있었던 동아시아 여러 나라에 영향을 준 진화론을 유혁이 사회변혁의 수단으로 받아들였음을 짐작할 수 있다. 그런데 진화론은 처음에 형성된 의미와는 달리 시대에 따라 변용되어 나타났다. 유혁이 받아들인 진화론이 어떤 성격의 것인지를 확인하는 것은 그가 추구하고자 한 민족운동의 방향성을 살피는 데 있어 중요하다.

1차 세계대전 이후 세계질서가 재편되는 과정에서 진화론은 새롭게

---

40 조선일보 1922. 12. 8.

관심을 끌었다. 19세기 말에서 20세기 초 진화론은 동아시아에서 생물학을 넘어 사회사상으로 자리 잡았다. 유길준, 윤치호 등 19세기 말 우리 지식인들은 약육강식의 시세時勢에 따른 국가적 위기를 경고하면서 근대화 및 사회개혁의 필요성을 주창하였다. 하지만 이들은 제국주의 국가의 약육강식 논리를 그대로 수용하였다는 비판을 받았다.

안중근 의사의 '동양평화론'도 '저항적 인종주의'를 바탕으로 '저항적 민족주의'를 모색한 것인데, 진화론의 수용이었다. 1919년 '2·8독립선언서'와 '기미독립선언서'에도 '동양평화론'이라는 용어가 나타나는데, '인종', '경쟁', '승패', '아시아' 등의 단어 대신, '정의', '자유', '세계평화', '인류문화' 등이 들어있다. 1910년대 전후에 형성된 동양평화론이 사회진화론의 인종주의적 변형으로, 인종 연대에 의한 저항주의로 약육강식의 현실을 극복하고자 하는 양상을 보였다면, 1919년의 동양평화론은 세계평화 사상의 일부로서 대체되었다고 할 수 있다.[41]

그런데 1920년대 들어 '사회주의'가 마르크스의 유물사관을 바탕으로 한국 지식사회에 '새로운 과학'으로 제시되었다. 1920년대, 특히 초·중반은 사회주의 담론 연구에서 중요한 시기가 될 수밖에 없다.

① "막스사상의 특징은 헤겔의 철학에서 진화적 사색법을 취하야 이를 유물론과 통합함에 재在하니 즉세卽世 계사물界事物에 대한 진화적進化的 사색방법思索方法과 유물론적唯物論的 견해見解로써 학

---

41 이인화, 2014, 「1910년 이후 한말 사회진화론의 변용과 극복 양상」, 『동서철학연구』 74.

설學說의 근저根底를 구성構成하며 출발出發하였다.”[42]

② “시대는 변천함이 공리요 사회는 진보됨이 정칙이라. 악이 가고 선
이 오며 암흑이 가고 광명이 오며 전쟁이 가고 평화가 오며 약육강
식기 가고 인도 정의가 오며 군국주의자 가고 「데모크라시」가 오며
황금만능시대가 가고 노동만능시대가 가까오 오는도다 아-우리 인
류의 전도에는 「파라다이스」가 일보一步식 일보一步식 오는도다.”[43]

마르크스의 ‘과학적 사회주의’를 진화론과 유물로의 통합으로 보는 우
영생의 글과 1920년 4월 창립한 조선노동공제회 기관지 『공제共濟』에
실린 조성돈趙誠惇의 글 모두 역사 인식에 진화론적 사고가 녹아있음을
확인할 수가 있다.

그러나 식민지 조선의 사회주의는 주로 1920년대 이후에 형성되는데
일본으로부터 유입된 것이었다. 1917년 러시아 혁명이 일어나자 도쿄
의 사회주의자 약 30명은 “러시아 혁명의 성공을 축복하고 제국주의 전
쟁을 중지하라”는 결의문을 대표자 사카이 도시히코堺利彦의 이름으로
러시아를 비롯한 외국의 사회당 기관지에 보냈다. 러시아 혁명의 내용을
구체적으로 알지는 못하였지만, 러시아에서 혁명이 일어났다는 사실만
으로도 일본 사회주의자들은 충격을 받았다.

러시아 혁명은 지식인, 급진적 노동자에게 사회주의를 새로운 학문으
로 받아들이는 촉매제 역할을 하였다. 일본 사회주의자들에게 ‘러시아

---

42 우영생(又影生), 「막스와 唯物史觀의 一瞥(읽은中에서)」, 『開闢』 3, 98쪽.

43 조성돈(趙誠惇), 1920, 「노동만능론」, 『共濟』 창간호, 8쪽.

혁명의 성공'은 실제의 사실과는 무관하게 혁명이념에 대해 확신을 심어주는 계기가 되었다. 그 결과 M.L회(사카이 도시히코 중심), 수요회(야마카와 히토시중심), 무산계급사(이치카와 쇼이치 등), 오사카大阪 LL회(나베야마 사다치카 등) 등 공산주의 그룹이 형성되었으며, 총동맹 내에도 노사카 산조 등이 공산주의 그룹을 형성하였고, 신인회 건설자 동맹에도 공산주의 그룹이 존재하게 되었다.

이들은 제1차 세계대전 이후 세계적으로 일어난 민주주의, 자유주의, 민본주의가 풍미하던 다이쇼大正시기의 특이한 분위기하에서 성장하였다. 와세다대학 민인동맹회民人同盟會는 "시대착오적인 사상을 박멸하여 데모크라시를 보급하며 신시대의 선두에 서야 한다"는 항목을 선언문에서 채택하고 있다. 도쿄대학의 신인회는 "세계의 문화적 대세인 인류해방의 신기운에 협조하고 이것의 촉진에 노력한다"라고 단체의 목표를 설정하고 있다.

와세다와 도쿄대의 단체들이 언급한 '세계 대세'는 거의 모든 사회주의 사상 단체에서 강조되고 있다. 진보적 지식인 입장에서 사회주의자가 된다는 것은 이러한 세계적 흐름에 순응하는 것이었다. 당시 진보적 지식인들은 커다란 고민 없이 사회주의자가 되어갔다. 다른 한편으로, 일본의 사회주의자들이 시대착오적인 사상을 박멸하고 인류해방의 신기운을 향해 발걸음을 내딛고, 일본 사회의 모순해결을 위한 운동에 반응한 것이라 해석할 수 있다.

일본의 좌익 급진주의자들은 1차 대전 이후 세계적으로 일어난 민주주의, 자유주의적 경향의 사상과 문화 풍조에 영향을 받으며 사회주의자가 되었다. 이 시기는 혁명운동이 막 태동하는 단계였다. 당시는 조직 노동자의 비율이 3%에 불과했고, 급진적 노동자마저 사회개조에 대한 정당성의 근거를 국체(천황)에서 찾는 그런 시대였다.

이러한 일본 사회에 대항하여 일본 사회주의자들이 천황제를 부정하는 운동을 독자적으로 전개하기에는 매우 어려웠다. 따라서 일본 공산당 결성은 외부의 도움, 즉 코민테른의 이론적 경제적 지원 아래 이루어질 수 있었다.

코민테른은 일본에 공산당을 결성시키려고 여러 차례 노력하였으나, 실제 일본 공산당 결성에 결정적 계기는 소련에서 열린 극동민족대회였다. 코민테른은 극동민족대회를 일본 대표에 대한 교육의 장으로서 활용하였다. 총회 이후 열린 일본 분과회에서 코민테른 집행위원인 가타야마 센과 사하로프는 일본 대표에게 세포조직의 방법, 노동조합 기타 외곽 단체와의 관계 설정 방법 등 볼셰비키 조직 방법을 교육하였다.

공산당 설립의 필요성을 철저히 교육받은 극동민족대회 대표단은 활동 자금까지 받고 귀국한 후, 야마카와 히토시, 사카이 도시히코 등에게 일본 공산당을 정식으로 결성하라는 코민테른의 강력한 요구를 전달했다. 마침내 1922년 7월 15일 비밀리에 공산당결성대회를 열고 코민테른의 규약, 21개조 가입조건, 프롤레타리아 독재의 원리, 코민테른 가입 등을 만장일치로 승인함으로써 일본 공산당이 창립되었다.

하지만 일본 공산당은 출범 초기 사회주의 그룹이 참여한 지식인 위주의 조직으로, 천황제 논의조차 망설일 정도로 취약한 조직이었다.

민족 단결을 강조한 진화론 표방

후술하겠지만, 유혁은 레닌 사상을 추종하였던 화요계와 대척점에 있었던 서울계를 대표하는 인물이다. 곧 마르크스 혁명 사상을 그대로 받아들이지 않았다. 1920년대 중반 사회주의 사상이 확산될 때, 유혁 자신이 강석봉의 권유로 1927년 조선공산당에 입당하여 강석봉과 함께 '목포 야체이카'라 불리는 세포조직을 만드는 데 참여하여 투옥되기도 하였으나, 기본적으로 그의 노선은 볼셰비키나 소비에트 공산주의를 추종하지는 않았다. 그렇기에 해방 이후 화요계가 중심이 되었던 박헌영의 남로당계로부터 변절자라는 공격을 집중적으로 받았다.

그렇다면 그의 이념 지향은 무엇인지 살펴볼 필요가 있다. 사실 여태껏 유혁의 사상에 대해 막연히 사회주의자라고만 하였을 뿐 구체적으로 살핀 적은 없었다. 이는 남아 있는 그의 원고나 연설문 등이 많지 않았던 것도 이유의 하나이겠으나 이러한 관점에서 접근을 시도하지 않은 책임이 더 크다. 마침 유혁의 사상체계를 엿볼 수 있는 단서를 우연히 발견하였다.

재감在監 건강이 어떠하십니까?

종종 형님의 소식을 듣고 마음만 갑갑할 뿐입니다. (중략) 영석 군도 건재합니다. 서울서 왔어도 형님 얼굴을 한번도 대하지 못하고 기회만 엿보았으나 그 근처까지 가고도 뜻을 이루지 못하였습니다. 말이 고본古本이지 깨끗하므로 다음 주소로 주문하시오.

北川三郞 譯 ウェルス文化史大系 上,下卷(1책 8.50엔)

송료는 54전, 동 권 및 판은 12책으로 된 것입니다.(하략)

독립운동가 강해석이 1932년 영보 농민운동사건으로 목포형무소에 수감되어 있던 유혁에게 보낸 서신(엽서)의 일부이다. 강해석은 형인 강석봉, 아우 강영석, 강석원과 함께 형제 독립운동가로 유명한 인물이다.[44] 이른바 1928년 4월에 있었던 이경채 사건으로 투옥되었던 광주 청년운동을 이끈 지도자이다. 강석봉 형제와 유혁은 소년운동, 청년운동, 농민운동, 사회주의 운동 등 각종 운동을 함께한 동료이자 동지였다. 해방 이후에도 유혁이 강석봉 집에 자주 놀러 갔다고 유혁의 4남 인학이나, 강석봉의 평생 동지인 한길상의 아들이 증언하고 있다. 서신에서 강해석은 유혁을 '형兄'이라고 호칭하였다. 두 사람이 막역한 사이임을 살필 수 있다.

서신은 영암 영보 농민운동사건으로 체포된 유혁이 목포 형무소에 수감되어 1심 재판받고 있을 때였다. 유혁은 대구 복심법원에서 2심 재판 중일 때 대구 형무소로 이감되었었다. 목포 형무소에서의 서신은 대구로 이감되기 이전의 상황이다. 곧 1932년 가을 무렵이다.

---

44 박해현, 1921, 『동구의 인물2』

이 서신에서 저자가 주목한 것은 형무소에 수감 중인 유혁이 웰스(ウェルス)의 『(세계)문화사대계』를 구입하여 읽으려 했다는 사실이다. 실제 그가 구입하여 읽었는지는 확인할 수 없으나 읽었을 가능성이 크다. 설사 이 책을 형무소에서 읽지 않았다고 하더라도 이 책을 읽으려 하였다는 사실은 그가 이 책의 존재뿐만 아니라, 책을 저술한 웰스가 누구인지를 알고 있었으리라는 것은 분명하다.

웰스의 세계문화사대계는 원제原題가 『The Outline of History』로, 1920년에 일어로 번역되어 일본을 거쳐 국내에도 소개되었다. 당시 지식인들이 이 책을 읽고 사상의 대전환을 하였다고 할 정도로 일본의 식민지배를 받고 있거나 영향 아래에 있는 동아시아의 지성계에 충격을 주었다.[45] 이광수, 최남선, 함석헌 등 당대의 식민지 지식인들도 그의 사상에 흠뻑 빠졌다.[46] 유혁도 웰스의 주장에 깊은 충격을 받았기에 웰스의 저서를 수감 생활 중에 천착하고자 하여 구하고자 한 것이라 여겨진다. 1924년 무렵부터 왕성하게 활동하였던 유혁의 활동이 1921년부터는 조금씩 나타났었다. 이는 3·1운동 후, 급변하는 국내외 상황을 인식하고 구체적으로 대응할 방법론을 모색하는 데 시간이 필요했기 때문이었다.

『세계사대계』에서 설명한 웰스의 사상의 요체는 현대사회가 건설해야 할 이상사회는 "사회주의에 기초한 세계국가"였다. 근대 과학기술의 발

---

45 원제 『The Outline of History』는 『세계사대계』, 『세계문화사대계』, 『역사대계』 등으로 불리고 있다. 저자 허버트 조지 웰스(Herbert George Wells 1866-1946)는 『타임머신』 (1895), 『투명인간』과 같은 공상과학소설을 펴낸 과학 소설의 거두로 알려져 있다.

46 이인화, 앞의 논문.

전에 따른 이동성의 확장으로 인간은 서로 가까워졌지만, 서로를 해칠 막대한 힘도 동시에 가졌기 때문에 인류가 하나의 생물종이라는 자기 인식 속에서 단결하지 않으면 절멸을 피할 수 없다는 것이다. 세계국가는 이 단결을 정식화하는 제도적 장치에 해당한다는 것이다. 곧 그는 유기체들의 단결을 강조하고 있다.[47]

웰스는 세계국가란, 이질적이고 모순적인 것의 공존 속에서 이루어진다고 보았다. 곧 '사회주의'와 '진화론'이 날줄과 씨줄처럼 얽어지며 나타낸 결과물이다. 웰스는 인간이 자본주의적 착취로부터 해방되어 노동의 본연성을 회복하고, 누구나 최소한 인간다운 삶을 평등하게 보장받는 사회의 건설을 근본 목표로 삼는다는 의미에서 사회주의자다.

웰스에게 사회주의란 지금보다 훨씬 고차원적인 협동과 봉사의 정신이 갖추어질 때, 사회주의적 세계국가가 비로소 달성될 수 있다고 보았다. 그것은 점진적인 노력으로 이룩할 수 있는 이상적 사회라는 것이다. 웰스가 자본주의 체제를 비판하면서도 마르크스의 혁명 논리를 일관되게 거부한 이유이기도 하다. 그는 『세계문화사대계』에서 "마르크스는 혁명적 충동이 반드시 새롭고 더 나은 종류의 질서를 만들어낼 것이라고 너무나 성급하게 가정"했다고 비판하였다. 사회혁명의 폭발력이 지금껏 쌓아 올려진 인간의 문명을 치명적으로 파괴하는 데서 그칠지 모른다는 것이다.

---

47 반재영, 2020, 「한석헌 평화주의의 한 사상적 기원 -H.G.웰스의 세계국가론과 그 변용」, 『상허학보』 58.

이러한 웰스의 사상 형성에는 진화론이 바탕에 깔려 있었다. 자연계의 진화과정과 구분되는 인간 문명의 진보원리로서의 '윤리과정'은 인류를 지탱하기 위한 '인위적 노력'의 과정이라는 것이다. 윤리는 '인위적 진화'의 개념을 정식화한 것이다. 이 과정에서 인류가 생존하기 위해서는 '광신적 개인주의'가 아니라 국가 차원에서 구성원들이 단결할 것을 강조하였다. 이러한 진화론적 개념은 제국주의 침탈위기에 있는 아시아 인민들에게 '민족적 단결'과 '국가적 자강'의 논리를 뒷받침하는 방법론적 근거로 활용됐다.

결국, 웰스의 사상은 사회주의적 경향이 아닌 집단에서 전유되고 있었다. 곧 마르크스의 과학적 사회주의와 결이 다른 웰스의 사회주의 사상을 통해 사회변혁의 필요성을 주장하였다.[48]

유혁은 다음 장에서 본격적으로 살피겠지만, 농민, 청년, 소년, 백정, 인력거꾼 등 다양한 사회계층 및 직업군을 하나로 아우르는 활동을 적극 추진하였다. 유혁이 민중의 단결된 힘을 바탕으로 민족해방을 달성하려는 확고한 철학을 지녔음을 알 수 있다. 그가 1920년대 유입된 사회주의 사상을 사회변혁의 수단으로 받아들였을 뿐 마르크스 계열의 사회주의와 거리를 두었던 것도 웰스로부터 받은 영향에서 비롯된 것임을 알 수 있다. 그의 유교적 가치관과 양명학적 분위기가 조화된 주체적이고 개

---

48 웰스의 세계사대계의 일본어 번역은 도쿄대의 '신인회' 출신들이 맡았다 한다. 신인회는 후술할, 도쿄대에서 사회주의 사상을 체계적으로 학습한 단체이다. 이들이 본서에 관심을 가졌던 것은 "학문의 민중화"를 목적으로 하고 있어 "위인"이 아닌 "평민들의 역사"를 썼다는 점이었다. 그러나 웰스의 사상이 마르크스 사회주의와는 다른 방향이었기에 더 이상 논의의 대상으로 삼지는 않았다.

혁적인 사상에 웰스의 진화론 등이 더해지며 새로운 독립운동의 방략이 형성되었다고 하겠다.

전남 진도에 '필연단'이라는 사상단체가 1925년 결성되었다. 이 단체의 결성 과정에 유혁이 있었다. 1925년 11월 30일 해방운동자동맹 순회위원으로 진도에 온 신준희와 유혁의 특강 직후, 그 자리에서 사상단체인 '진도필연단' 결성 결정, 강령 제정 및 임원 선출 그리고 창립총회까지 일사천리로 진행하였다.[49] 필연단 창립에는 유혁이 깊숙이 개입되어 있었음을 말한다. 다음 필연단 강령을 보면 이러한 사실이 더 분명해진다.

<강령>

1. 우리는 역사적 필연성인 진화법칙에 의하여 합리적 신사회의 건
   설을 기하자.
1. 우리는 상호부조와 일치단결로 민중운동의 충실한 역군이 되자.

곧 유혁이 줄곧 독립운동의 방략으로 내세웠던 진화법칙과 민중의 단결이 그의 영향을 받아 창립된 필연단의 강령에서도 확인되고 있다. 유혁의 특강을 듣고 바로 그 자리에서 결성된 단체의 강령에 '진화법칙'이 강조되고 있는 것은 이 단체 창립에 유혁이 깊이 연결되어 있음을 알 수 있다. 유혁이 주창한 진화론이 전남 곳곳의 운동세력에게 확산하고 있었다.

---

49 조선일보 1925. 12. 7

제5장
민족 역량 결집과 진화론

교육을 통한 민족의 역량 축적

1. 1920년대 식민지 교육의 실상

1919년 3월 1일 만세 시위, 그리고 3월 5일 경성의학전문학교 학생 등이 주도한 대규모 학생 시위가 일어났을 때만 하더라도 조선 국왕(고종 황제)의 죽음에 대한 분노의 표시로만 간단하게 생각한 일제는 시위가 곧 마무리될 것이라 여겼다. 하지만 시위가 전국으로 급속히 확산되고, 참여 군중의 규모가 늘어나자 당황한 일제는 3월 말 일본 본토에서 4,500명 가까운 대규모 병력을 추가 증파하여 강경 진압 작전에 나섰다.

일제는 다른 한편으로 문화정치를 표방하며 조선인에 대한 회유책도 병행하였다. 기본적으로 친일파를 양성하여 우리 민족의 분열을 꾀하는 문화통치는 우리 민족의 역량을 약화시키는 정책이었다. 문화통치를 표방한 1920년대 초기 유혁의 고향 신북에서 행해진 총독부의 교활한 정책을 통해 일제의 식민정책 본질을 확인한 유혁은 식민 지배체제를 무너뜨릴 방도를 모색하게 되었다.

　　3·1운동 때 조선인들이 시위에 참여한 동기 가운데 상당 부분이 민족에 대한 차별이었다. 그 가운데 가장 민감하게 작용한 것이 교육 문제였다. 조선을 강제로 병합한 조선총독부는 1911년 8월 23일 칙령 제229호로 조선교육령을 공포하였다. 이른바 제1차 조선교육령이다. 교육령은 이후 2차례 더 개정되었다. 식민통치 시작 이후 1년 만에 제정된 제1차 조선교육령은 개별 학교 규칙에 근거하여 학교를 운영하던 것에서 벗어나 하나의 교육령으로 종합한 것으로, 식민지 시기 조선의 학교 제도의 현실을 규정하는 것이었다. 이 가운데 논란의 핵심은 보통학교 학령 연한이 일본인 학생은 6년, 조선인 학생은 4년으로 2년이 낮게 되어 있었다는 점과 학생 수에 비해 수용할 수 있는 학급이 부족해 조선 학생들은 학령인구의 1/6만 겨우 입학할 수 있었다는 점이다. 이러한 차별적인 규정이 조선인의 반발을 불러일으켰다.

　　3·1운동 이후, 조선인의 반발을 누그러뜨려 한 총독부는 1921년 1월 임시교육조사위원회를 개최하여 일본 본토의 교육제도에 준거한 학제의 개혁을 심의케 한 데 이어, 이듬해인 1922년 2월 교육령을 전면 개정한 제2차 '조선교육령'을 공포하였다. 교육령을 개정하려는 데는 보통학교의 학제가 일본은 6년, 한국은 4년으로 차이가 있어 한국인이 가지고 있는 불만 요인의 하나였기 때문이었다. 과거제의 전통으로 교육을 통한 신분 상승에 익숙하여 교육 열정이 강했던 조선 민중에게 교육에서의 차별은 견디기 힘들었다. 일제는 학교 신설과 더불어 조선 학교의 학제를 일본 학교와 같게 하였다. 조선교육령의 주요 내용은 다음과 같다.

<표3. 조선교육령 주요 내용>

1. 보통학교의 수업연한을 4년에서 6년으로(지역의 상황에 따라서 5년, 4년으로 함), 고등보통학교는 4년에서 5년으로, 여자고등보통학교는 3년에서 4년(또는 5년)으로 연장하고, 사범학교 5년, 실업학교 5년, 예과 2년, 대학 4년으로 하였다.
2. 일본어의 수업시수를 증가하면서 일본어 교육을 강화하였다.
3. 새로 사범학교와 대학설치의 길을 마련했다.
4. 실업교육·전문교육·대학교육은 일본의 제도에 따랐다.
5. 동일한 교육제도·교육기간을 확충함으로써 일본식 교육을 강화하여 한국민족 사상을 말살하려는 데 있었다.
6. 새 교육령의 전체 내용은 곧 일본어 습득에 있었다.
7. 대학의 설치를 규정함으로써 한국에 대학교육의 문이 열린 것처럼 가장하였다.
8. 조선인과 일본인의 공학을 원칙으로 하였다.

1922년 2월 제정된 2차 교육령은 조선의 학제를 일본 학제와 같게 함으로써 그동안의 차별을 시정하고, 두 나라 민족을 교육을 통해 융합시키려 하였다. 하지만 각 조항을 보면, 일본어의 수업 시수 증가, 조선인과 일본인의 공학을 원칙으로 하고 있다. 조선을 일본화하려는 일제의 의도가 숨어 있었다. 제2차 조선교육령은 직접 교육현장에 부닥뜨려야 하는 조선인 교사나 학생들에게 받아들이기 어려웠을 법하다.

1920년대 국내의 교육체제는 1922년 개정된 제2차 교육령에 기초하였다. 소위 '일시동인一視同仁'을 내세우며 내지內地 연장주의를 채택한 2차 교육령은 학교 종류 및 수업연한에 있어 일본과 동일한 보통학교 6년제 학제를 채택하고 소위 '내선공학內鮮共學'을 규정하였다.[50] 그러나 실제에는 '국어 상용'과 '국어 비상용'으로 구분하여 소학교-중학교(국어 상용)의 계통과 보통학교-고등보통학교(국어 비상용)의 2원적인 체계로 이루어졌다. 보통학교 학제에서는 제1차 교육령에서 4년제의 조선 학생과 6년제 일본 학생 사이에 두었던 차별을 6년으로 통일하였지만, 일인 학교와 한인 학교 사이에 시설, 지원 등에 차별을 가하고 있었다. 이러한 현실이 유혁의 고향인 신북을 비롯하여 영암 곳곳에서 확인이 되고 있다.

1920년대 들어 일제는 3면 1교 정책을 추진하였다. 조선인들의 뜨거운 교육열은 3면 1교 정책을 예정보다 빨리 달성하고, 1면 1교가 가능하게 되었다. 이에 따라 보통학교는 1919년 당시 학교 수 517교, 학생은 8만 9천여 명이었으나 1920년부터 학교 및 학생이 급증해 1929년에는 학교 수 1,582교(공립 1,500교, 사립 82교), 학생 수 47만여 명에 달했다.

보통학교 대부분은 공립 보통학교였다. 전체 보통학교 학생 중 공립 보통학교 비중은 1920년 96%, 1930년 95%였다. 사립학교 비율이 낮은 이유는 일제가 보통학교 설립 인가권을 장악하고, 교육의 목적과 교육과정, 교사의 자격 등에 대해 강력한 통제를 가하고 있었기 때문이다.

---

50 김성민, 2006, 「광주학생운동연구」(국민대학교 대학원 박사학위논문).

2. 신북 보통학교 설립 운동과 유혁

당시 영암에서도 학령인구에 해당하는 대다수 조선 학생이 학교에 가지 못하였다. 그것은 경제적 형편 때문이기도 하지만, 절대적으로 학생을 수용할 교실이 부족하였기 때문이다.

3·1운동 직후인 1922년 영암의 상황을 보면, 총독부가 공약한 3면 1교는커녕, 11면 가운데 보통학교는 사립 1개소를 제외하면 2곳뿐으로 실제는 6개 면에 1곳 있었다.[51] 1908년에 설립된 영암보통학교와 1917년에 설립된 구림보통학교 2곳으로, 6세부터 12세까지 생도를 모집하면 지원자가 300명인데 남·여 합 60명만 수용할 수밖에 없었다. 참고로 일제강점기에 영암 관내에 설립된 보통학교 현황을 〈표〉로 제시하면 다음과 같다.

<표4. 일제강점기 영암 관내 보통학교 현황>

학교명	설립 연원일	수업연한 6년 인가	비고
구림보통학교	1917.4.30	1923.4.1	사립구림학교1900
해창간이학교	1937.4.4.	–	군서북교 1943
금정보통학교	1923.10.	1928.4.1	
세류간이학교	1934.4.1.	1945.4.1	2년제 인가
덕진보통학교	1930.7.16.	–	
도포보통학교	1926.4.1.	1934.4.1	
미암보통학교	1936.3.25.	1939.4.1	
용당간이학교	1934.6.1.		1945.4.1.삼호서

51 　동아일보 1922. 4. 27

서창보통학교	1920.8.21		1921.11개교
서호북보통학교	1921.5.1		
시종보통학교	1925.7.2	1929.4.1	
신북보통학교	1923.10.1	1926.4.1	
영암보통학교	1908.4.1	1918.4.1	
영암동국민학교	1943.4.12		
장천보통학교	1924.7.2	1929.3.31	
신흥간이학교	1932.4.1		1943시종국민학교
학산보통학교	1926.6.11	1935.4.1	

이러한 상황에서 1921년 신북에서 보통학교를 설립하려는 움직임이 있었다. "신북학교 기성회" 창립과 관련된 내용이다. 유혁이 관여하고 있다.

"신북학교 기성회

조선민족의 각성에 동반하여 근해 교육열의 팽창은 도처 동일하거니와 영암군 신북면 유지 유봉기, 민재식, 유부태 이외 십 수인의 발기로 신북학교 창립기성회가 지난 4월 20일에 조직된 바 회장 유봉기, 부회장 민우식, 총무 유인태, 평의원 유인귀 외 11인, <u>간사 황계주, 유영규, 유용희</u> 이외 여러 명이 피선하였으며, 창립위원으로는 최길중, 정순욱, 유창, 유성규, 주인욱, 안사범 등 제씨이다. 위 제씨의 노력과 면내 유지의 분발로써 갹출된 기금이 6,300여 원에 달하였으며 회원 수가 170여 인이라는 데 의연의 방명은 다음과 같다.

유인태 일천원, 민재식 600원, 최상옥 250원, 박승욱, 박정규 각 200원, 이중신 120원, 유영규 100원."[52]

1921년 신북 유지들이 학교 설립을 목적으로 성금을 모았음을 알려주

52 동아일보 1921. 7. 14

는 중요한 자료이다. 신북면에는 조선 시대 이래 명문거족들이 거주하며 자제 교육에 관심이 높았던 모산촌이 있다. 모산촌은 기축옥사, 임진왜란 등으로 야기된 향촌 사회의 동요를 막고자 유준이 조선 후기에 '분비재'라는 사립 교육기관을 세워 많은 인재를 길러냈다. 소론의 중심지요, 실학사상의 잉태지라는 말이 나올 수 있었던 주요 배경이 되었다. 분비재 강학의 전통이 근대기에까지 이어져 온 모산촌를 중심으로, 근대 교육기관의 설립 열기가 높았다. 1921년 당시 신북면은 인구가 1,300여 호, 7,000여 명이나 될 정도로 큰 면이었다.[53]

회장인 유봉기[54]를 비롯하여 '유씨'들이 기성회 준비단에 많이 보인 것은 모산촌 문화 유씨 일족이 중심이 되어 기금을 모아 학교 신설을 요구하였음을 알 수 있다. 영암 지역에서 학교 설립을 위한 기성회가 조직된 것은 신북보통학교 설립 기성회가 유일하다.

이 기성회의 간사에 유혁(용희) 이름이 포함되어 있다는 사실이 중요하다. 유혁이 기성회를 조직하여 학교 설립 추진을 계획한 것이 아닌가 생각하게 한다. 유혁은 민족의 역량을 키워야만 일본으로부터 독립을 쟁취할 수 있다고 여겼다. 곧 신북학교 기성회 설립 추진단 구성은 어린 학생들을 독립운동의 동력으로 삼고자 하는 유혁의 의지가 반영된 것이라 하겠다.

당시, 총독부 당국은 재정이 넉넉하지 않은 상태로, 기성회가 조직되

---

[53] 인구가 감소하고 있는 2021. 11. 1 현재 신북면 인구는 3,899명으로 다른 지역과 비교하면 여전히 거대 면의 위상을 자랑하고 있다.

[54] 유봉기가 유씨로 개명한 차봉기인지 여부는 알 수 없다.

어 기금이 조성된 곳부터 우선 학교 신설을 고려했을 가능성이 크다. 위 〈표〉 일제강점기 영암 지역 학교 현황에 잘 나와 있지만, 학교 설립이 순차적으로 이루어졌음을 알 수 있다. 1923년 10월 1일 설립인가가 나오고, 이듬해인 1924년 2월 1일 개교한 신북보통학교의 설립이 다른 지역보다 빨리 이루어졌음을 알 수 있다. 이는 학교 설립에 유지들이 모은 성금이 토대가 되었기 때문이다.

신북학교 설립 기성회가 모금한 성금이 학교 설립에 충당되었다는 증거가 있다.

> "영암군 당국의 표변
> 신북면 교육문제
> 영암군 신북면에 있는 영암군 신북면에 잇는 신북공립보통학교는 학년연장學年延長과 보습과 설치문제로 당지 인민의 비난이 많다는 바 동이同而[55]은 1,300여 호와 7,000여의 인구가 거주하는 큰 면으로 원래 교육기관이 전무함을 당지 인사가 개탄하야 ①지금부터 4년 전에 빈약한 면민의 주머니에서 구천원九千圓이라는 거액巨額을 거두고 또 인가문제로 파란중첩波瀾重疊한 역사로 겨우 설립되여 금년에는 ②4학년 졸업생 오십여 명이 나게 되엿는데 현 교육제도로 볼지라도 소학교육을 4년에만 지止한다 하면 그야말로 참 비승비속非僧非俗인 것은 누구나 공인할 것이요, 타 학교에 입학코저 할지라도 경제, 거리, 학력, 학교 모든 사정이 허락지 안을 것도 명확한 사실이며, 당지 학부형은 물론이요, 학교 당국자와 일반 면민은 ③학년 연장의 필요를 절실히 느껴 작년 즉 대정13년(1924)에 군 당국의 확실한 양해를 얻어서 교사 증축 관(貫, 비용)의 일부를 담당하기로 하고 '신북학교 학년 연장기성회'를 조직한 후 면민대회를 개최하야 증축비 금

---

55 이(而)는 면(面)의 오기이다,

삼천원을 특일등 부호로부터 극빈 무여無餘한 잔민殘民에 이르기까지 호세 부과 예에 의하여 징수하고 인가가 되기만 고대苦待하던 중, 작년 양정 정리 바람에 군수 송원섭씨와 군 서무과장 조상만씨는 타 군으로 전근되어 학년 연장의 쾌락을 하였던 것은 일장춘몽이 되고 현 군수 원훈상씨와 서무주임 오영건씨가 부임한 후 ④"재정 긴축으로 인하야 신북학교의 학년 연장은 사실 불능이라"는 의외의 말을 들은 일반면민은 크게 낭패하여 누차 군에 진정하고 또 위원을 선거하야 도 당국에까지 진정하엿든 바 ⑤"학년연장은 도저 불능하나 군수와 협의하야 보습과를 설치하리"는 말을 듯고 졸업시기가 급박함으로 우선 구급책으로 군당국에 협의하야 교사 증축비 삼천원을 면에서 담당케하고 보습과를 설치하기로 확정하엿는데 금월 상순에 군 당국에서는 식언하고 "보습과도 못된다"는 일언—를을 들은 일반 면민은 당국의 무성의 함을 비난하며, 더욱 가엽슨 것은 4학년 졸업생 40여 명은 보습과 실현될 것을 확신하고 매일 학교에 와서 방황하다가 약시若是한 보도를 듯고 낙망실심落望失心하야 눈물을 뿌리며 도라 갓다는데 당해 면장 임윤삼씨와 면내 일반유지들은 선후책을 강구중이라더라[56]

위 신문 기사는 1921년 면민이 기부한 9천 원이 기초가 되어 신북보통학교가 설립되었음을 알려준다.(①) 그런데 앞서 인용한 기사에는 1921년 기성회가 모금할 당시 6,300원의 기금이 조성되었다고 나와 있다. 신문 보도 후에 기금이 더 모였음을 알 수 있다.

그런데 1924년 2월 1일 개교를 한 신북보통학교가 1922년 공포된 제2차 조선교육령에 따라 보통학교 조선인 수업연한을 곧바로 6년으로 적용하지 않았음을 알 수 있다. 예컨대 1924년 2월 1일 개교하고, 4월 1

---

56 조선일보 1925. 5. 29

일 학생들이 학교에 들어왔을 때 신북보통학교는 1학년부터 4학년까지 완성학급 편제가 되어 있었다. 1922년 제2차 조선교육령으로 만약 6년제 수업연한으로 교육과정이 변경되었다면 1924년에 4학년인 학생들은 1925년에 5학년, 1926년 6학년 졸업해야 한다.

그러나 일제는 1924년 개교 당시 4년 편성된 학생들의 학년 진급을 재정 긴축을 핑계 삼아 허용하지 않았음을 알 수 있다.(②) 조선인 학생 학령 연한을 4년제에서 6년제로 변경하겠다는 총독부의 정책이 현장에서는 제대로 시행되지 않고 있음을 알려준다. 앞서 살핀 일제강점기 영암 지역 보통학교 현황을 보더라도, 4년제에서 6년제로의 변경이 일시에 된 것이 아니라 학교 사정 곧 재정 상태에 따라 차이가 있음을 알 수 있다. 곧 1922년 제2차 조선교육령에 따라 수업연한이 4년제에서 6년제로 바뀌었다고 교과서에서 설명하고 있는데, 실제는 그렇지 않았다는 사실을 확인할 수 있다.

그런데 1924년 당국이 교실 부족을 이유로, 신북보통학교 학생들의 수업연한을 6년으로 늘리지 않은 채 4년으로 졸업시킬 기미가 보이자 신북 유지들은 부족한 교실 증축 및 교사 초빙에 필요한 추가 금액을 모금하여 6년제로 학령 연한을 늘리기 위한 사전 대책을 수립하였다.(③) 인재를 육성하고자 하는 신북면 주민들의 간절한 마음을 엿볼 수 있다.

그러나 영암군 당국은 이미 기성회 측으로부터 수업연한 증설과 관련된 교실 건축 및 교사 채용에 관한 추가 경비까지 면민들의 기금 모금을 통해 확보한 상태에서도 군수 및 담당 관리가 다른 근무지로 이동하였다는 이유를 들어 학급 증설 약속을 지킬 수 없다고 통보하였로. 그 대신 '보습과'의 설치 운영을 대안으로 제시하였다.

간이보습학교는 1920년부터 1945년까지 존속했던 간이중등실업학교를 말한다. 실업보습학교라고도 하는데, 1920년 이전의 간이실업학교가 보습학교의 전신이다. 간이실업학교는 1911~1920년의 제1차 조선교육령 시기 동안 존재했으며, 4년제 보통학교 졸업을 입학 자격으로 하는 수업연한 2년 혹은 3년의 실업학교보다는 입학 자격과 수업연한이 낮은 학교이다. 간이실업학교의 수업연한과 입학 자격은 조선총독부에서 정하는 바에 따랐다. 1912년과 1919년의 간이실업학교수는 각각 19개교, 67개교였다. 1920년의 2차 조선교육령으로 인해 간이실업학교의 명칭이 실업보습학교로 바뀌었다.

보통학교가 6년제, 4년제의 2종류로 나누어지면서 실업학교의 입학 자격은 6년제 보통학교 졸업으로, 수업연한은 3년 또는 5년으로 되었으며, 실업보습학교의 입학자격은 4년제 보통학교 졸업으로, 수업연한은 2년 또는 3년으로 되었다. 단 농업보습학교의 경우에는 1년 이내로 단축할 수 있도록 했다. 1931년과 1935년의 실업보습학교수는 각각 83개교, 94개교였다. 실업보습학교는 설립형태별로는 관립·공립·사립으로 구분되며, 내용별로는 농업·상업·공업·수산 학교와 여자실업전수학교 등으로 구분된다.

1935년도의 경우, 전체 실업보습학교 94개교 중 농업보습학교 66개교(70.2%), 상업보습학교 14개교(14.9%), 공업보습학교 12개교(12.7%),

수산보습학교 1개교(1.1%), 여자실업전수학교 1개교(1.1%)로 농업보습학교가 대부분을 차지했다.

신북 주민들이 모금한 성금이 있는데도, 예산 핑계로 5, 6학년 학년 연장을 하려 하지 않는 것에 주민들은 크게 반발하였다. 면장과 유지들이 이 문제를 해결하려고 노력하였다고 하는 데서 이 무렵의 사정을 짐작할 수 있다.

한편 학생 수용 인원이 학령 숫자보다 절대적으로 부족한 현실이 이어지자 청년회 등이 야학을 개설하였다. 영암에서는 학교 기능을 한 강습회가 설립되어 부족한 공교육을 보완하였다. 다음을 보도록 하자.

> "영암강습회 설립
> 영암군 곤이시면에서는 유지 현인호·현영찬 양씨가 강습회를 설립하여 곤이시면 학계리 구 한문서당을 교사校舍로 하고 4월 20일부터 개학한 바, 생도가 70명이다. 이들은 조선어와 산술, 일어를 배웠다."[57]

곤이시면에 거주하는 유지가 강습회를 설립하여 학생을 모집하여 교육하고 있다는 것이다. 이 강습회와 연결된 다른 자료를 보면, 학교를 진학하지 못한 학생들을 안타깝게 여긴 유지들이 학술 강습회를 설립하여 학생들을 교육하기로 논의했다는 내용이 있다. 특별회원(의연금 1원 이상), 통상회원으로 구분하여 회원을 모집하였다는 사실도 확인할 수 있다.[58]

---

57 동아일보 1922. 5. 5
58 동아일보 1922. 4. 27

이 강습회는 회장 김주우, 부회장 하태숙, 서무부장 김돈재, 재무부장 하대두, 의사부장 박평삼, 사교부장 차주경, 학감 조방인·조극환, 찬무원 등으로 조직이 만들어졌다. 특히 회장 – 부회장 – 부장, 특히 의사부장과 사교부장 등으로 연결되는 조직이 만들어졌다는 점이 주목된다. 곧 청년회의 초기 구성에 나왔던 회장제가 강습회 조직에서 나타나고 있음을 알 수 있다.

청년회 활동과 청년연맹 결성

3·1운동을 통해 민족의 역량을 하나로 결집할 필요성을 절감하였던 우리 민족은 각 계층, 집단을 조직화하여 역량을 키워야 한다는 생각도 하게 되었다. 3·1운동의 주도 세력을 형성한 보통학교 학생 및 청년들은 그들이 곧 독립운동의 주체가 되어야 한다고 생각하였다. 1920년대 청년운동이 활발한 배경이다.

1910년대의 청년운동은 총독부의 승인을 받아 결성된 일종의 어용 단체 중심으로 이루어졌다. 당시는 결사의 자유가 없어 3명 이상의 단체결성은 할 수 없었기 때문이다. 다만 학교 동창회 모임은 예외적으로 가능하였다. 따라서 청년들의 모임은 일제의 억압을 피해 보통학교 동창회 차원에서 전개되고 있었다. 광주 최초의 근대학교인 광주보통학교 졸업생들이 1910년대 초부터 동창회를 조직하고, 동창회를 중심으로 강습회나 토론회를 개최하거나 여러 체육 활동을 벌인 것이 대표적 사례이다.

1919년 3월 10일 일어난 광주 3·1운동을 계획하고 주도한 '신문잡지종람소'는 1917년 무렵 광주보통학교 졸업생 동창회 지육부가 중심이 되어 만든 단체라고 알려져 있으나, 실제는 독립운동을 위한 비밀결사체였다. 이처럼 청년 결사가 없었던 시기에 보통학교 졸업생 동창회는 지역 청년의 구심점 역할을 하고 있었다. 재학생들과 연계된 이들이 3·1운동 당시 항쟁의 주도 세력이 되었던 것은 이 때문이었다.[59]

1920년대 들어 청년운동이 활발하게 일어났다. 그 계기는 아무래도 3·1운동이었다. 3·1운동의 결과 더는 무단통치를 지속할 수 없었던 일제는 집회·결사의 자유를 허용하는 문화통치로 식민지 지배정책의 변화를 꾀하였다. 합법적 공간이 확보되자 정의감, 순수성, 행동성을 가지고 있던 청년층들은 그들의 힘을 발현하기 시작하였다.

3·1운동 후 각종 사회단체가 급속하게 결성되었다. 특히 청년단체는 하루에도 10여 개씩 새롭게 조직되었다. 1920년 말 전국 각지의 청년단체 숫자는 청년회 251개, 종교 청년회 98개에 달하였다. 1922년에는 그 수가 각각 488개, 271개로 늘어났다. 1920년 9월까지 전남 각지에서 23개의 청년회가 조직되었다.

<표5. 1920년대 초반 전남 '읍내 청년회' 창립 현황>

청년회이름	창립시기	청년회이름	창립시기
강진청년회	1922.7	무안청년회	1920.1
고흥청년회	1921.5	보성청년회	1921.4
곡성청년회	1919.10	여수청년회	1920.7
광주청년회	1920.6	진도청년회	1924.5

---

59 박해현, 2020, 『독립운동가 김범수 연구』

송정청년회	1921.8	영광청년회	1920.2
나주청년회	1920.1	영암청년회	1920.7
영산포청년회	1922.6	완도청년회	1920.5
옥과청년회	1920.12	장성청년회	1920.1
광양청년회	1919.8	화순청년회	1920.4
담양청년회	1920.3	능주청년회	1920.8
창평청년회	1921.6	벌교청년회	1918.11/ 1920.8 재건
목포청년회	1920.5		

〈표5〉에서 알 수 있듯이 1920년 들어 전남 각지에 청년회가 들어섰는데, 대부분 지역에서 최초로 조직된 자생적인 청년단체라는 점에서 의의를 찾을 수 있다. 지역에 따라서는 3·1운동에 참여한 이들이 이 단체를 주도하기도 하였지만, 초기에는 지역의 유지, 또는 그들 자제가 주도하여 결성하는 경우가 많았다.

1920년 6월 12일 광주면에 거주하는 청년들이 중심이 되어 결성한 '광주청년회'의 성격을 살펴볼 필요가 있다. 이는 영암 등 다른 지역의 청년회를 이해하는 데 도움이 되기 때문이다. 광주면 유지 청년들이 주도하여 결성한 광주청년회의 초기 활동은 광주보통학교 동창회에서 하던 사업을 거의 그대로 이어받았다. 보통학교 동창회가 청년운동단체로 발전하였음을 확인할 수 있다.

회장제를 채택한 광주청년회는 지육·사교·체육·교풍·경리·편집부 등 6개 부서를 두었다. 말하자면 광주청년회는 청년들의 지·덕·체를 함양하고 친선을 도모하는 한편 사회의 잘못된 풍속을 개량하는 데 역점을 두어 활동하였다. 아직 사회변혁 지향을 목표로 삼지는 못하였다.

이들 청년회는 처음에는 사회변혁보다는 계몽적인 활동에 치중하였다. 광주청년회를 비롯한 1920년대 초 청년단체의 활동내용을 통해 알 수 있다. 45개 단체 가운데 17개 단체가 야학을 운영하였고, 강연회를 35회 여는 등 교육 활동이 대부분을 차지하였다. 3·1운동을 통해, "아는 것이 없으면 일을 할 수 없다는 것을 절감"한 청년, 학생들은 청년회를 중심으로 부족한 학교 시설을 확충하려 하였다. 1922년 총독부의 교육령 개정에 따라 취학연령이 낮아지고 자력으로 교육을 받을 수 없는 아이들이 늘어나는 객관적인 상황도 이러한 활동을 추진한 배경이었다.

이는 여자 야학을 개설하여 적지 않은 성과를 거둔 광주청년회 사례에서 확인할 수 있다. 광주청년회는 1920년 9월 '구식 가정부인'에게 신지식을 보급할 목적으로 여자 야학을 개설하였다. 여자 야학이 문을 열자 4백여 여성이 몰려들었다. 가히 폭발적인 여성의 참여는 광주청년회를 크게 고무시켰고, 지역 사회에 '여자 야학'이 세워지는 기폭제가 되었다. 광주청년회는 일반 학교 과정으로 청년학원도 운영하였다.

1922년 4월에 문을 연 청년학원은 1~2년간 보통학과 수준의 학과를 교육하였다. 모집인원은 약 200명이었다. 그런데 이러한 교육 사업을 위해서는 건물 등 막대한 운영비가 소요되는 것이어서 재력이 있는 간부나 지방 부호의 일시적인 '의연'에 의존할 수밖에 없었다. 청년회는 구조적으로 이들 자본가의 영향에서 벗어날 수 없는 한계를 지녔다. 1920년대 초의 청년회 활동이 교육·금연·금주, 민립 대학 설립 운동 등 민족 개량주의적, 계몽주의적 성격을 띠게 되는 중요한 요인이 되었다.

영암 지역도 광주청년회의 경우와 크게 다르지 않았다. 다음 기록을 보도록 하자.

> "영암 청년 김자명·조숙환·한동석·김준환·김학용·김만재 등의 발기로 7월 21일 오후 2시 영암 열무정에서 청년회 창립대회를 거행한 바, 120여 명의 회원 박수 소리에 임시회장 조숙환씨가 취지서를 낭독하며 곧이어 회칙을 결의한 후, 임원을 선거하여 회장에 김자명·부회장 조숙환·총무 김희영씨가 피선되었다."[60]

1920년 7월 21일 영암청년회가 열무정[61]에서 창립대회를 개최하였다는 소식을 전하는 당시 신문 보도이다. 우선 발기인 및 임원으로 참여한 이들 가운데 발기인으로 참여한 인물의 신분이 2명이 확인되고 있다. 한동석은 1928년 일본 식민 지배체제를 바판하다가 체포되어 징역 8월(1심), 무죄(2심)를 선고받았고, 김학용은 구림 3·1운동에 적극 참여하여 태형 90도의 형벌을 받았다. 영암청년회의 창립 주도 집단이 독립운동과 관련이 있음을 알 수 있다. 하지만 임원진 구성에는 이들이 빠졌다. 광주와 마찬가지로 임원 구성이 유력가의 자제들로 이루어져 있음을 알 수 있다. 아울러 조직체계도 '회장 – 부회장 – 총무'로 이루어져 광주지역의 그것보다 훨씬 단순하게 조직되었음을 알 수 있다.

창립한 지 2개월 만인 1920년 9월 5일 70여 명이 참석하여 토론회를 개최하였다. 이때 연사로 김준연의 아우인 김준오가 참여한 사실이 주

60 동아일보 1920. 7. 27

61 열무정은 1525년 창건된 호남에서 가장 오래된 사정(射亭)이다.

목된다. 김준오는 영암보통학교 교사로 재직 중 1922년 보통학교 학생들이 주동한 일본인 교장 배척 운동에 연루되어 능주보통학교로 강제 전보된 이다.[62] 영암청년회는 초기 구성이나 활동이 독립운동에 앞장선 이들이 주도하는 모습을 보여준다. 광주청년회와는 다른 모습을 보여준다.

영암청년회는 각종 강습회, 수재의연금 모금[63]을 하였다. 강습회를 통해 유학생들의 학비를 모금하는 경우도 있었다. 다음을 보자.

> "영암군 영암면에서 경영하는 학술 강습회가 날로 발전하는 것은 본보에 이미 보도되었거니와 이에 대하여 경성에 유학하는 영암 학생들은 금전을 수합하여 교수용 지도 및 이과 괘도를 기부하였는데 그 이름은 다음과 같다.
> 박판종 5원, 최득렬·박민호·김봉근 각 3원, 천병권·하헌훈 각 2원"[64]

박판종, 김봉근, 천병권 3인은 영암 3·1운동에 적극적으로 참여하여 옥고를 치른 경력이 있다. 이들이 출옥 후 경성으로 유학을 떠났음을 알 수 있다. 그들은 방학 때 고향에 내려와 강습회 및 야학 등을 통해 지역 학생들의 학습을 도와준 것으로 보인다. 영암청년회가 지역 출신 인재들을 통해 농촌계몽을 활발히 전개하였음을 알 수 있다. 강사도 3·1운동의 주역들이었다. 이들을 통해 민족의식을 높이고자 하는 의도가 있었음을 알 수 있다.

---

62 동아일보 1922. 10. 17

63 동아일보 1922. 11. 25

64 동아일보 1922. 6. 16

영암청년회 창립 직후 신북에서도 청년회가 창립되었다. 다음을 보자.

호성청년회湖星靑年會 조직
　전남나주군 반남·영암신북 양면에 거주하는 인사로서 호성청년회를 조직하기 위하여 지난달 28일 반남면 상촌 기독교가 세운 나복羅福학교 내에서 창립총회를 개최하고 임원을 다음과 같이 선정하였다.
　회장 김동석 부회장 유규채 총무 전봉주[65]

1920년 8월 28일 나주 반남과 영암 신북 청년들이 호성청년회를 조직하였다는 것이다. '호성'은 가까운 곳의 지명' 호산'에서 유래하였다. 반남과 신북은 서로 인접하여 있고, 과거에는 같은 나주의 행정구역에 포함되어 있었기 때문에 행정구역의 차이에 따른 이질감은 없었다. 임원을 맡은 이들이 누구인지 잘 알 수 없다. 회장을 맡은 김동석은 나주 출신인 것으로 보인다.[66] 어쩌면 초기에는 광주청년회의 사례처럼 지주의 자제들이 주도하였을지도 모른다. 이때 창립된 호성청년회는 어떤 성격을 지녔는지 알 수 없다. 하지만 1925년 2월 13일 유혁이 신북 모산촌 주민들을 중심으로 만든 농민단체 이름이 '호성노농'이었다.[67] 이 점을 고려하면 호성청년회가 창립될 당시 유혁이 어떤 형태로든지 관여하였을 가능성이 있다.

65　동아일보 1920. 9. 6

66　1925년 재일동포 모국 방문단으로 수재의연금 기탁자로 나주 출신 김동석이 있다. 한자음이 같고 나주 출신이어서 동일인이 아닌가 하는 의심도 있다. 만약 동일이라면 김동석은 경제적 목적으로 일본에 건너간 것으로 보인다.

67　동아일보 1925. 3. 4

1925년 3월 1일 신북청년회가 결성되었다. 신북청년회 결성은 같은 달 3월 23일~24일 나주에서 열린 전남 청년대회 관련 기사에서 잠깐 언급된 데서 알 수 있다. 신북청년회 창립을 주도한 유혁이 창립일을 3월 1일로 한 것은 1919년 3월 1일 일어난 만세운동의 독립정신을 계승하고자 하는 의도가 있었다.[68] 호성청년회 이름으로 반남과 신북지역의 청년운동을 이끌었던 유혁이 신북 중심의 '신북청년회'를 새롭게 결성하였음을 알 수 있다.

유혁은 운동의 가장 하부조직인 면 단위 청년단체결성을 추진하고, 면 단위 단체들을 결합한 군 단위 조직을 결성하고, 그리고 군 단위를 결합한 도 단위 연맹을 조직하려 하였다. 1923년 출범한 전남 청년연맹이 이를 말한다. 유혁이 주도하여 결성한 전남청년연맹을 통해 이를 확인할 수 있다.

① 전남청년연맹 결성
"전남 청년 연맹은 전남의 청년운동을 통일키 위하여 1923년에 창립하였는데 전남 각지의 청년단체 70여 세포단체를 두었다는 바, 군 청년연맹을 단위로 할 것이나 아직 군 연맹이 조직되지 못한 곳이 있으므로 개체로는 가입 서무, 교양, 조사 등의 부서를 설치하여 중앙 집행 위원 15명이 사무를 분담케 하였다는 데 상무위원은 유혁·송동현·이일선·박공근·김용환 등이었다.[69]

---

68 조선일보 1925. 3. 29 유혁이 1925년 3월 23일 전남청년대회에서 신북청년회가 같은 달 3월 1일 창립되었다고 보고하자 임석 경찰이 3·1운동을 의미하는 것이 아닌가 의심하였다.

69 동아일보 1926. 10. 2

1923년 전남 각 지역 70여 곳에 조직된 청년회 등 청년운동 단체를 하나로 결합하기 위한 연맹을 유혁이 주도하여 결성하였다는 내용이다. 전남의 청년운동 단체는 각 읍 청년회를 비롯하여 면 단위 청년회 등 수십 개에 달하였다. 그런데 이 기사를 통해 1923년 연맹 결성 당시 파악한 청년회가 70여 개에 달함을 확인할 수 있다.

유혁은 개별적으로 편성되어 있는 지역 청년단체를 하나의 연맹으로 묶으려 하였다. 이는 이미 유혁이 청년회 결성 초기부터 깊숙이 개입되어 있음을 알 수 있다. 그는 도 연맹 결성에서 각 세포 단위 단체의 성격이 서로 다르므로 무리하게 군 단위의 연맹 결성을 서두르지 않는 대신, 각 세포 단위별로 서무, 교양, 조사부 등의 부서를 정하여 도 단위의 중앙집행위원회의 각 부서가 세포 단위 청년회와 서로 연결하여 운동세력을 하나의 집단으로 결합하게 하였다. 유혁이 개별 청년회의 독립성도 유지하면서 세력화하려는 일을 용의주도하게 추진함을 알 수 있다.

유혁이 이렇듯 청년회를 하나로 묶으려 한 것은 웰스가 주장한 바와 같이 농민, 노동자 등 개별 운동세력을 결집하는 것이 독립운동의 기초역량 강화에 중요하다고 판단했기 때문이다. 여기에 웰스의 사상을 비롯하여 사회주의 사상의 유입으로 지주, 자본가 자제들이 주도하던 계몽 위주의 청년운동에도 변화가 나타났다. 광주청년회의 사례는 전남청년회의 변화를 이해하는 데 도움을 준다.

광주청년회뿐 아니라 다른 청년단체들이 1920년대 출범 초기에 활동할 때 경비는 대부분 지역 유지의 출연으로 이루어졌다. 광주 지역 유지

들 스스로 광주청년회 찬성부를 조직하여 청년회를 정신적 재정적으로
후원하였다. 광주청년회는 회관 건축비, 운영비 등을 지방 유지의 기부
금에 의존하였다.

　1921년 5월 5일 동아일보 보도 내용에서 이를 엿볼 수 있다.

> "광주청년회에서는 4월 30일 임시총회를 열어 학교의 수용 능력
> 부족으로 학교에 들어가지 못한 아동들을 강습하기 위하여 발족된
> 학부형회의 요구에 응하여 흥학관과 유지들의 의연금으로 할 것을
> 결의하였다. 또한, 청년회가 초청한 블라디보스토크 조선 학생음악
> 단 경비도 의연금으로 충당하였다."

　광주청년회가 학생들에게 공부할 공간을 만들어주는 일을 체계적으로
하고 있음을 알 수 있다. 심지어 블라디보스토크의 재외 교포 학생음악
단초청 행사까지 추진하고 있음을 알 수 있다. 이러한 사업을 추진하는
데 소요되는 막대한 경비를 대부분 지역 유지 성금으로 의존하고 있음을
살필 수 있다. 광주청년회의 모임 공간인 흥학관은 1921년 광주 실업가
최명구의 기부로 건립되었다.

　청년 활동에는 광주의 실업인들이 직, 간접적으로 관련되어 있었다.
청년회 활동에 많은 돈을 기부한 유지有志나 그 자제子弟가 청년회 간부
가 되거나 청년회에 커다란 영향력을 행사하는 구조가 형성되었다. 하지
만 이러한 구조는 사회주의 사상이 유입되면서 내부에서 치열한 계급적
갈등을 노출하는 계기가 되었다.

광주청년회는 학교에 들어가지 못한 학생들의 학습 공간을 마련하기 위한 사업 등 청년회가 필요한 경비를 유지들로부터 모금하여 적극적인 활동을 함으로써, 광주의 가장 대표적인 청년단체로 자리 잡았다. 그러나 광주청년회 주도층이 막대한 경제적 기반과 높은 교육까지 받은 부르주와 계급이었다는 점은 이들이 일본 식민지 지배체제의 모순을 해결하려는 단계에까지는 나아가지 못했다는 비판을 받을 수밖에 없었다.

그러나 차츰 광주청년회의 성격에도 변화가 나타났다. '회장 – 부회장 – 부장'으로 이어지는 단일 지도체제가 '집행위원장 – 집행위원 – 의사원'으로 이어지는 집단지도체제로 바뀌고 있었다. 게다가 아직 집행부에는 해당하지 않지만, 의사원 구성에 이전의 유지 중심에서 탈피하여 여러 계층이 합류하고 있는 모습도 보였다. 김유성·문태곤(대동상회 공동운영), **최영운**(전남학무과고원), 김복수, **최흥종**(목사), 김용환, 김종삼(광주자혜의원 간호인), **전도**(노동·농민운동) 등으로 계층과 직군이 다양해졌다. 특히 강석봉과 함께 노동자·농민운동을 함께 한 담양 출신 전도가 참여했다는 것은 의미가 있다. 지역 유지 자제 중심의 청년회 운영에서 근본적 변화가 이루어지고 있음을 알려준다.

1920년대 초반 결성된 광주청년회를 비롯한 대부분 청년단체는 지주, 상공인, 지역 최고의 지식인, 기독교계 지도자들이 주도하였다. 다만 지주라 하더라도 소작료 수취에만 전적으로 의존하는 옛 봉건적 지주가 아니라 자본주의 경제 체제에 참여하고 있는 지주 겸 상공인이었다. 이들은 지역 사회에서 경제적, 사회적 지위가 가장 높은 계층에 속하였다. 그들은 식민지 민족으로서의 고통과 불만 때문에 민족의 독립을 지지하였고, 청년운동에 뛰어들었다.

조선노동공제회 광주지회, 조선소작인상조회 전남지회, 송정노동수양회 등의 단체에서 활동한 상당수 지도급 회원도 노동자와 자본가가 서로 협조하는 분위기에서 활동하고 있었다. 그러나 곧 이들 자본가 계층이 지니는 구조적인 한계는 노동자·농민층이 주도층을 형성한 노동공제회 등과 갈등을 예비하고 있었다.

광주청년회와 더불어 광주지방 사회운동 중심에 섰던 단체가 '조선노동공제회 광주지회'였다. 광주청년회보다 약간 늦은 1920년 7월 30일 조직된 이 단체는 초기에는 주로 노동야학, 노동합숙소 설치, 환난구제 사업 등 주로 노동자에 대한 활동에 주력하였다. 아직은 농민들을 조직화하려는 활동을 적극적으로 하지 않았음을 보여준다.

1922년 10월 16일 중앙에서 조선노동공제회가 해체되자 광주지회도 총회(1922. 11. 18)를 열어 회 이름을 '광주노동공제회'로 명칭을 바꾸어 독립적 성격의 단체로 전환하였다. 그리고 활동 범위를 농민운동에까지 점차 확대하여 노농연합제적 성격을 띠어갔다. 1923년 6월 4일 집행위원회를 열고 "각 회의 경과 상황 보고, 신구 소작인 쟁의에 대한 처리 방법" 등을 결의하고 있는 데서 확인된다.

한편 당시 전남지역이 처한 상황은 심각하였다. 약간 시기가 뒤떨어지기는 하였으나, 1935년 통계에 의하면 전남지방의 총 경지 면적은 전국 총 경지 면적의 9%를 차지하는 것으로 전국 제2위 수준이었다. 하지만 농업 호구가 전국 1위 지역으로, 농가 1호당 평균 경지 면적은 전국의 1호당 평균 경지 면적보다 대략 0.5정보나 적다. 이는 전남지방 농민들이 다른 지역보다 토지에의 의존도가 매우 높음을 보여주는 것이다. 따라서 그들은 그나마 생존 조건을 유지하기 위해서 지주로부터 가해지는 온갖 불이익, 고율의 소작료와 지세, 공과금 부담 등을 감수해야 했다.

3·1운동 이후 고양된 사회적 분위기는 지주로부터 가해지는 불이익에 맞선 농민들의 투쟁이 강화되는 계기가 되었다. 1923년 암태도에서 전개된 소작 쟁의는 그 대표적인 사례라 하겠다. 개인적인 차원에서 이루어지던 1920년대 초기의 농민운동은 소작인 조합·농민조합·소작상조회·농우회·농민공제회·작인동맹 등 농민단체 중심으로 이루어졌다.

이 단체는 대부분 지주와 소작인이 농사 개량·소작관계 개선·생활개선 등을 목적으로 만들어서 상호부조 및 계몽적인 성격이 짙었다. 그러다 일제와 지주의 수탈이 심해지고 소작쟁의가 늘어나면서 차츰 농민을 위한 조직으로 바뀌어갔다.

농민조직은 1922년 23개에서 1923년에는 107개로, 1925년에는 126개로 늘어났다. 소작인 조합이 중심이 되어 "소작인회에 비상사태가 일어날 경우 인접 면에서 응원할 것" 등을 결정하여 연대 투쟁을 모색하기도 하였다. 지주와 일제를 규탄하는 토론회·집회 등을 열어 농민의 계급의식을 높여 갔다. 1924년 4월에는 사회주의자와 노동단체의 지원을 받아 조선노농총동맹을 결성하여 전국 범위의 중앙조직을 갖게 되었다. "소작료 인하, 소작권 박탈 반대, 동척 이민 반대" 등의 소작쟁의 구호에서 나타나듯이, 농민구성원 대부분은 소작농이었다. 이처럼 농민운동이 조직화하는 과정을 광주에서도 확인할 수 있다.

광주노동공제회의 농민운동에 대한 활동은 적극적인 소작인회 조직으로 구체화 되었다. 1923년 봄까지 광주의 15개 면 전체에 소작인회가 조직되었다. 이를 기반으로 1923년 4월 29일 중앙집행기관인 소작인연합회가 조직되었는데, 주요 임원은 광주노동공제회의 간부로 충원되었다. 조선노동공제회 광주지회는 광주노동공제회로 개조된 후 소작인 운동을 투쟁적으로 전개하기 시작하였다.

이에 따라 부르주아 성격이 강한 광주청년회 지도부도 사회 문제에 관심을 두지 않을 수 없었다. 광주청년회의 변화 양상은 조직체계에서 먼저 보인다. 1922년 개편된 8개 부서 가운데 기존의 사교부, 산업부, 교풍부, 편집부 등이 없어지고 사회부가 신설되었다. 사교부, 산업부, 교풍부는 부르주아적·개량주의적 성격이 드러나 있는 기구였다. 이들 부서를 폐지하고 사회부를 신설한 것은 노동자·농민 계급 등 다른 부문과의 연대를 강화하기 위함이었다.

하지만 아무리 그들이 사회변혁에 관심 있다고 하더라도 기본적으로 노동자, 농민의 희생에 의존하고 있었다. 이러한 계급적 한계 때문에 광주청년회가 1923년 이후 격화되는 노동·농민 운동에 처음부터 동참하기는 현실적으로 불가능하였다. 광주노동공제회가 소작 운동을 회 차원에서 당면사업으로 설정하여 조직적으로 꾸려나갔다면, 광주청년회는 회원이 개별적으로 운동에 참여하는 수준이었다. 광주청년회는 물산장려운동이나 민립대학 설립 운동 등을 광주에 정착시키는 데에 주력하고 있었다. 이로 인해 면소작인회는 이후 광주노동공제회와 정치적 행보를 같이하며 광주청년회와 대립의 길을 걷게 되었다.

그러나 1922년 말 광주노동공제회가 출범한 이후 1923년부터 격렬하게 전개되는 노동·농민 운동은 광주청년회 내부의 새로운 변화를 요구하였다. 1923년 이기호가 친일적인 성격을 띤 광주면협의원으로 선출되자, 직전에 집행위원장을 역임하였음에도 불구하고 간부직에서 배제하였다.

1921년 정경두가 역시 면협의원이 되었는데도 불구하고 의사장으로 선출된 것과 비교하여 볼 때 확연히 차이가 있다. 이는 광주청년회의 성격이 차츰 정치적 성격을 띠고 있음을 보여준다. 말하자면 친일적 성향을 보인 인사는 단체의 간부에서 배제하려는 모습을 보여주고 있음을 알 수 있다. 광주청년회가 일제와의 타협을 거부하고 있음을 분명히 하고 있다고 짐작할 수 있다.

광주청년회의 이러한 변화는 내외의 상황을 반영하는 것이었다. 강석봉이 귀국하여 노동자, 농민을 위한 사회 건설을 목표로 하는 사회주의 사회를 건설하여야 한다는 주장에 동조하는 청년들이 늘어나고 있었다는 방증이다. 강석봉이 임시의장으로 선출된 것은 부르주아적 성격의 광주청년회가 사회주의적 성격으로 변화되는 신호였다. 일본에서 귀국한 지 얼마 되지 않은 강석봉이 광주청년회의 임시총회를 주재한다는 사실은 광주청년회의 회원들 가운데 사회주의적 성향을 지닌 세력이 그만큼 성장해 있음을 말해준다. 이제 광주청년회가 자본가 중심의 틀에서 벗어나 노동자·농민 중심으로 방향 전환이 이루어지고 있음을 보여준다.

사회주의 사조가 들어오면서 광주청년회에도 조직체계뿐 아니라 지도부의 성격에도 변화가 있었다. 종전의 실업가 중심에서 최한영, 강석봉 등 사회주의적 성향을 지닌 인물로 바뀌고 있었다. 훗날 신간회 지회에서 간부로 지냈던 청년들이 많았다. 1920년대 중반 들어 광주청년회는 부르주아 중심에서 소부르주아 지식 청년으로 지도부가 변경되어갔다.

영암은 앞서 설명되었듯이, 독립운동에 참여한 사람들이 이미 청년운동에 참여하고 있어 청년회의 정체성을 둘러싼 논란은 상대적으로 크지 않았다. 여기에 지역 사회에 신망이 두터운 유혁이 1920년 8월 호성청년회 창립, 그리고 1921년 신북학교 설립기성회 간사로서의 활동 등 1920년 초부터 신북을 중심으로 청년, 사회운동의 전면에 있었던 것도 중요한 이유였다.

유혁은 전남의 70여 청년단체를 전남도연맹 산하에 두려 하였다. 이는 운동세력을 조직적으로 결집시켜 민족의 독립역량을 키우고자 함이었다. 지역에 따라, 단체의 성격에 따라 이해관계가 서로 다른 단체를 하나로 결합하는 일은 쉬운 일이 아니다. 그럼에도 나주 지도자 박공근 등과 연맹 결성을 추진한 것은 이미 지역 청년회 내부에서 그의 지도력이 인정받았음을 확인할 수 있다.

1920년 8월에 출범하여 1923년 도 연맹으로 세력 결집을 시도한 청년운동 회원단체가 70여 개로 늘어났다. 이를 토대로 연맹 창립대회가

3월 29일 열렸다. 청년단체 전체를 하나로 묶으려 한 유혁은 1923년 3월 29일 연합회 조직에 관한 사무를 광주청년회에 위임하기로 청년단체 지도자들과 논의하였다. 광주청년회는 1924년 2월 15일 전남 각 지역 80여 청년단체에 3월 2일 전남청년회연합회 조직을 위한 대표자 모임을 광주청년회관에서 갖기로 하였다고 알렸다.[70] 1924년 3월 2일 완전한 조직체로 발전한 전남청년연합회 창립총회를 열었다.

지역별 청년회 조직을 면 단위로까지 확대하는 일을 추진하였던 유혁은 1925년 3월 1일 고향에 신북청년회를 창립했다. 신북청년회는 1920년 8월에 창립되어 고향 신북과 나주 반남의 두 지역의 청년운동을 이끌었던 호성청년회를 분리한 것이다. 그런데 신북에 청년운동 단체와 별개의 노농 단체도 창립되었다.

> **영암신북에 호성노농창립**湖星勞農創立
> 영암군 신북면 모산리는 원래 문화와 교통의 시설이 없는 산벽한 촌山僻寒村으로 노동자의 친목기관이 없어 일반이 항상 유감으로 생각하던 바 유혁, 유인찬, 유인대 제씨의 발기로 농민의 단결과 친목을 목적으로 하여 호성노농회를 창립하고자 여러 준비를 마치고, 2월 13일 오후 7시에 같은 마을 분비재憤悱齊에서 창립총회를 개최하고 유혁의 창립에 대한 취지와 개회사를 비롯하여 규칙과 강령을 통과하고 임원을 선정한 후 같은 날 오후 11시 무사히 마쳤다고 한다.[71]

유혁이 주도하여 신북 모산리 분비재에서 노동자의 친목과 농민들의

---

70 동아일보 1924. 2. 18
71 조선일보 1925. 3. 4

권익을 보호하기 위하여 1925년 2월 13일 밤 노농단체를 결성하였다. 단체 이름은 청년회와 마찬가지로 '호성'을 사용하였다. 유혁은 서대문 형무소에서 출옥한 후인 1932년 5월 호성노농회를 투쟁단체로 하려고 조직을 변경하고 '농민 상조계'라 하였다. 이를 알려주는 판결문 일부이다.

"(전략) 피고 유용희가 소화 7년 5월 무렵 호성노농화를 투쟁단체로 만들고저 그 조직을 변경하여 농민상조계라 개칭 책동한 것[72]"

곧 농민상조계는 일종의 민족운동 단체였다. 나주에서는 이보다 앞서 2월 7일 노동자, 농민을 위한 단체인 나주 노농회 임시총회가 나주청년회관에서 열렸다. 이 총회에서 언어 차별철폐, 조선노농총동맹과 조선노농총동맹에 가입 문제 등이 논의되었다.[73] 유혁이 이 총회에 참석하여 축사하였다. 그런데 임석한 경관이 축사내용에 과민하게 반응하여 주의를 주었다. 유혁의 연설내용이 식민 지배체제를 비판하는 것이 담겨 있음을 느낄 수 있다. 다른 행사에서도 유혁이 축사를 하려고 하면, 일본 경찰들은 예민하게 반응하여 이를 중단시키거나 경찰서로 연행하기도 하였다.

반남과 신북 두 지역을 아울렀던 호성 청년회의 명칭을 신북 한 지역만 포함하는 노농 단체가 결성되었음을 알 수 있다. 신북에 창립된 노농회의 명칭이 '호성'을 사용하고 있다. 그러나 곧 1925년 3월 1일 앞서 언급한 신북청년회가 정식 출범하였다. 이는 노농 단체인 호성노농과 별도

---

72 소화8년 6월 22일 광주지방법원 목포지청 예심판결문(동아일보 1933년 7월 23일 보도)
73 이 총회에서 남상홍, 이항발, 최남구 등 13명이 나주 노농공영회 위원으로 선출되었다.

의 청년단체가 결성되었음을 말해준다. 유혁이 면 단위 지역의 노농단체
뿐 아니라 청년운동 단체도 결성하려 하였음을 알 수 있다.

　같은 달인 3월 23일, 24일 이틀 동안 전남 청년대회가 나주 청년회관
에서 열렸다. 참석 대상 70여 개 청년회 가운데 32곳이 참석하였다. 3
월 23일 11시 대회 준비위원회를 개최하고 자격심사위원과 임원을 다
음과 같이 선정하였다.

　　　자격심사위원 : 배치문, 송기화. 최남구, 정병용, 정경인, 강석봉,
　　　　　　전도, 조극환, 박흥곤, 이항발, 유혁, 양장주
　　　의장 : 정병용·박흥곤, 서기 : 류혁·박승억

　서기로 선임된 유혁이 대회 진행까지 맡았다. 유혁이 실질적으로 행사
를 주관하였음을 알 수 있다. 첫째 날 이항발이 경과보고를 하였다. 완
도 배달청년회는 관제 청년회와 악전고투 끝에 승리하였다고 보고하였
고, 신북청년회는 3월 1일 창립하니 일본 경찰이 혹시 3·1절과 관련이
있는 것이 아닌가 의심한다고 하자 임석 경찰이 그러한 말을 하지 못하
게 제지하였다. 곡성청년회에서는 경찰의 압박과 간섭이 심하다고 하였
고, 나주청년회에서는 전체 회원의 1/3 정도가 모르핀 중독자라 걱정이
많다고 하였다. 나주청년회에서 걱정하기도 하였지만, 이 무렵 모르핀
중독이 사회 문제가 되고 있었다. 여러 지역 청년회의 보고를 통해, 일
본 경찰이 청년회의 활동을 심각할 정도로 방해하고 있음을 알 수 있다.
　이튿날 청년대회에서는 다음의 결의사항을 채택하였다. 결의사항의

초안 작성에는 간사인 유혁이 상당한 역할을 했을 것이다. 이를 통해 유혁이 꾀하였던 독립운동의 방략을 살펴볼 수 있다. 결의사항을 그대로 전재한다.

<결의사항>
1. 교양 및 실제운동 훈련하여 계급운동 충실한 역군 양성
2. 면을 단위로 하여 농촌청년회 조직, 군에 연합기관을 두고 회체會體는 집행위원체제로 할 것.
3. 순회문고강좌독(회강습회) 연설회도 비치등備置等을 실시, 각종의 전투잡지 구독하여 사회과학의 지식을 줄 것.
4. 이류청년단異流靑年團은 개혁 또는 박멸할 것.
5. 연령 제한은 조선청년동맹의 결정에 의할 것.
6. 청총靑總에 도내 미가맹 각 단체는 전부 가맹케 할 것.
   (곡성·옥과 양 청년회는 그곳 경찰이 만일 전조선총동맹에 가맹하면 지금과 같은 사업)
7. 9월 제1일요일 국제청년데이 기념일로 정하여 철저히 기념할 것.
8. 기타문제에 민중운동자대회 사건 질문.
9. 본 대회는 청총靑總을 분열 또는 파괴하려는 대구청년회와 이를 옹호하는 단체나 개인은 배척할 것. 단 전과를 개오改悟하는 때는 이 제한에 해당하지 않음.
10. 전남청년회연합회는 확장하여 매년 1차식 모일 것.

사회문제
현 교육제도를 조선인 본위로 주장할 것.
종래 즉 당교육堂敎育의 개혁에 노력할 것.
노동운동을 적극적으로 후원할 것.
신앙자유를 원칙으로 하되 이미 설치된 종교를 철저히 부인할 것.
타협적인 민족운동을 철저히 배척할 것.

형평운동을 적극적으로 후원할 것.
여성해방운동을 적극적으로 후원할 것.
사상단체를 조직하여 신 사상을 계통적으로 연구할 것.

특수문제
소년단체를 조직하여 무산계급의 교양 및 체육장려에 노력할 것.
오후 6시 30분 조병원씨 사현금 독주와 만세 삼창으로 폐회.

결의사항에서 청년회의 구성 체계가 눈에 띈다. 2항의 면을 단위로 청년회, 군에 연합기관, 회의체는 집행위원 체제로 한다는 것이다. 면 단위 하부조직을 핵심으로 삼겠다고 하는 것을 알 수 있다. 특히 회장-부회장 체제가 아닌 집행위원 체제로 운영하겠다는 것은 수직관계가 아닌 조합원과 집행부가 수평관계로 회를 운영하겠다는 의지를 표명함을 알 수 있다.

아울러 백정들이 전개하고 있는 형평운동, 여성운동, 소년운동도 운동의 방략으로 삼으려고 함을 살필 수 있다.

이렇듯 유혁이 본격적으로 활동 반경을 넓히고 있을 때, 그는 조선일보 영암 주재 기자였다. 청년대회가 끝난 다음 날인 3월 25일 장성에서 동아일보, 조선일보, 시대일보, 개벽 등 4개의 신문사 주재 기자가 회의를 하였다는 신문 기사를 통해 알 수 있다.[74]

---

74 조선일보 1925. 3. 31 1925년 3월 25일 목포 동아일보 지국 박복영, 나주 동아분국 박공근·최남구, 담양 동아분국 정병용·이일선, 목포 조선일보 분국 조충환·박승억·송기화·배치문, 진도 이병영, 구례 정태중, 영광 김은환, 함평 장쟁현, 영암 유혁·조사원, 해남 김병규, 장성 정의등 제씨가 나주 청년회관 내에서 간담회를 열고, 4월 13일 장성에서 기자대회를 열기로 하였다.

유혁은 백관수의 소개로 조선일보에 들어갔다고 박병엽은 증언하였다. 백관수는 1915년 경성법학전문학교를 졸업하고 잠시 중앙학교 교사로 근무하다가, 1917년 봄 일본으로 건너가 유혁이 다녔던 메이지대학 법학과에 입학했다. 1919년 2월 도쿄에서 조선청년독립단을 조직해 단장이 되었고, 학생대표 11명의 한 사람으로 3·1운동의 기폭제 역할을 했던 2·8독립선언을 발표한 일로 1년간 복역했다. 1924년 졸업하고 귀국해 조선일보사 취체역이 되었으며, 1926년 12월부터는 편집인과 영업국장을 겸임했다.

유혁과 함께 일본 유학 생활을 한 안재홍이 1924년 9월 조선일보 주필 겸 이사가 되었다. 이 무렵 백관수도 조선일보에 입사했을 것이다. 그러니까 유혁이 조선일보 기자가 된 시기도 이 무렵으로 추정된다, 이후 1927년 3월 18일 회사 일로 전라남북 출장을 유혁이 다녀왔다는 기사가 있다. 이때 유혁을 '노동운동사원'이라 하였다. 노동운동 전담 기자 역할을 한 것으로 보인다. 적어도 1927년까지는 기자 생활을 한 것은 분명하다. 1925년~1927년 유혁이 가장 활발히 활동하던 시기가 조선일보 기자로 재직할 때였다.[75]

전남청년회연합회는 앞서 잠깐 언급하였지만, 1926년 제2회 정기총회준비를 광주청년회에 위임하였다. 하지만 광주청년회와 광주노농공제회가 이념적 갈등을 둘러싸고 폭력이 행사되는 등 큰 충돌이 일어났

---

75 그가 소년동맹 총회와 관련하여 구속되던 1928년까지 조선일보 기자로 재직하였을 가능성이 있다.

다. 광주청년회가 위탁업무를 수행할 수 없게 되었다. 이렇게 되자 목포
무청, 담양노동청년, 영암신북청년, 그리고 광주청년 간부들이 연합하여
2월 1일 영암 출신 조극환의 사회로 준비위원회를 열었다.

    ① 1925. 3.23 전남 청년대회 자격 심사위원 :
       배치문, 송기화. 최남구, 정병용, 정경인, 강석봉, 전도, 조극환,
       박흥곤, 이항발, 유혁, 양장주
       의장 : 정병용·박흥곤, 서기 : 류혁·박승억, 이항발 : 경과보고

    ② 전남청련총회全南靑聯總會 주관
       2월 23일 전남청년연합회 제2회 정기총회 주관
       광주청년회 위탁하였으나 돌발사건이 있어 준비위원을 목포
       무청 나주청년 담양노동청년 영암신북청년 광주청년 각 간부
       가맹 73단체 자격심사 다시 하고 미가맹 52단체 가맹 권유문
       발송
       양장주 김용환 유혁 정경인 조극환 준무위원
       토의사항
       1. 청년문제
       1. 사회문제
       1. 특수문제 다도농담회多島農談會에 관關한 건件,일본삼중현
         사건日本三重縣事件

유혁이 1925년 3월 전남청년대회 자격 심사위원으로 참여하였고(①),
이듬해인 1926년 2월 23일 전남청년연합회 제2회 총회에서 준무위원
에 선임되었음을 알려주고 있다.

1926년 2월 23~24일 이틀간 광주에서 열린 전남청년연합회 정기총

회에서 가맹 73단체의 자격심사를 다시 하고, 미가입 52단체에 가입 권유를 하기로 하였다. 이를 통해 아직 청년회연합회에 가입하지 않은 단체들이 꽤 있음을 알 수 있다.

이날 회의에서 유혁이 양장주, 김용환, 정경인, 조극환과 더불어 준무위원準務委員으로 선임되었다. 이날 토의 안건이 청년 문제, 사회 문제 등이었는데, 별도 안건으로 일본 삼중현 사건도 다루었다.[76] 전남청년회연합회에서 삼중현 사건을 다루었다는 것은 의미가 있다. 삼중현 사건은 일본의 삼중현 터널 공사장 인부로 일하던 조선인 근로자와 일본인 근로자가 충돌이 일어나 한국인 근로자가 일본도에 찔려 살해되자, 한국인 근로자들이 일본 근로자를 공격한 사건이다.[77] 그런데 당시 전남청년회에서 이를 문제 삼아 진상을 파악하려 하였다는 것은 이들의 활동 목적이 독립운동에 있었음을 분명히 하고 있다.

제2차 전남청년회연합회 총회가 끝난 직후인 1926년 2월 25일 전남청년연맹 집행위원을 2명 증원 선출하였다. 증원된 2명 집행위원에 유혁과 강석봉이 선임되었고, 조사부원으로 역시 유혁이 선임되었다. 이미 전날인 2월 24일 열린 전남노동연맹발기 준비회의에서 유혁은 상무집행위원으로 선출되었다. 노동단체들의 연합회 결성의 실무책임을 유혁이 맡았음을 말한다. 다음 날인 25일 유혁이 전남청년연맹의 집행위

---

76 조선일보 1926. 2. 5

77 삼중현 사건이 일어났을 때 가해자인 일본 근로자를 공격하여 상해를 입혔던 한국인 근로자는 여수 출신 김덕룡이다. 김덕룡은 징역6월(집행유예3년)의 형을 받았다. 전라남도의 용역을 책임졌던 저자는 2024년 4월 아직 서훈받지 못한 김덕룡의 포상신청서를 작성하여 국가보훈부에 제출하여 심사를 기다리고 있다.

원에 조사부원까지 겸직하였다. 그리고 27일 광주에서 열린 광주인쇄직공조합, 광주정미노동조합, 광주철공조합, 광주형평청년회, 광주점원청년회, 광주인공印工청년회 등 6단체 연합단체 창립기념회에서 유혁이 연합단체 대표로 선출되었다.

이들 6단체 연합단체결성에 앞서 2월 5일 유혁이 완차부 조합 창립총회를 주관하였다. 완차부는 인력거꾼을 말한다. 인력거꾼들이 단체를 결성할 자체 힘이 부족하자 유혁이 나서 조합 창립을 도와주었다. 그가 총회 사회를 보고 임시의장을 맡았는데, 이는 실질적으로 그가 총회 결성을 사실상 주도하였음을 보여준다. 2월 19일에는 광주형평청년회의 제1회 집행위원회가 열렸는데 유혁이 의장에 선임되었다.

유혁은 청년회를 중심으로, 여러 직종 조합을 결성하고 그 직종들을 상호 연결하는 연합단체결성을 추진하였음을 알 수 있다. 유혁이 연합단체결성을 꾀하려 한 의도는 그가 연합단체 창립 기념식에서

> "모든 방면으로 심히 미약한 우리는 처지가 동일한 동모同侔들과 각상各相 제휴하여 외적과 사이비의 가면주의자들의 침해를 받지 않도록 하여야겠다"

라고 한 인사말에 잘 드러나 있다. 즉, ①심히 미약한 ②처지가 동일한 동무와 ③서로 제휴하여 ④외적 및 ⑤사이비 가면주의자의 공격에 맞서야 함을 강조하고 있다.

유혁은 우리 하층 민중 개개인의 힘은 미약하지만 서로 힘을 결집하면

충분히 강도 일본을 물리치고 민족해방을 이룰 수 있다고 믿고 있었다. 민족의 역량을 결집하는 것이 무엇보다 중요함을 인식하고 있었다. 하지만 그는 이 과정에서 사이비 가면주의자들의 접근을 경계해야 함을 강조하였다. 이른바 타협적 민족주의자로 일컬어지는 개량주의자들의 교묘한 논리를 그는 정확히 꿰뚫고 있었다.

그가 이처럼 민중의 역량을 하나로 결집하려 한 것은 완차부 조합 창립대회에서, "우리도 대동단결의 힘으로 진화법칙상 필연성을 가진 신사회를 건설하여 보겠다"라고 말한 데서 잘 드러나 있다. 곧, 진화론의 관점에서 힘을 결집해야 함을 강조한 것이다.

1926년 2월 한 달 내내 유혁은 단 하루도 쉬지 않고 민중의 힘 결집을 통한 민족 독립의 토대 구축에 모든 역량을 쏟고 있었다. 유혁이 추진한 6개 직종 연합단체결성식에 무려 6,700명이 참석했다. 당시 광주 인구가 10만 약간 넘었다. 엄청난 숫자이다. 행사장은 물론 행사장으로 가는 도로가 인파로 가득하였다. 유혁이 전국적인 혁명운동가로 거듭나고 있음을 알 수 있다. 유혁의 일거수일투족은 경찰의 집중 감시 대상이 되었다.

한편, 청년회를 중심으로 민중의 역량을 결집하여 독립 투쟁을 하려 한 유혁에게는 뜻을 같이하는 사람들이 많이 있었다. 대표적으로, 광주에서 활동한 강석봉이 있었다. 그가 유혁과 함께 1926년 2월 말 전남청년연맹 집행위원을 맡았다는 사실은 두 사람의 관계를 잘 말해준다,

1917년 광주에서 신문잡지종람소라는 비밀조직을 결성하여 광주 3·1

운동을 추진한 강석봉은 1923년 사회주의 사상연구 단체인 신우회를 비밀리에 조직하여 광주에서 사회주의 이념을 확산시키는 데 앞장섰고, 조선공산당 전남책임비서를 맡아 세포조직인 야체이카를 결성하는 데 주도적 역할을 한 인물이다. 그의 강해석, 강영석, 강석원 등 세 아우는 모두 청년, 소년운동의 선구자였다.

1924년 광주청년회는 "계급적 단결로 해방운동의 전위가 되어 민중 본위의 신사회 건설"을 목표로 삼는다는 강령을 채택하였다. 광주청년회가 '지·덕·체'를 표방했던 창립 초기와 비교하면 상당히 급진적 방향으로 나아가고 있음을 알 수 있다. 광주청년회에서 새롭게 내건 '신사회 건설'이란 구호는 '사회주의 사회'를 완곡하게 표현한 것이다. 청년회 활동에 사회주의적 색채가 차츰 드러나고 있었다.

1925년 9월 개최된 광주청년회 창립 5주년 기념강연회에서 청년의 계급적 단결을 강조하는 주장이 나왔다. 광주청년회의 성격에 사회주의 모습이 드러나고 있음을 알 수 있다.

유혁은 강석봉, 강해석, 강영석 3형제와 막역한 사이였다. 강해석은 유혁을 '형'이라고 불렀다. 광주보통학교와 광주사범학교를 졸업한 강해석은 '광주청년학원' 교사로 있었다. 1924년 경신학교 1학년을 다니다 귀향한 강해석 아우 강석원이 광주청년학원에 다녔다는 기록이 있다. 청년·학생들을 의식화시키는 일종의 강습소 역할을 하였던 '광주청년학원'은 광주청년회의 전위대였다.

강석봉 등이 참여하면서 광주청년회 운영이 사회주의적 성격을 띠면서 광주노농공제회와 노선의 선명성을 띠고 경쟁하였다. 심지어 지나친 경쟁이 상호 폭력으로 발전하였다. 이 문제를 둘러싼 논란을 통해 그 양상을 살필 수 있다.

1926. 1. 31 경성청년연합회 주최 광주사건 진상보고회
사건의 진상은 신문지상에 보도된 바와 다르고 다른 단체의 조사한 바와 다른 점이 있는 까닭으로 동 사건에 대한 태도를 결정하기 위하여 결의문 작성위원으로 차재정, 이병의, 정학원 3명을 선정한 후 같은 날 11시에 폐회하였다. 결의문은 다음과 같다.

-결의-

1. 우리는 광주노동공제회의 창립 당시와 같이 광주청년회 사이에 친선관계를 복구하며 즉 주의로 인하여 부정 간부를 선출한 책임을 지고 광주 청년회에 사과하는 동시에 현 간부 일동을 파면하며 동 위원장 설병호, 1차 위원 정윤모, 신동호 3인을 급속히 운동노선 상에서 쫓아내어 그 파문이 전국적으로 파급치 않고 신속해결되도록 조처할 것을 광주노동공제회에 신중 권고할 것.

1. 광주청년회는 자본가 계급의 어용 기관임을 인정하는 동시에 이의 박멸을 기함. 단 회원에 건전한 사상을 가진 분자가 있는 때는 동 회로부터 탈퇴케 할 일.
1. <u>금반 사건에 대한 참모 책임자인 강석봉, 김재명, 김태봉, 한길상, 이종대, 조희만, 강영석, 강해석, 김흥선, 김연섭. 최한영, 최준기 등으로 자본가의 주구임을 인정하고 무산계급운동노선에서 적극적으로 배제할 일.</u>
1. 신新광청년회를 적극적으로 응원하여 광주무산청년운동을 촉진할 일.
1. 광주노동공제회 외 7개 단체에 위문장을 발송할 일.
1. 위 사건의 진상을 전국적으로 공포하여 여론을 환기케 할 일.

이 논란의 핵심은 밑줄 친 부분에 잘 나와 있다. 강석봉, 김재명, 한길상, 강해석 등이 자본가의 주구로 공격받았다. 강석봉, 김재명, 강해석 등 모두 조선공산당의 핵심 인물이다. 강석봉 등은 사회주의 계열 가운데 민족의 독립을 우선하는 서울회계열이고, 광주노농공제회는 마르크스 레닌 사상 노선을 따르는 화요계 계열이다. 이들 세력의 충돌이 광주청년 단체의 주도권을 둘러싸고 폭력이 행사될 정도로 격렬한 충돌이 있었다. 이 충돌 사건으로 기소된 이들 가운데 김재명(과태료 15원), 강영석(과태료 10원) 한길상, 강석봉, 지용수 각각 무죄 판결을 받았다.[78] 김태봉은 인쇄공으로 3월 23일 형무소에서 자살하였다.[79]

광주노농공제회와 갈등을 마무리한 광주청년회는 1926년 광주청년회연합회를 창립하였다. 이때 임원을 맡은 강해석이 연합회 창립을 주도하였다. 형인 강석봉, 아우인 강영석은 청년회연합회의 집행위원으로 참여하였다. 청년회연합회 결성은 이 무렵 여러 단체의 힘을 결집한 유혁의 운동 방략이 참고되었다. 강석봉 3형제가 광주청년회연합회를 실질적으로 이끌었음을 알 수 있다. 이렇게 광주청년회연합회가 발전할 수 있었던 것은 유혁이 이끄는 전남의 운동세력과의 연합 전선 구축이 큰 힘이 되었다.

유혁은 여러 단체, 예컨대 전남노동·농민운동단체의 순회위원이 되어 여러 지역을 다니며 축사, 강연 등을 하며 민중의 역량을 키우려고 노력

---

78 동아일보 1926. 4. 26
79 조선일보 1926. 3. 26

하였다. 이미 진화론이라는 서구 사상을 전통적인 사상에 접목하여 민족해방의 논리를 체계화한 유혁의 연설은 명쾌하여 대중들의 환호를 받았다. 하지만 일본 경찰의 감시와 견제는 더욱 심하였다. 다음에서 이를 알 수 있다.

① 함평 청년회 육주六週 기념 성황

> **식장 내외는 혈색기血色旗로 장식**
> 함평청년회에서는 4일 이 동회의 창립일이므로 과거 6년간 참담한 고역을 위로하는 동시 미래에 대한 진용과 전술을 일층 확고히 하기 위하여 창립 6주년 기념을 동 회관에서 성대히 거행하였다는 데 당일 동 회관의 운동장과 강당에는 혈색血色의 적기赤旗로 장식하였는데 시내 행렬은 경찰 당국의 금지로 선전 삐라만 배부하고 순서에 의하여 동 11시 반에 기념식을 김상렬의 사회로 비롯하여 식사式辭와 회가 재창再唱을 마치고 경과보고가 있은 후 내빈 축사로 시대일보 특파원 정순제, 전남청년연맹 대표 유혁, 함평형평청년회대표 이용현 3인의 심각한 축사가 끝나자 각 지 동지단체로서 송내送來한 축문, 축전 낭독과 회원 제씨의 열렬한 감상담이 있은 후 환호리에 만세 삼창으로 폐회하고 정구대회와 육상경기대회가 있었는데 1등을 수상한 선수는 다음과 같았다.[80]

② 함청창립기념 지난 4일에 식 거행
함평청년회에서는 6주년창립기념일인 지난 4일 오전 9시부터 시내에 선전삐라를 뿌리고 뒤를 이어 김상렬씨 사회에 기념식을 성황리에 마치었는데 전남청년연맹 유혁씨, 시대일보특파원 정순제씨, 함평형평청년회 이광현씨 등의 축사가 있었으며 완도 살자회, 경주청년회, 나주효종단으로부터 축문과 목포노동총동맹에서 축전도 있

---

[80] 조선일보 1926. 7. 9

었으며 오후 2시부터 여흥으로 회원 정구, 마라톤, 소년 마라톤, 내빈 마라톤도 환호리에 마치고 <u>9시에 강연회를 열었으나 당국의 부당한 간섭으로 부득이 금지를 당하게 됨에 장내, 장외에 운집하였던 청중들은 가슴 속에 타오르는 분노와 얼굴에 나타나는 비참한 광경은 말할 수 없었으며</u> 신현기씨의 비통한 감상담이 있은 후 해산하였는데, 그날 밤에 등단한 연사와 연제는 다음과 같았다.

신현기(조선청년에게 고함)
정순제(순력의 편감)
이현(신흥문학의 필연성)
유혁(해방운동과 청년의 사명감)[81]

1926년 7월 4일 함평 청년회관에서 열린 함평청년회 창립 6주년 행사와 관련된 조선일보(①)와 동아일보(②) 보도 내용인데 약간의 차이가 있다. 동아일보 보도를 따르면, 밤 9시에 예정된 강연은 경찰의 금지로 중단된 것 같다. 유혁의 강연 내용에 문제가 있다고 판단했던 것 같다. 다른 3명의 연사와 달리 유혁의 연제는 "해방운동과 청년의 사명감"이라 하여 민족 해방운동에 있어서 청년들이 해야 할 사명감 및 방략 등이 구체적으로 담겨 있었기 때문이다. 특히 이 강연을 보려고 청년회관의 장내, 광장까지 청중들이 밤 9시 늦은 시간임에도 가득했다는 것은 혁명가 유혁의 연설을 듣기 위함이었다.

다음 달인 1926년 8월 26일 강해석이 주관하고 광주청년회와 광주여자청년회가 공동으로 주최한 광주재외유학생환영 간담회에 유혁이 환

---

81   동아일보 1926. 7. 9

영사를 하였다. 이날 최정두가 답사를 하였다.[82] 유혁이 광주청년회 행사에 참석하여 축사하였다는 것은 전남, 광주의 두 지역 단체가 상호 유기적으로 힘을 결집시키고 있음을 알려준다. 이처럼 전남, 광주의 청년운동의 결합은 일본 경찰 당국을 크게 긴장시켰다. 그동안 감시, 또는 행사 자체를 유산시켰던 일본 당국이 유혁을 경찰서로 소환하여 직접 조사를 하고 있음이 확인된다. 유혁 관련 내용이기에 원문 그대로 인용한다.

전남 광주에 있는 전남 청년연맹에서 매 3개월에 1차례씩 개최하는 정기 중앙집행위원회는 그동안 여러 가지 사정으로 인하여 연체되었던 바 지난 30일 오후 3시 동 위원회를 개최하려고 지방에 산재한 각 위원에게 통지문을 발송하고 준비 중에 있던 동 연맹 상무집행위원 유혁씨를 광주경찰서로 호출하여 상무집행위원회도 없이 중앙집행위원회를 소집함은 경찰을 기만함이니 무시함이니 하는 등 무리한 간섭을 하다가 임시 중앙집행위원회는 물론 상무위원회의 결의를 요하려니와 정기적으로 모으는 중앙집행위원회는 예외로 누구나 상무집행위원 한 사람이라도 소집할 수 있는 것이 통례로써 되어 왔다고 답변한 즉 간섭을 즐기는 경찰도 그 이상 추구치 못하고 필경에는 관대한 처분이나 하는 듯이 함으로 돌아와서 정식으로 중앙집행위원회 개최에 대한 십계集屆를 제출하였던 바 경찰서에는 다시 동 연맹 상무집행위원 송동현·유혁 두 사람을 호출하여 토의사항의 내용을 설명하여 달라고 함으로 유혁씨는 "우리 집회에 대한 계출(屆出, 신고)을 하였으니까 내용을 알려면 회의 당시에 항례로 임석하게 되는 경관이 상세히 알게 될 것이 아니냐!"고 하는 말을 조선어로 한 즉 그들은 일본말로 아니하고 조선말을 하는 것은 필요가 없으니 일본 말을 하라 하며 또는 토의사항은 상무위원 한 사람만이 결정한 것은 전단專斷이다. '나마이끼'라 하고 "일본말을 하기 전에는 경

<hr>

82 최정두는 1919년 3월 10일 일어난 광주 3·1운동에 적극 참여하였다가 투옥된 인물이다.

찰에서 내 보내지 않겠다"는 등 횡담패설을 남발함으로 유혁씨는 크게 분개하여 토의사항을 전단專斷적으로 하였다 할지라도 그것은 우리 연맹 내부 문제이고 경찰의 간섭할 바가 아니며 또 일본 말을 안 한다고 이와 같이 전 인격적으로 압박과 모욕을 감행하는 것은 도저히 응할 수 없다 하여 1시간 동안 힐항詰抗하다가 동 오후 4시에야 귀환하였다는 데 일반 사회에서는 경찰의 횡포무쌍함을 크게 분개하였다 한다.[83]

유혁이 3개월에 한 차례씩 열리는 중앙집행위원회를 사정상 제대로 열지 못하다, 상무집행위원회를 열지 않고 중앙집행위원회를 1926년 8월 30일 개최하려 하자, 일본 경찰이 절차를 지키지 않았다고 하여 유혁을 광주경찰서에 소환·조사하였다는 내용이다. 여기에서 논란된 부분은 유혁이 충분히 소명하였고, 또 그것은 단체 내부 문제이지 경찰이 개입할 처지는 아니라고 유혁이 일본 경찰에게 크게 반발하였다. 심지어 일본말로 대답하지 않으면 내보내지 않겠다고 협박하였음에도 전혀 굴복하지 않았다. 모산촌 문화 유씨의 당당한 기개가 느껴진다.

한 시간 넘게 유혁을 협박하였지만, 일제는 원하는 답을 얻지 못하고 결국 유혁을 풀어주었다. 유혁의 활동을 억압하던 일제는 1926년 10월 13일 목포노동총맹 창립 1주년 기념식에 참석하여 축사하려던 유혁이 강연하지 못하게 막았다. 아처럼 유혁은 철저하게 감시받았음에도 더 힘차게 투쟁의 전면에 나서고 있었다.

전남의 청년운동을 조직화하고, 광주청년운동을 활성화하는 데 결정

83 동아일보 1926. 9. 3

적 역할을 한 유혁의 존재감은 전국 청년운동 단체에도 크게 알려졌다. 1927년 1월 26일 열린 조선청년동맹 이사회 집행위원회 소집 문제를 둘러싸고 파벌 사이의 갈등이 노출되었다. 이 문제를 의논하기 위하여 상무위원회에서 전형위원을 선출하였는데, 유혁을 포함하여, 이병의, 이인수, 김병일, 유용목 등이 선출되었다. 다음에서 알 수 있다.

> 조선청년동맹 상무위원회 1927. 1. 27
> (전형위원 선정, 이병의 이인수 김병일 유혁 유용목)
> "1927. 1. 26 집행위원회 선거의 효력 문제 논의, 파벌을 초월을 목표)
> 조선청총에 분규 잠재 – 집행위원 선거 문제로 인해
> 조선청년동맹에서는 지난 26일 오후 1시부터 부내 서대문정 이정목에 있는 그 회관에서 이사회 집행위원회가 소개되었는 바, 개회 벽두에 전 집행위원회가 불법으로 소집된 것이니 무효될 것이라는 일파의 주장과 그렇지 아니하고 합법적으로 성립된 것이니까 이제 와서 문제가 되지 않는다는 일파의 주장이 서로 충돌되어 회의는 순조롭게 진행되지 못하고 마침내 논쟁 중에 해산이 된 후 그날 밤 7시에 다시 상무위원회가 열리었으나 또 다시 그 문제로 인하여 회의의 결말을 못하고 해산이 되고 말아 신임 위원 선거는 결국 하지 못하였다는 바 이 분규의 이면에는 파벌 싸움이 있는 듯 하다 하며 파벌 초월을 목표로 한다는 위원들은 다시 27일 오후 1시부터 그 회관에서 상무위원회를 열고 전향위원을 선정한 후 그 전형위원으로 하여금 공문을 발송하였다는 데 그 전형위원의 씨명은 다음과 같다.
> 이병의, 이인수, 김병일, 유혁, 유용목"[84]

다음은 1927년 4월 24일 목포청년회관에서 열린 제3회 정기총회와

---

[84] 중앙일보 1927. 1. 30

관련된 기사이다.

> "전남청연全南靑聯 정기대회 의사 진행 중에 경찰 돌연 금지로 해산
> 전남청년연맹에서는 지난 24일 오전 10시부터 목포청년회관에서
> 제3회 정기총회를 개최하였는 바, 출석인원은 23단체 대의원 53인
> 이었으며 임시 의사집행부로 김택수, 정병용, 김상렬, 설준석, 천균,
> 김인수 등을 선거한 후, 유혁의 전회록 낭독, 경과보고 및 지방상황
> 보고 등을 마친 후 임원 개선改選을 행하고 다음 각 항을 결의하는 중
> 에 돌연히 경찰에서 본 대회는 내용이 불온하다 인정하고 중지를 명
> 령함으로 회중會衆은 일층 긴장하여 질문이 있었으나 결국 해산하게
> 되어 동 오후 6시 경에 기념 촬영을 행하고 폐회하였다.
>   -결의사항-
> 1. 청년운동방향에 관한 건,
> 1. 조직에 관한 건,
> 1. 교양 및 선전에 관한 건,
> 1. 연령에 관한 건,
> 1. 노동 농민운동에 관한 건,
> 1. 정치운동에 관한 건,
> 1. 여성·형평운동에 관한 건,
> 1. 종교문제에 관한 건,
> 1. 민족운동에 관한 건(이상 5항 금지)".[85]

이날 회의 안건을 보면, 노동·농민운동, 정치운동, 형평운동 등 민족운동과 직접 관련이 있는 것들이 대부분이다. 그러다 보니 일제는 이 행사의 진행을 내버려 둘 수 없었을 것이다. 이에 중간에 회의를 중단시키는 등 방해하였다. 이 회의를 유혁이 전차 회의록을 낭독하는 등 회의 진행

---

[85] 조선일보 1927. 4. 26

을 적극적으로 하고 있다. 유혁이 회의 안건 등을 만들었다고 본다. 이날 회의를 통해 유혁이 지향한 독립운동의 방향성이 더 분명히 드러난다.

그런데 1928년 5월 20일, 21일 양일간에 담양에서 열린 전남청년연맹 정기대회에는 대회 준비위원으로, 장석천, 강종득, 김인수, 김용표 등이 들어있고, 유혁의 이름이 빠져 있다. 유혁 이름이 빠진 것이 단순 누락 또는 어떤 사정에 의한 것인지 분명하지 않다. 아마 유혁이 이날 행사에는 일부러 빠진 것으로 보인다. 우선 장소가 담양이고, 주로 전남 동부권 참여자들이 많아 그의 활동 범위와 약간 거리가 있는 데다, 이 무렵 소년운동 단체결성에 동분서주하였던 것도 또 다른 이유였을 것이다. 이제 전남의 청년운동은 그가 직접 관여하지 않아도 조직적으로 전개될 정도의 단계로 성장해 있었다는 징표이기도 하다.

민중의 역량을 결집한 민족운동

유혁은 1926년 1월 13일 광주 흥학관에서 열린 전남해방운동자동맹 13회 집행위원회에서 광주청년회와 광주노동공제회 사이에 일어난 분쟁 조사위원으로 김은환, 김상수와 함께 선출되었다.

1926년 6월 25일 광주 송정리 노동조합 쟁의가 있었을 때, 유혁이 전남 청년연맹 대표 자격으로 진상조사 위원으로 참여하였다. 이때 일부 노조원에게 폭행당하기도 하였다.

1927년 2월 10일 경성의 조선청년총동맹 내부에서 분규가 발생하자 유혁은 먼저 전남청년연맹 상무집행위원회를 개최한 데 이어, 2월 17일, 18일 양일간 경성에서 각도 연맹회의를 개최한 유혁은 이 문제 해결을 본부에 건의하였다. 유혁이 김용환과 함께 전남도연맹대표로 선정되었다. 유혁은 도 차원의 상무집행위원회를 열어 중앙에서 도연맹회의를 열어 문제를 해결하자는 절차적 정당성을 확보하면서 문제를 풀어나갔다.

유혁은 지방과 중앙, 지방 내에서 운동세력 사이의 갈등을 조정하는 능력을 보여주었다. 그가 평소 특정 이념이나 사적 인연이나 정파에 치우치지 않고 합리적으로 일을 처리하였기에 여러 계층, 집단으로부터 신망이 두터웠다.

유혁은 1926년 들어서서 민중의 힘을 하나로 모으고자 한층 노력하였다. 개별 집단을 단체 또는 조합으로 묶어 세력을 형성하고(1단계), 다시 그 조합을 연합회나 연맹으로 묶고(2단계) 나아가 마지막으로 연맹 간의 통합(3단계)을 통해 전체 독립운동세력의 구심력을 강화하고자 하였다. 그는 우선 하층 기층 민중의 힘을 조직화하는 데 노력을 기울였다.

1926년 1월 1일 동아일보 신년호 특집 글을 주목할 필요가 있다.

"(전략) 최근 세계노동자 운동 즉 세계의 무산계급운동은 자본주의의 2종의 특수한 형태를 따라서 두 가지 조류로 나누어 볼 수 있으니, 그 <u>하나는 계급적으로 조직된 조합노동자의 운동이오, 다른 하나는 비록 계급적으로 조직은 되지 않았어도 재래의 민족적 감정을 토대로 하여 어느 정도까지 외래 한 제국주의적 자본벌의 지배를 거부하는 운동이니 즉 전자가 국제인터내셔널의 운동이라면 후자는 피압박민의 해방운동이다.</u> 물론 이 두가지 운동은 그 운동자의 처지와 환경의 다름을 따라서 그 취하는 전략에도 적지 아니한 차이가 있음은 우리의 성과省過할 수 없는 사실이다."[86]

1926년 1월 1일 동아일보 신년호에서 우리 민족이 이념적 계급적 갈등을 극복해 단결해야 한다는 취지를 밝히고 있다, 이 글은 3회에 걸쳐 연재되었다.[87]

---

86 동아일보 1926. 1. 1
87 동아일보 1926. 1. 2.~1. 3

1920년대에 사회주의 사상이 유입되면서 독립운동 방법론을 둘러싸고 갈등이 생겼다. 하나는 계급투쟁, 다른 하나는 피압박 민의 해방운동 과정이었다. 이러한 갈등은 민족독립운동의 역량을 약화시키는 것으로 독립운동세력 내부에서 우려를 낳았다. 1925년 1월 도쿄에서 결성된 사회주의 운동 단체인 일월회 강령에 이러한 우려가 나왔다. 동아일보는 이를 극복해 단결해야 한다는 주장을 내놓았다.

일월회의 주장이나 동아일보의 이러한 글이 나오기 이전부터 유혁은 민족의 단결을 통한 역량 강화가 민족해방의 유일한 대안임을 잘 알고 실천에 옮기고 있었다. 이 무렵 출범한 일월회의 강령은 그의 독립운동 방략과 궤를 같이하고 있었다. 다음은 일월회의 강령이다.

> 1. 대중본위의 신사회의 실현을 도모함
> 1. 모든 압박과 착취에 대하여 계급적·성적·민족적임을 불문하고
>   민중과 같이 조직적으로 싸울 것
> 1. 엄정한 이론을 천명하여 민중 운동에 자공資供한 일[88]

민중을 주체로 계급, 민족을 떠나 단결하여야 한다는 일월회의 노선은 유혁의 생각과 다름이 없었다. 이에 힘입어 그는 웰스의 진화론을 더욱 발전시켜 독립운동의 토대를 닦아야 한다는 생각을 행동으로 옮겼다.

먼저 인력거꾼 조합 결성을 주도하였다. 1926년 2월 5일 광주 완차부腕車夫 조합 창립총회가 열렸는데, 유혁이 사회를 보며 취지를 설명하였다. '완차부'는 인력거꾼을 말한다. 가장 하층 노동자 계층을 대변하

---

[88] 동아일보 1925. 1. 16

고 있는 '인력거꾼'은 개별 노동자로 조합 결성은 꿈도 꿀 수 없었다. 이러한 상태에서 유혁이,

> "우리도 대동단결의 힘으로 진화법칙상 필연성을 가진 신사회 건설하여 보겠다"

라는 주장을 하며 조합 결성을 추진하였다. "진화법칙상 필연성을 가진 신사회 건설"이라는 유혁의 주장은 이 무렵 마르크스·레닌 계통의 사회주의와 차이가 있는 웰스의 사회주의에 입각한 것이었다. 창립총회에서 임시의장으로 유혁이 선출되었다. 사실상 완차부 조합 창립을 그가 주도하였음을 알려준다. 이날 간사로 선출된 이들은 유혁을 포함하여 김길홍·최성봉·문장옥·최오지·박행진·박봉권 등이었다.

이어, 유혁은 광주형평청년회 창립을 주도하였다. 다음을 보자.

① 1926년 2월 18일 오후 7시 광주형평청년회 창립총회가 사립보통학교내에서 조영규 사회로 40여 명 회원과 내빈, 그리고 방청객 등 입추의 여지가 없는 가운데 열렸다. 김갑수의 "백정이라는 명패 하에 수백년 동안 인권조차 인정받지 못한 폭정에 시달렸고, 경제적으로도 여지가 없는 착취를 당하여 현 상태에서는 도저히 살 수 없는 처지이므로 단결의 '힘'으로 투쟁할 수밖에 없다"고 취지 설명이 있었다.[89] 집행위원회 의장으로 선출된 유혁의 뜨거운 연설이 청중들을 감동시켰다.[90] 이날 창립선언문은 다음과 같다.

---

89 동아일보 1926. 2. 21

90 당시 신문에 "유혁씨가 의미심장한 열변을 토하였다"고 나와 있다.(동아일보 1926. 2. 21)

<선언>

우리는 계급적 대단결을 목표로 대중해방운동의 충실한 역군이 되
고자 다음의 강령으로써 광주형평청년회를 조직한다.

아! 모든 압박과 비애에 싸여 있는 청년 동무를 모아 이에 공명하여
라! 분기하여라! 단결하자! 단결은 우리의 생명이며, 무기이다.

② 1926년 2월 19일 창립총회를 마친 광주 형평청년회는 제1회 집행위
원회를 개최하였다. 유혁이 사회를 보고 의장에 선임되었다.

집행위원 : 유혁을 비롯 조영규 남낙호 조병규, 김감수, 조형남 신흥섭,
각 부서는 다음과 같았다.

부서	부서원	비고
서무부	유혁, 조영규, 남낙호	
교양부	조형남, 김갑수	
구호부	조병규, 신흥섭	

①, ②는 유혁이 형평청년회 창립대회에서 특강을 하고, 이어진 집행
위원회에서 사회를 보고, 의장에 선출되고, 서무부 업무도 맡았음을 보
여주고 있다. 유혁이 사실상 형평청년회 창립에 관한 모든 일을 도맡았
음을 알 수 있다.

유혁은 1년 전인 1925년 3월 23일 열린 전남청년대회에서 형평문제
를 적극적으로 후원하는 일을 안건으로 상정하는 등 백정들의 지위 향상
에 관심이 많았다. 일찍이 집에 있었던 노비들을 해방시켰던 것에서 알
수 있듯이, 유혁이 이들 백정의 결사체인 형평사의 하부조직인 형평청
년회 결성을 이끌어낸 것은 이들을 민중 해방의 동력으로 삼겠다는 의
지의 표현이었다.

이날 집행위원회 안건 토의에서 목포제유노조의 파업에 격려문과 성금을 보내고, 전남청년연합회와 조선청년총동맹에 가입하는 문제를 의결하였다. 유혁이 전남 여러 지역, 여러 운동세력과 연결되어 있음을 알려준다. 사실상 전남 지역의 독립운동세력의 구심점 역할을 하고 있었다.

민중 세력을 결집하여 민족해방의 동력으로 삼으려는 유혁의 의도는 1926년 2월 27일 전남 노동청년 6단체 연합창립기념행사에서 분명히 드러났다. 6단체는 광주인쇄직공조합, 광주정미노동조합, 광주철공조합, 광주형평청년회, 광주점원청년회, 광주 인공印工청년회 등을 말한다. 이 직종들은 그들 자체의 한계로 스스로 단체결성이 쉽지 않았음에도 단체가 결성되었고, 다시 그 단체의 연합회가 결성된 것이다. 이 연합회의 대표가 유혁이라는 사실이 주목된다. 유혁이 연합회의 결성을 주도하였음이 분명하다. 형평청년회의 조직도 유혁이 이끌었다. 이처럼 여러 단체의 조직에 그가 어떤 형태로든지 관련되어 있었다. 이날 행사에 이항발, 조극환, 신준희, 전도, 송래현, 김용환, 기노춘, 김은환, 소진호 등이 참석하여 축사하였다.

이 행사에서 연합대표로 선임된 유혁은 "모든 방면으로 심히 미약한 우리는 ① 처지가 동일한 동모同侔들과 각상各相 제휴하여 ② 외적과 사이비의 가면주의자들의 침해를 받지 않도록 하여야겠다"라는 내용의 연설을 하였다. 이 연설에서 그는 민중들의 힘을 하나로 결집시키는 것이 무엇보다 중요하다고 하는 사실을 강조하였고, 이 과정에서 "외적과 사이비 가면주의자"들의 조직 침해를 염려하고 있었다. 곧 그는 우리 내부에 숨어 있는 타협적 민족주의 세력, 이른바 고도의 친일파들의 준동을 무척 경계하였다. 이날 행사에 무려 6,700여 명이 참석하였다고 하니 유혁이 이 지역 대중적 혁명사상가로 우뚝 서 있음을 보여주는 사례이다.

<표6. 유혁이 주도하여 결성한 민중 단체>

연번	창립일	결성 조합 이름	유혁 역할
1	1926.2.5	광주완차부 창립	임시의장
2	1926.2.18	광주형평청년회창립	의장(집행위원회)
3	1926.2.27	전남노동연맹 6단체연합창립 기념	연합대표
4	1926.3.14	광주정미노조이사회	이사장

유혁이 민중을 주체로 한 민족 역량 결집을 추진하여 대중적 힘을 동원하는 단계에 이르게 하였다는 것은 의미가 있다. 그의 이러한 노력은 1926년 정우회와 조선민흥회 등이 중심이 되어 전개한 민족유일당 운동이 본격적으로 일어나기 이전에 이미 운동세력의 힘을 하나로 모아 민족의 역량을 강화하려는 독립운동의 방략을 제시하였다는 점에서 의의가 있다.

소년운동과 소년동맹 결성

19세기 후반 개항기에 '소년'은 훈육과 통제의 대상에 머물 뿐이었다. 그렇지만 옛 시대에서 새 시대로 전환하는 근대에 이르러 소년은 노년을 대신하여 새로운 시대를 이끌어갈 주역으로 주목받게 되었다. 나아가 제국주의 침략으로 나라가 위기에 처하고, 끝내 망국에 이르러 독립운동을 전개할 때 소년 층은 독립운동의 주체로 성장해 갔다.

소년의 시대적 역할에 대한 기대는 러일전쟁 전후 일제 침략이 가속화되면서 더욱 커져 갔다. 약육강식의 논리가 판을 치던 세상에서 구시대의 전통논리와 수구 '노년'으로서는 그것을 감당할 수 없었기 때문이다. 부국강병을 지향한 계몽운동에서 교육을 앞세웠던 것은 바로 새로운 주체로서 '소년'을 양성하기 위함이었다.

민족의 미래로 상징되던 소년의 개념이 외래어인 청년으로 분화되어 갔던 것은 단지 연령층에 의한 구분 또는 분화라기보다 식민지 현실에서 외면당한 소년의 실상을 보여주는 것이었으며, 청년을 앞세운 식민문화에 잠식되어 가던 시대적 상황을 의미하는 것이기도 했다. 이후 청년의 개념과 사회적 역할이 확산되면서, 소년은 20대를 '청년'이라는 연령층에 넘겨주고 10대 연령으로 고정되어 갔다.

1917년 10월 기독교청년회에 소년부가 조직된 일이 있지만, 3·1운동 이후 전국 각처에서 만세운동에 참가한 보통학교 학생들이 소년단체를 중심으로 결집되면서 소년회 운동의 포문을 열었다.

먼저 기독교와 천도교 등 종교단체 내에 소년부가 설치되면서 소년단체의 결성은 급속히 지방으로 확산되어 갔다. 광주지역도 1919년 봄부터 진주, 안변과 함께 소년회가 생겼다. 경성에서는 1921년 4월에 천도교 소년회가 방정환, 구중회, 김기용 등에 의해 조직되었다. 광주지역 소년회 결성이 경성보다 빨랐다.[91]

영암 소년회는 1922년 6월 24일[92] 창립되었다. 1927년 6월 24일 5주년 창립행사가 있었다는 사실을 통해 이를 짐작할 수 있다. 1919년 광주에서 소년회가 생기고, 1921년 4월 천도교 소년회가 결성된 것이 영암지역의 소년회 창립에 영향을 주었다.

영암에는 영암 소년회와 더불어 구림 소년회도 있었다. 구림 소년회가

---

91 경향신문 1947.5.1. 18회 어린이날을 맞아 정홍교는 '소년운동약사'를 다음과 같이 기고하였다. "조선에서 어린이날이 거행된 후 18회째 맞이하는 어린이날을 앞두고 조선소년운동의 역사를 들추어 과거 걸어온바 족적을 간단히 소개하려고 합니다. 조선에 소년운동이 일어나기는 1919년 봄부터인데 처음으로 소년회가 조직되기는 이 해 진주, 안변, 광주 등지에서 3·1운동의 뒤를 이어 소년회가 창설되게 되었습니다. 그 후 각지에서 이에 호응하여 소년회가 생기게 되었으며 중앙지인 경성에서는 1921년 4월에 김기용, 차상찬, 박달성 씨 외 몇 분의 발기로 천도교 소녀회를 조직한 바, 간부로 방정환, 구중회, 김기용씨였습니다. 다. (하략)"

92 조선일보 1927. 6. 1

언제 창립되었는지는 알 수 없으나 영암 소년회와 비슷한 시기였을 것이다. 영암청년회 결성을 주도하였던 유혁은 소년회 결성에도 관여하였다고 본다. 특히 구림 소년회 창립도 그가 역할을 하였을 것이다. 구림은 유혁 모친의 친정으로 진외가 마을이었다. 유년기를 구림에서 보냈기 때문에 그곳 사정을 유혁은 잘 알고 있었다.

이미 마한 시대부터 뱃길이 발달하였던 구림은 여느 지역보다 신학문 수용이 비교적 빨랐다. 유혁은 이곳의 젊은 아동들을 계몽시켜 민족 독립의 중요한 토대로 만들려 하였다. 유혁이 소년운동에 관심이 많았다고 하는 사실을 다음에서 알 수 있다.

> 영암에 소년강좌 원유회園遊會도 개최
> 영암 소년단에서는 6월 12일 오후 4시부터 동무리낭남학원 내에서 소년문제강좌를 개최하고 금반 고향에 돌아온 한현상 외 김영식, 조극환, 유혁, 김준오 등의 강의가 있었으며 하오 6시부터 단원 일동과 연사 제씨는 영암공원에서 성대한 원유회를 열고 오후 8시에 폐회하였다.[93]

1926년 6월 12일 영암읍 낭남학원에 소년단이 개설한 소년 문제 강좌에 유혁이 강사로 나섰다는 내용이다. 유혁 외에 한현상, 김영식, 조극환, 김준오 등이 강의를 하였고, 이어 영암공원에서 뒤풀이 행사가 있었다는 것이다. 김영식[94]은 일본 유학 중 동아일보에 사상관계 글을 연재한

---

93 조선일보 1925. 6. 20
94 김영식에 대해서는 저자가 쓴 「남도를 빛낸 위대한 사상가·독립운동가 김영식」(한국학호

목포 노동운동의 전설이었고, 조극환은 영암 3·1운동을 이끌고 이후 목포를 근거로 유혁, 강석봉[95] 등과 항일운동을 전개한 인물이었다. 김준오는 김준연의 아우로, 앞서 언급하였듯이 영암보통학교 교사로 재직하던 중 학생들의 맹휴를 배후에서 조종하다 화순으로 좌천되었던 교사였다.

이렇게 영암 소년회는 쟁쟁한 강사들이 강의를 맡을 정도로 유명한 소년운동 단체로 성장하였다. 영암 소년회 행사에 훌륭한 강사들이 강의를 맡은 것은 유혁, 조극환 등 영암의 청년운동 지도자들의 대외적으로 활동하고 있었던 것과 관계가 깊다. 이것만 보더라도 영암 소년회가 다른 지역 소년회보다 체계적으로 활동하였음을 알 수 있다. 영암 소년회는 다른 지역 소년회와 연결하여 전남소년연맹을 구축하고 있었다.

1925년 7월 27일 목포에서 열린 소년, 소녀 웅변대회를 계기로 전남소년연맹발기준비회를 개최하였다. 이 준비회에 영암을 비롯하여 완도, 암태, 소안, 청산, 자은, 안좌, 고흥 지역의 대표들이 참여하였음을 알 수 있다. 임시사무소는 조선일보 목포지국에 두었다.[96] 이 무렵 유혁이 조선일보 영암 주재 기자로 활동하고 있었던 것과 소년연맹 임시사무소가 조선일보 목포지국에 있는 것이 관계가 깊다. 유혁이 조선일보를 독립운동의 중요한 거점으로 활용하였음을 알 수 있다.

남진흥원, 미지의 초상) 글 참조. 저자가 찾은 판결문이 도움이 되어 김영식은 2023년 8월 15일 광복절에 건국훈장 애국장 서훈을 하였다.

95 동명이인 강석봉이 있다. 본서에서 설명하는 강석봉은 광주에서 신문잡지종람소를 결성하고, 광주 3·1운동을 주도한 이를 말한다. 또 다른 강석봉은 목포 3·1운동을 주도하였다. 연구자조차 이를 혼동하기도 한다.

96 동아일보 1925. 8. 2

그런데 영암군 무산청년회 주최로, 노동소년회가 조직되어 1925년 10월 23일 발기회가 개최되었다고 한다. 이를 통해 무산청년회라는 단체가 있음이 확인되는데 이 단체 산하에 노동소년회가 조직되어 있다는 사실이 확인되고 있다. 회원 자격은 영암에 거주한 무산 소년으로, 12세 이상 18세 이하[97]에 해당하는 자로 하였다.

그런데 1925년은 사회주의 사상이 확산되고 있었던 시기로 기존 청년회와 다른 노동소년회가 있었고, 이 청년회 산하에 무산 소년들을 중심으로 하는 소년단체가 생겼다. 1925년 12월 6일 하오 7시에 열린 구림 소년단 임원회의 결정 사항을 보면, 소년단에서 노동야학 개설 및 무산 소년 강습회 설치 등을 다루었음을 알 수 있다.

> 구림소년회의 소년단 1925년 12월 6일 하오 7시 임원회의
>   주요 결의사항
> 1. 단가 제정
> 1. 동화회 개최
> 1. 노동야학 개설
> 1. 무산소년강습회 설치[98]

영암 소년회나 구림 소년회는 무산청년회, 노동야학, 무산소년강습회와 같은 여러 활동을 전개함으로써 기존 소년회가 지녔던 계급적 한계를 보완하고 있었다. 다음을 보자.

---

97 조선일보 1925. 11. 3

98 동아일보 1925. 12. 18

　　목포 소년단 발회식 성황 경찰 고압 비난

　목포소년단은 작년 11월 중에 창립된 이래 비상히 발전되는 중인데, 동 단에서는 5월 8일을 기하여 성대한 발회식을 거행하기로 하고 행렬 기념식 기타 여흥의 준비에 단원 전부는 약 1개월 전부터 대대적으로 활동 분망중이었던 바 돌연히 당지 경찰서에서는 동 단 간부를 불러 기旗 행열에 단가團歌와 발회식 및 여흥에 일반 방청傍聽을 절대로 금지한다 하였으나 방청금지를 모르는 일반 부형과 청년들의 내빈은 운집하여 입추의 여지가 없는 대성황리에 주악단가로서 개식을 선언하며 임석경관으로부터 방청금지를 명함으로 단원과 내객 중에서 금지 이유의 질문이 속출하여 한참동안 장내를 긴장 험악한 공기에 쌓였다가 방청객은 퇴장을 수긍하지 못하고 어린 단원들은 역시 우리들끼리만 할 필요는 없다고 하여 미치다락다치락 하다가 경관의 고압으로 운집하였던 회중會衆들은 해산을 당하고 분개한 마음으로 돌아가는 데 동 회관을 포위한 수 십명의 경관대隊는 회관 주인을 몰아내고 구수鳩首 밀의한 결과 동 단 대표위원 유혁과 위원 김노결, 박용운, 조문환, 설상렬 등 5인을 검속하여 갔음으로 그의 이유를 묻는 즉 경찰의 명령에 불복한다 칭하고 엄중히 취조한다는 데 이로 인하여 지방인사는 어린이들의 놀음에도 당지 경찰은 무리의 압박을 가한다고 비난이 많다.[99]

　1927년 5월 8일 열린 목포 소년단의 발대식이 성대하게 열렸다는 보도 내용이다. 경찰이 허가한 행사 규모를 넘어 대규모 인파가 모인 데다 경찰이 금지한 소년단 노래 및 여흥 등이 이루어지자 수십 명의 경관이 행사장을 포위하고 행사를 주관한 유혁 등을 체포하였다. 이때 유혁이 대표위원인 것으로 보아 목포 소년단을 이끌고 있음을 알 수 있다.

99　조선일보 1927. 5. 10

한편 조선소년총연맹은 6월 각도 연맹조직 결성에 박차를 가하고 있었다. 1928년 7월 8일 밀양에서 경남도소년연맹, 7월 29일에 수원에서 경기도소년연맹, 8월 5일 나주에서 전남도소년연맹을 결성할 계획을 수립하였다. 당시 8월 5일 전남도소년연맹 재조직 대회가 개최된다고 보도한 신문에는 전남도소년연맹의 대회 계획이 자세히 안내되어 있다.

1. 전남도소년연맹은 조선소년총연맹전남도소년연멩으로 재조직할 것
2. 대회 일시 8월 5일
3. 대회 장소 나주읍내 나주청년회관
4. 조직규정 경상남도소년연맹 조직규정을 증삭增削하여 사용함
5. 재조직위원 강석원 조문환 정홍교 고장환 최청곡 윤소성 김태오
6. 부서배치 설비 강석원, 동보조 김태오 박공근 , 교섭 정홍교 김태오
7. 통신장소 전남도소년연맹 재조작에 관한 일체 통신은 광주소년동맹 강석원에게로[100]

그리고 2개월 후인 7월 30일 (전국) 조선소년연합회 발기대회가 경성에서 60여 단체의 참석 하에 열렸다. 다음을 보자.

1927. 7. 30 조선소년연합회 발기대회 60여 단체 참여
전남에는 목포소년단 목포소녀회광주기독청소년부광주화성단 함평소년단 영암소년단 영암 구림소년단 영암 구림소녀회가 있었다.[101]

---

100 동아일보 1928. 6. 28
101 동아일보 1927. 7. 23

전국의 60여 단체 가운데 전남에서는 유혁이 이끄는 목포소년단을 비롯하여 영암에 영암 소년단, 영암 구림소년단, 영암 구림소녀회 등 6단체가 참여하였다. 전남의 6단체 가운데 영암에 3단체가 있다는 것은 영암에서 소년운동이 활발히 이루어졌다는 징표이다. 소년운동은 청년, 학생운동의 토대가 되기 때문에 유혁은 이를 중요하게 생각하였다. 유혁이 영암, 목포를 중심으로 소년운동을 체계적으로 전개하고 있을 때 광주에서도 강석봉 형제들이 청년운동과 더불어 소년운동을 조직적으로 펼치고 있었다.

소년운동은 강석봉의 넷째 아우인 강석원이 맡았다. 강석원은 1924년 경성의 경신학교에 입학하였으나, 1학년 과정만 마치고 1925년 광주로 내려와 형 강해석이 교사로 있는 '광주청년학원'에서 현실 변혁에 관한 공부를 하였다. 그러다 일본으로 건너가 1926년 동경의 암창철도학교岩倉鐵道學校에 입학하였으나, 이듬해인 1927년 6월 귀향하였다.

그는 귀국 후 소년운동을 적극적으로 전개하였다. 그때 나이 스물. 나이 어린 그가 이 운동을 주도했다기보다 이미 사회주의 및 청년운동에 앞장선 형 석봉·해석이 아우 석원을 통해 소년운동을 추진하려 하였다고 보는 것이 더 설득력이 있다. 경성의 천도교 기념회관에서 1927년 10월 16일 열린 조선 소년연합회 창립대회에서 석원이 중앙 집행위원으로 선출되었다. 어린이날을 제정하는 데 앞장을 선 소파 방정환이 이때 위원장이었다. 나이 20에 전국적 조직의 중앙집행위원으로 선출될 정도로 역량이 뛰어난 강석원은 광주소년동맹위원장에 임명되어 이 지역 소년운동을 이끌었다. 여기에는 소년운동을 조직화하려는 강석봉의 깊은 뜻이 담겨 있었다.

1928년 8월 5일 전남 소년연맹 재조직 창립총회 때 광주소년동맹대 표자격으로 참여한 강석원이 재조직위원으로 선출되어 실질적으로 행사준비를 하였다. 강석원은 1929년 11월 12일 제2차 광주학생운동 때도 소년동맹 위원장이었다. 그가 광주 소년운동을 이끈 핵심 인물임을 말해준다.

유혁은 강석원과 함께 도 단위 소년운동 단체 연합회를 결성하려 하였다. 전국적으로 60여 단체에 불과하였고, 전남은 6단체, 그것도 유혁자신이 대표로 있는 목포와 영향력이 미친 영암에 3곳에 불과하여 조직확대가 시급하였다. 1927년 8월 5일 전남 소년연맹 결성 배경이다. 다음을 보도록 하자.

① 전남소년연맹 창립대회는 5일 전남 광주에서 개최키로 예정되어 전남 각 지방에서 대의원 60여 명이 광주에 집합하였던 바, 돌연 개최 당일인 5일에 이르러 경찰로부터 금지의 명령이 있었으므로 개최치 못하고 대의원 일동은 부근 무등산 폭포에 원족회를 개최하기로 하고 동 폭포를 향하는 도중에 증심사라는 절에 묵어 밤을 지나면서 간담회를 개최하였었는데 밤 11시 경에 경관대는 절간을 포위하고 현장에 있던 40여 명을 총검속하고 목하 엄중히 취조하는 중이라고 한다.[102]

② 지난 5일 광주군 무등산에서 전남 소년연맹을 조직하다가 경찰

당국의 집회 금지도 불구하고 집합하였다는 이유 즉 보안법 제2조 위반으로 40여 명을 체포하였다 함은 본보가 이미 보도한 바 있거니와 그 후 광주서 고등계에서는 불면불휴不眠不休로 취조 중이던 바 수뇌자로 인정되는 사람 16명만 계속 조사 중이오, 그 이외 20여 명은 연일 석방 중인 바 유혁 외 15명과 경성에서 온 조선소년총동맹중앙집행위원장 정홍교丁洪敎 등은 취조가 거의 끝났으므로 불원간 검사국으로 송치하리라는 데 이에 대하여 다전多田 광주경찰서장은 다음과 같이 말하였다.

"처음에 집회 금지를 선언하였는데 이를 불구하고 비밀히 시외 산중으로 들어가 증심사에 가서 야간회합을 하였다는 것은 확실히 치안유지법 제2조 위반이오. 그러므로 우리는 취조가 끝나는 대로 검사국까지 내려보내는 중이오. 기소 여부는 물론 검사의 자유이겠지오" 하고 매우 준열한 태도로 말하였다."[103]

③ 8월 5일 광주소년회 주관 전남소년연맹창립대회 개최 준비 중, 경찰의 반대에도 불구하고 증심사에서 비밀집회. 조병철, 김태오, 유용희 개회사 "일본이 전남소년도연맹조직에 대해서는 당국의 금지로 그 목적을 달성하지 못한 것은 유감이지만 오늘밤 모일 기회가 있어 다행이다. 우선 소년연맹조직에 관하여 토의해야 하니 이에 대하여 기탄없이 의견을 말하라"하고 본론에 들어가는 순간 체포되었다. 정홍교, 고장환, 김태오, 이대희. 조병철, 유용희, 강자수 각 금고 4월. 정홍교. 고장환, 강자수 집행유예 2년(유용희 신간회 목포지회 출판부총무간사 영암 신북 모산리 농업) 28.9.28 광주지방법원[104]

① ~ ③은 전남소년연맹 사건을 보도한 당시 신문보도 및 판결문이다.

103 매일신보 1928. 8. 13

104 판결문(소화8년 형공 제786호)

전남소년연맹 창립 결성은 처음에는 1928년 8월 5일 나주에서 개최하기로 하였으나 경찰의 방해가 계속되자 장소를 광주로 바꾸어 추진하려 하였다는 것이다.

하지만 광주에서의 행사도 일본 경찰이 허락하지 않고 집회 금지 처분을 내리자[105] 유혁 등 집행부는 행사 당일인 8월 5일 무등산 등반 야유회를 핑계 삼아 무등산 증심사에서 모여 행사를 강행하였다.

행사를 주관한 유혁이 다음과 같은 내용의 대회사를 하였다.

> "일본이 전남소년도연맹조직에 대해서는 당국의 금지로 그 목적을 달성하지 못한 것은 유감이지만, 오늘 밤 모일 기회가 있어 다행이다. 우선 소년연맹조직에 관하여 토의해야 하니 이에 대하여 기탄없이 의견을 말하라."

유혁의 말이 끝나기도 전에 광주경찰서 고등계 형사대 및 무장경관들이 들이닥쳐 행사에 참석한 40여 명 전원을 치안유지법 위반 혐의로 체포하였다. 25명이 이튿날 석방되었고 나머지 16명은 계속 취조 끝에 행사를 주관한 유혁과 행사에 참석하러 온 조선소년총동맹중앙집행위원

---

105 밑줄 친 "돌연 개최 당일인 5일에 이르러 경찰로부터 금지의 명령이 있었으므로"라는 표현이 있는 것으로 보아 처음에 경찰은 집회 허가를 내주었음에 분명하다. 그러다 갑작스레 집회 금지를 하달하였는데, 이렇게 경찰의 강경대응은 1928년 4월에 일어난 이경채 사건이 영향을 미쳤다고 추측된다. 이 사건으로, 6월에 광주고보 학생을 중심으로 광주 시내 전체 학생들이 집단 맹휴를 일으키고, 7월에 맹휴중앙본부가 결성되는 등 식민지배 체제에 저항하는 학생들의 움직임이 조직화, 집단화되는 것과 관련이 있지 않을까 한다. 실제 유혁과 함께 청년운동, 소년운동을 전개한 강해석이 이경채 사건의 배후 인물로 체포되어 2개월 넘게 조사받았다는 사실도 이러한 심증을 갖게 한다.

장 정홍교丁洪敎 등 8명은 검사국에 기소되었고, 몸이 안 좋아 증심사 행사에 참석하지 못하고 조은 여관에 누워있던 조문환을 포함하여 단순가담자 8명은 조사 후 불기소 처분되었다.[106]

9월 19일 오후 1시 30분부터 광주지방법원 제1호 법정에서 재판이 열렸다. 김자金子재판장과 주정酒井검사의 입회 아래 진행된 재판을 보기 위하여 방청객과 관련 단체 대표들이 입추의 여지도 없이 모여들었다. 유혁 등 7명에게 '금고 4월'이 구형되자, 변론을 맡은 송화식 변호사는 "모처럼 먼 지방에서 처음으로 광주에 왔다가 조선 명산인 무등산을 구경하기 위하여 증심사에 우연히 모였다는 것이 무엇이 잘못이며, 모였다 할지라도 동 보안법 위반이라고 볼만한 증거가 없음에도 불구하고 그 같이 검속하였음은 경찰의 신경과민"이라고 주장하였다.[107] 9월 28일 선고가 있었다.

정홍교[108], 고장환[109], 김태오[110], 이대희[111]. 조병철[112], 강자수[113] 각 금고

---

106 동아일보 1928. 8. 23

107 동아일보 1928. 9. 22

108 정홍교는 평양 출신으로 소년 잡지를 경영하고 있었다. 당시 조선소년총연맹중앙위원장 및 경기도소년연맹중앙집행위원장을 맡고 있었다.

109 고장환은 경성소년연맹집행위원장 및 경기도소년연맹상무서기·조선소년총연맹조직부장·조선동요연구회간사·소년잡지기자로 활동하고 있었다.

110 김태오는 광주출신으로 신간회 광주지회간사·광주청년동맹소년부집행위원·광주소년동맹교양부집행위원·광주기독교청년회간사·광주금정주일학교교장·전 숭일학교 교원을 맡았다.

111 이대희는 함평소년동맹지도자로 함평청년동맹집행위원장·신간회함평지회조사연구부상무간사·전남청년연맹회소년부장을 맡았다.

112 조병철은 광주청년동맹원이었다.

113 강자수는 완도 금일출신으로 금당소년단원이었다.

4월. 그리고 정홍교, 고장환, 강자수는 집행유예 2년 형이 선고되었다.

판결문에 유혁의 신분을 신간회목포지회 출판부총무간사라고 한 것을 보면, 이 무렵 조선일보 기자 활동은 중단한 것 같다. 유혁은 광주지방법원에서 9월 28일 금고 4월의 형을 받았다. 8월 5일 밤 체포되어 2개월 가까이 유치장에서 조사와 재판을 받은 끝에 금고 4월형이 선고된 것이다. 광주형무소에서 복역하였다. 그의 첫 번째 투옥이다. 유혁은 12월 29일 5개월 동안 유치장 또는 형무소에서 수감된 후 출옥하였다.[114] 하지만 형무소에서 대기하고 있던 경성에서 내려온 경찰에 다시 수갑이 채워져 서울로 압송되어 갔다. 후술할 제3차 조선공산당 사건 관련해서 그의 혐의가 드러났기 때문이다.

그가 광주형무소에 수감되어 있을 때 소년운동을 함께 한 강석원 등 지인들이 안부 서신을 보냈다. 강해석의 아우인 강석원[115]은

> "선생님! 얼마나 고생하십니까. 가을 달이 대단히 밝습니다. 1년 중 제일 기뻐한 가을이 왔습니다. 이 달이 철창에도 비추어 주는가요. (하략)"

---

114 유혁이 '御大典'으로 1개월 감형으로 출옥하였다.(유용희 관련 형사제1심 소송기록)

115 강석원의 아들 강태진 선생은 부친을 비롯하여 강석봉, 강해석(배우자 김홍은), 강영석 등 숙부, 그리고 모친(김두채)의 빛나는 공적을 선양하려고 노력하였다. 저자는 "독립운동사에 찬란히 빛나는 강석봉·강해석·강석원"이라는 제목의 짧은 글을 작성한 바 있다. (박해현 공저, 2021, 『동구의 인물2』) 강태진 선생은 저자에게 가문의 전체를 아우르는 연구서 집필을 부탁하였다. 차일피일하던 차, 갑작스럽게 작년 부음을 들었다. 생전에 약속을 못 지켜 죄송한 마음이다. 기회를 내 꼭 약속을 지키고자 한다.

라는 내용의 엽서를 보내왔다. 소년운동을 하던 석원이 청년, 소년운동을 선구적으로 이끌던 유혁을 '선생님'이라고 호칭한 것이 눈에 띈다. 내용으로 보아 석원이 추석을 맞아 위로 편지를 보낸 것 같다. 석원의 "가을 달이 철창에도 비추어 주는가요"라고 한 구절을 본 유혁의 눈가에 이슬이 맺혔다.

또 다른 엽서로, 나주군 반남면 신촌리 정순규가 "근하신년 1월 원단"이라는 직접 붓글씨로 쓴 연하장이 있다. 정순규는 후술할, 독립운동가 정우채의 부친으로, 유혁의 부친 흥인과 반양시사를 조직하여 함께 활동한 사이이다. 그리고 몇 달 뒤인 1929년 여름 유혁의 여동생(우희)을 며느리로 맞이하였다. 정순규가 유혁에게 연하장을 보냈다는 사실은 평소 친구의 아들이지만, 독립운동의 한복판에 있었던 유혁이 감옥에 갇히자 안타까워하는 마음으로 연하장을 보낸 것으로 보인다.

정순규가 유혁에게 보낸 주소가 "광주읍 동정 200번지 형무소"라고 되어 있다. 광주형무소에 수감되어 있을 때이다. 유혁이 새해가 들어가기 이틀 전인 12월 29일 출옥한 날 곧장 경성에서 내려온 경찰들에 넘겨져 구속되었다. 12월 31일 우체국 소인이 찍혀 있다. 출옥일과 경성으로 이감된 사실을 모르고 연하장을 보낸 것임을 알 수 있다.

강석원의 형인 강해석은 유혁이 체포되기 직전인 1928년 4월 초에 일어난 이경채 사건에 연루되어 2개월 넘게 조사받아 기소되었으나 증거 불충분으로 무죄 처분을 받고 7월에 석방되었다. 그리고 8월 5일 유혁이 구속되었고, 해석은 8월 10일 제4차 공산당 사건으로 구속되었다.

전남, 광주에서 청년, 소년운동을 가장 조직적으로 독립운동의 역량 구축에 앞장섰던 두 사람을 일본 경찰은 거의 같은 시기에 구속하였다. 이들이 조직적으로 전개하고 있는 청년, 소년운동을 일제가 두려워하였다는 증좌이다.

다음은 1929년 8월 15일 영암소년연맹 제1회 정기총회가 열렸다는 보도이다.

> "1929년 8월 15일 영암소년연맹 제1회 총회
> 영암에서는 그곳 소년동맹에서 지난 15일 아침에 제1회 정기총회를 열었는데 순사가 와서 보통학교 학생들을 소년회에 들지 못한다고 야단을 치며 만약 말을 듣지 않으면 회를 깨뜨리겠다고 하여 할 수 없이 보통학교 학생만은 빼놓고 회를 하였다는 바, 어떻게 용기있는 회원들인지 그날로 훌륭한 일군을 많이 뽑고 자기 동맹의 창가까지 부르고 헤어졌다.[116]"

1929년 8월 15일 영암 경찰이 와서 영암의 보통학교 학생들이 소년회에 들어가서는 안 된다고 통보하고, 만약 그렇지 않으면 소년동맹을 깨뜨리겠다고 협박하였다. 이에 회원들은 동맹의 창가를 부르고 헤어졌다는 내용이다. 소년동맹을 이끈 유혁은 이때 전남소년연맹 사건으로 투옥된 후 다시 조선공산당 사건으로 감옥에 있었다. 소년동맹의 구심점인 유혁이 없는 틈을 이용하여 경찰이 소년동맹의 약화를 꾀하고 있음을 알게 한다.

---

116 조선일보 1929. 8. 23

제6장
사회주의 사상 유입과 독립운동 방략

사회주의 사상 유입과 운동 세력 분열

1917년 러시아 10월 혁명은 제국주의 압박을 받고 있던 식민 국가의 민족 해방운동에 적지 않은 영향을 끼쳤다. 민족주의 사학자 박은식조차 "러시아 공산당은 선두에 적기를 내걸고 전제정치를 타도하여 민중에게 자유와 평들을 가져오고 제 민족의 자유와 자결을 선포했다. 과거에 극단적인 침략주의자가 극단적인 공화주의자로 바뀌었다. 이것은 세계 개조의 최초의 신호탄이 되었다." 하며 러시아 혁명에 벅찬 감격과 기대를 나타냈다.

1919년 3·1운동에서 민족주의 세력이 보여준 무기력함에 실망한 국내 민중은 민족해방을 이끌 새로운 사상을 요구했다. 러시아 혁명과 1차 세계대전 직후 고양된 혁명운동의 영향을 받아 사회주의 사상이 1920년대에 들어 국내에 유입되었다. 3·1운동으로 정치의식이 높아진 민중들이 일본의 식민통치 본질과 우리 민족 내부의 모순을 깨닫기 시작하면서 사회주의가 빠르게 확산되어 갔다.

1920년대 들어 일본 유학생의 사회주의가 급격히 이루어진 것도 국내에 사회주의 사상이 확산되는 데 영향을 끼쳤다. 일본 사회주의 사상은 1887년 처음 소개된 후 1910년 '대역사건'에 의해 일시 쇠퇴기를 맞았으나 제1차 세계대전 발발과 더불어 사회주의 운동이 다시 일어났다. 특히 1차 세계대전 때 연합국의 일원으로 막대한 경제적 호황을 누렸던 일본을 휩쓴 다이쇼크라시와 1917년 건국된 소련을 의식하여 사회주의 사상을 억압하지 않았기 때문이다.

제1차 세계대전 이후 일어난 민주주의, 자유주의적 사상과 문화 풍조가 일본 대학에 영향을 끼쳤다. 이는 사회주의 사조가 확산되는 분위기를 조성하였다,

사회주의 사상이 발흥하면서 1918년 12월 동경제국대학 법과생들이 중심이 되어 '신인회'가 결성되었다. 이 단체의 활동으로 사회주의 사상이 급속히 확대되었다. 앞서 언급한 웰스의 『세계문화사대계』를 신인회에서 번역하였다. 제3차 조선공산당 사건(M.L당) 주모자의 한 사람인 영암 출신 유명한 낭산 김준연도 동경제국대학 재학 시절 신인회 활동을 통해 공산주의 사상을 접하였다.

민인동맹(民人同盟, 1919. 2), 건설자동맹(1919. 9), 효민회(曉民會 1920. 5) 등의 학생 사회주의 단체가 결성되어 사회주의 사상 연구와 노동자 교육, 농민운동 지도가 활발히 이루어졌다. 1922년 학생 연합회의 결성은 사회주의 사상을 한층 발전시키는 계기가 되었고, 재일 조선 유학생들에게 영향을 주었다.[117]

117 김기왕, 1998, 「在日朝鮮留學生の民族解放運動に關する硏究」, 神戶大學大學院博士論文

사회주의 사상이 조선 유학생에게 쉽게 전이되었던 것은 러시아의 10월 혁명 성공과 식민지 해방운동에 대한 지원이라는 외적 요인이 크게 작용하였다. 유학생 대부분이 경제적으로 고통을 받는 고학생이었다는 점도 일본 유학생들이 사회주의의 영향을 받게 된 까닭이다.

이들은 공산혁명으로 조선 사회가 개조된다는 신념을 가지고 행동하였다. 특히 전 유학생의 1/3을 점하는 고학생의 증가는 사회주의를 수용하기에 좋은 여건이었다. 노동자·농민의 자제인 고학생들은 재일 조선인의 대부분을 점하는 노동자와 함께 생활하면서 계급의식, 민족의식이 깨우쳐졌다. 당시 일본에서 노동운동과 노동조합의 발달과 일본 노동총동맹 결성이 사회주의 사상 형성에 영향을 끼쳤다.

초기 사회주의 사상은 일본, 상하이를 거쳐 국내에 유입된 서적, 신문, 잡지를 통해 알려지기 시작했으며, 강연회를 통하여 민중에게 전파되었다. 국내에 사회주의 사상이 전파되자 지식인·청년·학생·노동자들은 이를 공부하고 실천하는 대중 단체와 모임을 만들었다. 대표적인 단체로, 서울청년회, 북성회(뒤에 북풍회), 신사상 연구회(뒤에 화요회), 조선노동당 등이 있었다.

그런데 이들 단체에는 이들을 지도하는 사회주의 세력이 있었다. 서울청년회 안에는 고려 공산당동맹, 북풍회 안에는 까엔당(조선민중당), 조선노동당 안에는 스파르타쿠스당이라는 비밀조직이 있었다. 화요회는 코민테른과 직접 관계를 맺으면서 러시아에 있던 이르쿠츠크 사회주의자들과 연계해 활동하였다.

　국내에서 조선공산당이 만들어지기 이전, 러시아에 건너간 조선인들은 러시아 혁명의 영향을 받으면서 한인사회당, 고려공산당 등을 조직했다. 1918년 4월 이동휘 등은 하바롭스크에서 한인사회당을 만들었는데 그가 임시정부 국무총리가 되자 활동무대를 상해로 옮겨 1921년 5월 고려공산당을 결성하였다. 이들을 '상해파', '고려공산당'이라고 불렀다.

　이들에 맞서 이르쿠츠크를 중심으로 바이칼호 북쪽에 있던 김철훈 등은 1920년 1월 이르쿠츠크에서 한인공산당을 만들고, 1921년 5월 자신들이 '유일 정통'이라고 선언하며 '이르쿠츠크파' 고려공산당을 창립했다.

　'이르쿠츠크파' 공산당과 '상해파' 공산당이 국외의 공산당 정통을 둘러싸고 대립, 갈등하였다. 이 갈등이 국내로 고스란히 전이되었는데, 상해파는 서울회계로, 이르쿠츠크파는 화요회로 이어졌다. 이들은 운동노선과 방법, 민족 통일전선에 대한 인식 차이로 치열하게 충돌하였다.

　서울회계의 뿌리는 1921년 서울에서 김사국·이영 등이 결성한 서울청년회였다. 김사국 등이 1920년 10월 일본 도쿄에서 조직한 사회혁명당[118]이 서울회계의 모체가 되었다. 이들은 1922년 10월 '공산주의 그룹'(뒤에 고려공산동맹)을 조직하고 독자적인 강령과 조직체계를 갖춘 사회주의 정당을 건설하려 했다. '서울파'로 불린 이들은 김사국을 코민테른에 파견하여 조선공산당으로 승인받으려 했으나 뜻을 이루지 못했다.

---

118 김사국 등 서울청년회 출신이 조직한 사회혁명당과는 별개로 1916년 창립된 신아동맹단이 3·1운동을 거친 이후 1920년 6월 김철수·최팔용·주종건·장덕수 등이 참여한 사회혁명당이 이미 존재하였다. 이들은 1921년 5월 상해에서 고려공산당(상해파)이 창립되면서 고려공산당 국내부로 전환되었다.(이현주, 1999, 『국내임시정부 수립운동과 사회주의 세력의 형성』)

계급모순의 해결과 식민지로부터의 민족해방을 위한 전선 통일 문제를 주요한 강령으로 내걸었던 이 단체의 노선이 자본주의 타도와 계급해방을 우선한 코민테른의 그것과 맞지 않았기 때문이었다.[119]

김사국은 코민테른의 승인을 얻지 못하자 독자노선을 천명하였다. 이러한 김사국의 투쟁 노선은 유혁이 지향한 바와 크게 차이가 없었다. 김사국이 유혁과 초기에 같이 활동한 모습이 자주 보인다. 유혁 스스로 김사국과 독립운동하였다고 박병엽과의 대화에서 이야기하였다. 국내 세력 기반이 미약한 김사국이 유혁의 도움을 받았을 가능성이 크다.

김사국 등은 1922년 10월 11일 서울청년회 중심으로 '비합법적 공산주의 단체'를 창립했다. 이들 서울파 사회주의 그룹은 '강령'에서 "조선의 모든 혁명 세력을 민족해방운동의 통일전선의 슬로건 아래 단일한 중앙으로 집중"시킬 필요성이 있음을 강조하였다.

서울파 사회주의 그룹은 1923년 2월 20일 대표자 회의를 소집하여 '고려공산동맹'을 창립하였다. 이들은 '강령'에 따라 "우리는 일본제국주의와 그들의 조선인 앞잡이들을 파괴하고 박멸할 때까지 단일한 민족 혁명운동을 창설하고, 강화하고 발달시킬 필요가 있다고 생각한다. 또한 우리는 민족 독립을 위한 투쟁을 현 시기의 가장 긴급한 정치적 과제로 간주한다"라고 하여 민족 독립을 가장 긴급한 과제로 설정하였다. 서울회 회원 대부분이 이러한 강령에 깊이 매력을 느꼈다. 유혁이 그 대표적 인물이다.

---

119 전명혁, 2001, 「1920년대 코민테른의 민족통일전선과 서울파 사회주의 그룹」, 『한국사학보』 11.

1924년 10월 서울청년회 세력이 고려공산당 및 고려공산청년동맹을 결성하고 1925년 1월 전조선노동교육자대회를 개최하려 하자, 이에 맞서 화요회계는 2월 전조선민중운동자대회의 개최를 선언하며 맞섰다. 이 과정에서 화요회계는 조선공산당 및 고려공산청년회를 결성하였다. 그러자 서울회계는 1925년 4월 5일 조선민중운동자대회 반대단체 전국연합위원회를 개최하여 조직적으로 운동을 전개하였다. 이 단체의 주장 내용은 다음과 같았다.

> "조선 사회운동은 이미 4, 5년의 역사를 가진 바, 운동선상에 있는 분규와 혼란은 일찍이 그칠 사이 없었다. 그런데 이 운동선에 분규와 혼란의 진정한 원인이 화요계 일파 및 해외에 있는 전前 상해파파시스트 수령 등에게 있는 일이 명백히 드러났다. 이에 우리들은 조선 운동선의 통일과 정의를 위하여 화요회와 전 상해파시스트 수령 등을 운동선상으로부터 철저히 구축驅逐하기로 한다."

자신들의 정치적 영향력을 확대하려 하였던 서울회와 화요계 두 세력의 갈등은 지역으로까지 확산이 되어 전국의 노동, 농민, 청년, 사상단체들이 두 편으로 갈라지게 되었다. 이러한 갈등이 고스란히 광주·전남 지역 청년 사회단체로 이어지고 있었다. 광주청년회가 서울 청년회계로, 광주노동공제회는 화요계로 이어지는 분파 구도에 휘말리고 있었다. 광주청년회가 사회주의적 성격을 띠기 시작한 1924년 이후 광주청년회(서울회계)와 광주노동공제회(화요회계)는 노선의 정체성을 둘러싸고 점차 대립 갈등하기 시작하였다.

1923년 강석봉이 조직하여 광주에서 처음으로 사회주의 사상을 학습하였던 신우회는 서울 청년회계의 고려공산동맹 광주지부, 십팔회는 화요회의 조선공산당 광주지부로 모습을 드러냈다.

고려공산동맹은 광주청년회를 통해 청년·학생층을 뚫고 들어왔다면, 조선공산당은 광주노동공제회와 광주소작인 연합회를 매개로 노동대중과 접촉하였다. 노동대중과 접촉을 시도한 광주노동공제회나 소작인연합회는 크게 뿌리내리지 못한 채 1, 2차 조선공산당 사건으로 세력이 위축되었다.

반면 고려공산동맹과 연결된 광주청년회계는 광주학생운동을 성공리에 치루는 등 뿌리를 내리고 있었다. 광주에서 사회주의 계열 간에 전개된 주도권 싸움에서 광주청년회가 승리하였다고 할 수 있다. 강석봉, 유혁, 이항발 등 광주, 목포, 영암, 나주 등 이 지역에서 활동한 운동가 대부분이 서울회계였다. 화요계를 대변한 박헌영과 이 지역 운동가들의 갈등은 이때부터 이미 예고되어 있었다.

사상단체의 결성과 서울회계 사회주의

1. 전남해방운동자동맹 결성

1920년대 들어서면서부터 마르크스의 사회주의를 진화론과 연결시켜 인식하는 것은 상례였다. "인간들은 자신들의 생활을 사회적으로 생산하는 가운데, 자신들의 의지로부터 독립되어 있는 일정한 필연적 관계들, 즉 자신들의 물질적 생산력들의 일정한 발전 단계에 조응하는 생산관계들에 들어선다"는 '유물사관요령기'에 소개된 내용을 다윈의 "유기적 자연의 발전 법칙" 발견과 비견되는 "인간 역사의 발전 법칙"을 발견한 맑스의 유물사관에 근거한 것으로 당대 사회주의자들에게는 의심할 여지가 없는 '공식公式'으로 인식되었다.

1920년대 한국의 지식인, 학생들에게 영향이 컸던 것이 사카이 도시히코(堺利彦, 1870~1933)의 『사회주의학설대요(社會主義學說の大要)』로, 유물사관의 대중화에 중요한 역할을 담당하였다. 광주학생독립운동을 촉발한 이경채 역시 광주고보 4학년 때 이 책에 심취하여 사회주의 사상에 깊이 매료되었던 적이 있었고, 영암 농민운동을 이끈 김판권도 일본 유학 중 사카이 도시히코와 직접 만난 적도 있었다. 이 책에서 사카이 도시히코는 '계급투쟁階級鬪爭과 진화론進化論'을 다음과 같이 언급하였다.

> 진화론進化論은 생물계生物界의 진화進化의 법칙法則이오, 사회주의社會主義는 인간사회人間社會의 진화법칙進化法則이라고 하는 것임으로 사회주의자社會主義者가 진화론進化論에 찬성贊成하는 것은 진화進化라는 이 말에 대對하야 입장立場이 가튼 까닭입니다. 동물動物이나, 인간사회人間社會나 어느 것을 물론勿論하고 모든 것은 진화변천進化變遷하야 간다는 것입니다. 따라서 뿔쪼아지의 사회社會가 미래未來 영겁永劫으로 계속繼續될 것은 아니오, 자본제도資本制度가 미래未來의 영겁永劫으로 계속繼續할 것은 아닙니다. 여하如何한 사회社會나 여하如何한 제도制度나 간단間斷히 업시 진화進化하고 변천變遷하여 갑니다.[120]

사회주의 사상이, 일본 유학생들을 통해 국내에 소개되기도 하였지만, 광주에서 결성된 신우회가 광주지역에 그 사상의 형성 및 확산에 큰 역할을 하였다.

1923년 9월 보수적 성격의 인물로 구성된 광주청년회의 지도부에 사회주의 사상을 지닌 강석봉이 임시의장으로 선출되었다. 이는 광주, 전남의 최대 규모의 청년회인 광주청년회가 사실상 사회주의 사상을 지닌 청년들로 재편되고 있음을 의미한다. 사회주의 사회 건설을 표방하는 학

120　堺利彦, 鄭栢 譯, 『社會主義學說大要』, 개벽사출판부, 1925, 23-24쪽.

생운동, 농민운동, 노동운동 등도 빠른 속도로 확산되고 있었다. 여기에
는 신우회와 그 단체를 결성한 강석봉의 역할이 컸다.

일본에서 귀국한 강석봉은 동경대학의 '신인회'와 같은 단체를 만들어
사회주의 사상을 체계적으로 연구하고 확산시키려 하였다. 신우회의 창
립 시기와 초기의 활동내용을 알려주는 신문 기사 내용이다.

> "광주 사상 단체 신우회에서는 창립 이래로 회원 자체의 계급적 단
> 결과 역사적으로 필요성을 가진 신사회를 건설하는데 요소가 되는
> 유물사관을 중심으로 하고 사상연구를 목적으로 우금于今 3개 성상
> 을 매월 4회씩 회합하여 수십 명 회원이 다 각 그 목적을 이루기 위한
> 소견과 연구한 바를 발표하는 동시에 현대 조선청년으로써 가질 바
> 사상과 취할 바 행동을 과학적으로 토론하여 그 내용 충실에 주력하
> 여 오던 바, 최근에는 신우회는 매월 4회씩 수십 명이 참여하여 토론
> 회를 개최하였다고 한다."

신우회가 비록 회칙 등 조직을 문서로 만들지 않았을 뿐, 실제는 상당
히 조직적으로 운영하고 있음을 알 수 있다. 특히 1925년 말에 이르러
이 조직 활동을 공개적으로 전환하며 조직을 재정비하고 있음을 짐작
할 수 있다.

신우회는 강석봉이 지용수와 함께 1923년 조직한 광주 전남 최초의
유물사관 연구단체였다. 창립 당시에는 사회운동에 희생적으로 투쟁하
는 순결 분자가 18명이 결속하여 조직하였다고 한다. 강석봉을 비롯하
여 창립 회원 18명이 처음에는 사회주의 사상 연구에 치중하였음을 알

수 있다. 그들은 외부 활동을 철저히 자제하고 이론 학습을 통한 내부 결속을 강화하여 투쟁의 동력을 확보하고 있었다.

신우회는 조직이 정비되자 총간사제로 운영하였다. 이때가 1925년 무렵인데, 서무, 노농, 교양 등 부서를 두어 적극적인 투쟁 방식으로 나아가고 있음을 확인할 수 있다. 강석봉은 핵심세력을 공산당에 가입시키는 등 운동세력을 정예화하고 있었다.

이 무렵 강석봉이 '사상대강연'세미나에서 발표한 주제 '노예연구'를 통해 그가 자본주의 모순을 냉철히 분석하고, 이 바탕 위에 계급투쟁을 분명히 하고 있음이 드러난다. 1925년 조선공산당이 창당되자 일제는 사회주의 사상의 확산을 억압하고자 치안유지법을 제정하였다. 그러나 광주에서는 오히려 사회주의 실천가들의 움직임이 활발하였다. 12월 5일 세미나에서 강석봉이 주제 발표를 하였고, 이듬해 1926년 10월 2일 강해석, 지용수가 신우회에서 가장 노력하고 있다는 동아일보 보도를 통해 강석봉 형제가 지용수 등과 함께 이 모임을 주도하고 있음을 알 수 있다.

처음에 조직을 감춘 채 사회주의 사상만을 연구하던 신우회가 현실정치에 참여하기 시작하자, 일본 경찰은 이들의 활동을 억압하려 하였다. 1926년 7월 26일자 동아일보 보도 내용이다.

"연합토의회를 현지 경찰 금지
광주신우회에서는 오는 8월 2일부터 일본 나가사키에서 개최되는
아시아 민족대회에 대하여 해당 대회를 절대 반대하기로 하고, 이에

대책을 토의하고자 지난 23일 오후 8시부터 광주청년회 흥학관 대강당에서 광주 각 사회단체 연합토의회를 개최하려 하였으나 현지 경찰서에서는 주최 단체 대표자를 불러 해당 집회를 절대로 금지한다고 하므로 부득이 중지하였다 하며 광고까지 압수하였다.”

신우회가 여러 사회단체 활동을 하나로 묶는 연합체를 결성하려 하자 일본 경찰이 이를 막으려 하였음을 알 수 있다. 그러나 아직 유혁은 강석봉과 청년, 소년운동 등 여러 운동세력을 규합하는 데는 함께 하였으나 그가 추구하는 신우회 중심의 사회주의에 경도되어 있지 않았다. 그것은 유혁이 강석봉의 권유로 M.L계 공산당에 가입한 것이 1927년으로 비교적 늦게 이루어졌다는 데서 알 수 있다.

앞서 언급한 웰스의 사상체계를 통해 “제국주의 침탈의 위기에 처한 아시아 인민들에게 ‘민족적 단결’과 ‘국가적 자강’의 논리를 뒷받침하는 방법론적 근거”를 찾으려 하였던 유혁은 M.L계 공산당이 서울회계 노선과 차이가 없음을 확인하고 나서야 가입하였다. 조선공산당 사건으로 구속되었을 때 조사받던 유혁이 본인이 가입하였을 때는 조선공산당이 아니라 M.L당이었다고 대답하였던 것은 이를 말한다.

“검사의 신문에 유용희와 조병철은 경찰에서 진술한 내용을 대체로 인정했다. 다만 유용희는 1929년 1월 22일 제2회 신문에서 그는 M.L당에 가입했고 후에 그것이 조선공산당으로 변경된 것이지 처음부터 조선공산당에 입당한 것은 아니라고 주장했다.”[121]

---

[121] 일제강점기 경성지방법원 기록 해제(1929형100, 1929예5, 1929형공 672, 조병철, 유용희 형사제1심소송기록)

김철수 등이 중심이 되어 조직된 제3차 조선공산당에 해당하는 M.L계 공산당은 박헌영이 결성한 조선공산당으로부터 늘 공격의 대상이었다.

사회주의 사상이 확산되면서 전남의 여러 지역에서 사회주의 사상단체들이 본격적으로 결성되었다. 1925년에는 무안의 무산동우회, 담양의 이월회, 나주의 효종단, 광양의 거화회, 목포의 전위동맹, 장성의 효성단, 진도의 필연단 등이 결성되었다. 1926년에는 보성의 일심단, 화순의 육성회, 완도의 살자회, 함평의 필시동맹, 벌교의 추성회, 무안 지도의 전초동맹이 결성되었다.

이들 사상단체는 사회주의자들의 구심점이었고, 무산계급과 민중을 해방시키는 주체라는 사명감에 넘쳐 있었다. 이들은 먼저 광주청년회의 예에서 알 수 있었던 것처럼, 자신들이 관여하는 청년단체를 '혁신'하여 사회주의 이념의 통로로 삼았고, 농민·노동단체의 투쟁을 이끄는 주체가 되었다. 나아가 사회주의 사상연구와 보급은 물론 운동 단체의 결속과 노선 통일에 영향을 미쳤다. 전남지역에 운동 단체들이 폭발적으로 결성되는 데는 1925년 1월 28일 창립된 전남해방운동자동맹이 그 중심에 있었다. 전남해방운동자동맹은 전남 운동의 제1선에 입각한 투사들의 집단이었던 셈이다.[122]

전남해방운동자동맹 결성은 1925년 1월 28일 광주에서 열린 사회운동자 신년하례회에서 처음 논의가 나왔다. 이 자리에 참석한 조극환, 김광진, 김은환, 강석봉, 강대희, 정병하, 나봉균, 임민호, 신현기, 박승억,

---

유혁 등이 전남 운동에 대한 정책을 수립하고, 이론과 전술을 연구하기 위해서는 해방운동자동맹 결성이 필요하다는 데 공감하여 하례회 당일 곧장 창립하였다.[123] 서무, 선전, 조직, 조사, 편집 등의 부서를 두고, 조극환, 송기화, 나봉균, 이철호, 김광진, 전도, 김은환, 이항발, 강재완, 유용의 등을 임원으로 선출하였다. 유용의는 유혁을 말한다. 유혁이 해방운동자동맹 결성에 참여한 사실은 중요하다.

강령은 "우리는 계급적 해방의 운동선에서 역사적 필연인 신사회의 건설을 기함"이라고 하였다. 강령에서 '역사적 필연'을 강조한 것은 진화론의 영향을 받았다고 하는 사실을 알 수 있다.[124] 곧 유혁이 이 강령을 기초하였음을 알 수 있다.

당시 신문에 동맹의 결성 과정이 자세히 나와 있다.[125] 전체 맥락의 이해를 돕기 위해 기사 전문을 그대로 전재한다.

"전남 광주에서는 조극환, 김광진 외 7, 8인의 발기로 지난 1월 28일 오후 1시쯤 광주청년회관에서 사회운동자 신년 영춘迎春 간친회를 개최하였는데 조극환씨 사회로 김광진씨의 간친회 주최에 대한 개회사를 비롯하여 김은환, 강석봉, 강대희, 정병하, 나봉균, 임민호, 신현기, 박승억 등 제씨의 감상담이 끝난 후 신현기씨의 의견으로 금일의 모임을 이용하여 해방운동동맹을 즉석에서 창립하자고 함에 만장일치로 가결되어 곧 규약과 강령을 통과하고 간사로 10인을 선정한 후 김용환씨의 축사가 끝나자 회원 일동이 해방운동자동맹 만세

---

123 동아일보 1926. 10. 2

124 조선일보 1925. 1. 31

125 조선일보 1925. 1. 31

를 소리높여 외치고 오후 5시쯤 폐회하였는데 선거 임원과 강령은 아래와 같다.

　-임원

조극환 송가화 나봉균 이철호 김광진 전도 김은환 이항발 강재완 유용의

　-강령

우리들은 계급해방의 운동선에서 역사적 필연인 신사회의 건설을 기함

그리고 다음 날인 1월 29일 오전 11시 광주 흥학관에서 임시총회를 열고 임시의장 신현기의 사회로 다음과 같이 결의하고 오후 3시 반 폐회하였다.[126]

1. 노농운동에 관한 건

전남에 있는 노동조합 및 소작조합의 상황을 조사할 것

노동조합 및 소작조합의 조직과 그 발전에 노력할 것

2. 부인운동에 관한 건

부인 단체의 조직과 그 발전에 노력할 것

부인의 지식 향상에 노력할 것

3. 청년 운동에 관한 건

전남에 있는 청년단체의 상황을 조사할 것

무산청년단체의 조직과 그 발전에 노력할 것

이류異流청년단체 내부 개혁 노력할 것

4. 노동자 및 농민 교양에 관한 건

사회 생활에 필요한 지식을 주기 위하여 노농학교 강습소 강연 강좌 등을 시설할 것

잡지 『팸프레트』, 『리프레트』 등을 발행하여 무산계급의 해방에 관한 의의를 선명히 하여 보급할 것

5. 형평운동에 관한 건

형평운동을 적극적으로 후원하여 그 방면을 명시할 것

126　조선일보 1925. 2. 1

6. 종교에 관한 건

　종교를 부인하며 종교와 유사한 각종 미신을 박멸할 것

7. 운동선 당면에 관한 건

　운동서의 통일과 순화를 촉성케 할 것

8. 민족운동에 관한 건

　타협적 민족운동을 근본적 배척할 것

9. 진도 소작쟁의는 간사회에 일임할 것

10. 다음 정례 모임은 2월 4일로 하고 목포에서 모일 것[127]

11. 기관 잡지를 발행할 것"

창립총회 다음날인 1925년 1월 29일 임시총회를 열어 동맹의 나아가야 할 방향을 구체적으로 결정하였다. 결의된 내용 대부분이 노동자 및 소작농 등 당시 경제적으로나 사회적으로 열악한 처지에 있는 계층의 단체결성이었다.

이날 결의사항에서 특히 주목되는 것은 타협적 민족운동을 근본적으로 배척한다는 내용이 있다는 점이다. 이는 유혁이 앞서 살핀 '사이비 가면주의자', 곧 선先 실력 양성을 강조한 이른바 민족주의 우파를 겨냥한 것이다. 유혁 등 당시 운동세력은 그들의 투쟁 목적이 일제와 타협이 아닌 우리 힘에 의한 완전 독립에 있음을 분명히 하였다.

유혁은 2월 7일 열린 나주노농회 임시총회에 참석하여 축사한 데 이어, 고향 신북에 효성노농회를 창립하여 하부 단위 노농 운동 결성에도 박차를 가하고 있음을 알 수 있다. 4월 25일 광주청년회관에서 열린 제1회 정

___

127　2월 21일 해방운동자동맹 월례회가 목포희망유치원에서 열렸다. 신현기, 김광진, 이병영, 김은환, 배치문 등이 사상강연을 하였다.(조선일보 1925. 2. 21)

기총회 및 11월 5일 열린 제3차 정기총회에서 유혁이 전회록 낭독하고 특별순회원으로 활동하였다. 유혁이 해방운동자동맹에서 중요한 역할을 하고 있음을 알 수 있다.

이 단체에서 활동한 전도, 조극환, 강석봉은 모두 완도에서 조직된 비밀결사 수의위친계 회원이었다. 이를 보면 수의위친계가 1920년대의 노동, 농민운동의 중심에 있음이 분명해진다. 1926년 5월 말 담양 출신 임민호 사회주의 활동가 장례식에 40여 사회단체가 참여하였다. 이 자리에서 강석봉이 추도사를 하였다. 임민호의 죽음을 계기로 전남해방운동자 동맹을 중심으로 단체들의 통합 움직임이 본격화되고 있었다.

유혁이 전남해방운동자 동맹 결성에 중요한 역할을 담당하였다. 이는 그의 활동 상당 부분이 이 단체와 연결되고 있는 데서 알 수 있다. 1925년 1월 8일 나주에서 사상단체인 효종단이 창립되었는데 유혁이 '서기'를 맡았다. 당시 언론 보도이다.

"효종단曉鍾團 창립, 나주의 사상단체
　지난 8일 오후 7시 나주군 금정 금명학원 내에서 효종단 창립총회를 개최. 경성사회주의동맹에서 특파된 박형병, 광주해방운동자동맹에서 파견된 김광진, 송내현, 전도, 김용호 등이 출석한 후에 발기인 대표 이항발의 개회선언, 의장 박공근, 서기 유용희가 피선. 집행위원 선정하고 8시 50분에 폐회하였다.
　집행위원
　박관엽 박공근 남상홍 김동선 최남구 박복영 이회현 이항발 하명용 정복기"[128]

128　조선일보 1925. 2. 6

이때는 아직 전남해방운동자동맹이 결성되기 이전의 시기이다. 신문 기사는 1925년 2월 6일자이기 때문에 1925년 1월 28일 결성된 전남해방자동맹을 1월 8일 결성된 나주 효종단을 설명하는 데 사용하였다고 생각된다. 이항발, 박공근 등 유혁과 함께한 운동세력이 이 단체를 결성하였다는 사실이 중요하다. 특히 유혁이 서기로 효종단의 결성에 중요한 역할을 하였지만, 그가 집행위원에 이름을 올리지 않았다. 그것은 나주에는 이항발, 박공근 등 운동세력이 이미 뿌리를 내리고 있었기 때문에 그가 굳이 개입할 필요가 없었기 때문이었다. 하지만 유혁은 전남지역의 모든 운동세력을 하나로 아우르는 동맹을 구상하고 있었다.

앞서 든 전남해방운동자동맹은 노동운동, 여성운동, 청년운동, 노동 및 농민운동, 형평운동, 운동조직의 통일 등을 주요 과제로 삼았다. 1925년 봄에 유혁이 본격적으로 추진한 여러 운동의 통합은 이러한 해방운동자동맹이 추진하려 한 내용의 구체적인 실천이었다. 이러한 운동의 통합은 그가 강조한 모든 운동세력의 결집을 통한 독립운동의 역량 강화라는 '진화론'의 구체적인 실천이었다. 다음 표는 유혁이 전남해방운동자동맹에서 활동한 내용이다.

<표7. 전남해방운동자 동맹에서의 유혁의 활동>

일자	내용	장소
1925.4.25	제1회정기총회, 유혁 전차회의록 낭독	광주
1925.11.5	−제3차 정기총회(목포청년회관)유혁 전차회의록 낭독, 임석경관 토의 금지 −지방순회대 조직, 유혁 해남방면 담당	목포

1925.11.6	- 제13회 집행위원회(목포) 유혁 장성 방면 순회위원 - 소안도 출신 해방자동맹회원 박흥곤 죽음 추도식 약력 소개 광주청년회·광주노동공제회 분쟁 조사위원 선출 (유혁, 김은환, 김상수)	목포
1925.11.30	진도 필열단 조직- 동맹순회위원 참석 계기	진도
1926.2.23	-제2회 정기총회, 준무위원 선임 사회문제대강연회 특강(형평운동에 대하여)	광주
1926.1013	목포노동총동맹 창립1주년 기념식참석 축사일경의 사전 검속으로 축사 못함(유혁, 전남해방운동자동맹대표)	목포

1926년 2월 23일 광주에서 개최된 정기총회에서 유혁은 '형평운동에 대하여'라는 주제의 특강을 하였다. 농민운동(이항발), 노동운동(김은환), 청년운동(나만성), 종교문제(배치문), 소년운동(한상호), 우리 진영의 현세(이정윤) 등도 이날 특강 주제였다. 이날 발표된 내용이 무엇인지 구체적으로 알 수 없다. 다만 당시 신문에 이날 발표된 특강 내용 요점이 하나로 정리되어 있어 이 무렵 운동의 방향을 엿볼 수 있다.

"현재 조선의 사회운동선의 각 부문에 들어가 근본적으로 역리逆理인 사회제도로는 도저히 인류에게 행복을 줄 수 없다는 것보다는 더욱더 패멸의 화 가운데 함몰되어 들어가게 하는 까닭에 이것을 각성한 인류들이 생生의 자연한 욕구로 일어나는 것이 곧 사회운동이라고 하겠으며 사회진화의 법칙상으로 보아서 민중 본위의 신사회가 건설될 것은 이세理勢에 당연한 것이나 이것을 하루바삐 실현되도록 노력하는 것이 소위 사회운동자의 사명이다."

진화론 등이 강조되고 있는 것으로 보아 아마 유혁의 주장이 아닐까 추측되기도 하는데, 분명한 것은 유혁이 강조한 사회진화론이 이들 운동세력의 운동 방략이라는 사실을 알 수 있다.

그런데 하루 전날인 1926년 2월 22일 광주 청년학원에서 제1회 정기 총회를 열었다. 이날 회의에서는 집행위원을 선출하였는데 김은환, 정병용, 나만성, 김상수, 이항발, 신준희, 김택수, 전도, 강석봉, 김재명, 설준석 등이다. 1년 전 창립총회에서 임원으로 선출된 김은환, 이항발 2명만 집행위원에 이름을 올리고 있는데, 유혁 이름이 보이지 않는다. 여기에는 여러 운동자 대표들을 단체에 포함시켜 외연을 확장하려는 유혁의 의도가 고려되어 있었다. 이날 총회에서 결의된 내용이 중요하다.[129]

1. 사회운동에 관한 건 : 무산계급의 운동을 총괄할 최고기관 설치
2. 노동운동에 관한 건 : 비타협적 정신으로 경제적 해방과 동시에 정치적 시련試鍊을 시도할 것, 이 과정에 직업별, 산업별 노동조합을 조직하고, 도시와 군에 연합회를 두고, 이 연합회를 단위로 도 연맹을 두고, 이를 토대로 중앙총동맹을 조직하여 민주주의적 중앙집권제 확립
   단, 군 연합회가 조직되지 못한 곳은 세포단체를 직접 연맹에 가입하게 할 것
3. 청년, 여성운동에 관한 건 : 단체 조직은 노동운동과 비슷함
4. 소년운동에 관한 건 : 소년단체도연맹 적극 후원하고 전국적 통일기구 결성 촉구
5. 형평운동에 관한 건 : 형평운동의 근본 정신을 일반인이 알게 할 것
   전남해방운동자동맹 활동 경찰 철저 감시 및 방해, 검속 구금

이처럼 유혁이 개별 운동세력을 단위 조직으로 결성하고, 다시 이들 조

---

129 동아일보 1926.

직을 하나의 연합체로 결성하여 독립운동의 강력한 구심체로 삼으려 하자, 일본 경찰은 유혁의 활동을 철저히 검속하였다. 다음은 유혁의 활동을 사전 검속, 발언 중지 형식으로 차단한 내용들이다. 모두 8회나 된다. 독립운동의 최전선에 그가 있음을 보여준다.

<표8. 유혁의 검속 내용>

일자	내용	장소
1925.11.5	제3차 정기총회(목포청년회관)유혁 전차회의록 낭독, 임석경관 토의 금지	목포
1926.2.22	제1회 정기총회, 임석경관, 일본 경찰에 대한 비판 금지 통고	광주
1926.7.4	함평청년회 6주년 행사, 특강 금지	함평
1926.8.30	광주경찰서 소환	광주
1927.4.24	제3회정기총회, 사전집회허가, 조극환, 강석봉, 김재명, 설준석 참석, 당일 행사 금지 명령,	목포
1927.5.8	목포소년단 발회식 강제중단, 유혁 체포	목포
1927.10	목포청년동맹 창립대회 유혁 체포	목포
1928.6.18	신간회목포지회 1주년기념식 유혁발언 중지검속	목포

2. 조선사회운동자동맹회와 조선사상동맹 결성시도

조선공산당 결성을 위한 코르뷰로高麗局 국내부와 서울청년회의 경쟁은 조선노농총동맹과 조선청년총동맹의 집회 금지 이후 더욱 치열해졌다. 1925년 1월 3일 화요회는 북풍회·조선노동당·무산자동맹회와 함께 4단체 연합의 재경사회운동자간친회를 개최하여 사상운동의 통일을 도모했다. 또한 조선공산당 결성의 하나로 2월 전조선민중운동자대회를 추진했고, 3월 16일에는 전조선민중운동자대회응원회를 결성했다.

이에 맞서 서울청년회계는 조선노동교육회를 조직하여 1월 17일 전 조선노동교육자대회를 발기했고, 3월 8일에는 전조선민중운동자대회를 반대하기 위해 자파의 사상운동단체인 사회주의자동맹 등 11개 단체를 모아 재경조선해방운동자단체 연합간친회를 열고 전조선민중운동자대회 반대단체 전국연합대회를 개최할 것을 표명했다.

이때 동아일보가 사설을 통해 전조선민중운동자대회에 대한 지지를 표명하는 등 전조선민중운동자대회의 성사가 가시화되자, 김사국 등 서울청년회계는 4월 5일 전조선민중운동자대회 반대단체 전국연합위원회를 개최하여, 전조선민중운동자대회에 반대하는 반대선언서와 반대연설의 조직, 운동선 교란 책임자 처벌, 조선노농총동맹 중앙집행위원회 중 전조선민중운동자대회 옹호파 구축 등과 조선사회운동자동맹의 창립을 결의했다. 조선사회운동자동맹은 70여 지방에서 187명이 발기인으로 참여했고, 김사국·한신교·김영만·이정윤·장채극·박형병·정백 등을 상무위원으로 선정했다.

발기준비위원으로 전남 출신이 37명으로 다른 지역보다 훨씬 많다. 이 단체의 결성에 유혁 등이 주도적 역할을 하였음을 보여주는 예이다. 유혁을 비롯하여 이항발·박공근(나주)·김일섭·박승억·조극환·배치문(목포)·최남구(나주)·김은환·강대희(영광)·한길상·김흥선·전도·강석봉·김태열(광주)·정희(장성)·김용표·선용권(옥과)·정남태·명창순·정두범(여수)·김병규(해남)·이철호(진도)·송기화(자은)·김상수(지도)·임민호·강재완·정병용(담양)·김영태(곡성)·박흥곤·박종협·강사원(완도)·김해룡(비금)·김용택(도초)·

박복영(암태)·방도근(강진)·송래현(동복) 등 서울회계로 분류되었던 인물들이 대거 참여하였다. 4월 21일 조선사회운동자동맹 발기준비회가 열렸다. 다음은 발기취지서이다.

"조선의 사회운동은 벌써 기분의 시대를 지나서 조직적 시대로 들어가려 한다. 이러한 계단에 있어서는 무엇보다도 사상의 순화를 촉성하며 조직의 견실을 도모하며 운동의 진행을 지도하는 직분을 가진 기관의 존재를 필요로 한다. 이에 우리는 전국적 사상단체인 조선사회운동자 동맹의 조직을 창도한다. 전국의 사회운동자는 모두 와서 이 역사적 사업에 참가 노력하기를 바란다."

발기준비위원회에서는 창립총회를 다음 달인 5월 8일 경성에서 개최하기로 결정하였다. 그런데 이 대회 준비 과정을 총독부에서는 예의주시하고 있었다. 당시 종로경찰서장이 담당 검사에게 보내는 보고서 내용이다.

"조선사회운동자동맹발기준비위원회의 동정에 관한 건
다음 5월 8일 총회 개최 예정인 조선사회운동자 동맹 발기준비위원회에 민중운동자대회의 금지된 박멸의 일부를 달성할 기회, 자파세력 부식의 신장하려고 별지와 같이 발기취지서를 작성하여 부내 및 지방 각 관계 단체에 우송하고 있음"[130]

일제는 이 단체의 결성을 그들 체제 유지에 위협을 가하는 것으로 여겨 집회를 아예 금지하였다. 결국 창립대회를 열어 조직을 결성하려는

---

[130] 1925. 4. 23 검찰사무에 관한 기록(경성종로경찰서장 경종경고비 제4624의 1, 지검비 제17호)

시도는 좌절되었다. 하지만 조선사회운동자동맹은 이 시기까지 결성되었던 서울청년회계의 도 단위 사상운동단체들인 사회주의자동맹·경상북도사회운동자동맹·경상남도사회운동자동맹·전라북도민중운동자동맹·전라남도해방운동자동맹·충청남도제일선동맹·황해도민중운동자동맹 등의 상위조직으로 구성된 서울청년회계의 전국적 사상운동단체였다는 점에서 의의가 있다.

전국적인 운동세력의 결합 움직임은 이미 전남에서 있었다. 앞에서 살핀 전남해방운동자동맹이 그것이다. 이 단체의 출현이 경성에서의 사회운동자 동맹 결성에 자극을 주었다고 생각할 수 있다.

전남지역 사회주의 세력은 조선공산당 계열과 고려공산동맹 계열로 나누어져 있었다. 전자는 주로 북풍회·화요회계열인 반면, 후자는 서울청년회계열이었다. 지역적으로 두 세력이 확연히 구분되어 있었다. 조선공산당 계열이 고흥, 보성, 광양, 순천, 여수 등 전남의 동부지역이었다면, 서울청년회계의 기반은 무안, 나주, 완도, 진도 등 전남의 남서부지방과 북부지방인 담양과 장성지역이었다. 이러한 차이는 해당 지역의 지도적 인물이 어느 정파에 속하고 있었는가와 밀접히 연관되어 있다.

조선공산당 측 인물은 순천의 이영민, 박병두, 광양의 신명준, 정진무, 광주의 서정희, 신동호, 화순의 조경서 등이고, 서울청년회 계열 인물은 광주의 강석봉, 나주의 이항발, 장성의 기노춘, 담양의 국기열, 정병용, 무안 서태석, 목포의 배치문, 영암의 조극환, 김준연, 유혁, 완도의 송내호 등이 있다. 이들은 전남지역을 넘어 경성에서도 나름대로 활동 기반을 구축하고 있었다.

이들 가운데 서울회계로 분류된 인물들의 성격을 살펴볼 필요가 있다. 광주의 강석봉·한길상, 담양의 정병용, 완도의 송내호, 영암의 조극환 등이 그들인데, 송내호가 중심이 되어 결성한 비밀결사 '수의위친계守義爲親契' 회원들이었다. 1919년 3·1운동 이전, 유혁이 송내호를 통해 '수의위친계'와도 연결되었을 가능성도 있다.[131]

서울청년회 계열에 속한 이들 인물은 1924년 고려공산당동맹 전남조직 또는 1925년 전남해방운동자동맹이 결성되기 이전부터 비밀결사 활동에서 이미 동지적인 관계를 맺고 있었음을 알 수 있다. 엄밀히 말하면 열렬한 민족주의자였던 이들의 세계관에 사회주의적 요소가 가미되었음을 알 수 있다.

실제 조선공산당 창당에 중요한 역할을 한 강석봉, 김재명, 한길상을 다른 사회주의 계열에서는 '자본가 계급의 주구'라고 공격하였다. 이는 강석봉 등의 사상이 기본적으로 민족주의적 성격에 기반을 둔 사회주의적 사상가라는 사실을 보여주는 좋은 사례이다. 이들 거론된 인물들은 모두 서울청년회 계열로 민족주의적인 성향의 활동가들이었다.

이렇듯 파벌 대립의 문제점이 심각하게 나타나고 여러 단체가 난립하자 1926년에 들어서서 두 계파가 서로 연대를 시도하였다. 전남에서는 3월 화요회계와 서울회계가 각각 5명의 준비위원을 추천하여 전남 노동

---

131 송내호가 완도의 운동세력을 중심으로 결성한 '수의위친계'는 원래 1914년에 결성되었다. 3·1운동 후인 1922년 조직을 새롭게 정비하면서 참여 회원 숫자도 늘어났다.

연맹과 전남농민연맹을 같이 창립하도록 할 것과 광주 분규 사건에 관련된 인물을 준비위원에서 배제할 것 등을 합의하고 전남노동농민연맹 창립준비위원회가 결성되기도 하였다.

이런 상황에서 서울회계가 주도하여 결성된 조선사회주의자 동맹에서는 "조선에서는 아직 사상단체의 통일기관의 완전한 수립을 보지 못하여 그를 조직할 필요를 느끼는 동시에 혹은 단일 기관의 수립함이 필요하다"라는 명분으로, 사상단체의 통일기구를 결성하려 한 것이다. 이 단체의 창립 준비위원으로 유혁을 비롯하여 전도, 이정윤 등 이 지역의 운동가들이 포함되어 있다.

유혁이 1926년 4월 12일 조선사상단체총동맹(조선사상동맹) 발기창립준비위원회의 준비위원으로 선임되었다. 다음 ①, ②는 이를 알려주고 있다.

① 사상단체 총련 창립위원회 12일에 개최
시내에 있는 사회주의자 동맹회에서 조선사상단체총동맹을 발기하고 창립준비위원 선거위원 5인을 선정하였다 함은 이미 보도하였거니와 이달 12일 오후 1시에 동 회관에서 동 창립준비위원회를 개최한다는데 창립준비위원은 다음과 같다.
이병의, 홍순갑, 유혁, 이광, 권기선, 정학원, 이방, 장홍국, 주진, 강택진, 유용목, 정찬규, 김유실, 홍보용, 장기욱, 이정윤, 강영순, 이경호, 이락영, 송주상, 백상순, 이혁, 임영택. 임시배, 전도[132]

② 조선사상동맹주의자 동맹에서 창립준비
조선에서는 아직 사상단체의 통일기관의 완전한 수립을 보지 못하여 그를 조직할 필요를 느끼는 동시에 혹은 단일 기관의 수립함이

---

132 조선일보 1926. 4. 8

필요하다고 하는 중 <u>사회주의자동맹 발기</u>로 조선사상동맹을 다음과 같은 기본강령과 창립규정으로 창립을 준비중이라는데 그 준비위원은 다음과 같다.

기본 강령

본 동맹은 조선무산계급사상운동 단체의 통일적 발달을 기함

본 동맹은 조선무산계급 운동 사상의 순화를 촉구하며 조직의 견실을 의도하며 방략의 천명을 기함

본 동맹은 조선무산계급해방 운동 상에 있는 실제적 이익을 위하여 투쟁함을 기함

창립 규정

1. 본 동맹은 조선 내외지에 있는 조선인 18인 이상으로 조직된 '무산계급'의 사상단체로서 조직함

2. 본 동맹에 가맹하는 단체는 가맹원서에 단체상황 일람표를 첨부하여 본 동맹 창립준비위원회에 제출하여 본 동맹창립준비위원회에 제출하되 가맹금 2원을 동시 납부할 것

3. 가맹원 접수 후는 본 창립준비위원회의 심사 발표가 있음

4. 창립대회 출석대표 수는 1단체 회원 10인까지 1인 50인까지 2인 200인 이상은 4인으로 함

5. 창립대회 출석 대표 선정의 씨명을 대회 개회 전 3일 이내에 본 위원회에 도착하도록 통지할 것

6. 창립대회 출석 대표는 필히 해該 단체 대표증을 각자 휴대할 것

7. 창립대회 장소는 경성으로 창립대회 시일은 5월 중으로 예정하되 확정일자는 추후 발표함

8. 창립대회 개회 전까지에 본 동맹 기본강령에 관한 필요한 사위事爲가 일어날 때는 창립준비위원회에서 책임을 지고 임시 집행함을 득함

9. 본 동맹 창립준비위원회는 사무소를 경성부 견지동 80번지에 설치함

창립준비위원

이병의, 이방, 김유인, 이낙수, 이광, 강택진, <u>의정윤</u>, 이적, 임시배,

권기선, 장흥국, 유용복, 홍보용, 강영순, 송주상, 임영택, 전도, 유혁,
정홍원, 주진, 장찬규, 장기욱, 이경호, 백상순, 홍순갑[133]

이 사상동맹의 결성에 유혁이 이정윤과 함께 참여하였음을 알 수 있
다. 전남지역의 군 단위 사상동맹 결성을 이끈 유혁이 중앙차원에서 구
축되고 있는 사상동맹 결성에 참여하고 있다. 중앙본부가 결성된 이후,
도, 군으로 내려오는 절차가 아니라 하부 단위 결성을 토대로 중앙본부
를 구성하려 함을 알 수 있다.

그런데 이 사상동맹은 5월 창립대회를 개최할 계획이었으나 준비 부
족으로 6월로 연기되었다. 마침 서울회계가 주도하여 이 단체를 결성하
려 할 때, 서울회계와 화요회계의 대립 갈등을 조정하는 중간자적인 단
체가 탄생하였다. 도쿄에서 1925년 1월 조직된 일월회 출신인 안광천
과 하필원 등이 1925년 8월 경성에 들어와 화요회계와 손을 잡고 '레닌
주의 동맹'을 결성하여 운동세력을 통일하려 하였다.

레닌주의 동맹이 주도한 운동세력 통합 노력은 1926년 4월 22일 결성
된 조선사회단체중앙협의회 창립준비위원회 결성으로 이어졌다.[134]

사회단체중앙협의회 창립준비위원 명단이다.

---

133 동아일보 1926. 4. 23

134 그런데 조선총독부 경찰당국은 조선사회중앙협의회를 서울회계주의자들이 주도하여 창
립 계획이 수립된 것으로 잘못 이해하였다. 화요회계가 세력을 떨치자 이를 견제하려고
나온 것으로 보았다. 이 단체의 창립을 위해 1년 반동안 어렵게 준비를 하였다는 보고서
내용으로 보아 조선사회중앙협의회를 조선사회운동자동맹과 혼동한 것 같다. 그러나 분
명한 것은 일제의 보고 내용을 통해 서울회계와 화요회계의 세력 각축이 치열했다고 하
는 것을 확인할 수 있다.(경성지방방법원 검사 正殿(1927.5.17.))

韓海, 辛哲鎬, 任鳳淳, 張彩極, 趙紀勝, 金炳一, 朴衡來 車載貞, 韓
愼敎, 金炳旭, 裵龍烈, 金台榮, 朱南宰, 陳平軒 崔昌燮, 金鐘健, 許一,
許弘濟, 朴哲, 南潤九, <u>金殷煥,</u> 奇光春, 金容煥, <u>李恒發</u>, 鄭宜植, 車周
相, 李龍基, 李春吉 裵基英, 任允宰, 金碩鉉, 張俊, 朴泰善, 金昌淵, 姜
齊模 李仁委, 李相學, 金瓊植, 林鍾萬, 金在奎, 李英, 權重協, 安浚, 張
赤宇, 高德煥, 孟斗思, 申晙熙, 徐光圓, 朴達鉉, 林赫根, 李東和, 李春
拘, 金大郁, 鄭雲永, 崔錫煥

(한해, 신철호, 임봉순, 장채극, 조기승, 김병일, 박형래 차재정, 한
신교, 김병욱, 배용렬, 김태영, 주남재, 진평헌 최창섭, 김종건, 허일,
허홍제, 박철, 남윤구, <u>김은환</u>, 기광춘, 김용환, <u>의항발</u>, 정의식, 차주
상, 이용기, 이춘길 배기영, 임윤재, 김석현, 장준, 박태선, 김창연, 강
제모 이인위, 이상학, 김경식, 임종만, 김재규, 이영, 권중협, 안준, 장
적우, 고덕환, 맹두사, 신준희, 서광원, 박달현, 임혁근, 이동화, 이춘
구, 김대욱, 정운영, 최석환)

이 단체에서도 조선사상동맹을 결성하려 하였다. 이 단체에서 만든 강
령은 다음과 같다.

1. 본 동맹은 조선 무산계급사상단체의 통일적 발달을 기한다.
2. 본 동맹은 조선무산계급 운동의 사상순화를 촉구하며 조직의 견실
   을 도모한 방략 천명을 기한다.
3. 본 동맹은 조선무산계급해방운동상에 있어 실제적 이익을 위하여
   투쟁함을 기한다.
4. 본 동맹은 조선무산민중의 합리적 사회 생활의 획득을 목표로
   한다.[135]

---

135 일본외무성, 일월회선내지운동통일계획에 관한 건(鮮高祕第5426號;外務省文書課受第
7950號 1926. 4. 20)

　조선사회단체중앙협의회 강령만 놓고 보면, 서울회계의 '사회주의자 동맹회'에서 조직하려 한 '조선사상동맹'과 크게 차이가 나지 않는다. 어쩌면 운동세력의 통일이라는 관점에서 조직을 결성하려 했기 때문에 당연한 것인지도 모른다.

　그런데 주목되는 것은 같은 서울회계이면서도 오랜 동지인 김은환과 이항발이 이 단체의 창립준비위원 명단에 포함되었지만, 유혁의 이름은 보이지 않는다는 점이다.

　유혁이 이 단체결성에 들어가지 않은 것은 이미 서울회계가 주도하여 여러 운동세력을 통일하고자 조선사회주의자 동맹을 결성한 상황에서, 서울회계와 화요회계를 결합한 새로운 통일운동체를 구축한다는 것이 현실적으로 쉽지 않다는 것을 잘 알고 있었기 때문이다. 또한, 일월회가 배후에 있는 조선사회단체중앙협의회는 화요회가 주도한 단체인 '정우회'와 연결되고 있었을 뿐 아니라, 이들은 "레닌주의를 제국시대의 맑스주의"[136]로 규정하여 마르크스 레닌 사상을 체계화하려고 하였다는 점도 마르크스 사회주의에 비판적이었던 유혁이 이 단체가 조직하려는 통일전선 조직에 들어가지 않았던 것은 당연하다.

　한편 광주, 전남에서 활동하고 있던 '조선공산당'과 '고려공산청년회' 가운데 '조선공산당'에 입당한 이 지역 사회주의자들이 1926년 여름, 조직이 발각되어 대부분 체포되었다. 반면 온전히 조직을 보전한 고려공

136　박종린, 2007, 「1920년대 사회주의 사상의 수용과 一月會」, 『한국근대사연구』

산동맹 계열의 사회주의계 청년들은 1926년 하반기부터 조선공산당에 가입하였다. 제3차 조선공산당이라 하는 하는데, M.L당이라 불렸다. 강석봉, 김재명 등이 주요 인물이었다. 전남도당 건설 책임을 맡았던 강석봉이 전남지역 책임 비서를 맡고, 김재명이 선전을 담당하였다. 유혁을 M.L당의 핵심 인물이라고 살피기도 하지만, 그는 1927년에 가서야 강석봉의 권유로 가입하였기 때문에 당 조직 초창기부터 활동한 핵심 인물이라고 할 수 없다.

제3차 조선공산당을 고려공산당 계열의 서울회계가 주도권을 장악하면서 화요회계 사이의 갈등은 더욱 증폭되었다. 특히 광주, 전남의 대부분 지역은 서울회계의 장악력이 강화되고 있었다.[137]

---

137 로빈슨(Richard D.Robinson)은 한국에서 좌우 구분은 3·1운동 이후 민족 해방운동의 주도권이 사회주의자들에게 넘어가면서 비롯되었다고 기술하였다. 또 좌익과 우익은 지도자의 개인적 차이에 불과하였고, 특히 식민지시기에는 민족주의조차 우익의 위장(stomach)과 좌익의 입(mouth)을 가지고 있었다고 표현하였다(『주한미군사』 2권, 돌베개, 1988, 99-100쪽; 정용욱, 앞의 논문, 994쪽 주 38 재인용). 결국 일제시기에 민족주의와 사회주의는 연대와 제휴의 대상이었다. 해방 직후까지도 민족주의를 민족혁명을 위한 긍정적인 이데올로기로 받아들였다(정용욱, 2002, 「기억투쟁: 새천년 전환기의 한국현대사연구」, 『청계사학』 16·17).

조선공산당 가입과 야체이카 활동

1925년 4월 화요계가 중심이 되어 조선공산당을 조직했다. 이 단체는 박헌영을 책임비서로 하는 고려공산청년회를 조직하였다. 이 당과 단체는 코민테른으로부터 지부로 승인받음으로써 제1차 공산당이 출범하였다. 전남에는 1925년 3월 26일 화요계열이 주도한 조선공산당 조직 발기회가 열렸다고 하지만 아직 뿌리를 내릴 단계는 아니었다.

1925년 12월 조직이 노출되어 공산당 조직이 와해 단계에 이르렀다. 검거를 면한 강달영, 권오설 등이 조직을 재건하였는데, 제2차 조선공산당이라 한다. 이때 전남에 당 조직이 구성되는 데 전남 동부 출신 공산당과 고려공산청년회 중심이었다. 2차 조선공산당이 6·10만세 운동을 추진하면서 조직이 노출되어 강달영이 체포되고 전남의 세포 조직원들도 검거되면서 와해되었다.

2차 조선공산당의 중앙위원이었지만 검거를 피한 김철수는 당을 재건하고자 하였다. 특히 1925~26년의 극심한 분파 대립을 해소하고 통일

적인 정당을 조직하기 위해 서울청년회나 도쿄 유학생 중심의 일월회 등
여러 분파를 통합하기 위하여 노력하였다. 이 과정에서 기존 파벌의 해
체와 방향 전환을 강조하는 M.L파 그룹들이 세력을 확대하고 있었다.
이들이 중심이 되어 1926년 9월 제3차 조선공산당이 결성되었다. 제3
차 조선공산당은 코민테른의 승인도 받았다. 조선공산당과 고려공산청
년회는 M.L파가 중심이 되어 계파들을 통합하고 세포조직(야체이카)를
결성하였다. 3차 조선공산당은 민족협동전선인 신간회를 구성하는 축
이었다.

서울회계가 주도한 제3차 조선공산당에는 전남 출신 서울회계 출신이
많이 참여하였다. 전남도의 공산당 조직은 강석봉, 김재명이 중심이 되
어 결성하였다. 강석봉은 1926년 12월 조선공산당 2회 대회 참여 이후
전남도당 건설을 책임졌다. 1927년 3월경 강석봉, 김재명이 조선공산
당 전라남도위원회를 구성했는데 강석봉이 당책임비서, 김재명이 고려
공산청년회 책임 비서 겸 선전 담당이었다.[138]

유혁은 1926년에 이미 조선사회단체중앙협의회 결성에 참여하여 서
울회계 중심의 통일전선 구축을 통한 독립운동의 역량을 강화하려고 노
력을 기울였었다. 그에게 계급투쟁을 강조하는 화요계가 주도하는 조선
공산당 창당은 받아들이기 어려웠다. 그러던 차에 서울회계가 주도한 3
차 조선공산당이 창당되었다. 하지만 이 단체가 코민테른의 승인을 받는

---

138 1927년 3월 조선공산당 전라남도위원회를 구성할 때 유혁이 포함되어 있다는 의견도
있으나, 1927년 7월 13일 광주흥학관에서 강석봉의 권유로 유혁은 공산당에 가입하였
기 때문에 이 부분은 수정할 필요가 있다.

등 그가 추구하였던 노선과 거리가 있었다. 그가 3차 공산당 창당에 처음에는 적극 참여하지 않은 이유였다.

그러나 3차 조선공산당이 주도한 신간회가 1927년 2월 서울에서 결성되고, 5월 함평, 6월 구례 등 전남 곳곳에서 결성되고, 실질적으로 조선공산당을 서울회가 주도하는 상황에서 M.L당 전남 책임 비서인 강석봉의 권유를 더이상 외면할 수는 없었다.[139] 그는 1927년 7월 13일 광주흥학관에서 조선공산당에 가입하고 선전부 위원이 되었다. 그가 선전부원이 되었던 것은 워낙 대중 연설이 능하였기 때문이다. 그리고 8월 1일 목포 공산당 세포조직인 야체이카 결성에 참여하였다. 이를 알려주는 당시 신문보도이다.

① 전남공청 중심인물 조병철 등 예심내용
 -피고 유혁과 함께 한 일
  별항 모 사건의 관계자 조병철, 유용희 2인의 활동한 경로를 말하면 일찍이 모 중대 사건의 관계자 김모 권유로 동 비밀결사에 가입하여 전라남도 '야체이카'을 조직하고 다방면으로 그 목적의 달성과 선전에 노력하든 것으로 그들에 대한 예심 결정서 전문은 아래와 같다.
 ◦ 원적 전남 화순군 화순면 신북리
 ◦ 전남 광주군 광주면 금계리 29번지 운云 조병철 당 29년
 ◦ 원적 전나 영암군 신북면 모산리 406번지 유혁 운云
 ◦ 주소 동 상 유용희 당 37년 자者에 대한 치안유지법위반 사건에

---

[139] 유혁은 조선공산당과 M.L당을 구분하여 생각하고 있었다. 제3차 공산당 사건으로 서대문형무소에서 수감되어 조사받을 때인 1929년 1월 22일 제2회 신문에서, 그는 "M.L당에 가입했고 그것이 조선공산당으로 변경된 것이지 처음부터 조선공산당에 입당한 것은 아니다"라고 주장하였는데, 이는 그가 화요계의 공산당과 서울회계의 M.L당을 구분하여 생각하였음을 알려준다.

대하여 예심을 마치고 종결 결정한 바와 다음과 같이 함

◦ 주문

본건은 이를 경성지방법원공판에 부付함

◦ 이유

제1. 피고 조병철은 소화2년 5월 8일 경 전남 화순군 화순면 광덕리 화순공원에서 고려공산청년회 책임비서 모某의 권유에 의하여 동 공산청년회는 조선을 **케 하고 또 조선에서 사유재산제도를 **하고, 공산제도를 **하여 공산제도를 실시할 목적으로서 조직된 비밀결사인 것을 숙지하면서 이에 가입하는 동시에 회원 주재학과 기타 동 공산청년회 화순 야체이카를 창설하고 그 책임자로 된 것이다.

제1피고 유용희는 소화2년 7월 13일 경 전남 광주군 광주면 광산정 흥학관에서 조선공산당 전남책임비서 강석봉의 종용에 의하여 동 공산당은 전현前顯동일 목적으로서 조직된 비밀결사인 정을 지실知悉하고 이에 가입하여 동일 즉시 추천되어 해該 공산당전남선전부 위원에 취임하여 동년 8월 1일 경에 당원 정병용 외 여러 명과 전남 목포부 남교동 조선일보 지국 그밖의 집합처소에서 때때로 목포 야체티카와 동 야체이카대표자회의를 개최하여 고려 공산청년회 목적의 달성을 기하고 종종 획책한 것이다. 이상 피고 등의 소위는 공판에 부치기에 족한 범죄의 혐의가 충분하고 치안유지법 제1조에 해당한 바 피고 등의 소위는 어느 것이든지 형의 변경이 있는 동법 시행 이전의 범죄에 계係한 것임으로 형법 제6조에 따라 구 치안유지법제1조와 신구비조하여 그 가벼운 법제1조에 의하여 처단할 것이라고 사료하고 형사소송법 제312조에 의하여 주문과 같이 결정함.

소화 4년 5월 25일 경성지방법원 조선총독부 예심판사 오정절장인五井節藏印**140**

② 공청 전남 야체이카 유, 조 양인의 복역

고려 공산청년회 전남 '야체이카'를 조직하여 활동하였다는 혐의

140　조선일보 1929. 6. 22

로 지난 15일 경성지방법원에서 징역 1년과 2년의 판결 언도를 받은 조병철과 유용희 등 두사람은 그동안 공소여부에 대한 태도를 결정하지 못하고 있던 중 저 지난 18일 오후 각각 그 복역할 것을 서대문형무소에서 신립하였다.[141]

③ 전남공산지부의 유, 조 양인 언도 징역 2년과 1년으로 공소控訴 여부는 아직 미정

　　모 사건에 관련되어 고려공산청년회(고려공청) 전남 '야체이카' 조직 등으로 그 당세 확장에 활동하던 조병철(29) 유용희(36) 등 2인에 대한 치안유지법 위반 사건에 대한 제1회 공판이 지난 8일 경성지방법원 제4호 법정에서 개정되었다 함은 이미 보도한 바와 같거니와 그들에 대한 판결 언도는 지난 15일 동 법정애서 말광末廣재판장으로부터 삼포森浦검사의 관여로 다음과 같은 언도가 있었는데 공소控訴 여부는 아직 알 수 없다.

　-판결된 피고와 형기

　조병철 1년, 유용희 2년[142]

④ 전남중심 47명 "소화 5년 5월 15일 결정된 바"

　(전략)

　(나) 피고 서병인은 소화 2년 8월 말 경, 전남 목포부 양동 **일보 목포지국 앞 노상에서 피고 조극환에게, 피고 김철진은 동년 9월 상순경 동도 동부 북교동 46번지 사택에서 피고 조극환의 권유도 조선공산당이 전현 목적으로 조직된 비밀결사임을 실지悉知하며 입당하고 피고 조극환, 동 서병인, 동 김철진은 당원 유혁과 공히 모의한 후 조선공산당의 목적을 관철하고자 목포 '야체이카'를 조직하고 피고 조극환을 책임자로 하여 일동이 소화 2년 9월 말 경 이래 동년 11월 초순까지 2회에 걸쳐 전시前示 **일보 목포지국에 모여 '야체이카'회

141　조선일보 1929. 7. 26

142　조선일보 1929. 7. 26

를 열고 각종 획책하였고, (하략)[143]

①은 유혁의 조선공산당 가입 및 목포 야체이카 조직 및 활동에 관한 내용이다. 이를 통해 유혁이 1927년 7월 13일 강석봉의 권유로 조선공산당에 가입하였다고 하는 사실, 그러나 유혁 본인은 강석봉이 권유한 조선공산당은 서울회계의 M.L당으로 인식하고 있었다는 사실 등이 확인되었다. 이는 앞서 추론한 대로, 유혁이 구상한 것은 웰스의 사회주의 및 그와 지향하는 바가 비슷한 서울회계의 민족해방을 위한 통일전선 구축이었다. 이러한 관점에서 그는 M.L당에 가입한 것이었다.

②~④는 제3차 조선공산당 사건으로 서대문형무소에 수감되어 재판 중인 유혁 등의 재판 결과이다. 유혁은 징역 2년, 조병철은 징역 1년이 선고되었는데 항소를 포기하였다는 것이다. 그런데 유혁은 제3차 공산당과 본인은 무관하다고 주장하였고, 조병철 역시 1927년 음 4월 고려공산청년회에 가입하였으나 이후 동경 유학을 이유로 탈퇴하였다고 주장하였다. 그러나 검찰은 유혁, 조병철 모두 김재명 등이 조직한 제3차 조선공산당과 관련이 있으므로 김재명 사건(1928년 형 제3951호 김재명 등 사건)과 병합 심리해 줄 것을 요청하였다.

이들은 서대문형무소로 이감된 지 5개월이 지난 1929년 5월 25일 예심을 종결하였다. 첫 공판은 6월 19일 개정 예정이었으나 연기되어 6월 21일 제1회 공판이 열렸고, 7월 15일 선고 공판이 있었다. 유혁 징

---

[143] 조선일보 1930. 6. 25

역 2년, 조병철 징역 1년이 언도되었다. 이들은 항소 포기로 원심이 확정되었다.

유혁은 1심 선고가 있던 1929년 7월 15일 서대문형무소에 미결수에서 기결수로 신분이 변경되었다. 앞서 살핀 바 있듯이, 이 시기에 일제가 작성한 감시 대상 인물 카드에 그의 인적 사항이 자세히 기록되어 있다.

신간회 창립과 민족협동전선 구축

1. 신간회 창립을 주도한 유혁

일제 치하 최대의 민족운동 조직이며, 좌우합작을 성공적으로 실현한 민족협동전선인 신간회가 1927년 2월 15일 창립되었다. 신간회는 3일 전인 2월 12일 조선민흥회와 신간회가 모여 신간회의 명칭과 강령을 채택하기로 하면서 협동전선이 완성된 것이다.

당시 정세에 있어 동일 목적의 2개 단체가 대립하는 것은 주의 운동 상 무의미하다고 생각한 조선민흥회는 신간회에 참여하기로 결단을 내렸다. 일제강점기 최대의 민족협동전선의 토대가 구축된 것이다.

서울회계가 주도한 조선민흥회는 좌·우를 아우르는 통일전선을 구축하고자 하였다. 1926년 10월 30일 발기대회를 개최하였고, 이듬해인 1927년 2월 창립이라는 일정을 수립하였다. 민흥회가 발기대회를 개최하자, 신석우·안재홍·김준연 등 30여 명 가까이 되는 민족주의자 좌파는 민흥회와 같은 목적을 지닌 신간회 결성 계획을 1927년 1월 발표하였다. 1월 19일 신간회 발기인 이름으로 발표된 강령이다.

> 1. 우리는 정치적 경제적 각성을 촉진함.
> 1. 우리는 단결을 공고히 함.
> 1. 우리는 기회주의를 일체 부인함.

한편 1926년 11월 15일 "정치적으로 동맹자적 성질을 가지고 있는 일반 투쟁 요소와 협동하여 통일된 단일 정치 노선 구축"을 선언한 사회주의계열인 정우회 또한, 1927년 2월 21일 자진 해체 및 신간회와 통합을 결정하였다.[144] 이 결정은 2월에만 2차례 열린 임시총회 결과로 나왔다.

그런데 1927년 2월 14일 열린 정우회 제2차 임시총회에 유혁이 참석한 사실이 일본 검찰 자료에서 확인된다.

> 경종경고비제2,155의 1(소화2년 2월 22일) 경성종로경찰서장
> 경성지방법원 검사 정전正殿
> 정우회 임시총회에 관한 건
> 부내 서대문정 1정목 60번지(시천교회당)에서 열린 정우회에서 조선의 사상운동의 전기가 이루어졌다. 정우회의 자체 해체를 결정하는 일이었다. 참석자는 50여 명, 방청자는 약 200명이었다. 남정철이 사회를 보았다. 다음과 같이 결정하였다.
> 임시총회를 개최하여
> 1. 동월 제1회
> 1. 동월 14일 제2회
> 남정철南廷哲, <u>김사국金思國</u>, 박순병朴純秉, 손영극孫永極, 김경태金京泰,

김평산金平山, 하필원河弼源, <u>안광천安光泉</u>, 서제국徐濟國, 인동철印東哲,
임형일林炯日, 박찬희朴瓚熙, 옥순철玉順喆, 이적효李赤曉, 김인원金寅遠,
<u>한위건韓偉健</u>, 조원숙趙元淑, 정종명鄭鍾鳴, 신현충申鉉忠, 강姜아근이아,
<u>유혁柳赫</u>, 양근영梁根永, 정양훈鄭良熏, 최흥손崔興孫, 조경서曹景叙 ,
서범석徐範錫 심철영沈喆永 황신덕黃信德 김철택 (이하 생략)[145]

유혁이 김사국, 안광천, 한위건 등 쟁쟁한 인물들과 함께 임시총회에 참석하였음이 확인되고 있다. 유혁이 정우회 임시총회에 참석한 까닭은 무엇일까?

1926년 6월 10일 조선의 마지막 국왕 순종 황제의 인산일에 일어난 6·10만세 운동을 주도한 권오설 등 제2차 공산당 주도층이 체포되면서 조직은 사실상 와해되었다. 이들이 떠난 빈자리를 상해파이자 서울회계라고 할 수 있는 김철수가 조선공산당 재건을 자임하며 나섰다. 김철수는 일본에서 조직된 일월회의 안광천 등과 연대하였다. 안광천은 화요회와 서울회의 통합 및 민족주의 세력과 연대를 통해 협동전선 구축을 주장한 통합론자였다. 안광천은 화요회, 북풍회, 조선노동당, 무산자동맹 등을 연합한 사상운동 단체인 정우회를 창립하고 정우회 선언을 발표하였다. 다음은 정우회 선언 내용이다.

""우리는 1926년 11월 15일에 발표한 선언에 있어서 우리 운동의 종래에 국한되어 있던 경제적 투쟁의 형태로부터 그보다 일층 계급적이며 대중적이며 의식적인 정치형태로 비약한 진전하지 아니하면 아니될 것을 제창, 고조하였다.

---

[145] 검찰사무에 관한 기록 1927. 2. 22

정치적으로 동맹자적 성질을 가지고 있는 일반 투쟁 요소와 협동
하여 통일된 단일 정치 전야를 구체적으로 조직하기로 제창 고조함
은 좌익정신을 포기 내지 순매화하고저 함이 아니라 진실한 의식을
대중에 주입 침투 전개하고자 함이라.

대중으로 더불어 일반적 투쟁에 대하여 싸우는 동시에 또 우리 진
영 내의 일체의 기회주의에 대하여 부절不絶히 과감한 의식적 및 정
치투쟁을 행하여 그들의 본질을 대중의 앞에서 폭로하여 대중으로
하여금 누가 진실한 벗인가를 스스로 판단케 하려 하나 벌써 이에 대
립하여 노골적으로 정치적 투쟁 거부 내지 과소평가하는 조합주의
와 조선민족운동을 조선무산대중운동과 대립시키는 소부루조아 이
데올로기가 발양하니 이것을 정복하는 동시에 조합운동과정의 소산
인 조합주의적 의식에서 탈출하며 조선민족의 역사적 역할에 대하
여 스스로 선두대가 되자"

정우회 선언이 조선의 여러 운동세력에 커다란 파장을 주었다. 서
울회에서는 11월 30일 원칙적으로 찬성한다는 입장을 표명하였다.
전남 능주애 있는 능주프로동맹에서도 11월 17일 임시총회를 열어
토의한 결과 "현 특수한 조선에 있어 가장 적합한 정책"이라고 만장
일치로 찬성하였다."[146]

서울회계는 이미 정우회 선언을 전폭 지지하였다. 유혁은 안광천, 한위

건 등 서울회계의 통합론자들과 함께 정우회 임시총회에 참석하여 정우회

의 발전적 해체가 민족운동의 협동전선 구축에 중요함을 역설하였다고 추

측된다. 곧 유혁이 신간회 창립에 중요한 역할을 하였음을 확인할 수 있다.

1927년 2월 15일 창립하여 해소되는 1931년 5월까지 존속한 신간회는

본부는 서울에 두고, 전국에 부, 군 그리고 도쿄 등 해외에도 지회를 두었

146 조선일보 1926. 11. 23

다. 전국에 120~150여 개의 지회가 있었다. 전남에는 14곳에 지부가 설치되어 함북, 경남, 경북에 이어 네 번째로 높은 지부 설립 비율을 보였다.

전남에서 신간회 지회가 조직된 곳은 서울회계와 연결되어 제3, 4차 조선공산당이 건재한 전남의 북부와 서남부에 많았다. 제1, 2차 조선공산당 사건으로 타격이 컸던 전남 동부는 사실상 조직이 붕괴되어 있었다. 다음은 신간회 지회가 설립된 곳이다.

<표9. 신간회 전남 지회>

지회명	설립연월	지회명	설립연월
함평	1927.5	광주	1927.10
구례	1927.6	장성	1927.12
목포	1927.6	강진	1927
벌교	1927.7	순천	1928.1
장흥	1927.7	담양	1928.2
영암	1927.8	송정	1928.2
완도	1927.8	영광	1928.3
나주	1927.9	광양	1929.9

신간회 본부 창립에 중요한 역할을 담당한 유혁은 전남의 지회 조직결성, 활성화하는 데 동분서주하였다. 특히 목포 지회의 창립, 발전에 유혁이 끼친 공은 적지 않았다.

1927년 7월 22일 신간회 목포 지회가 주최하는 연설회가 목포극장에서 1,000여 명의 청중이 참석한 가운데 개최되었는데, 이날 유혁이 특강을 하였다. 이날 연사와 주제는 다음과 같다.

<표10. 신간회 목포 지회 연설회>

연사	주제	비고
김태준	우리의 단결	
김상규	우리의 신간회	
서병인	현실에서 본 나의 고찰	
최경하	역학상으로 본 우리 회	
조극환	강역과 민족	
유혁	사회운동과 신간회의 사명	
김철진	민족적 의식에 대하여	

그리고 12월 4일 신간회 목포 지회 제1회 정기총회에서 신임 임원이 선출되었는데, 유혁이 간사로 선임되었다. 이날 선출된 임원 명단은 다음과 같다.

"회장 김면수. 부회장 이의형 간사 김명진 김상규 장병준 유혁 김철진 서병인 박재용 나만성 최경하 김태준 조극환 한석순 김말봉 조문환, 김영주 윤수성 임흥수 이채현 설준석"

이듬해(1928년) 1월 11일 신간회 목포 지회가 열렸는데 유혁이 출판부 상무간사에 보선補選되었다. 6월 18일 신간회 목포 지회 창립 1주년 행사가 있었는데, 총무간사 유혁이 경과 보고하려고 하자, 임석경관이 가로막았다. 유혁이 총무간사를 맡았음을 알 수 있다. 또 신간회 함평지회 발회식에서 유혁이 축사하였다. 다음에서 알 수 있다.

신간회 지회 함평서도 설립

신간회 함평지회에서는 발회식 준비에 분망하다 함은 이미 보도한 바 있거니와 예정과 같이 지난 9일 회관에 집합하여 화창한 서양악대를 선두로 시내를 순회하면서 삐라 5천 매를 살포한 후 발회식을 감상렬씨 개식선언과 부회장 서상기씨 식사로 개최하고 주악이 있은 후 송내호, 유혁, 조문환, 정홍교 씨의 심각한 축사와 축문, 축전의 낭독이 있었고 회원의 감상담이 그치자 주악과 '신간회 만세!', '신간회 만세!' "신간회만세" "조선민족만세!' 삼창으로 폐식하였다.[147]

그리고 1928년 1월 13일 신간회 순천지회 설립대회에 참석하여 축사를 하였다. 이렇게 왕성하게 활동하던 유혁이 같은 해 8월 5일 광주 증심사에서 전남도소년연맹 창립대회를 경찰의 감시를 뚫고 진행하려다 구속되었다. 그리고 1928년 12월 29일 출옥 날 광주형무소에서 곧장 경성경찰부 경찰들에게 끌려갔다. 1931년 7월 16일 출옥할 때까지 거의 3년 가까이 감옥에 갇혀 있었다. 그가 서대문형무소에 수감되어 있을 때 신간회는 1931년 5월 16일 일제의 탄압과 내부의 이념적 차이를 극복하지 못하고 해소하였다. 만약 유혁이 투옥되지 않고 활동을 계속하였다면 상황은 달라졌을 것이다.

2. 성진회를 조직하고 대맹휴를 이끈 정우채

유혁은 1929년 11월 일어난 광주학생운동에는 어떤 역할을 하지 못

---

147 조선일보 1927. 6. 15

하였다. 1928년 8월부터 1931년 7월까지 감옥에 있었기 때문이다. 하지만 그가 민중운동세력을 결집하여 독립운동의 역량을 구축하다 투옥된 사실은 이 지역 젊은 학생들에게 충격과 감동을 주었다. 성진회를 조직하고 1928년 이경채 사건 때 맹휴를 처음으로 이끈 정우채는 유혁의 매제였다. 정우채의 부친 정순규는 유흥인의 학문적 동지이자 독립운동을 하는 유혁의 든든한 후원자였다.

모산리와 가까운 반남면 신촌리 747번지에서 1911년 11월 6일 태어난 정우채는 1893년생 유혁과 열여덟 차이가 있었다. 정우채의 조부 정복현은 큰조부 정창현과 '쌍효자'로 소문났었다. 조부 정복현은 나주, 영암 등 인근 선비들과 '시사詩社'를 조직하였다. 겉으로는 '시회詩會'였지만, 일제의 감시를 피하면서 민족의식을 고취하는 데 중요한 역할을 하였다. 이 '시사'는 조선 중기에 결성된 '금강시사'의 후신이었다. '금강시사안錦江詩社案'에 유흥인이 지은 속간사續刊辭가 있다. 이를 통해 금강시사의 역사를 유추할 수 있다.

정순규는 유흥인 등 지역의 문인들과 정인보 등 중앙에서 활약하고 있었던 국학 사상이 뚜렷한 지식인들과 반양시사潘陽詩社를 1926년 결성하였다.[148]

1926년 4월 광주고등보통학교에 입학한 정우채는 그는 영암 구림 출

---

148 반남(潘南)과 한양(漢陽)을 아우른다는 뜻으로 '반양'이라고 시사 이름을 지었다. 매년 시
사가 결성된 4월 12일 모여 시회를 가졌다고 한다. 1940년 '반양시집'을 간행하였는데
1926년부터 1940년까지 발표된 시 가운데 410편을 발췌한 것이다. 7언율시(七言律詩)
가 대부분으로, 나주문화원에서 2010년 이 시집을 국역 간행하였다.

신으로 같은 1학년이었던 최규창 하숙집에서 11월 3일 결성된 성진회에 참여하였다. 이 결사는 1929년 학생운동을 이끈 핵심으로 장재성, 왕재일이 주도하여 정우채 등 16명이 결성하였다. 정우채가 성진회에 가입한 것은 광주고보 1학년 때 왕재일을 만난 것이 계기였다.

구례 출신 왕재일은 가정형편이 어려운 고학생으로 신문 배달하며 학비를 조달하고 있었다. 당시 민족지로 소문난 데다 유혁이 기자로 있었던 조선일보를 하숙하면서 구독하였던 신문 배달하는 선배 왕재일을 만났다. 그런데 1학년 때 시심이 뛰어난 정우채가 조선일보 학생문단 공모전에 출품한 작품 '단결하자'가 당선되면서 세인의 관심을 끌었다. 정우채가 왕재일의 소개로 성진회 창립에 참여하게 된 배경이다.

정우채는 1928년 6월 일본 식민지배 체제를 비판하다 체포된 광주고보 선배인 이경채가 학교에서 퇴학 처분받자 학교 당국에 항의하다 퇴학당했다. 그는 고향 반남의 금융조합에서 근무하고 있었다. 그러다 1929년 11월 3일 광주학생운동이 일어나자 배후 인물 수사에 나선 경찰에 의해 성진회 조직이 노출되었다. 그는 경찰의 수사망이 다가왔지만 피하지 않고 금융조합에서 근무하다 1930년 1월 6일 반남주재소 경찰에 체포되었다.[149] 나주 경찰서에서 간단한 조사를 받은 후 광주 경찰로 이첩되어 조사받고 1930년 7월 17일 예심을 거쳐 공판에 넘겨졌다.

1930년 10월 27일 광주지방법원 형사부에서 징역 2년 미결구류 일수 60일 본형 산입형을 선고받았다. 이때까지 그는 광주형무소에서 복

---

149 동아일보 1930. 1. 11

역하였다. 이후 정우채가 항소하였는데, 대구복심법원에서 1930년 12월 22일, 1931년 4월 6일 2차례에 걸쳐 구류가 갱신될 정도로 재판이 오래 걸렸다. 그리고 1931년 6월 13일 징역 1년 미결구류통산 365일이 확정되어 출감하였다. 이때까지 그는 대구형무소에서 복역하였다. 체포된지 1년 6월이 지나서였다.

유혁의 부친 유흥인의 제적부에 보면, 정우채는 흥인의 둘째 딸 우희(又義, 집에서는 또희라 부름)와 혼인하였다. 제적부에는 1930년 2월 22일 정우채와 우희의 혼인신고가 되어 있다. 정우채가 1월 6일 체포되었기 때문에 2월 22일은 혼인 날짜가 아니라 혼인신고 날짜임이 분명하다. 적어도 두 사람의 혼인은 1930년 1월 6일 이전일 가능성이 크다. 1930년 7월 하순에 딸이 태어났다면 1929년 7, 8월경 혼인하였을 가능성이 있다. 그러니까 신혼 초에 정우채는 수감되었다고 보아야 하겠다.[150]

정우채 부친 정순규와 유혁의 부친 유흥인은 정우채의 조부가 결성한 일종의 민족운동 결사체인 '반양시사' 회원으로 서로 잘 알고 있었다. 정순규는 사회변혁을 주도하다 투옥되어 있던 유혁을 안타깝게 생각하고 있었다. 1928년 8월 광주소년동맹 사건으로 광주교도소에 수감된 유혁에게 격려의 편지를 보낸 사실에서 이를 유추할 수 있다.

오빠를 평생 존경하였다고 한 유혁의 여동생 우희는 항상 꼿꼿한 성정을 지녔다. 특히 1928년 8월 광주형무소를 거쳐 서대문형무소에 유혁이 수감되는 등 집안이 힘든 상황이었지만, 유흥인은 민족의식이 확

---

150 정우채의 장남은 부친의 혼인 날짜는 정확히 모른다고 하였다.

고히 형성된 정우채를 사위로 맞이하였다. 정우채는 혼인하자마자 영어의 몸이 되었다.

정우채는 출옥 후 전남노농협의회 재건위원회에서 활동하였다. 농민운동과 더불어 정우채는 어린이 잡지 '아히생활'의 동인으로 활동하였고, 고향에서 '자미사紫微社'라는 모임을 만들어 문일평이 지은 '반만년사'을 윤독하며 계몽의식을 전파하다가 6개월 동안 경찰서 유치장에서 조사받기도 하였다.

정우채는 생전 광주학생독립운동동지회에서 동지들과 공동 집필한 '타오르는 횃불'을 비롯하여 한국일보, 전남매일신문, 전남일보, 동아일보 등에 글을 실어 독립정신 선양에 노력을 기울였다.[151]

---

151 정우채는 1983년 대통령 표창, 1990년 건국훈장 애족장을 서훈받았다.

제7장
유민유허와 민중

일본 자본의 토지 약탈과 농민조합 결성

1912년부터 1918년까지 일제가 추진한 토지조사사업은 겉으로는 지주들의 토지소유권을 보장하는 것처럼 보였으나, 기한부 신고제 및 소작농민의 경작권 박탈을 통해 궁방전·관둔전과 같은 국·공유지와 미신고 토지 등 약 40%의 토지를 총독부가 빼앗았고, 소작권을 상실한 소작농들은 지주에게 예속이 강화되었다. 이에 따라 평균 수확량의 40%를 내던 관행의 소작료가 70%까지 폭등하였다.

더구나 1920년부터 1934년까지 15년 계획으로 추진된 산미증식계획은 소작농의 몰락을 재촉하였다.[152] 1918년 도쿄에서 쌀값 폭등으로 폭동이 일어나자, 식민지 조선의 쌀 증산을 통해 쌀 부족 문제를 해결하려고 일제가 추진한 정책이다. 하지만 지주는 증산에 필요한 우량 종자 수입, 수리시설 이용료, 비료 대금 등 각종 비용을 소작인에게 떠안겼다. 소작권 상실과 고율의 소작료, 증산 비용까지 떠안은 소작농은 더이상

---

152 1929년 일어난 세계공황으로 일본 농촌경제에도 타격을 입자 일제는 조선으로부토 식량수입을 중단하면서 1930년부터는 산미증식계획 대신 남면북양정책으로 전환하였다.

견디지 못하고 농지를 떠나거나 화전민이 되어갔다. 이 과정에서 자·소작농이 완전 소작농으로 몰락하는 비율이 큰 폭으로 늘어났다.

1923년 무안(현 신안) 암태도에서 일어난 소작쟁의도 소작료가 통상 수확량의 40%이던 것이 70%까지 상승하고 소작권 보장도 이루어지지 않은 것에 대한 소작인들의 저항이었다. 이러한 상황은 영암에서도 특별하지 않았다. 다음은 1937년 영암에서 소작 조정 건수가 늘어났다는 내용이다.

> "전남 영암 지방에서는 군내 금년 소작 조정 신청 건수가 99건에 달하였으며 작년의 55건에 비하면 실로 배나 증가된 현상으로 아직도 미해결 건수가 5건이나 된다고 한다."[153]

영암의 소작 분쟁이 전년에 비해, 거의 배 이상 늘어났다는 보도이다. 1937년에 해당하는 사실이지만, 소작료 및 소작권을 둘러싼 분쟁이 갈수록 심해지고 있음을 알 수 있다. 일제는 1934년 조선농지령을 제정하여 매년 갱신하던 지주, 소작인 사이의 소작권을 3년, 7년으로 그 기간을 늘려주었으나 근본 해결책이 아니었다.

1932년 일어난 유명한 영보농민운동의 직접적인 동기는 소작권을 둘러싼 갈등이었다. 1937년에도 소작권 분쟁이 그 직전 해보다 훨씬 늘어났다는 것은 일제의 소작권 분쟁 경감 대책이 효과가 전혀 없음을 말해준다. 1912년 토지조사령에 따른 기한부 소작제와 더불어, 1920년대

---

153 동아일보 1937. 7. 21

산미증식계획을 추진하면서 지주가 부담할 영농비를 소작인들에게 전가하는 행태가 만연하면서, 구조적인 문제가 되었다.

한편 일제강점기에 조선에서 차지하는 일본인 소유토지 비율이 큰 폭으로 늘어나 있었다. 일제는 1904년 러일전쟁 이후 조선의 토지 침탈을 본격화하였다. 일본인의 조선 토지 투자, 이주를 장려하였던 일본은 각 지방의 지주·자본가가 일본 지방관청의 경비 지원 아래 농업 식민회사와 조합을 설립하여 이주 식민사업을 벌였다. 이미 한국에 진출해서 대규모 농장을 경영하고 있던 지주들이 이 사업을 주도했다.

일본인 이주 식민사업은 보조 사업일 뿐이고, 대부분 토지 매입과 황무지 개간 등 토지 투자 식민사업에 집중하였다. 상당수 일본인 지주·자본가는 이주 식민사업보다는 토지 경영 확대를 추구했다. 토지를 매수해서 한국인 농민을 이용한 대규모 소작제 농장을 경영하며 쌀을 일본에 수출하는 데서 더 높은 수익률을 창출하고 있었다.

실제 고율의 소작료를 수취하며 소작 경영을 할 때의 토지 투자 수익률이 1~2할 더 높은 것으로 집계되었다. 이들은 대개 고리대를 주고 토지를 저당 잡았다가 빚을 상환하지 못한 채무자들의 토지를 헐값으로 취득하는 수법을 사용하여 토지 투자 수익률이 높았다. 특히 한국의 지가가 일본에 비해 매우 저렴하였던 것도 토지 수익률을 높이는 요인이었다. 한국에서의 지주경영 수익은 당시 일본의 연 4%보다 5배 높은 20% 정도의 수익을 올릴 수 있었다. 일본인 지주·자본가의 토지 투자 식민사업과 지주경영이 더욱 촉진될 수밖에 없었다.

국권이 일본에 넘어간 1910년대에 들어 더 많은 일본인과 일부 부유한 한국인들이 투기적 토지 매매의 장에 동참하였다. 심지어 부호들이 여러 곳에서 토지를 매수했다가 지가가 등귀하거나 구매자가 나타나 이익이 생기면 즉시 매각해버리는 일이 빈번해 지가를 폭등시키고 있었다.

1912년 시작하여 1918년까지 토지조사사업을 추진한 일제가, 지주들의 토지소유권 제도를 법적으로 인정, 보호해주고, 1918년 7월 조선부동산등기령을 전국적으로 시행하여 토지대장, 토지등기부, 지적도를 완비했다. 그리고 토지 소유 관련 일이 통일되고, 소유권 및 전당권의 설정, 보류, 이전, 변경, 소멸 등이 입증, 가능하게 되었다. 이전의 실지 조사 방식을 고쳐 형식주의를 채택하여 규정 요건이 갖추어진 신청서만 제출하면 즉시 증명서를 발급하였다. 그리하여 일본인 지주·자본가의 토지 집적은 더욱 촉진되고, 동시에 은행·금융조합 등 금융자본의 토지 지배는 강화되었다. 식민지 조선의 평균 토지 수익률은 8~9%로, 정기예금이나 주식 이익률보다 1.1~2.3배 높았다.

강제 병합 이전부터 1920년대 초반까지 조선에서 대토지를 소유하고 있는 일본인들은 토지조사사업 때 국유지 등을 대거 강탈한 동양척식주식회사, 또는 재벌 지주, 그리고 상업자본 및 금융자본 지주 등으로 분류할 수 있었다.

1908년에 들어선 동양척식주식회사의 조선 토지 집적은 조선의 주요한 산업이 일본 경제에 예속됨을 보여주고 있다. 그런데 일본의 토지 침탈 양상 가운데, 1920년대 들어 조선에 건너온 일본의 상업자본 및 금융자본으로 조선의 토지를 침탈한 일본 자본가들이 조선 농민에게 토지를 소작 주어 소작권과 고율의 소작료 등을 통해 그들의 자본을 축적하는 사례가 늘어났다.

토지 매입자금이 대자본가보다 상대적으로 부족한 상업자본가들은 간척되지 않은 토지 등을 집중 매수한 이후 간척사업 및 수리시설 완비, 토지개량, 농사 개량을 통한 생산력 증진과 고율의 소작료를 부과하여 투자 수익확보에 힘썼다. 유혁이 살고있는 영암 신북 모산촌의 적지 않은 토지들이 이들 일본 상업자본에 예속되어 있었던 것 같다.

1920년 법인으로 공식 등기 설립된 '전남상사주식회사'가 있다. 이와 관련한 보도 내용이다.

> 전남상사
> 전남상사회사 설립
> 본년(1920) 3월 이래 보전신지保田信之로부터 계획 중인 자본금 30만원의 전남상사주식회사는 4월 중순 제1회 1/4 불입을 마치고 금월 12일 영산포 일련포교소에서 창립총회를 열고 일체의 의안을 의논하여 마친 후 다음과 같이 임원을 선거하였다더라. 취체역 사장 곡준총(硲峻聰, 일본) 전무 취체역 보전신지(保田信之, 영산포) 취체역 전중전추(일본) 동 보전여일(일본) 감사역 중시O추, (이사) 전중전퇴田中傳槌, 보전여일保田與一, 장창필태양長倉筆太郎, (감사)중시세퇴中柴勢槌, 평천정미平川正美동 평전정O 이상과 같이 결정한 후 영산포에 설치하고 주요로 미국米麴비료 면화 등의 판매 및 신탁 창고업 등을 영업 모색이라 하더라[154]

---

154 매일신보 1920. 5. 26

전남상사주식회사가 1920년 4월 자본금 30만 원으로 설립되었다는 사실을 보도한 신문 기사이다. 다음은 전남상사주식회사 법인 등기에 나와 있는 내용이다.

"상호 전남상사주식회사(설립)
1. 본점 : 전라남도 나주군 영산면 영산리 255번지
2. 목적 : 미곡 면화 ○○비료 해산물의 판매 및 위탁 매매 창고업 신탁업과 그것에 부수한 일체의 업무
3. 설립 연월일 : 대정 9년(1920) 5월 12일
4. 자본 총액 : 금 삼십만 원
5. 1주 금액 : 금 오십 원
6. 각 주에 붙여 불입한 주금액 금 이원오십전
7. 공고를 위한 방법 : 관한 재판소에서 상업등기의 공고는 신문지
8. 취체역 씨명 : 주소 산구현
9. 감사역 씨명 : 주소 전라남도 나주군 왕곡면 장산리 443번지 중시세퇴中柴勢槌 전라남도 나주군 세지면 내정리 35번지 평천정미平川正美
10. 존립시기 만 10개년

위 대정 9년(1920) 6월 3일 등기
광주지방법원나주출장소

나주군 영산리 255번지에 소재한 전남상사는 1920년 6월 18일 물품 매매, 창고신탁업, 부동산 유가증권 1920.6.18. 등기 및 채권의 취득, 그에 따른 일체의 상행위를 목적으로 설립되었다. 1927년 9% 이익배당을 하고 있다. 다른 자본 투자보다 훨씬 많은 이익배당을 하고 있음을 알 수 있다. 전남상사가 당시 소작제도의 맹점을 이용하여 농민들을 수

탈한 것이다.

3·1운동 이후 새로운 변혁 방안을 추구하고 있던 유혁조차 이러한 금융자본의 악랄함을 직접 겪었다.

① 전남상사全南商社의 비난, "소작권을 무리하게 이동시키면서 작년도 미납을 신 소작인에게 받아"

전남 나주군 영산포에 있는 전남상사 주식회사에서는 영암군 신북면 모산리 유용희의 소작답 4두락의 소작권을 같은 마을 유자옥에게 옮겼다는데 그 내용을 듣건대, 전 소작인 유용희는 전기 4두락을 4, 5년간 소작하였으나 아무 과실이 없으며 작년에는 전에 없던 한재旱災로 인하여 자연 이종 시기가 늦어져던 것과 따라서 관개 습수의 노력과 비용이 많았던 것도 일반이 공인하는 바임을 불구하고 작년도 소작료 감정할 때에 그 회사의 직원인 일인日人 중시세퇴中柴勢槌가 너무나 무리한 소작료를 요구함으로 유용희는 그 무리함을 말하고 그 소작답에 대한 모든 수확을 다 가져가고 비료 대금, 종자 대금과 경직한 임금을 달리는 주장을 하다가 힘이 없는 것은 조선 소작인이라 할 수 없이 억울함을 품고 모든 수확의 1/2을 분속分束하였던 바 그 후 얼마 아니되어 회사측에서는 소작인 기타 일반에게 공포하기를 유용희 소작료는 타조한 결과 당초 회사에서는 감정한 바 이상의 수입이었다는 허위의 선전을 함으로 유용희는 그것이 허위의 사실임을 주장하는 바 금년 2월 하순 경, 그 4두락 소작권을 유자옥에게 옮길 때에 작년도 소작료에 유용희의 미납이 있다하여 대금 9원 50전을 대납은 받고 소작권은 옮겼으므로 당초에 회사에서 주장하고 선전하든 바 허위 사실이 폭로되는 동시에 전남 상사회사의 간교함을 원망하는 소리가 높았다고 한다.[155]

② 지주는 간악 소작인은 무자감

155　조선일보 1925. 5. 5

전남상사주식회사에서는 전기 류용희 한 사람에 대한 사실뿐 아
니라 영암군 신북면 모산리 <u>류규열과 강명수</u> 두사람도 또한 그 회사
논을 경작하던 바, 작년의 한재로 인하여 감수된 까닭에 회사의 요구
한 바 소작료를 그대로 주지 못하였던 모양인데, 본년도에는 전부 이
작하는 동시 신소작인 <u>류영수와 류원수에게서</u> 역시 대납이란 명목
으로 강명수 5두락 분에 벼 일곱말과 류규열 4두락 분에 벼 닷말을
대금으로 환산하여 25원을 받았다는 데 인근 각지에서는 <u>상사 회사
의 무리한 행동과 소작인 일반의 단결과 자각이 없음</u>을 통분히 여긴
다더라.[156]

①은 유용희, ②는 류규열, 강명수가 전남상사로부터 겪은 소작권 박
탈 및 영농비의 소작인에 대하여 전가하는 것에 반발하는 내용이다. ①
에 나오는 유용희는 유혁의 본명이다.

유혁이 가졌던 소작 토지의 경작권을 같은 모산리의 유자옥에게 넘겼
고, 작년에 한해旱害가 심하여 일체 파종이 없었지만, 파종에 들어간 비
용을 소작농에게 전가하였다. 또한, 수확량의 1/2을 소작인이 부담해야
한다는 타조법을 적용하면서 실제 생산액보다 적은 양을 유혁이 허위 신
고했다고 하여 유혁의 명예를 훼손하였다. 아울러 유혁에게 비료 대금,
종자대 등 생산에 필요한 여러 경비를 강요하여 이를 강제로 빼앗았으면
서도 유혁이 이를 미납하였다고 하는 등 허위 사실을 유포하였다가 유혁
이 회사의 주장이 허위임을 밝혀냈다는 내용이다.

②는 전남상사가 간악하게 소작 농민을 착취해도 조선 농민들이 그 사

---

156 조선일보 1925. 5. 5

실을 깨닫지 못하고 있다는 내용이다. 유혁과 같은 모산리에 거주하는 류규열과 강명수가 전남상사에 부담할 소작료를 작년에 한재旱災로 제대로 내지 못하자, 전남상사는 소작권을 류영수와 류원수에게 옮기면서 류규열과 강명수가 부담할 소작료를 대납이라는 명분으로 신 소작인에게 떠안기는 횡포를 저질렀다. 전남상사의 이러한 무리한 횡포에도 소작인들이 가만히 있는 것에 대하여 비판하는 내용이다.

위의 ①, ② 사료를 통해 위탁 판매, 창고업을 운영하는 목적으로 설립된 전남상사가 실은 조선인 토지를 소유하며 소작권을 무기로 소작인들을 착취하고 있음을 알 수 있다. 이처럼 금융자본을 가지고 토지 자본까지 차지하고 있었던 사례는 다음에서도 확인된다,

오사카에서 일본해상운송화재보험주식회사, 오사카상선주식회사 등을 경영했던 우콘은 한국에 진출해 1921년 일해흥업주식회사를 세워 전남 무안군 일대에서 경찰서와 재판소의 도움으로 토지를 매수한 뒤 농민들에게 화해조서를 강요하는 등 약탈적 방식을 동원하여 대지주가 되었다. 일해흥업주식회사의 자본금이 100만 원이었다. 전남상사의 자본금이 30만 원인 것을 보면 중, 소 금융회사 규모가 아닐까 짐작된다.

전남상사는 주로 농산물 판매, 신탁, 창고업을 주 업종으로 법인 등기를 냈다. 그러나 전남상사는 일해흥업처럼 금융자본을 동원하여 조선인의 토지를 약탈하고, 그 약탈한 토지를 악랄한 방법을 동원하여 무리하게 소작료 및 기타 영농 비용, 그리고 소작권도 빼앗는 방법을 동원하였다.

그런데 흥인이 사랑채에서 많은 사람들과 대화를 나누었고, 그 사랑채가 지나가는 과객들의 중간 정거장 구실을 하였다고 4남 인학의 기억이 사실이라고 한다면, 당시 유혁 집안의 경제력이 일본 자본가의 토지를 소작할 정도로 열악하였는지 언뜻 이해되지 않는다. 더구나 이 무렵 독립운동을 하기 위해 온 몸을 던진 유혁이 일본 자본가의 토지를 소작했다는 것은 더욱 이해되지 않는다.

여기에는 필시 곡절이 있다고 생각된다. 1925년 이 무렵 유혁은 농민운동단체 등 여러 운동세력을 하나로 엮으려고 노력하고 있었다. 그가 아무리 경제적으로 궁핍했다고 하더라도 굳이 일본 자본가의 토지를 소작할 이유가 없다. 가능한 추정은 유혁이 일본 자본가의 수탈 실상을 직접 확인하고자 소작한 것이 아닌가 한다.

유혁은 직접 겪은 전남상사의 횡포를 통해 일본 금융자본이 한국의 토지 자본을 장악한 실상을 확인하였고, 농민들이 적극적으로 저항하지 못하고 있다는 사실도 알았다. 결국 식민경제의 모순을 극복하기 위해서는 농민들이 뭉쳐야만 한다는 사실을 더욱 깨달았다. 유혁이 농민운동에 본격적으로 뛰어들었을 때 개별 농민조합 결성은 물론 도 단위 및 전국 단위의 연합체를 결성하려 한 것도 이 때문이다.

전남 노농연맹 결성

1. 1920년대 농민운동

일제의 탄압에 맞서기 위한 통일적인 조직 체계의 필요성이 제기되면서 농민단체의 조직 형태도 강화되기 시작했다. 1923년부터 소작인 조합이 면 단위의 소규모 한계성을 극복하여 군 단위의 연합체로 발전하기 시작한 것은 이를 반영하는 것이다. 소작인 조합의 구성을 보면 초기에는 조합원은 소작농인데, 지도부는 지주 또는 지주 출신의 인텔리들이 맡는 경우가 꽤 있었다. 소작인 조합의 활동도 대개 소작 계약 개선, 농사 개량, 생활개선, 계몽 활동 등 개량적인 운동이 주류였다.

이 시기 소작인 조합의 대지주에 대한 요구사항은 소작료 4할제 실시, 소작권의 보장, 지세, 공과금의 지주 부담, 부정한 마름의 배척 등이었다. 따라서 소작 농민들의 역량을 결집할 수 있는 조직을 마련했음에도 불구하고 지주와의 투쟁에 효과적으로 대처하지 못한 것은 소작인 조합의 이러한 한계성 때문이었다. 즉 지주 출신 지도부의 개량주의적 해결책은 조합원의 계급적, 민족적 요구와는 거리가 있었다.

이러한 한계성을 극복하고 민족해방운동의 발전에 조응하려는 움직임으로 1920년대 중반 농민운동 조직의 변화가 일어났다. 1924년 4월 노농 단체들은 운동 역량을 집중하고 통일시키려는 전 단계 작업으로, 전국적인 노농운동 조직으로 조선노농총동맹을 결성했다.

조선노농총동맹에는 전조선 노농대회·남선노농동맹·조선노동연맹회 등 182개 단체가 참여했고, 창립대회 출석자도 167개 단체의 대표 204명이나 되었다. 조선노농총동맹의 창립은 조선노동공제회의 해체 이후 전국 단위의 운동 조직을 건설하려는 사회주의자들과 일반 노농 특히 농민의 의지가 반영된 것이다.

창립대회 직후 조선노농총동맹은 임시대회에서 강령 초안과 노동문제·소작문제 등에 관한 결의안을 통과시켰다. 강령 초안은 "오인은 노농계급을 해방하여 완전한 신사회의 실현을 목적한다. 오인은 단결의 위력으로써 최후의 승리를 얻는 데까지 철저히 자본계급과 투쟁한다. 오인은 노농계급의 현 생활에 비추어 복리증진 및 경제적 향상을 도모한다"였다.

노농계급의 해방을 표방하는 사회주의 이념이 짙게 투영된 조선노농총동맹의 강령은 이후 노농운동 조직의 발전은 물론 노농운동의 민족해방운동으로서의 성격을 고양시킨 원동력이 되었다.

1920년대 후반기 농민운동 조직은 제2차 산미증식계획에 의해 중소

지주, 자작농, 자소작농 등의 계급적 몰락이 현재화하고, 사회주의의 방향 전환론이 본격적으로 채택되면서 변화했다. 1927년 중앙조직인 조선노농총동맹은 조선노동총연맹과 조선농민총동맹으로 분화, 분립되었다. 소작인 조합은 자작농 계층을 포함한 농민조합으로 개편되기 시작했다. 중앙의 조선노농총동맹도 농민, 노동운동의 발전으로 각각의 단일적인 조직체가 필요하게 되자, 1926년 12월 발전적 해체를 결의하면서 노농운동의 신정책을 발표했다.

그 내용은 첫째 노농운동 조직은 경제투쟁을 위주로 한 대중적 조합운동이어야함에도 불구하고, 과거의 운동은 소수 선각 분자의 사상운동 조직에 불과했다는 것, 둘째 노동자와 농민은 본래 계급적 차별성이 있는 존재임에도 불구하고, 양자를 한 조합 내에 혼합하여 운동의 발전을 저해했으므로, 앞으로는 연맹을 나눈 뒤 두 동맹 사이의 협의기관을 설치해야 한다는 것, 셋째 종래에는 정치투쟁을 부정해 왔으나 차후에는 노농대중의 정치의식을 향상시켜 적극적인 정치투쟁을 해야 한다는 것 등이었다.

조선노농총동맹의 신정책은 이해관계가 상이한 노동, 농민운동의 공동투쟁에 대한 한계성을 지적하고 대중성 확보와 정치투쟁을 강조하고 있었다. 이러한 내적 기류에 따라 조선노농총동맹은 1927년 9월에 서면대회를 통하여 조선농민총동맹과 조선노동총동맹으로 분립했다. 조선농민총동맹은 소작인단체는 각 지방에서 면을 본위로 하여 군, 면 연합회를 두고 지방 소작인 상황을 조사하며, 소작 운동 본래의 취지에 배치되는 사이비 소작단체를 파괴하고, 소작료는 3할로 할 것, 지세와 공과금을 지주가 부담할 것, 동양척식주식회사 이민 폐지 등을 강령으로 채택했다.

이와 같은 조선농민총동맹의 등장은 조직체의 운영방법이 성숙된 단계에 접어들었음을 사사하는 것이며, 전문적인 농민운동의 전국적 지도기관으로 성장했음을 의미하는 것이었다. 그러나 조선농민총동맹은 일제의 탄압으로 인해 제 역할을 하지 못했고, 오히려 농민운동은 각 지역의 농민조합을 중심으로 신간회 지방지회 등과 연계하여 전개되었다.

이러한 농민조직은 1929년 세계대공황과 1931년 '신간회'가 해체된 이후 혁명적 농민조합으로 개편되기 시작했다. 혁명적 농민조합은 농민의 경제적 이익만이 아니라 사회주의자들의 혁명적 지도 아래 토지혁명을 비롯한 민족해방의 주요 과제를 해결하려는 목표를 가지고 있었다. 이는 경제대공황 이후 강화된 일제의 탄압에 대응한 농민운동 조직으로 사회주의자의 당 재건 운동과 깊은 관계를 지니고 있었다.

1920년대 노동운동, 농민운동을 비롯하여 여러 계층 및 직종이 단체 결성 등을 통해 조직적으로 힘을 키우려 할 때, 이를 앞장서 지도한 대표적 인물이 유혁, 강석봉 등 이 지역 혁명가들이었다.

그런데 1920년대 유입된 사회주의 사상의 해석 및 운동의 방향성을 둘러싸고 서울회계와 화요계가 광주·전남 각지에서 치열한 노선 투쟁을 하였다. 강석봉, 유혁 등이 포함된 서울회계는 청년회를 중심으로 운동을 추진하였고, 화요계는 설병호 등 노동공제회를 중심으로 운동을 추진하였다. 1926년 1월에 있었던 광주노동공제회의 광주청년회 사무실 습격 사건은 이러한 갈등이 표출된 대표적 사건이었다.

전남에서는 광주에서 있었던 갈등이 크게 표출되지 않았다. 그 중심에 서울회계를 중심으로 조직을 단단하게 결성해 놓은 유혁이 있었기 때문이다. 1926년 2월 6일 회의에서 전남 노동자들의 계급 해방을 위한 단체들을 하나로 결집할 단체로 전남노동연맹을 2월 24일 결성하기로 하고, 준비위원회 상무집행위원을 선출하였는데 유혁이 상무집행위원으로 선출되었다. 다음을 보자.

①"세계무산자는 단결
　전남노동연맹 광주에서 발기 준비
　"세계무산자는 단결하여라"는 말에 의하여 <u>전남 각군의 노동자들은 계급 해방을 목표로 대동단결하였으나 전남적的으로 통일된 기관이 없었음을 유감</u>으로 여기던 유지 수십명이 광주에 모여 <u>전남노동연맹발기준비회</u>를 2월 24일 하오 10시부터 수기옥정 광양여관에서 다음의 노동단체 대표자가 모여 만장일치의 가결로 전남노동연맹을 발기하기로 한 후 장시간의 토의로 다음 각 항의 결의와 준비위원을 선정하고 동 12시에 산회하였다.
　출석단체 및 대표 이름
　지도왜관노동조합 김상수 김용태 나주노동조합연맹 세포단체5 김종철 박공근 최남구 담양노동조합연맹 세포단체5 정채환 기노춘 이인섭 광주정미노동조합 이성환 장순기 광주철공조합 김종식 강해석 김갑수 광주인쇄직공조합 이종대 김성옥 조선만 김길동 영암노동회 유혁 조사원
　결의사항
　총회장소 광주청년회관

준비위원회상무집행위원 유혁 김갑수 장순기 이종대 4명 선정[157]

전라노동연맹을 전남적으로 분리하여 본 연맹 발기단체에 참가하
도록 교섭위원으로 신준희 나만성 2인 선정[158]

② 전남농민총동맹 광주에서 발기준비

조선내지의 각 부문의 사회운동은 기분에서 조직화하여 각일 각
정돈된 진용을 세우는 바, 수십 만의 농민이 있는 전남지방에는 전
라남북도를 통하여 전라노농연맹이라는 것만이 있음을 유감으로 여
겼던 유지들이 광주에서 모여 전남농민연맹발기준비회를 2월 24일
하오 12시부터 수기옥정 광양여관에서 다음과 같은 5개 군 농민단
체 대표자 18인이 모여 이항발씨의 사회하에 장시간의 토의로 다음
사항을 결의하고 위원선거가 마친 후 익일 오전 3시에 산회하였다.
참가단체 및 대표씨명
담양농민조합연맹(세포단체1) 정병용 정경인 기노춘
무안농민조합연합회(세포단체6) 서동오 나만성 표준 조상숙 주명식
소안농민조합 신준희 신광희 위경영
나주농민조합연맹 (세포단체5) 이항발 김형호 송상기
진도소작인연합회(세포단체5) 김상수 소진호
◦결의사항
1. 발기총회월일 추후발표
1. 참가규정 추후발표
1. 총회장소 목포무산자동청년회관 내
1. 준비위원회상무집행위원회 나만성 서동오 양씨로 선정
1. 순회구역 및 순회위원
장성군 기노춘
나주 함평 김종철
보성 강진 고흥 완도 신준희

---

157 순회구역 및 순회위원을 지명하였는데 이때 유혁이 영암 지역 담당에는 빠져있다.

158 동아일보 1926. 3. 3

진도 소진호
광주 화순 김갑수
무안 서동오 김상수
곡성 구례 순천 광양 여수 담양 정병용
나만성 신준희 선출 전라노농연맹과 교섭케 할 것[159]

①, ②는 1926년 2월 24일 같은 날, 같은 장소(광주 광양여관)에서 전남 노동연맹과 전남농민연맹 발기준비회가 각각 열렸음을 알려주고 있다. ①에서 유혁이 전남노동연맹 준비위원회 상무집행위원 및 조사원으로 선출되었음을 알 수 있다. ②는 전라노농연맹만 있을 뿐 전남농민단체가 없는 것을 안타깝게 여겨 지도자들이 전남농민총동맹이 결성하려 함을 알 수 있다.

그런데 다음을 보면 그 이후의 사정이 보다 드러나 있다.

③ "전남노농 양연맹 발기총회 무기연기
지난 24일 광주에서 전남 각지 노농운동자 수십 명이 전남노동연맹과 농민연맹을 발기하기로 발기준비회를 조직하고 지난 25일 목포에서 발기총회를 개최하기로 진행하던 바 사고로 인하여 무기 연기하였다.[160]

즉 전남 노농양연맹 발기총회를 발기준비회 이튿날인 2월 25일 하려 하였으나, 실제 발기총회는 하지 못한 채 연기되었다는 것을 알 수 있다.

---

159 동아일보 1926. 3. 4
160 조선일보 1926. 3. 24

'사고' 때문에 연기되었다고 하는데 구체적인 '사고' 이유는 알 수 없다. 다만, 아직 노동, 농민총동맹이 결성되지 않은 상태에서 두 단체를 아우르는 연맹을 구성한다는 것은 물리적으로 힘들었을 것이다.

그런데 3월 18일 전라연맹·전남노동연맹 두 단체의 통합 창립준비회를 광주노동공제회관에서 가졌고, 동시에 통합단체 창립준비회의 상무위원에 유혁을 포함한 조준기·김용기·정남국 등과 함께 선출되었다. 이는 유혁이 아직 전남농민연맹과 노동자연맹의 통합이 이루어지지 않은 상태에서 기존의 전라연맹과 전남농민·노동자 연맹의 통합을 일괄적으로 타결하려 하였음을 알게 한다.

전라노동연맹은 화요계 출신들이 많았다. 이 때문에 유혁은 새롭게 전남 지역에서 노동연맹을 결성하고, 이 바탕 위에 두 단체의 통합을 통해 궁극적으로는 서울회계가 주도하는 조직을 구상하였다.

3월 29일 전남노동·농민 양 연맹 창립준비위원회가 열렸고, 서무부를 조준기와 유혁이 맡았고, 순회 담임구역으로 유혁이 광주 지역, 전용기와 정남국이 제주, 조준기가 화순을 각각 맡도록 하였다. 유혁에게 조준기와 함께 서무를 맡게 하고, 광주지역 순회담당을 맡긴 것은 광주에서 연맹 통합작업이 이루어진 것과 관계가 있지 않나 한다. 곧 유혁이 실질적으로 통합작업을 주도하고 있다고 하겠다.

창립대회를 5월 9일 열기로 하였다. 그러나 경찰이 대회를 불허하여 열리지 못하고 있었다.[161] 이러한 상황에서 영암에서는 유혁이 주도하여

---

161 조선일보 1926. 5. 30 "전남노동농민양연맹창립준비회에서는 위원의 많은 활동으로 각

노동·농민 두 단체가 함께 야유회를 가져 통합이 사실상 이루어졌음을
공포하였다.

> 영암 노농회, 원유園遊盛況 중요 각 항을 기회期會에 결의
> 전남 영암군읍내에 있는 영암노농회에서사는 자난 1일 이곳 월출산
> 록에서 원유회를 개최한 바, 주야를 불고하고 혈한을 흘려가며 노동
> 하든 회원들은 일일의 기회를 이용하여 의미 깊은 회합에 단결의 각
> 오를 맹서하고자 정해진 시각 전부터 모여 근 회원은 250명에 달한 대
> 성황을 이루었으며 남,여 관중이 또한 수백명에 달하여 간부조사원
> <u>한동석·최판옥·유혁</u> 제씨의 의미 깊은 감상담이 있은 후 오찬과 연회
> 를 마치고 계속하여 본회 발전책과 기타사항을 토의 결정하였다 하며
> 오후 7시 무렵에 '영암노동회', '조선노동총동맹', '만국노동자' 만세
> 를 삼창하고 무사히 폐회하였다. 당일 토의 결정된 것은 다음과 같다.
> 1. 지난 번 이곳 금융조합부지를 매립하여 축성한 것에 대하여 비
> 회원인 노동자의 반동으로 본회에서 요구한 조건이 실기失期됨을
> 감鑑하여 본회에 가입하지 아니한 노동자는 필히 입회하게 할 일
> 2. 본회원 및 가족이 사망할 때는 본회에서 상호부조의 정신을 실
> 현하기 위하여 공동용 상여를 비치할 일
> 3. 당지當地 농민운동을 끽기喫起하는 등 동시에 본회에서 책임을
> 지고 농민단체 조직에 노력할 일
> 4. 전남노동농민 양 연맹, 조선노동총동맹, 조선사회단체중앙협의
> 회에 가맹할 일
> 단, 출석대의원선정은 임원회에 일임하되필히 소정의 대의원을 출
> 석하게 할 일[162]

군 곡(谷)단체의 가맹수속이 답지한다는 데 근일 경찰당국의 집회금지도 5월 8, 9 양일
예정의 창립대회는 연기되었으나 언제든지 대회를 소집하게 되면 지장이 없도록 일반 준
비에 계속 활동하라는 통지를 각 순회위원에게 발송하였다."

162 조선일보 1926. 6. 23

영암에서 1926년 6월 1일 노동자와 농민연합회 격인 노농회가 개최한 야유회가 성황을 이루었다는 것이다. 토의 내용의 핵심은 노동, 농민단체의 통합단체를 결성한다는 것이다. 이날 두 단체의 통합을 주도한 유혁이 특강을 하였다. 이미 앞서 여러 차례 통합대회를 출범하려 하였던 유혁이 일본 경찰의 방해로 통합창당대회를 열지 못하고 있는 상태에서, 그의 고향이자 그의 활동 기반인 영암에서 두 단체 사이의 사실상 통합을 이루어냈다는 점에서 의미를 둘 수 있다.

2. 전남노농연맹 결성

1920년대 농민운동은 소작쟁의, 수리조합 반대운동, 화전민 항쟁, 곡물 검사제 반대운동, 조선농회 반대운동 등 다양한 형태로 나타났다. 1920년대 전반기는 농민운동의 태동기였다. 1923년 암태도 소작쟁의가 이 시기의 대표적인 농민운동이었다.

이때의 농민운동은 대지주를 앞세운 일제의 농민지배와 수탈정책에 소작 농민이 직접 투쟁하는 방향으로 전개되었다. 즉 소작쟁의가 주류를 이룬 것이다. 소작인 조합이 중심이 된 소작쟁의는 주로 소작료 인하와 소작권 이동 반대 투쟁의 양상으로 전개되었다. 그것은 지주의 수탈에 대항한 소작료 인하 투쟁이 초기 소작쟁의의 주된 요구였지만, 지주가 고율 소작료 징수를 무기로 소작권을 악용함에 따라 1923년부터는 소작권 이동 반대 투쟁이 중심이 되었다.

또한 소작권 이동 반대 투쟁은 산미 증식계획이 추진되면서 영농비 부담을 소작농이 부담하면서 자·소작농이 완전 소작농으로 몰락함에 확산되었다. 일부 지주는 교묘한 방법으로 소작 농민의 경쟁·갈등을 부채질하였다. 이러한 갈등구조는 지주의 힘을 강화시키는 대신 상대적으로 소작농의 권리 위축으로 나타났다.

이 시기 소작쟁의가 1920년 15건, 1921년 27건, 1922년 24건, 1923년 176건, 1924년 164건, 1925년 204건 등으로 늘어났던 것은 당연한 일이었다. 그리고 수리조합 반대 운동은 1921년 2건, 1922년 3건, 1923년 7건, 1924년 5건 등이 발생했는데, 영농비 부담을 소작농에게 전가했기 때문이다.

소작 쟁의 및 수리 조합반대 운동 또한 1922년 7월 조선노농공제회의 '농민문제선언' 직후 폭발적으로 증가하였다. 쟁의 양상 또한 주로 합법적, 온건적 경제 권익 투쟁의 범위 내에서 진행되었지만, 때로는 격렬하게 전개되었다.

이렇게 농민운동이 활발해지면서 이 운동을 조직적으로 이끄는 단체가 결성되었다. 농민운동 조직이 가장 활발히 일어난 곳이 순천이었다. 1923년 2월 11일 순천농민대회연합회 창립총회가 개최된 것을 계기로 1924년 3월에 광주에서 전남도내 40여 단체 100여 대표가 참석한 가운데 '전남농민연맹'이 조직되었다.

조선노동공제회와 조선노동연맹회, 그리고 조선노동대회에 의해 주도되었던 한국노동운동은 특히 1923년부터 사회주의운동의 분파가 작용해 분열되고 있었다. 1920년에 결성된 조선노동공제회에서 사회혁명주의자가 분립, 조선노동연맹회를 결성하고 화요파(북성회) 사회주의자와 결탁해 노동운동과 사회주의운동을 밀착시켜가고 있었다.

조선노동연맹회는 1923년 9월 12일 조선노농총동맹을 발기했는데 여기에는 두 가지 의도가 있었다. 하나는 노동운동과 농민운동을 겸한 노동운동을 목적한 점, 또 하나는 조선노동연맹회의 연맹적 조직을 보다 강화하는 점이었다. 이에 맞서 조선노동공제회의 잔류파와 조선노동대회측에서는 강택진·차금봉 등 서울회계와 더불어 9월 28일 조선노농대회 준비회를 만들어 맞섰다.

그러나 두 단체 모두 일제의 집회 금지 조치로 결성되지 못하였다. 게다가 각기 지방조직을 확장하는 데만 치중하면서 분열과 대립 양상이 노골화되어 노동자와 농민으로부터 점차 외면당하게 되었다. 이러한 상황에서 전남해방운동자 동맹처럼 지방의 노농단체들이 중앙의 분파에 반발하여 별도의 노농단체를 결성하자 중앙에서도 새로운 조직을 추진하지 않을 수 없었다.

이에 따라 중앙의 두 운동 계열도 각각 1924년 4월 16일에 통합을 논의하였다. 그리고 17일에는 조선노동연맹회·조선노농대회 준비회(조선노동공제회 잔류파 및 노동대회)·남선노농동맹의 대표 200명이 모여 조선노농총동맹 발기회를 가졌다. 이어 18일에는 167개 단체 204명의 대표가 모여 창립총회를 개최해 이 단체를 결성하였다. 하지만 일제의 탄압이 더욱 가중되면서 이 단체는 어떤 집회도 가질 수 없었다. 게다가 지도부의 사회주의 분파로 인해 분열의 위기를 맞게 되었다. 분열을 극복하려고 해도 회의조차 열지 못하게 하는 일제의 탄압 때문에 해결의 실마리를 찾을 수 없었다.

1925년에는 주도권 문제로 서울청년회 계열과 화요회 및 북풍회 계열 간에 다툼이 노골화되면서 분열은 수습할 수 없는 지경에 이르렀다. 다음은 서울청년회 내 '노농대회준비위원회가 작성한 발기 취지서'이다.[163]

<취지서>

조선의 노농운동은 벌써 4, 5개 성상의 역사를 가지게 되었으며 운동의 양적 분포도 이미 전국화하여 있다. 그러나 아직 여명기에 있는 조선의 노농운동은 그 도달할 바의 목표와 전술과를 확립하지 못하고 소위 특수한 조선의 환경에 지배되어 부不조직적 투쟁을 계속하였을 뿐이었다.

이러한 과정에서 있어서 조선노농총동맹은 실로 지대한 포부를 가지고 조선노농운동의 총기관으로 출현하여 이래 1년간 조선의 노농대중을 계급적으로 단결하여 조직하여 그들을 무산계급의 사명에 교도敎導키 위하여 일체의 간난으로부터 투쟁하여 왔다. 그러나 과도기에 있은 운동상의 불순한 세력은 항상 동맹의 내부에 침입하여 그 자체의 완성을 방해하며 외계의 세력을 영합하여 그 진로를 차단하여 동맹의 노농대회에 대한 사명을 이간離間하려 한다.

희라. 1925년 3월 24일에 경성에서 개최된 동맹의 제4회 중앙집행위원회의는 분열되어 동맹의 내부에는 아마 두 개의 집행부가 대립하여 있고 동맹의 각 가맹단체는 좌가우담左加右擔하여 사실상 동맹은 분립상태에 처하여 있다. 이는 실로 조선 노농운동선상에 있는 일대 불상사이며 동시에 과거와 현재에 있어서 오직 혈전血戰으로써

---

163 1925. 4. 23 검찰사무에 관한 기록(경성종로경찰서장 경종경고비 제4624의 1, 지검비 제17호)

특수한 조선의 환경과 투쟁하여 동맹을 산출하며 그를 지지하며 내지 원조하여 온 무산 대중의 모든 희생적 가치는 장차 일말의 수포로 화化하는 것을 의미하는 것이다.

이에 운동상에 있는 연쇄적 이해관계를 가진 우리들의 양심은 금번에 생긴 노농총동맹의 분규문제에 대하여 안연晏然히 대안對岸시하기를 허락하지 아니한다. 그리하여 우리는 스스로 미력微力암을 불고不顧하고 조선노농총동맹의 근본 사명을 옹호하며 동맹의 분규 사실에 대한 정당한 해결을 재촉하기 위하여 전조선노농대회의 소집을 제창한다. 전국의 노농단체는 모여 우리의 생명에 관계되는 중대한 문제를 원만히 해결하기를 바란다. 조선노농총동맹만세

1925년 4월 노총분규사건 선후 전조선노농대회준비위원회
준비위원(무순, 전남출신 15명) 총59명
최창순(보성) 정병용(담양) 강사원·박홍곤(완도) 이병영·소진호(진도) 송기화(자은) 박공근(나주) 유혁(영암) 송래현·김병규(해남) 강석봉(광주) 박승억(목포) 박복영(암태) 김상수(지도)

서울청년회가 주도하여 전국적인 노농대회를 개최하려 하고 있음을 알려준다. 이 준비모임에 전남 출신이 59명 가운데 15명이 차지하고 있다. 특히 유혁, 강석봉, 박복영, 박공근, 이병영 등 전남의 대표적 사상가이자 운동가들이 참여하고 있다.

1925년 11월 나주 궁삼면에서 동양척식주식회사에 4,500두락의 토지를 빼앗긴 농민들의 항의 시위가 열렸다. 시위는 무려 1만여 명이 참여한 대규모였다. 이 시위 전개 과정에 광주 3·1운동을 주도한 강석봉이 중요한 역할을 하고 있었다. 나주의 청년 운동 단체인 나주 노동 공영회가 이

시위를 이끌었다. 이항발, 박공근, 최남구 등이 이 단체의 간부였다.

박공근은 1929년 11월 나주 학생운동을 주도한 인물로 유명하다. 궁삼면에서 농민 항쟁이 일어나기 바로 직전인 1925년 10월 20일 열린 면민대회가 대규모 시위의 배경이었다. 전남해방운동자동맹의 강석봉, 광주청년회 김재명, 나주의 농민운동가 이항발이 연설하였다. 이항발 등 나주 농민운동가들이 주관한 면민대회에 강석봉, 김재명이 참석하여 이 대회를 지도하고 있다고 생각할 수 있다.

말하자면 역사에 길이 남은 궁삼면 항일 농민항쟁은 식민지 수탈정책에 분노한 농민들의 항일 에너지와 강석봉 등 실천가들의 도움이 결합되어 일어난 것이다. 일본 자본가가 세운 전남상사의 부당한 소작료 착취를 직접 경험한 유혁은 식민지 약탈 경제의 구조적 모순을 정확히 인식하고 있었다. 그는 농민이 주체가 되어 식민지배 체제를 극복하는 것이 중요함을 잘 알고 있었다.

그런데 나주지역 청년, 농민운동 활동가들은 서울회계 핵심 인물인 이항발의 영향으로 서울회계와 연결되었다. 나주에서 조선공산당 1차, 2차 사건 때 큰 피해를 입지 않은 것은 청년운동세력들이 대부분 서울회계통에 있었기 때문이다. 곧 강석봉이 나주 지역 농민운동을 적극적으로 돕고 있었던 것도 이항발 등 운동 주도 세력이 같은 서울회계였기 때문이었다.

이 무렵 농민운동은 이전의 농민운동이 주로 계몽지식인들에 의해 지도된 것과 달리 민족적, 계급적 의식을 각성한 농민대중이 소작쟁의, 수

리조합 반대운동 등 농민운동을 전개하였다는 점에서 차이가 있다. 이는 민족 구성원의 대부분을 차지하고 있던 농민이 민족해방운동에 적극적으로 참여함을 의미하며, 일제 식민통치에 결정적 타격을 가하는 동력으로 작용하였다. 이 과정에서 유혁의 역할이 결정적이었다.

농민운동 전개 과정에서 운동 조직은 소작조합에서 농민조합으로, 또 혁명적 농민조합으로 발전해갔다. 농민운동 주체들은 운동과정에서 정세의 변화에 대응하여 운동조직의 개편을 주체적으로 수행했다. 1920년대 전반기 소작인 중심의 소작조합은 후반기에 자작농을 포함하는 농민조합으로 확대, 개편되었다. 또 세계공황과 '신간회' 해체 이후에 혁명적 농민조합으로 조직을 바꾸어 갔다.

그런데 이들 농민운동 조직 결성은 물론 농민운동의 전개과정에서도 사회주의의 영향을 받고 있었다. 사회주의자들의 계급적 투쟁이 농민운동을 활성화시키고 있었다. 이는 경제권익 중심의 농민운동을 민족해방운동으로 발전시킨 동력이었고, 나아가 농민대중이 노동자, 농민의 세계관을 수용하는 결정적 계기가 되었다. 따라서 이후 농민운동은 단순한 계급 운동이 아니라 민족해방운동으로, 사회 변혁운동으로 발전하였다.

혁명적 농민조합과 영보농민운동

　1925년 조선공산당 창당, 그리고 이어진 1925년 치안유지법을 제정한 일제의 강력한 공산주의 탄압으로 사회주의와 연계된 각종 단체가 탄압의 대상이 되고 있었다. 1920년대 전남 각지에서 결성되었던 소작인회, 소작인조합, 농민회, 농민조합 등 합법적 농민단체들은 1920년 후반부터 일제의 강력한 탄압으로 해산되거나 침체국면에 들어갔다. 1920년대 가장 강력했던 합법적 농민조합인 순천의 농민운동도 탄압 속에서 어려움을 겪고 있었다.

　1930년대 들어 농민운동이 조직적으로 전개되고 있었다. 이 시기 농민운동의 특징은 사회주의자들이 주도하는 이른바 '혁명적 농민조합운동'의 활성화였다. 비합법 지하조직인 '혁명적 농민조합운동'이 중심이 되었던 것은 사회주의자들이 빈농 중심의 지하조직 건설에 적극적인 탓도 있었지만, 1931년 '신간회' 해체 이후 사회주의자들의 합법적인 활동이 불가능한 것이 결정적인 이유였다. 다른 한편으로 소작권 박탈, 영농비 소작인 전가 등으로 소작인의 생활이 거의 빈사 상태에 빠졌던 것도 이러한 혁명적 노동조합이 활기를 띤 중요한 이유였다. 일제가 1932년 조선농지령을 제정하여 소작권을 1년에서 3년으로 연장하는 등 소작농을 보호하려는 움직임을 보였던 것도 당시 심각한 농촌의 현실을 그들이 인식하였기 때문이다.

1931년 전남 지역에서 치열하게 전개된 농민운동을 당시 언론에 칼럼 형식으로 정리한 글이 있다. 그 해당 부분을 전재하여 당시의 참상을 확인하여 보도록 하겠다.

남선지방은 전남의 광야가 산재하여 전 조선 어디보다도 경작 면적이 광활하여 농업인이 절대다수이고, 대소지주가 전 조선 가운데 최다수를 점령하고 있는 지대이다. 빈부 차가 심대함으로 소작농이 가장 많음은 물론이고, 작년 중의 소작쟁의도 제1위를 가지게 된 만큼 다수였다. 1월 해남의 400 소작쟁의를 위시하여 나주, 무안, 이리, 영암, 순천, 고흥, 보성, 고창 등에 발생된 대소 쟁의 및 만경강 제방 파괴, 강진의 농장사무소 격파 파괴 구타, 고흥의 소작자살 사건 등은 주목할 쟁점이다. 지주의 소작료에 졸리고 살 길이 끊어지게 된 소작인 박수동은 최후로 자살하고 말았다. 얼마나 참혹한 현실인가. 이 한 건만으로도 남선지방의 소작인의 생활 이면을 추찰할 수 있다.(하략)[164]

1931년 강진 군동면에서 대규모 소작쟁의가 일어났다. 강진 경찰은 주모자 8명을 체포하고 군중을 해산시켰다. 그러자 농민 100여 명이 경찰서로 몰려가 "검속자 석방", "소작료 반액"을 외치며 시위를 하였다.

---

164 조선일보 1932. 1. 13 김진국의 글

이 과정에서 67명이 체포되었는데, 이 중에서 15명을 기소하여 징역형을 처분하였다.

1931년 12월 전남 지역에서 활동하던 17개 운동 단체를 규합하여 전남노농협의회가 결성되었다. 광주학생운동으로 인하여 약화된 노농운동을 강화하고자 경남에서 활동하던 강갑영이 1930년 말 광주에 와서 1931년 1월 5일 안종익·김재동과 함께 사회과학연구회를 결성하였다. 그리고 1931년 8월에 보성에서 김재동 등이 전남노농협의회입시사무국과 전남농민조합을 결성하였다. 그리고 10월 김호선, 김준수, 최창진 등이 광주노농조합 결성, 그리고 12월 25일 김호선, 윤승현 등이 전남노농협의회를 결성하였다. 김호선이 책임비서를 맡았다.

처음 전남노농협의회 구축의 틀을 세운 강갑영은 M.L계였다. M.L계는 전남 지역 사회주의 태두인 강석봉이 중심이 되어 1920년대 중반 결성한 조직으로, 마르크스 레닌을 추종한 화요회계와는 다른 서울회계가 많았다. 1925년 결성하였던 전남노농연맹의 후신이라고 할 수 있는 '전남노농협의회'는 코민테른의 지시를 받아 일사분란하게 움직이는 조직이 아니라 기존에 지역적으로 활동한 농민운동 단체들과 연대한 성격이 강하였다. 일종의 농민운동 지도기관으로, 지역의 대중조직을 연결, 협의하면서 지역 내에서 노동자, 농민의 대중운동과 민족 해방 운동을 선도적으로 이끌 전위조직을 만들려고 하였다.

1931년 12월 25일 전남노농협의회가 결성되었을 때, 유혁 이름이 보이지 않는다. 유혁뿐만 아니라 유혁과 함께 1920년대 중반에 활동한 운동가들 이름이 거의 보이지 않는다. 아마 이 조직의 출발이 같은 M.L계였다고 하더라도 경상도에서 건너온 강갑영이 주도한 데다 주로 전남 동부 출신이 주도한 것도 또 다른 이유가 아닐까 싶다. 그런데 이 사건으로 구속되어 조사받은 인물 가운데 강석봉의 아우로 유혁과 가까운 강영석도 있었다. 이를 통해 보면 어떤 형태로든지 전남노농협의회 결성에 유혁이 관련이 있을성 싶다.

그러나 유혁은 1931년 7월 19일 서대문형무소에서 출옥한 직후로, 일본 경찰의 감시를 받고 있는데다, 영보리를 중심으로 결성되기 시작한 농민운동 단체를 조직화하는 것도 시급하였기 때문에 광주에서 결성된 전남노농협의회 결성에 주도적으로 참여할 수 없었다.

1931년 12월 25일 어렵게 출범한 '전남노농협의회'는 결성 2개월도 안 된 1932년 2월 광주경찰서에 의해 조직이 발각되었다. 광주경찰서 전 경찰, 전남도경찰부 경찰 10여 명, 해당 지역 경찰관 등이 총동원되어 관련자들을 체포하였다. 청년, 학생, 노동자, 회사원, 교육자를 막론하고 마구잡이로 200여 명 넘게 체포하였다. 책임비서 역할을 한 김호선 외 31여 명이 구속되고, 45명은 각 경찰서 유치장에 가두어 둔 채 서류로만 송치하였다. 38명은 아직 체포하지 못하였고, 2명은 석방하였다. 전체 사건 관련자가 117명이었다.[165]

주요 핵심 지도층이 체포되면서 전남노농협의회는 급격히 쇠퇴의 길로 들어갔다. 그들이 조직을 만든 지 불과 2개월이었다. 이 무렵 해남,

---

165 동아일보 1932. 7. 27

완도, 영암의 사회주의자들이 1933년 5월 14일 '전남노농운동협의회'를 결성하였다. 해남과 완도의 대표적인 사회주의 활동가인 김홍배와 황동윤이 전남노농운동협의회의 중심인물이었다.

전남운동협의회는 "농민층 및 어민층 뿐만 아니라 모든 노동계층 및 그 외 각 층을 포괄하는 전위 기관"을 표방하였다. 이들은 9개월 동안 군 단위의 적색농민조합을, 면에는 동 지부를, 동리에는 반을 조직하여 주로 당국에서 지도 장려하는 농촌진흥회에 잠입하여 70여 개의 반과 10개의 지부, 5개의 적색농민조합을 조직하였다. 그리고 소작쟁의, 어촌의 쟁의를 지도하였고, 한편으로는 합법단체를 가장한 26개의 그룹, 28개의 야학을 운영하여 문맹퇴치에 힘썼다.[166] 또 한편으로 '멤버'의 한사람으로서 순사시험을 보여 현직 경관에게까지 그들의 동지 획득에 전력한 일이 있고, 중앙의 기관지로 농민투쟁을 발행하여 조합원에게 돌려 읽히고 각종 기념일에는 기념 출판으로 팸플릿을 여러 차례 발행하였다.[167]

전남운동협의회는 1933년 8월 조직을 적색농민조합건설 준비위원회로 개칭하면서 운동 중심을 농민으로 확고히 했다. 이들은 마을단위에서 농민, 청년, 소녀, 부녀반을 건설하고, 면단위 농민조합 지부를 조직하여 이를 토대로 군단위 혁명적 농민조합을 완성하며, 사회주의 전위 정치조직을 건설한다는 아래로부터의 공산당 재건 노선을 따랐다. 이 단체는 1934년 1월 핵심 인물이 체포되면서 조직이 드러났다. 검거된 사

---

166 조선일보 1935. 12. 25
167 동아일보 1932. 7. 7

람만 558명이었다.

영암농민운동은 1930년대에 조직적으로 전개되었던 혁명적 농민혁명의 대표적 사례였다. 이 무렵 영암은 조선인 13,000여 호 가운데 12,000여 호가 토지 권리를 상실한 빈농 소작인과 농업노동자들이었다. 게다가 고리대금 폐해도 심각하였다. 식민지 경제의 모순이 어느 지역보다 심각하게 드러났다.[168] 여기에 유혁과 같은 깨어 있는 지도자들이 있었던 것도 영암 농민운동이 크게 일어나게 된 배경이었다. 영암 운동은 전남노농협의회나 전남운동협의회의 지도하에 일어난 것이 아니라, 영암 농민운동의 지도자들이 자체적인 역량을 동원하여 전개하였다는 점에서 역사적 의의가 있다.

유혁은 1928년 8월 일본 경찰이 허가하지 않은 '전남소년연맹창립대회'를 무등산 증심사에서 비밀리에 치르다 체포되어 금고 4개월을 받아 광주형무소에서 복역하였다. 12월 29일 만기 출옥[169]하는 날, 경성지방법원 사상 전문 검사 삼포森浦가 발부한 영장을 집행한 경기도 경찰부 경찰에 의해 서울로 압송되어 서대문형무소로 수감되었다.

이른바 제4차 조선공산당 사건으로 20여 일 조사를 받은 끝에 1929년 1월 17일 경성지법 검사국에 송치되었다. 그의 죄목은 1927년 6월 조선공산당(유혁은 그가 가입하였을 때는 M.L당이었는데 뒤에 조선공산당으로 변경되었다고 진술)에 가입하여 전남도당 간부 및 목포 야체이

168　동아일보 1931. 10. 25

169　'어대전(御大典)'으로 1개월 감형되어 출옥하였다는 얘기도 있으나 당시 기록에 '만기 출옥'이라는 기록이 있다.(조선일보 1929. 6. 22)

카에서 활동 혐의로 1929년 7월 15일 징역 2년이 선고되었다. 1931년 광주형무소와 서대문형무소 두 곳에서 만 3년 옥살이를 한 끝에 유혁이 출옥하였다. 그는 출옥하자마자 영암지역 농민조직 결성을 주도하였다.

유혁이 서대문형무소에 투옥되어 있을 때, 1930년 5월 10일 영암에서 최기동이 최헌원, 곽명수 등과 함께 '해방운동영암중앙부'를 결성하였다. 농촌 청년, 부인, 소년들을 농민조합 각 조직에 배치하였다. 야학 활동을 병행하였다. 이 조직을 가장 먼저 결성하려고 한 곳이 미암면이었으나 최기동이 체포되면서 중단되었다. 1931년 7월 16일 유혁은 서대문형무소에서 출옥하였다. 당시 신문에 그의 출옥 사실이 실려 있다.

> "3차 공당共黨 관계 유혁 만기 출옥
> 제3차 조선공산당 사건에 연좌되어 징역 2년의 형을 받고 시내 서대문형무소에서 복역 중 전남 영암의 유혁은 16일로 형기가 완료되어 17일 아침에 다수 지우知友의 출영으로 만기 출옥하여 방금 시내 인사동 남산여관에 투숙 중이라 한다."[170]

유혁이 출옥하면서 주춤거린 영암지역 농민운동이 활기를 띠게 되었다. 곽명수, 김판권, 최판옥, 유혁, 최규창, 최상호, 김석준 등 7명은 1931년 9월 27일 최판옥 집에서 분산된 영암지역의 운동을 하나로 통일한 조직을 만들자고 하였다. 그리고 유혁 등 7명은 1931년 9월 30일 경 최규창의 집에서 조직을 만들 것을 논의하였다.

---

170 조선일보 1931. 7. 19

곽명수는 일본 대학 예과에 재학 중, 1929년 11월 격문을 경성으로 보내 살포한 혐의로 기소되었다. 이와 관련한 내용은 다음에서 알 수 있다.

> 작년(1929년) 11월에 동경으로부터 다수의 격문을 조선 내지로 발송 살포한 혐의로 소위 동경 격문범이라 하여 금월 상순에 시내 종로서 고등계원에게 체포되어 엄중한 취조를 받고 있던 전남 영암 곤인시면 두신리 72번지에 본적을 두고 동경 일본대학 예과에 학적을 둔 곽명수는 드디어 출판법 위반 및 보안법 위반으로 24일에 경성지방법원 검사국에 솔치되었는데 동 사건의 연루자는 전부 11명이나 그중 10명은 불구속 송국이 되었다.[171]

1930년 2월 상순, 격문 발송, 살포 혐의로 체포된 곽명수가 1930년 4월 15일 징역 10월을 선고받았다는 내용이다. 그런데 그가 다시 1930년 6월 9일 영암군 영암면 동무리 사립학술강습회장에서 '농민조합창립준비취지서'라는 제목의 글을 '농민조합창립준비위원회'라는 명의로 작성하여 배포한 혐의로 벌금 50원에 처한다는 형벌을 받았다. 이로 미루어, 그가 징역 10월을 선고받은 후 곧 형 집행정지나 감형을 받아 풀려났음을 알 수 있다.

김판권은 도쿄에서 사회주의 운동에 가담하여 수감되었다가 귀향하였고, 최판옥은 1920년 경 일본 동경에서 대삼영大杉榮, 계이언堺利彦 등과 교유하며 사회과학을 연구하였고, 이후 사회운동에 투신하였다. 1927년 5월경 이명수李明壽의 권유로 조선공산당에 입당하여 조선공산당 및 고

---

171 매일신보 1930. 2. 26

려공산청년회 군산야체이카에 배속되었다.[172] 이처럼 유혁 출옥 후에 모임을 가진 이들은 사회주의 사상에 바탕을 둔 혁명가들이었다. 이 모임이 유혁 출옥 후에 이루어진 것으로 보아 그가 이 모임 결성에 깊이 연관되어 있음을 알 수 있다. 하지만 이 모임은 아직 결사로까지 나아가지 못한 '연구회' 수준이었다.

10월 상순 영암 영등리 하헌훈 집에 최판옥, 김판권, 유용희, 곽명수, 최상호, 최규창 등 6명이 모여 소작쟁의에 관한 상무기관을 조직할 것을 논의하여 최판옥, 김판권, 곽명수, 최규창 등 4명을 상무위원으로 지정하였다. 유혁은 덕진면 운암리 청년회에 많은 소작농민을 모이게 하여 일치단결하여 농민조합을 만들자고 하였다. 재래의 관혼상제를 목적으로 만들어진 상부회相扶會를 소작인 상부회로 전향하여 소작농민의 권익을 위해 노력하였다.

1931년 10월 23일 영암 낭암학원 강당에서 합법적인 농민운동 단체 영암농민조합 창립준비회를 개최하였다. 하지만 준비회를 개최하고 불과 4~5일 후 일본 경찰은 "과거에 영암에서 양적으로나 질적으로나 이번 영암 농조창립준비회와 같은 모임이 없었다" 하여 "관내 각 주재소원을 소집하여 영암 농민조합창립준비에 활동한 인물들의 일체 행동을 감시하라"라는 장문의 인쇄문을 배부하고 집회금지를 명하였다.[173] 그리고 창립준비회중앙위원장인 최판옥과 이창희를 출판법 위반으로 구속

---

172 최판옥 형집행유예취소청구(1934 刑申1)

173 동아일보 1931. 11. 10

하였다. 이보다 앞서 제4차 조선공산당 사건으로 1932년 2월 29일 장흥지청에서 최판옥은 벌금 30원, 이창희는 벌금 20원이 선고되었다.[174]

합법적인 농민조합 조직에 실패한 이들은 동창회, 야학, 상조회, 청년회 등 합법적 조직을 최대한 이용하여 농민 계급 각성과 소작권 옹호 운동을 전개하였다. 그리고 3월 22일 운암리 청년회관에서 청년회원 수십명과 농민 다수를 모아놓고 신소작인을 철저히 배척할 것과 구소작인으로 하여금 소작권을 영구 계속하게 할 것을 결의하고, 지주가 빼앗은 구소작인의 소작권을 구소작인에게 돌려주도록 하기 위해 신소작인이 새로 소작한 토지에 농사를 짓지 못하도록 방해하였다. 이 무렵 소작농민들이 가장 반발했던 것은 1912년 토지조사령으로 기한부 소작농으로 전락한 농민들의 처지가 최악의 상황에 이르렀음을 잘 보여준다. 당시 영암지방은 방농기放農期임에도 불구하고, 지주와 지주의 사음(舍音: 마름)들은 소작권 이동을 전횡하여 소작농들은 극도의 불안을 느끼고 있었다.

1932년 4월 18일 영보리 뒷산에 모여 비밀결사 공산주의자협의회를 조직하였다. 최판옥을 책임자로, 교양부 김판권, 연락부 유용희, 출판부 곽명수로 임원진을 구성했다. 물론 유혁이 이 조직 결성에 중요한 역할을 했다. 이들은 연극, 야학 등을 통해 부녀자나 아동들에게 민족의식을 고취시켰고, "사회주의 개론", "국제노동사" 등을 강의하였다.

이제까지 살핀 1930년대 초의 영암 농민운동의 조직 및 활동을 정리하면 다음 표와 같다.

---

174 판결문(소화8년 형공제168호 1932. 2. 29)

<표11. 영암 농민운동을 이끈 단체>

	연구회(1931)	적색노동노합(1931)	영암공산주의자협의회(1932)
주요인물	김판권, 최판옥, 최규창, 곽명수	김판권, 곽명수, 최상호	김판권, 유용희(유혁), 곽명수
목표	영암농조건설	−소작인의 계급의식 −불합리한 사회극복	−소작인의 의식성장 −적색농민조합 건설
활동내용	합법적 농민조합 추진 (일제 방해로 중단)	야학 (사회주의·계급적 교육)	소작권 문제에 직접 개입 (영보촌 농민항일운동)

지주의 자의적인 소작권 이동이 소작 농민의 생존권을 크게 위협하고 있다고 보았던 유혁 등 당시 영암농민조직 지도자들은 이 문제 해결에 관심이 많았다. 유명한 영보 형제봉 농민 항쟁은 이 과정에서 일어났다. 이 항쟁은 이웃 나주 공산면장 김상수가 영암 땅의 소작권을 신 소작인에게 양도하면서 구소작인을 격분시킨 것이 직접적 계기였다. 1932년 3월 13일 덕진면 운암리 청년회관에서 청년 수십 명이 모여 소작권 이전 횡포에 맞설 대책을 의논했다.

1932년 6월 4일 청년 70여 명이 영보리 영보정에 메이데이 즉 노동절 행사를 하였다. 원래는 양력 5월 1일 메이데이 행사를 하려 했으나 경찰의 감시가 심하여 기회를 잡지 못하였다. 음력 5월 1일인 6월 4일을 기해 메이데이 행사를 한 것이었다. 이 행사에서 소작권 문제를 집중적으로 논의하였다.

같은 날 오후 4시 70여 명의 영암청년회 및 농민운동 조합 회원 2백

명이 영보리 뒷산 형제봉에서 산유회를 핑계로 모였다. 최판옥, 김판권의 시사 특강이 있었다. 그리고 아리랑타령과 노동가를 불렀다. 만세도 소리높이 외쳤다. 야유회가 아니라 2백 명 이상이 참가한 대규모 산상 시위였다. 대오를 나누어 붉은 깃발을 선두에 날리며 나팔, 북을 울리고 노동가를 부르며 문제의 발생지인 동네로 행진하여 시위운동을 전개하였다. 항일독립운동사를 빛낸 유명한 형제봉 사건이 이렇게 일어났다.

산에서 내려온 시위대 100여 명은 붉은 깃발을 들고, 신 소작권 이전을 성토하는 시위를 하며 영암읍내까지 행진하였다. 이들은 소작권을 빼앗은 지주로부터 소작지를 받은 운암리의 박찬수, 신병진, 박한용 외 수십 명의 신소작인의 집에 찾아가 꾸짖고 장차 소작하지 않겠다는 서약까지 받았다. 또 고분고분 소작권을 넘겨준 이전 소작인도 꾸중하였다.[175] 새로 소작권을 넘겨받은 소작인은 이들 시위대를 경찰에 고소하였다.

경찰은 농민·청년들이 산상 야유회를 빙자한 대규모 집회를 열고 읍내까지 진출하자[176] 이를 단순히 소작권을 둘러싼 불만의 표출을 넘어 조직적인 항일운동을 전개한 것으로 판단하였다. 이날 영암 경찰은 행사에 참석한 장암리 농민 10여 명을 검거한 후, 조선인 차림으로 변장한 경찰 30명을 동원하여 덕진면 운암리, 신북면 명동리, 금정면 아천리를 접한 백룡산 일대를 포위하여 수십 명의 농민과 청년을 체포하였다.[177] 그

---

175 동아일보 1933. 7. 9

176 동아일보 1933. 9. 9

177 동아일보 1932. 6. 14

리고 경찰의 포위망을 벗어났던 최판옥은 6월 11일 영암 녹문리 김기준 집에서 체포하였고, 실질적으로 행사를 주도한 유혁은 6월 9일 체포되었다. 대규모 영암 시위대를 체포하기 위해 인근 강진 경찰까지 동원하였다. 당시 유혁의 체포 사실을 보도한 신문 기사이다.

> 영암군 신북면 모산리 류혁씨는 지난 9일 소관 신북경찰관주재소에 검거되어 엄중한 취조를 받는 중이라는 데 내용을 비밀에 부침으로 자세히 알 수 없으나 덕진 소작쟁의에 관한 것으로 추측된다.[178]
> 한편 이 사건이 일어나자 일제는 300여 명의 가난한 아동들의 공부를 돕는 장암면 농민야학과 영보리노동야학을 폐쇄하였다. 이들 야학은 모두 7, 8년의 전통이 있었다.[179]

유혁이 6월 9일 체포되었다는 기사이다. 유혁이 현장에서 체포되지 않았음을 알려준다. 어쩌면 그가 메이데이 행사 당일 영보정에서 있었고, 산상 시위 현장에 없었을 가능성도 배제할 수 있다. 실제 판결문에 보면 형제봉 시위 현장에 유혁은 없었다. 왜냐하면 그는 다른 일정도 있었고, 출옥한 직후였기 때문에 동료, 후배들이 그를 보호하기 위하여 전면에

---

[178] 동아일보 1932. 6. 13

[179] 이와 관련하여 영암의 사설 교육기관으로, 1922년 설립된 공교육을 받지 못한 영암 지역 수백 아동들을 교육하던 낭암학원도 형제봉 사건이 일어나자 농민운동의 근거는 이러한 학원에 있다고 하여 낭암학원을 비롯하여 각지의 야학, 심지어 교회가 운영한 야학까지 전부폐쇄하였다. 그러자 영암의 몰지각한 인사들이 낭암학원 교사(校舍)를 '현사정(現射亭)'이라는 활터(射亭)로 만들었다. 그러자 당시 동아일보 주재기자가 이를 강력히 비판하는 기사를 썼다. "(전략) 아동의 독서소리는 어디로 가고 재인의 풍류소리가 웬일이며, 아동의 운동구는 어디 가고 과녁판이 웬일인가!(중략) 학원의 존폐는 우리의 사활문제이다. 학원의 존재는 우리가 살아 있는 것으로 사정의 복고는 우리가 다시 죽는 것을 상징한다.(하략)"(동아일보 1933. 8. 15)

내세우지 않았을 가능성도 있다.

여하튼 이날 메이데이 행사는 일본 경찰 당국뿐만 아니라 국내외의 많은 조선인에게 큰 충격을 주었다. 미주지역 독립운동 단체인 대한인국민회 기관지인 '신한민보'에 이 사건이 자세히 보도될 정도로, 형제봉 사건은 국외 동포사회에도 깊은 감동을 주었다.

다음은 형제봉 사건의 진행 과정을 상세히 살펴보도록 하겠다. 이 사건을 보도한 당시 신문기사이다.

①"영암 농민사건의 중심인물 30명 지난 22일에 송국
　　전남 영암경찰서에서 2개월 전부터 검거 취조 중이던 영암농민 '데모' 사건은 그 사이 도 경찰부 및 강진경찰서 지원아래 100여 명의 인원을 검거 취조 중인 바 대개 석방되고 30여 명의 중요 인물에 한하여 취조를 거듭하여 오던 중 지난 22일 새벽에 일건 서류와 함께 광주지방법원 장흥지청 검사국으로 송치하였는데 영암 사회에서는 금번 이 사건에 대하여 검거된 인물의 종래 판례로 보아 모종 비밀결사나 있지 않은가의 심증만 있다 한다. 송국자 씨명은 다음과 같다. 금번 이 사건으로 인하여 영암군 여러 곳의 야학까지 전부 폐문을 당하였다 한다.
　　송국자 성명
　　유혁, 김평권[180], 곽명수, 최판옥, 김석준, 최상호, 최병수, 이용의. 하령훈 외 20여 명[181]"
② 한 동안 농민층을 중심으로 데모를 일으켜 일시 세상의 이목을 소란케 한 전남 영암 농민사건으로 피검된 유혁 곽명수 김평권 최판옥 최상호 김석준 이용의 최병수 하영훈 등 24명은 지난 23일 장흥 검사국을 거쳐 지난(7월) 29일 목포 검사국으로 압송하여 오는 즉

180　평권은 김판권의 오기이다.

181　조선일보 1932. 7. 26

<u>시 목포형무소로 수감하였다.</u>[182]

형제봉 사건으로 체포되어 구속된 사람이 100여 명에 달한다. 당시 신문보도에 자세히 보도되고 있다. ①, ②를 통해 6월 4일 현장에서 체포되거나, 유혁이나 최판옥처럼 추후 체포된 사람들이 6월 22~23일 무렵 장흥검사국을 거쳐 7월 29일 목포지원 검사국으로 이송되었음을 알 수 있다. 곧 영암경찰서와 강진경찰서에서 분산되어 20일 가까이 조사를 받고, 다시 장흥 검사국에서 한 달 넘게 조사를 마친 다음 목포지원 검사국으로 넘겨졌다. 영암경찰서에서 100여 명을 18일 가까이 수사하여 73명을 장흥 검사국으로 이첩하였다. 장흥검사국에서 다시 수사하여 30명을 기소의견으로 목포 검사국으로 보내고 나머지 43명은 불구속기소하였다. 불구속 기소된 사람들도 2개월 가까이 유치창 및 형무소에서 수감되어 온갖 고문을 받았다. 목포 검사국으로 넘겨진 30명 가운데 8명은 다시 불구속기소되어 석방되었고 최종 예심에 넘겨진 이가 22명이었다.

결국 영암 형제봉 농민 항쟁으로 구속되어 재판을 받은 이는 22명, 불구속기소 51명 등 73명이 재판에 넘겨졌다. 단일 사건으로 최대 규모였다. 73명 가운데 재판 과정에서 하헌정, 유영곤, 하헌훈, 최판수, 신태금, 최찬오 등 6명은 면소되어 최종 형을 받은 이는 67명이었다.

그런데 ①, ②에서 나오는 핵심 인물의 맨 앞에 유혁의 이름이 나와 있고, 가장 연장자이다. 이로 미루어 유혁이 이 사건의 핵심 인물임을 알

---

[182] 동아일보 1932. 8. 1

수 있다. 가장 연장자인 유혁이 형제봉 시위 현장에 있다가 경찰에 포위되었다면 도피하지 않고 당당히 체포되었을 것이다. 위에서 살핀 바처럼 며칠 후에 체포되었다는 것은 그가 현장에 없었다는 방증이다. 재판을 받았던 명단을 정리하면 다음과 같다.[183]

<표12. 형제봉 사건 기소자 명단>

구분	이름(나이)	비고
구속	김판권(33), 최판옥(32), **유 혁(41)**, 곽명수(29), 최상호(26), 최규창(26), 김석준(28), 박찬걸(23), 한상암(29), 최규관(23), 김용운(26), 최석호(25), 최동림(25), 최동환(27), 최병수(27), 최규철(21), 최판렬(27), 문사원(31), 박수봉(25), 신용주(29) 신용원(30) 이상 21명	
불구속	최사진,최학선,최만년,최규선,최사열,최성술,이기범,최규태, 신용덕,최경호,이명범,최규동,이일선,최명렬,최윤식,최규원, 고광희,최춘열,신일선,신종현,최양홍,최중렬,신용점,박치상, 최병권,문준열,신원범,최병돈,최옥태.신광현,최병옥,최정범, 하도신,박도상,박기상,최병호,신영규,문성선,문사명,문영복, 문윤식,박유성,박영래,문영신,유인춘,문영인 이상46명	

다음은 재판 진행상황을 다룬 기사이다.

영암 농민데모 사건은 15일 오전 10시에 목포지청 형사법정에서 시본矢本 재판장 주심으로, 유柳, 고전高田 양 배심판사 열석과 제堤검사 입회 아래 김성호, 윤명룡, 김영수 등 세명의 변호사 출석으로 제1회 공판이 개정되었는데 <u>일반 방청은 20명까지 제한이 되어 사랑하는 자제의 얼굴이라도 한번 보려고 먼 지방에서 온 친족 중에는 입정치 못하고 밖에서 울고 있는 광경은 자못 눈물겨웠으며</u> 만일을 경계하는 정사복 경관 수십 명은 법정 내외를 삼엄하게 경계하여 엄한 기분이 법정을 싸고 돌았다.

---

183 동아일보 1933. 9. 15 그런데 동아일보에서는 구속자 수 21명을 20명으로 잘못 정리하였다.

77명의 피고를 구속, 불구속 별로 좌석을 정돈한 후 재판장은 예에 의하여 피고의 주소, 씨명, 연령, 직업 등을 묻기 시작하자 피고 유혁, 김판권, 곽명수 등은 재판장을 연호하며 "여기는 공산당을 심리하는 재판정이다. 최판옥은 재감중에 방향전향을 한 자인즉, 우리의 동지가 아니요, 우리의 적이다. 적되는 최판옥과 같이 공판을 받지 아니하겠으니 분리해달라"고 노호怒號하여 법정은 일순 긴장한 공기에 쌓여 혼란한 상태를 이루었다가 재판장으로부터 "최판옥의 사상 전향한 것은 아직까지 조사하지 않았으니 내용을 알 수 없으니 분리할 수 없다"하여 다시 주소, 씨명을 물은 후 불구속자로 중병으로 출정치 못한 신용점 외 4인을 분리한다고 선언하고 사실심리에 들어가면서 맨 처음을 최판옥을 취조하게 되었다.[184]

영암 농민항쟁 제1차 재판을 보도한 신문기사이다. 원래 첫 공판은 1933년 7월 23일 열리기로 되어 있었으나 기록 등 준비가 덜 되어 8월 22일로 연기되었다가[185], 다시 늦춰져 9월 5일 첫 공판이 열린 것이다. 그러니까 1932년 7월 29일 목포 검사국으로 송치된 지 13개월 만에 체포된 지 14개월 만에 첫 재판이 열린 셈이다. 검사 앞에서 무려 13개월 넘게 조사받은 것이다. 목포 지원 개청 사상 최대 공판이었다.

1차 공판은 방청객 숫자를 20명으로 제한하여 유혁, 곽명수 등이 이에 대한 불만을 2차 공판에서 강하게 하였다. 경찰 수십 명이 법정 내외를 경계할 정도로 엄청난 사건의 재판이었다. 그런데 항쟁을 주도한 최판옥이 검사의 회유, 협박을 이겨내지 못하고 재판 시작하기 이전, 전향을

---

184 동아일보 1933. 9. 17
185 동아일보 1933. 7. 23

한 것으로 보인다. 이에 유혁 등이 최판옥과 함께 재판받는 것을 거부하고 있음이 주목된다. 최판옥의 전향 사건은 일본 경찰 당국에서는 반가운 뉴스였을 것이다. 하지만 유혁 등이 볼 때는 불쾌하였다.

한편 재판을 보러 방청객 가운데 최기동, 박두재, 박찬섭 등이 체포되는 일도 있었다. 다음은 제2차 재판 내용이다.

①"영암 농민사건 2회 공판 개정 출정피고 수는 6~70명, 방청객 3명을 검거

전남 영암 농민 '데모' 사건에 관한 제1회 공판이 지난 5일 오전 9시에 광주지방법원 목포지청 제1호 법정에서 시본矢本재판장 유고 전柳古畑 양 배석판사, 제堤검사의 열석으로 공개됨은 이미 보도되었거니와 동일 오후 5시 재판장으로부터 폐정을 선언하자 경계중이던 목포서 형사대는 영암에서 이번 공판을 <u>방청코자 온 사람 중 최기동, 박두재, 박찬섭 등</u> 3명을 검속하였다.

제2회 공판은 16일 오전 9시 정각에 개정되었는데 개정 벽두에 피고 가운데 <u>최판권, 곽명수로부터 이번 공판은 공개임에 불구하고 방청객에 혹독한 제한을 하여 멀리서 온 친척들도 방청을 못하게 되는 자리 있는대로 방청을 허락하라는 요구가 있은 후</u> 피고 박유상으로부터 사실 심리는 시작되었다. 오전 11시 45분 일단 폐정하고 오후 1시 정각에 계속 개정하여 피고 박치상에 관한 폭력행위 위협 시위 행렬 등에 관하여 세밀히 재삼 심리한 바 <u>피고 중 대부분이 예심 종결서를 부인하였는데 이는 경찰 심문의 가혹으로 무근한 사실을 부득이 시인한 것이라</u> 한다. 동 3시 반 금일 처음으로 출정한 피고 박도상에 대한 심리를 마지막으로 하고 재판장은 제 3회 공판은 오는 22일 오전 9시에 개정될 것을 선언하자 작일 얼시간여에 한하여 자기의 <u>방향 전환에 대한 연설을 한 최판옥으로부터 다시 지금 발언권을 구하여 배판이 승낙하매 피고 증 김판권, 유혁 또한 발언권을 구했으나 거절을 당하니 이어 발언권에 대한 재판장의 불공평을 말하다 최</u>

판옥은 30분에 한하여 다시금 자기의 방향전환에 대한 이론을 선언하니 피고 중 약간의 질문도 있었으나 재판장의 직권으로 4시 15분에 폐정되었다.[186]"

②(속보)"방향전환 비판요구
영암 데모 공판 제2일 혼란 상태
영암 농민 데모 사건 공판은 16일 오전 10시에 엄중한 경계 중에 계속 지정하고 15일에는 하던 심문을 계속 진행코자 김판권 곽명수 등이 최판옥의 사상 전향 성명에 대한 비판 언권을 다시금 요구하여 법정은 긴장한 공기에 쌓였다가 언권을 허락하겠다는 시본矢本 재판장의 언명이 있은 후 재판은 진행하였는데 피고 유혁으로부터 방청을 공개하다 하여도 기 실은 먼 지방에서 온 피고의 가족은 임정치 못한 자가 다수에 달한다 하고 방청 제한을 항의하매 법정이 협소하다는 이유로 거절하였다.
16일에는 비밀결사와 야학 사건을 주로 심문하고 주요 분자 외에는 일사천리로 진행을 하고 12시에 휴정하였다가 오후 1시에 다시 시작하여 4시까지 대개 심리를 마치자 최판옥이 일어나 자기의 사상 전향의 설명은 16일에는 조선말로 하였으나 17일은 일본말로 하겠다는 요구에 재판장이 승인하자 유혁과 곽명수 김판권 등은 최판옥의 사상 전향 설명은 작일昨日에 충분히 설명하였으므로 더 들을 필요가 없다 하고 그 전향 설명에 대하여 이론 전개를 할 비판 언권을 요구하여 우리는 합법적으로 공판을 받으려 하는데 만일 우리를 위협적으로 취급하는 경우는 우리도 우리대로 하겠다 하여 법정은 일시 혼란하였다. 변호사 유명룡씨도 재판장을 향하여 피고 자신이 이 재판을 원만히 합법적으로 받으라고 하는 이상 최판옥에게만 언권을 주지 아니 한다면 도리어 법정이 소란하게 된다 하매 재판장은 다음 공판때에 언권을 허락하기로 하고 다음 공판은 오는 2일 오전 9시에 개정할 것을 선언한 후 폐정하였다."[187]

---

186 조선일보 1933. 9. 19

187 신한민보 1933. 10. 19 이 기사는 동아일보 1933. 9. 19 기사를 신한민보가 전재한 것이다.

①은 1, 2차, ②는 제2차 공판을 보도한 내용이다. 이를 통해 형제봉 농민항쟁으로 재판에 넘겨진 73명에 대한 제1차 공판이 1933년 9월 5일, 제2차 공판이 9월 16일, 3차 공판이 9월 22일 열렸음을 알 수 있다. 2차 공판을 조금 더 상세히 보도한 동아일보에 따르면, 1933년 6월 22일 예심이 있었고,[188] 제2차 공판도 9월 16일이 아니라 15일부터 17일까지 3일 연속진행되었던 것 같다.

15일부터 17일까지 계속된 재판에서 최판권, 곽명수 등이 공개재판임에도 불구하고 친척의 방청을 막는 것은 잘못이라는 항의가 있었고, 유혁 또한 "방청을 공개한다 해도 기 실은 먼 지방에서 온 피고의 가족은 입정치 못한 자가 다수에 달한다"라고 하며 방청 제한에 항의하였지만, 재판장은 법정이 협소하다고 거절하였다. 이렇게 제한하였음에도 재판을 구경하고자 하는 목포 시민들이 법원을 가득매웠다.

또한 피고들이 모두 경찰이 조사과정에 혹독한 고문을 하였다고 혐의사실을 부인하였다. 경찰의 강압적인 수사가 있었음도 알 수 있다. 그런데 첫날인 15일 농민항쟁의 핵심 주동자인 최판옥이 감옥에서 조사받을 때 '전향선언'을 하여 이에 반발하는 다른 피고들로 인해 재판정이 아수라장이 되었다.

16일은 비밀결사와 야학 사건을 심문하였다. 16일 재판에서도 최판옥의 사상전환 성명이 유혁 등 항쟁 지도부의 강한 반발을 불러일으켰다. 최판옥은 16일에는 조선말로 전향 성명을 하였으나, 17일에는 일본말

---

[188] 동아일보 1933. 9. 15

로 하겠다고 하자 재판장이 허락하였다. 그러자 유혁, 곽명수, 김판권 등은 최판옥의 사상전향 성명은 16일 충분히 설명하였으므로 더 들을 필요가 없다고 하였다. 동시에 그 전향 성명에 대하여 그 이론 전개를 할 비판 언권을 요구하여 우리는 합법적으로 공판을 받으려 하는데 만일 우리를 위협적으로 할 때는 우리도 우리대로 하겠다고 하여 법정은 크게 혼란에 빠졌다. 변호사 최명룡이 최판옥만 언권을 주고 다른 피고는 주지 않으면 법정이 더 혼란에 빠진다고 하므로 재판장은 다음 재판에는 언권을 주기로 하였다.

다음은 제3차 공판과 관련된 내용이다.

①"영암농민데모 사건 피고 65명에 최고 5개년 징역 최하 벌금 3원 구형 제3회 계속 공판에서

　전남 영암농민 데모 사건에 대한 제3회 공판은 예정과 같이 22일 오전 10시에 광주지방법원 목포지청 제1호실에서 개정되었는데 출정 피고는 구속자 21명과 불구속자 중 최윤권 신광현 신영규 등 3명을 제외한 43명이 출정하였다. 피고들의 얼굴에는 창백한 빛이 가득하여 그들의 지리한 철창 생활의 괴로움을 그대로 나타내고 있어서 이를 보는 부모 처자 멀리서 공판을 방청하고자 온 100여 명의 눈에는 말 없는 눈물이 흐르고 있는 광경은 실로 비참하기 짝이 없었다.

　재판장으로부터 공판개정 선언과 함께 최윤권은 분리 심리한다는 뜻을 말한 후 최옥태부터 시작되었다. 주소 성명 연령을 물은 후 간단한 사실심리를 마치자 김성호 변호사로부터 최상호에 대한 공산주의자 협의회에 대한 변론이 있은 후 이어 윤명룡 변호사로부터 피고들의 회합 동기에 대한 것과 소작답을 청년회에서 공동수확하

였다면 그 수확된 곡물처리 여하에 대한 변론이 있었다. 피고 유용희로부터 사실 심리의 미급한 점과 착오를 말하겠다 하여 감옥에서 제출한 자기의 진술서 목록 반환을 요구하니 찾아보겠다는 재판장의 답이 있은 후, 그러면 부득이 이 점은 나중으로 미루고 사유재산제도 부인에 대하여 간단히 진술한 후 사회과학서류를 압수하고 반환여부의 말이 없음은 무슨 일인가 하는 질문에 대하여 변호사에 의뢰하여 알아보라고 재판장이 답변하자 진술서 목록을 다시 요구하니 보지 못하였다 하므로 그러면 생각나는 대로만 변론이 문제되어 법정 일시 긴장, 변호사와 검사의 일문 일답.

오후 1시30분 계속 개정하여 피고 신용점부터 심문이 시작되었다. 즉시 검사의 논고에 들어가 진술하겠다고 하고, 공산주의자협의회는 조선공산당이 성립되는 때에 이 회는 지방 '야체이카'가 된다는 최판옥에게 반론하자 최판옥 역시 이에 답하고자 언권을 강요하는 등 장내는 일시 혼란하였다. 그리하여 최판옥은 과거의 동지로서 감자기 방향을 전환케된 동기를 묻고 최판옥에게만 발언권을 주고 왜 나에게는 주지 않느냐고 전번 공판정에서 말한 것은 취소한다. 그 이유는 물론 최판옥은 방향을 전환하였으나 그 이상의 특전도 있을 줄 안다고 한 후 피고들의 발언권을 검사 논고전에 주기를 요구하니 재판장이 이를 거절하고 오전 12시에 일단 휴정하였다. 피고를 개별적으로 노고한 후 다음과 같이 구형하였다. <u>김성호 변호사로부터 현금 사상방면에 있어서 대별하건대 좌 우익을 막론하고 조선의 소작제도의 폐해를 상세 설명한 후 동일한 처지에 있는 그들을 동정하여 자주 대항 혹은 소작권 이전 반대를 한 것이니 동정할 바라</u> 하니 검사로부터 변론의 근본 이론 등을 질문하는 등 변호사와 검사 사이에 일문일답이 있어서 검사의 추궁, 변호사의 변론 취소 등으로 장내는 일시 긴장하였다. 윤변호사로부터 변론을 마치자 방청석에서 어떤 백발 노인이 일어나 나도 말을 하겠다고 악을 쓰며 내 자식 죽일테면 죽이라고 하는 등 장내는 일시 소란하였다. <u>유용희로부터 검사가 변호사에게 그와 같이 강박적 태도를 공판정에서 취함은 일본 사법계에 있어서 일종의 추태라는 말을 한 후</u> 피고 중 2. 3인의 진술을 마지막으로 판결 언도는 오는 29일 하기를 선언한 후 오후 6시 45분에 폐정한 바 피고에 대한 검사의 구형은 다음과 같다.

김판권 유용희 곽명수 각 징역 5년(이하 생략)[189]"

② 사상 전환 논란과 변절자

"영암사건 피고들이 정내廷內에서 <u>전환자 구타, 제지하는 간수들에게까지 달려들어 피고 중 대다수는 상고 의향 농후 최고로 5년역 언도</u> 전남 영암 농민 데모 사건에 관란 판결 언도는 예정과 같이 29일 오후 3시 정각에 광주지방법원 목포지청 제1호 법정에서 시본矢本재판장의 주심과 유柳, 고본古本 양 배석판사의 열석과 제堤검사의 압회 하에 있었는 바 이른 아침부터 재판소 구내에는 방청객이 모여 들어 대혼잡을 이루었다. 멀리서 온 100여 명의 피고들의 친척 그 중에는 백발의 약한 몸을 지팡이에 의지하고 젊은 부녀들은 어린 것을 업고 혹은 안고 그리운 남편의 얼굴이나마 보고자 이곳

제7장 유민유허와 민중 | 293

저곳에 모여서 있는 모양은 보는 사람으로 하여금 애를 태울 뿐이었다. 3시 정각 재판장으로부터 개정 선언이 있은 후 이어서 피고들에 대한 범죄사실을 일일이 들어 말한 후 다음과 같이 판결 언도가 있었는데 언도가 끝나고 폐정케 되자 피고 중 금번 공판에 방향을 전환하였다는 최판옥에게 달려들어 구타를 가하려 하자 간수는 이를 제지하였던 바 피고들은 제지하는 간수들에게 달려들어 폭행을 하는 등 장내는 일시 대혼잡을 이루었으며 동 사건에 관한 피고에 대한 구형과 판결언도는 다음과 같으며 대부분이 공소 또는 상고할 의향이란다.

 (판결내용 생략)

 김판권 징역 5년 유용희 징역 5년 곽명수 징역 5년 --- (미결구류 통산일수, 김판권 유용희 곽명수 — 각 254일)[190]"

①, ②는 3차 재판을 보도한 같은 신문의 각기 다른 날짜 내용이다. 9월 22일 3차 재판에서는 검사의 구형이 있었다. 김판권, 유용희(유혁), 곽명수 등 주동자는 징역 5년을 구형하였다. 영보항쟁의 전개과정에서 유혁보다 김판권, 곽명수의 역할이 두드러지게 보인다. 그럼에도 유혁이 이들과 함께 징역 5년이 구형되었다면 농민 항쟁을 유혁이 실질적으로 이끌었음을 알 수 있다.

①에서 재판에 임하는 유혁의 당당한 태도를 확인할 수 있다. 그는 재판의 진행 과정의 문제점을 조목조목 비판하고 있다. 그리고 그가 감옥에 있으면서 보았던 사회과학서적을 형무소에서 압수한 것을 반환을 요구하고 있다. 그가 목포형무소에서 수감 중 보았던 사회과학서적의 하

---

190 조선일보 1933. 10. 1

나가 웰스의 『세계문화사대계』였다. 그가 반환을 요구한 서적 목록에 이 책이 당연히 포함되어 있었을 것이다.

그리고 9월 29일 오후 3시 선고가 내려졌다. 유혁, 김판권, 곽명수 등에게 징역 5년 형이 선고되었다.[191] 그리고 폐정이 되자 피고인들이 전향한 최판옥에게 달려들어 구타하였다.

유혁 등은 대구복심법원에 항소하였다. 유혁 일행은 대구형무소로 호송되었다. 67명 가운데 41명이 항소하였다. 이 가운데는 무죄 판결이 내려진 김석준 등 4명은 검사가 항소하였다. 이 보도가 1933년 10월 11일인 것으로 보아 이 무렵 항소가 이루어진 것으로 보인다. 1934년 3월 7일 원심과 동일하게 유혁, 김판권, 곽명수에게 징역 5년이 선고되어 확정되었다.[192] 유혁은 징역5년에 미결구류일수 365일 본형에 산입 판결이 내려졌다.[193] 그의 출옥 시기는 대략 1937년 3월 무렵이지 않을까 한다.

<표13. 영보 항일운동 전개과정>

일 시	내 용
1931.03.22	소작권 이전 항의(운암리 청년회)
1932.05.01	노동적 기념시위 실패
1932.06.04	(음)5월 1일 노동절기념행사(영보정) 후 형제봉 집결 시위 전개

---

191 판결문(소화8년 형공 제409·410호).

192 판결문(소화8년 형공 제627·628호).

193 유혁은 1심 징역 5년 미결구류 통산 240일 2심 공소 이유없음 징역 5년 미결구류 통산 125일이었다.

<표14. 영보농민시위사건 주요 관련자 판결내용>

피고인(형량)	적용법률	비 고
김판권(5년) 최석호(1년) 최동림(1년), 최동환(1년), 최병수(1년), 최판옥(2년 6월)	치안유지법 위반, 가택침입, 폭력행위 처벌에 관한 법률	협의회 및 시위 사건 관련
유혁(5년), 곽명수(5년), 최상호(2년 6월), 최규창(2년), 김석준, 박찬걸, 최규관, 한상엄, 김용운(무죄)	치안유지법 위반	협의회 관련
문사훈, 박수복, 신용주, 신용점, 박유성(징역8월)	업무방해, 가택 침입, 폭력행위처벌에 관한 법률	시위 사건
최규철, 최판렬, 신일선(6월)	가택 침입, 폭력행위 처벌에 관한 법률	

이들 주동자 및 가담자에 대한 형량 가운데 유혁, 김판권, 곽명수 3인이 징역 5년으로 가장 많다. 유혁은 1933년 대구복심법원에서 징역 5년을 선고받고 복역하였다. 유혁은 세 번째 투옥되었다. 그가 징역 5년형을 받은 것은 누범이기도 하였지만, 실질적인 주동자임을 알려준다.

형제봉 사건으로 구속, 투옥된 사람들 가운데 일제의 집요한 회유, 협박을 견디지 못하고 최판옥처럼 전향서를 작성하거나, 군청 직원, 면장 등의 직책을 맡아 변절하였다는 비판을 받는 이도 꽤 있다. 1937년 중일전쟁이 일어나자 일제는 항일운동, 또는 사회주의 운동 전력자 가운데 전향한 자들을 중심으로 1938년 7월 친일단체인 '시국대응전선사상보국연맹'을 조직하였다. 1938년 8월 28일 대구지부가 결성되었는데, 김판권이 전남 대표로 참석한 사실이 당시 총독부 기관지 매일신보에 보도되었다.[194] 김판권도 최판옥처럼 전향한 것이다. 끝까지 정체성을 지켜낸

독립운동가 우석 유 혁

---

[194] 매일신보 1938. 8. 31

이는 유혁, 곽명수 2인이었다고 영암인들은 말한다.

하지만 이 항쟁은 사회주의 운동으로 해석되어 제대로 평가받지 못하였으나 최근 들어 이들에 대한 재평가 작업이 이루어지면서 2018년 6명, 2019년 3명, 2020년 4명, 2021년 23명, 2022년 6명 등 60여 명이 유공자로 인정받았다. 단일 사건으로 최대의 서훈 규모라고 할 수 있다.

영보농민항쟁은 일제의 식민통치 체제 유지에 적지 않은 타격을 가하였다. 일제는 1934년 조선농지령을 제정하여 소작권의 계약 기간을 1년에서 3년 또는 7년으로 늘려 소작인들의 불만을 잠재우려고 정책을 변경한 것은 영보 농민 항쟁의 결과였다.

제8장
건국동맹 참여와 독립국의 꿈

금광 채굴사업과 독립자금 조달

유혁이 대구형무소에서 5년 형기를 마치고 1937년 봄 출옥하였지만, 수감생활을 하고 있을 때 발생한 전남운동협의회 사건으로 적지 않은 동료들이 수감생활하고 있었다. 그가 출옥하던 해 7월 중일전쟁이 일어났다. 일제의 야욕이 노골화되면서 일제의 식민통치체제는 더욱 정교해져 있었다.

1년 전인 1936년 '조선사상범보호관찰령'을 제정해 치안유지법 위반자에 대한 감시가 심해졌다. 서울, 함흥, 원산, 평양, 청진, 신의주, 대구, 광주 등에 '보호관찰소'가 설치되어 사상범을 수용했다. 이기홍의 증언에 따르면, 보호관찰소에서는 사상범들을 우량優良 전향자, 양良 전향자, 그리고 비 전향자로 구분하였고, 비 전향자는 다시 준전향자와 전향의 가능성이 전혀 없는 자들로 분류하여 각각의 성향에 맞게 보호 처분을 받도록 했다고 한다.[195] 이 가운데 일본 당국이 극히 위험하다고 분류한 300여 명은 수원에 있는 예방구금소에 구금하였다. 광주 보호관찰소가

---

195 김명기, 2019, 『이기홍평전』, 도서출판 선인.

관할하는 전라남북도 지역의 대상자는 3백~4백명 수준이었다.

1938년에는 보호관찰소의 외곽 단체로 결성된 '시국대응전선사상보국연맹'은 반전 반제사상을 무마하고 내선일체와 황민화를 강요하는 사상보국 운동을 전개하였다. 1941년 1월 시국대응전선사상보국연맹을 해체하고, 서울, 청진, 평양, 신의주, 대구, 광주의 보국연맹 지부를 독립된 재단법인 '대화숙'으로 재조직하였다. 대화숙에서는 사상범을 수용해 일본 정신을 강요하는 황도정신 수련도장을 설치, 운영하였다. 1941년 2월에는 일본에 앞서 비전향 사상범을 사회에서 격리 수용하기 위하여 제정한 조선사상범예방구금령에 따라 예방구금소(보호교도소)가 경성 서대문 구치소에 내에 설치되어 강제 수용이 시작되었다.

1940년 초반 일제가 작성한 요시찰·요주의 인물명부에 의하면 7,600여 명 중, 전향자는 1,280명이었고, 중일전쟁이 발발한 직후 2년간 1,796명이 전향했다. 대화숙에는 1943년 10월 현재 91개소의 지부에 5,400여 명이 가입되어 있었다.[196]

유혁이 보호관찰소에 들어간 흔적은 찾아지지 않는다.[197] 창씨개명도 하지 않았다. 유혁처럼 활동이 노출된 사람이 창씨개명을 하지 않고 버틴 경우는 드물다. 그의 강한 저항정신을 엿볼 수 있다. 유혁은 수시로 예방구금소에 끌려갔다. 1945년 해방도 예방구금소에서 맞았다고 한다.

1937년 출옥 이후 유혁은 이중, 삼중으로 감시망이 형성되어 있어 거

---

196 경성일보사, 1943, 『조선연감』

197 박병엽의 증언에 따르면 유혁은 김용기가 운영한 농장 등으로 몸을 피하며 일제의 회유, 압력을 이겨냈다고 한다.

의 운신할 수 없었다. 이때 그는 일본 감시를 느슨하게 하고, 독립운동에 필요한 자금을 마련하려고 전남 곳곳에서 뜨겁게 달아올랐던 금광 개발에 뛰어들었다.

1920년대 중반의 신문 기사이다.

"보성군은 곳곳마다 산을 파도 금이요, 물을 파도 금이라는 별명이 있는 중 유독 복내면은 역사가 오랜 광산지로서 우리 조선사람의 성패 득실도 많았거니와 일본 사람의 경영으로 큰 성공을 한 자가 많은 중 금년 봄에 보성군 미력면 송림리 박태규씨가 복내면 금방석이라는 산성산과 노래놀에 새로이 광맥을 발견하여 총독부 허가를 얻어 방금 채굴 중인데 성적이 좋다하여 각처 광부들이 구름같이 모아들어 복내 일대는 더욱 번창하였다."[198]

당시 금광 개발 역사는 1906년 이전과 이후, 소위 골드러시라고 부르는 1930년대로 크게 세 시기로 나눌 수 있다. 1906년 이후에는 일본이 본격적으로 금의 수탈을 시작한 시기라고 할 수 있으며, 1930년대는 만주사변을 일으킨 일본의 산금장려정책으로 우리나라의 금 생산량이 최고에 달하는 시기였다.[199]

1930년대 금광 열기의 직접적인 계기는 금값 폭등이었는데, 이는 일본의 경제체제 내적 문제에서 비롯된 것이다. 일본은 1930년 금본위제에 재가입하면서 금이 화폐로서 기능하게 되자, 대외 결제 수단으로의

---

[198] 조선일보 1925. 5. 22

[199] 류종렬, 1991, 「일제 강점기의 '금 모티프' 소설 연구: 김유정 소설을 중심으로」, 외대어문논집 13.

금의 확보가 필요했으며, 이에 10년간 금생산량 75톤을 목표로 하는 산금 10개년계획을 1932년에 공포하였다.

1930년대 초 일본은 '쇼와금융공황'으로 심각한 금유출 현상을 겪고 만성적 불황 위기에 몰렸으며, 전세계적으로 금본위제가 정지되면서 전쟁을 위한 군비 확충과 함께 유일한 국제 통화인 금의 확보가 절실해진다. 전쟁물자 결제 수단으로서 금의 확보가 더욱 필요해지자, 1933년 '저품위 금광석 매광 장려금 교부규칙'을 반포해 전국적으로 금광개발 과열 현상을 일으켰다. 또한 1937년 일본의 중국 침략이 본격화되면서 조선을 군수공업생산기지로 활용하려는 일환으로 '광업설비 장려금 교부규칙'과 금 증산을 위한 '조선 산금령'을 공포하기에 이른다.

이처럼 조선의 금광 열기는 당시 총독이었던 우가키의 산금장려정책에서 시작되었고, '조선광업령', '신발견자 우대제도' 등의 제도는 정교하게 기획된 정책의 산물이었다. 일본은 조선의 병참기지적 역할을 강조하면서 금광침탈을 서서히 강화시켜 나갔고, 일본재벌은 세계적 공황을 극복하기 위해 저임금 노동력을 확보할 수 있는 조선으로의 진출을 시도하였다. 일본은 산금장려를 위한 정책을 잇달아 발표하였으며, '북선 개척 15년 계획' 중 광업 정책을 가장 핵심적인 부분으로 하였다. 일본 정부는 지속적으로 대대적인 산금정책을 세워 금광에 보조금을 지급하고 금을 고가에 매수하는 등 금 채굴을 장려하였다.

'금광업 설비장려금'은 총독부가 시설비의 50%를 교부하는 것이었으며, 처음 출원한 사람에게 우선적으로 허가를 내주는 선원주의先願主

義원칙은 금 채굴을 부추기는 정책이었다. 일제의 산금정책은 군수자금 확보를 위한 군부의 음모이자 조선의 금을 모조리 쓸어 가려던 식민지 정책의 일환이었던 것이다. 이러한 일제의 금수탈 정책으로 말미암아 1933년부터는 북선 개발이라는 정치 슬로건 밑에서 관북뿐만 아니라 전국에서 광산 열기가 거세게 일었던 것이다.[200]

또한 당시 신문은 전쟁하는데 금이 필요한 이유를 알리는 데 분주했으며, 일본은 국가에 금을 헌납하도록 하기 위해 금 전람회를 열어 많은 사람을 유치했다. 이러한 총독부의 정책으로 당시 한국은 골드러쉬가 일어났으며, 금광업은 한 시대의 풍속이 되었고, 사람들이 일확천금의 꿈을 꾸며 광적으로 금광에 열광하게 된 것이다. 이 무렵 전남지역에서도 금광열기가 뜨거웠음을 알 수 있는 신문기사가 있다.

① "실로 진귀한 자연금괴 노다지가 최남주 씨(광주 갑부) 소유 호남선 임곡면 용진광산에서 1월 4일 채굴되었다. 광산 감독 백홍주 씨와 수 명의 광부가 너무 기뻐서 자동차를 빌려 광주로 옮겨왔다. 그리고 동 금괴를 여관에 두고 언제라도 보물처럼 볼 수 있도록 하였다. 금광 갱구는 89개, 금광맥은 천 척 이상의 것이 11개나 되었다. 그리고 광산 감독자는 101명, 광부는 1,100명이 동원되었다. 자연금괴가 발견된 노다지는 제2호 갱구에서 채굴된 것인데, 제5 광맥이 가장 우수하여 전도유망하다."[201]

② "황금상黃金床 나주 광구 39개소

200　한국광업협회, 2012, 『한국광엽백년사』

201　경성일보, 1937. 1. 17(일본어판)

산금 장려의 국책적 물결로 광산이라고 한 데서 금을 파기 시작하였는데 금년 2월 8일까지 나주 산야에 흩어져 있는 광구는 전부 39개소이며 그의 전면적은 33,319,720평이다. 그리고 그에 대한 1년간 세금이 1만1천 606원 52전이란 거액이다. 이것은 물론 전부가 금광이며 따라서 등록된 것만이 이밖에 출원 중에 있어서 아직 등록되지 아니한 것도 상당한 수에 있을 것이므로 장차 나주지방은 광산지대로서 세인의 주목을 끌 것이며 현재도 몇 개 있는 것은 이미 알고 있는 바이다. 도처에서 폭발하는 금광 경기와 금광열기는 정히 황금시대를 이루고 있다. 나주 지방은 최근에 와서 금광열기가 팽배하게 된 셈인데 그 내용을 보면 소화 7년 9월부터 처음으로(이하 없음)[202]

한말 의병전쟁이 치열하게 전개되었던 광주 광산의 임곡의 용진산에서 1937년 대규모 금광이 발견되었고,(①) 1939년 용진산과 그리 멀지 않은 나주에서도 무려 39개나 되는 금광이 개발 중에 있다는 내용이다.(②) 나주의 금광개발이 활기를 띨 무렵 유혁도 이곳 광산개발에 참여한 것 같다. 금광 개발은 많은 지주 자본가도 관심이 있어 했는데, 저자의 조부도 일제 말 금광 투자에 나섰다가 적지 않은 손실을 입었었다.

독립운동가들 가운데 이 무렵 금광 개발에 뛰어든 이들이 꽤 있었다. 1919년 4월 출범한 상해의 대한민국임시정부의 최연소 의정원 의원이었던 변극 선생이 1932년 6월 출옥 후, 화순에 내려와 은둔생활을 하면서 금광 사업에 투자하여 재산을 크게 늘렸었다. 변극 선생은 이때 축적된 재산으로 독립운동세력을 후원하고, 해방 후 사재를 떨어 '화순이서

202　조선일보 1939. 3. 23

북국민학교'를 설립하기도 하였다.[203]

변극처럼 유혁도 금광 채굴사업에 뛰어들었다. 유혁은 신북과 그리 멀지 않은 나주 동강 지방의 금광에 투자하였다. 그가 금광에 투자한 것은 징용을 피하려는 사람이나 독립운동을 하였던 사람들을 숨겨주기 위해서였다고 4남 인학은 증언한다. 그의 금광개발이 독립운동을 위한 수단이었음을 말해준다. 그의 금광이 징용을 기피하는 이들의 도피처로 활용되었다면 금광개발 참여는 징용이 본격화된 1943년 무렵에도 계속되었음을 알 수 있다.

일본에서 귀국한 1930년대 중반 목포에서 용당동 선착장을 운영하며 재력을 축적하였던 유혁의 평생 동지 강석봉은 독립운동세력을 후원하는 데 막대한 자금을 사용하였다. 강석봉과 마찬가지로 유혁의 금광개발 수익은 지하에서 독립운동하던 사람들의 운동자금으로 제공되었다.

---

[203] 변극은 전남대학교에서 독립운동사를 강의하다가 원불교에 귀의하여 원광대학교에서 정년 때까지 한의학을 가르쳤다.(『선산변중선』, 2018, 저자 또한 한국학호남진흥원의 '미지의 초상'(2023)에서 변극 선생의 삶에 대해 짧은 글을 작성하였다.)

여운형의 건국동맹과 유혁

유혁 행적의 큰 토대는 당시 신문 기사, 판결문과 같은 공식 기록에 더하여 박병엽 증언이다. 박병엽 증언을 따라가다 보면 거의 100% 사실에 부합함을 알게 되어 깜짝 놀랄 때가 많다. 그 증언 가운데 우리가 미쳐 알고 있지 못한 유혁에 관한 내용이 있다. 유혁이 여운형이 조직한 건국동맹에 관여하고, 경기도 양주에서 농군학교를 세워 농민운동을 실천한 김용기와 농민동맹을 결성하였다는 내용이 대표적인 예이다.

김용기와 박병엽은 생전에 인연이 없으므로, 박병엽의 증언에 김용기 이름이 나올 리 없다. 박병엽이 유혁과 김용기의 관계를 언급한 것은 유혁에게 들었기 때문에 가능하다. 김용기가 여운형의 독립운동을 후원하고, 몸을 숨기고자 찾아오는 독립운동가에게 은신처를 제공한 것은 모두 사실이다.

유혁이 여운형이 1944년에 조직한 조선건국동맹에 참여하였다고 박병엽이 증언하였다. 여운형의 집안은 대대로 소론파였고, 유혁 또한 소론 명문가였다. 이들 사이에는 양주가 고향인 소론계 후예 정인보가 있다.

1942년 12월 일본에서 귀국한 직후 유언비어 유포죄로 체포된 여운형은 치안유지법, 육해군형법, 조선임시보안령 위반 혐의로 경성 헌병대에 연행 구속되었다. 1943년 7월 2일 징역 1년 집행유예 3년 형이 확정되어 같은 날 석방되었다. 7개월 가까이 투옥된 셈이다.

출옥 직후 경성요양원에 입원하였던 여운형은 고향인 양주에서 농촌운동을 벌이고 있던 김용기가 운영하는 봉안에 요양을 핑계 삼아 은둔하였다. 요양원에 있던 1943년 8월 10일 조선민족해방연맹을 결성하였는데, 형무소에 수감 중 이미 구상한 조직이었다.

그는 곧이어 중앙, 지방조직 결성에 착수하였다. 봉안에 있던 1944년 1월 만주군 내 조선건국동맹 비밀조직을 만드는 등 건국동맹 결성 준비에 박차를 하였다. 약 1년간의 준비 작업 끝에 1944년 8월 10일 경성의 삼광한의원 현우현의 집에서 조선건국동맹을 결성하였다. 여운형, 현우현, 황운, 이석구, 김진우, 조동우 등 좌익계 노장층이 주도하였다. 건국동맹에는 친일파 민족반역자를 엄격히 제외하고 민족적 양심이 있는 인사를 망라하여 공장, 회사, 학교 등 대중 단체에 세포조직을 둘 것을 결정하였다. 민족해방투쟁과 건국 사업을 준비하기 위함이었다. 건국동맹의 주요 직책은 다음과 같다.

위원장 : 여운형
내무부 : 조동우, 현우현(국내 동지 규합과 조직 관리)
외무부 : 이걸소, 이석구, 황운(국외 독립운동 단체와 연락)

재무부 : 김진우, 이수목(자금조달 관리)

건국동맹은 이념적으로 좌·우의 폭넓은 계층을 포괄하고 있었다. 맹원 대부분이 신간회에 참여하였고, 투옥 경험이 있었다. 조직적 훈련이나 이론으로 무장되지 않은 우국지사 집단과 같은 비밀조직이었다. 1940년대 결성된 항일운동과 건국준비를 위한 조직이었다. 지방조직도 갖추었다. 결정된 각 도 대표책임위원 명단은 다음과 같다.

충청남북도 : 신표성, 김종우, 유웅경, 장준
경상남도 : 명도석, 김명규
경상북도 : 이상훈, 정운해, 김관제
강원도 : 정건화, 정재철
전라남북도 : 황태성
황해도 : 여권현
평안남도 : 김유창
평안북도 : 이유필
함경남도 : 이증림
함경북도 : 최주봉

중앙의 이석구, 현우현, 황운, 이걸소, 김문갑 등이 각 지방을 왕래하면서 연락을 담당하였다. 건국동맹의 지방 조직 중에는 조직책만 지명한 경우도 있었고, 유형의 조직인 경우 건국동맹이라는 명칭을 붙이지 않고 농민동맹·농민협회 등의 이름을 쓰는 이명동체異名同體의 방식을 취하거나 무형의 그룹으로 조직된 경우도 있었다. 각 도 책임위원들의 이력을 통해 건국동맹의 성격을 살필 수 있다.

<표15. 건국동맹 지역별 책임자>

출신지	이름	주요경력		비고
		해방전	해방후	
충청	신표성	조공 야체이카	민전중앙위원	서울회계
충청	장준	조선청년총동맹	전농충북대의원	서울회계
경남	명도석	신간회 간부	마산건준위원장	
경남	김명규	마산 야체이카	마산인민위원회	
경북	이상훈	신간회 간부	경북인민위원장	경북건준
경북	정운해	조선노농총동맹	경북건준	
전라	황태성	신간회김천지회	경북인민위원회	

전라남북도 책임자는 경북 상주 출신 황태성이었다. 그가 전라도 출신이 아님에도 전라남북도 책임자로 분류된 것은 1920년대 전북에서 활동하다 투옥된 경력이 있었기 때문이다. 그는 해방 후 대구에서 일어난 유명한 대구폭동을 주동하였다.[204] 보성에서 양정원이라는 무상교육시설을 세워 민족교육을 한 윤윤기가 조선건국동맹 전남 책임자였다는 증언도 있다.[205]

건국동맹 지방책임자들 다수가 위 <표15>에서 알 수 있는 것처럼 해방 직후 여운형이 주도하여 출범한 건국준비위원회·인민위원회에서 활

---

204 황태성은 월북 후 북한에서 비교적 높은 지위까지 올랐다. 1953년 박헌영이 재판받을 때 참고인 조사를 받았다. 1961년 5.16군사쿠데타를 일으킨 박정희의 형인 박상희의 친구로도 유명하다. 1962년 박정희를 만나러 특사 자격으로 밀파되었다가 간첩죄로 처형되었다.

205 선경식, 2007, 『학산 윤윤기』, 한길사.

동하고 있음을 알 수 있다.[206] 유혁이 해방 직후 결성된 전남 건국준비위원회에서 임시의장 및 사회를 맡아 행사를 주관한 것은 박병엽의 증언처럼 건국동맹과의 연관성 때문이라는 심증을 분명하게 해준다.

206　정병준, 1993, 「조선건국동맹의 조직과 활동」, 『한국사연구』 80.

김용기의 농군학교와 농민동맹

유혁이 건국동맹 결성에 참여한 것은 여운형이 봉안마을에서 거처하고 있을 때였다. 유혁은 농민운동을 전개하고 있었던 김용기를 일찍이 잘 알고 있었다. 훗날 막사이사이상 수상자, 가나안 농군학교 설립자로 유명한 김용기는 1931년 한강이 바라다보이는 고향, 양주군 와부면 능내리 봉안 마을 산비탈을 개간하였다.[207] 여운형의 6촌 동생인 여운혁 등 10명 동지와 함께 시작하였다. 같은 양주 출신의 여운형이 훗날 이곳 농장에서 몸을 추스르며 건국동맹의 구체적인 계획을 수립하였던 것도 평소 김용기를 잘 알고 있었기 때문이다.

17세의 나이로 여운형이 설립한 광동학교를 졸업한 후 자신의 할 일을 찾아 오래 방황하던 김용기는 지식인일수록 농사를 지어야 하며 그것이 나라를 살리는 길이라고 여겨 농사꾼 생활에 전념하였다. 그의 나이 불과 19세였다. 김용기는 2년 후,

---

[207] 조동걸은 이상촌 건설이 1936년부터 건설되기 시작하였다고 하였으나(『조동걸 전집』), 김용기가 처음 개간을 꿈꾸었던 시기는 그의 구술 등을 종합하여 볼 때 1931년부터였다고 본다.

"농사짓기 2년 만에 나는 동네에서 제일 농사를 잘 짓는 일군이라
는 칭호를 듣게 되었다. 그리하여 나의 근면과 기술을 동네 선배 농삿
군들이 다르게 되었으며 마침내 어린 나이면서 동내 두레패에서 부
령좌의 자리를 점유하기에 이르렀다. 어느 정도 농사에 자신이 생긴
나는 하나의 새로운 꿈을 갖게 되었다. 그것은 어떻게 이 지상에 하나
님의 나라 즉 낙원을 만들어볼 수는 없을까 하는 생각이었다"

라는 심정으로 이상촌 건설을 본격 추진하였다. 그러나 김용기에게 이
상촌은 독립운동의 역량 축적과 더불어 많은 독립운동가의 은신처 제공
을 위한 터전이었다.

김용기는 평소 일제 치하에서 "여운형을 17년간 모시고 그를 탈옥시
키려 한 계획을 위시하여 풍부한 경험을 이야기하였다."[208]라고 지인들
에게 얘기한 데서 이상촌을 개설할 때부터 여운형을 도와 독립운동을 하
겠다는 의도가 분명하였다.

1944년 건국동맹 결성 직후 이상촌 인근 용문산에서 항일운동 조직인
'농민동맹'을 여운형과 김용기가 함께 조직한 것도 이상촌이 독립운동
기지 역할을 하고 있음을 알려준다. 곧 봉안촌은 일제의 비상 전시체제
아래 독립운동의 기지였다.

일제하에 개척된 곳이니만큼 독립운동 기지나 일제 박해로부터의 피
난처 역할을 톡톡히 한 봉안 이상촌은 자급자족과 공영의 협동주의 체
제를 유지하고 생필품을 공동 구입하여 길흉사 때 상부상조하고 문맹 퇴
치 운동을 벌였다.

208　크리스찬 아카데미 강원룡 목사의 김용기 장례식 추도사(동아일보 1988. 8. 6).

3차례, 8년의 긴 감옥 생활에서 지친 심신을 회복하고, 일제의 감시를 피해 독립운동의 방략을 모색할 근거지를 찾고 있었던 유혁은 봉안 이상촌을 주목하였다. 이미 오랜 농민운동에 종사하였기 때문에 유혁은 김용기가 꿈꾸었던 이상향을 잘 알고 있었다. 그렇다 하더라도 전남의 남쪽 고을 인사가 경기도 한쪽까지 들어왔다는 것은 쉽게 이해되지 않는다. 이때 주목되는 것이 유혁의 평생 동지인 위당 정인보가 양주에 거주하고 있었다는 사실이다.

1893년 서울 장흥방 회현동에서 태어난 정인보는 경기도 양근(평)(1903), 충청도 진천 금한리(1904), 충청도 목천 동리(1918) 등을 전전하다가 1920년에 서울로 돌아왔다. 1920년에 원서동에 기숙할 곳을 마련한 그는 1922년 연희전문학교로 출강하면서 서울 생활을 다시 시작했다. 효자동(1925), 숭인동(1928), 미근동(1930), 수창동(1933) 등으로 이사 다녔던 1935~1936년 사이 동아일보 논설위원으로 있으며 '5천 년간 조선의 얼'을 연재하였고, 1937년 연희전문학교 전임교수가 되었다.

그러나 일제의 탄압이 심해지자 연희전문학교 교수를 그만두고 1940년 경기도 양주군 노해면 창동[209] 733번지에서 은둔생활을 시작했다. 그곳에서 5년간 지내던 정인보는 일제의 탄압이 심해지자 1945년 3월 평생 친구가 있는 전북 익산군 황화면 중기리로 거처를 옮겼다.[210] 해방 후

---

209 양주군 노해면 창동은 지금 서울특별시 도봉구 창동을 말한다.

210 정인보는 중기리로 이거한 윤기중에게 '중리신거기'를 지어주면서, 서 "만약 晋가 어느 날 온 식구와 함께 군의 곁에 가서 그 精華에 은혜 입을 수 있다면 넉넉히 시끄러움을 잊을 수 있겠고, 또한 아래로 자손에게 薰染이 되련만, 오직 가난 때문에 스스로 실행치를 못하고 있다."라고 하였고, 또 "晋가 이미 군의 이웃에 갈 수는 없지만, 이 請을 어찌 가

서울 왕십리로 돌아온 그는 서울 흑석동(1946), 남산동(1948) 등에 살았다. 1950년 7월 남산동 자택에서 납북되었다.

정인보가 창동에 들어온 1940년부터 익산 중기리로 떠난 1945년 3월까지 5년 동안 지낸 양주에서의 생활이 주목된다. 현재 도봉구 행정구역에 속한 창동에 은둔하고 있는 정인보를 유혁은 자주 찾았다. 창동과 그리 멀지 않은 곳에 있는 봉안마을에 김용기가 독립운동 기지를 건설하고 있었다. 정인보, 유혁, 김용기는 서로 만나 독립운동의 방략을 찾고 있었다. 이 무렵 여운형이 투옥 생활로 지친 심신을 회복하고 일제의 감시를 피해 독립운동의 새로운 방략을 모색하고자 봉안촌에 찾아왔다. 봉안촌은 여운형, 정인보, 유혁, 김용기 등의 독립운동 거점이 되었다.

여운형은 이상촌을 중심으로 건국동맹과 별도로 지하조직인 농민동맹을 결성하였다. 이 단체는 건국동맹의 보조활동을 목적으로 1944년 10월 8일 경기도 용문산에서 조직되었다. 여운형, 김용기를 비롯하여 이장호·최용근(양평), 신홍진(여주), 박성복(고양) 등 13명이었다고 한다.[211] 농민동맹의 사업계획은 다음과 같았다.

① 징용과 징병실시의 방해, 민심 선동 및 교란 등을 목적으로 각종 서류와 호적부가 비치된 재판소 각 관공서에 방화하며,

---

히 저버리리오?"라고 하였는데, 친교가 있던 윤기중과 함께 중기리로 이거해 살고 싶지만 가난 때문에 이사하기 어렵다는 뜻을 밝혔었다. 이러한 사정을 잘 알고 있던 윤기중이 도움을 준 덕분에 정인보는 광복을 맞이해 서울로 돌아올 때까지 익산 황화면에 은거할 수 있었다.(이남옥, 「해방 전후 정인보의 교유 관계」, 2023, 『한국학170』)인터넷에는 정인보가 1940년 전북 익산으로 은거한 것으로 나와 있다.

211 이동화(전 통일사회당 대표)의 증언(조선일보 1990. 3. 8)

② 전쟁용 물자 수송을 방해하기 위하여 정보를 듣는 대로 철도를 파
　괴하고,
③ 징병 및 징용에 걸린 자와 애국투사를 도피시키고 그들로 하여금 항
　일투쟁에 가담케 할 것.

　일제 말, 봉안촌에는 많은 애국청년이 농군으로 위장하여 있었고 이들
은 저녁이면 모여서 독립운동 방략을 의논하였다. 용문산을 근거로 한
농민동맹이 그 구심점이었다. 일제 말에 학원에는 비밀 학생조직이나 또
해외와 연락된 항일조직이 있었으나, 농촌에는 110여만 명의 징용과 30
여만 명의 징발로 말미암아 농민이 거의 잡혀갔고 그 위에 징병이 강요
되고 있어 남아 있던 농민도 숨을 돌릴 수 없는 상황에서 농민동맹을 결
성한다는 것은 곧 죽음을 각오한 항쟁이었다.[212]

　중앙과 지방에서 활동한 명망있는 독립운동가가 거처를 잡은 봉안 이
상촌은 일본 경찰의 집중 감시 대상이었다. 김용기는 일제의 온갖 박해
를 받았음에도 밭농사만을 경작하여 공출을 피했고, 독립운동가나 징병
을 피해 도망쳐 온 학생들을 미치광이로 가장하여 숨겨주었다. 김용기
는 감시하는 일본 경찰을 회유, 매수하여 봉안 이상촌에서 독립운동가들
이 활동하는 것을 크게 제약하지 않도록 도움을 주었다. 김용기는 유사
시 독립전쟁에 대비하여 약간의 무기도 은닉해두었다가 발각되어 6개월
동안 투옥 생활을 하였다.

　봉안 이상촌에서 유혁을 만난 여운형은 건국동맹 조직 결성을 의논하

212　『우사조동걸전집』(2010), 「일제말기의 농민항쟁과 이상농촌운동」

였다. 유혁은 상해임시정부에서 인성학교 교장을 역임하고, 조선체육회를 창립하여 민족 독립운동의 토대를 구축해가는 여운형의 독립운동 방략에 깊이 감명 받았다.

유혁이 여운형과 만났다는 사실은 중요하다. 해방 이후 유혁의 행적을 보면, 건국준비위원회, 인민위원회, 민주주의민족전선 등 여운형이 주도한 단체결성에 적극 참여하였다. 여운형은 해방 이후 치열하게 전개된 좌·우 대립을 넘어 일관되게 좌·우 합작을 주장하다 쓰러졌다. 1947년 7월 14일이었다.

여운형의 비극적인 삶은 통일국가 수립을 꿈꾸었던 많은 이에게 충격을 주었다. 김용기는 생전의 여운형에게 다음과 같이 직언하였다.

> "선생이 돌아가시기 전, 나는 누차 선생에게 권한 말이 있었다. 첫째는 신앙을 가지라는 것이고, 둘째는 사상, 즉 좌우左右를 분명히 하라는 것이고, 셋째로는 정계에서 은퇴하라는 말이었다. 그러나 그때 선생은 끝내 나의 말을 귀담아듣지 않았던 것이다"

극우, 극좌 등 양 극단이 충돌하는 상황에서 중도 노선이 있을 공간이 없음을 잘 알았던 김용기는 이를 여운형에게 경고한 것이다. 광주 3·1 운동을 계획하였던 김범수는 해방 공간에서 건준, 인민위원회, 민주주의민족전선에서 좌·우를 넘나들며 통일국가 건설의 초석을 닦으려 노력하였다. 하지만 좌·우의 대립은 격화되고, 좌·우 합작 운동의 상징이었던 여운형이 1947년 7월 14일 흉탄에 쓰러지자마자 다음 달 곧 정계 은

퇴 선언을 하였다.

> "성명서
>
> 해방 이후 본인이 혼란한 정국에 제하여 정치에 관여하여 천직
> 인 의업에등한히 하였음은 심히 유감이었거니와 실은 단기 4280년
> (1947) 8월부터 일체의 정치 관계를 단절하여 실질적 탈퇴를 하고
> 더욱이 대한민국 수립 이후로는 충실한 국민으로 의료에 봉공하고
> 있는 중이거니와 이에 본인의 태도를 선명히 하기 위하여 지면으로
> 성명함.
>
> 단기 4282 10월 1일 광주 대인동 김범수
> (『동광신문』1949.10.5. 광고)"

유혁은 쉽지는 않았지만. 여운형이 강조하는 좌·우합작운동의 성공을 간절히 희망하였다. 이 무렵 좌·우합작운동을 지지하였던 미국에도 기대를 하였다. 유혁은 2차 미소공동위원회가 열리고 있는 덕수궁의 대표단에 전남 농민들의 특산물을 전달한 적도 있었다.[213] 하지만 다음 달인 7월 14일 여운형이 암살되었다. 어렵게 전개되어 온 좌·우합작운동은 사실상 막을 내림을 의미하였다.

여운형의 죽음은 유혁에게 큰 충격이었다. 여운형의 죽음, 김범수의 정계 은퇴, 김용기의 정계 은퇴 권유 등 일련의 사건들은 유혁에게는 큰 충격이었다. 그 또한 현실정치에서 손을 떼야 할 때가 되었다고 생각하게 하였다.

---

213 대중신문. 1947. 6. 15. "미소공위 기념으로 전남 농민 특산물을 노천묵, 유혁, 박봉규
등이 덕수궁 공위에 전달하였다."

제9장
통일국가 수립과 좌절

전남건국준비위원회 결성과 유혁

1945년 8월 15일 12시, 일본 천황 히로히토가 무조건 항복 선언을 하면서 35년 넘는 일제의 식민통치는 끝났다. 전라남도 도청 회의실에서 부동자세로 항복 방송을 청취하던 일본인 야기 도지사가 3백여 명의 한국인 직원과 일본인 직원들 앞에서 흘린 눈물은 이를 대변하는 상징적인 표시였다. 조선총독부의 하부기구인 전남도청의 권력 기구도 8월 15일을 기점으로 종말을 고하였다. 하지만 이는 기존의 정치·행정 권력의 공백과 새로운 공화국을 수립하려는 진통이 시작되는 순간이기도 하였다.

경성에서는 8월 15일 저녁 여운형과 안재홍이 중심이 되어 건국준비위원회를 결성하여 치안 공백을 메우며 새로운 공화국을 수립하려는 준비를 시작하였다. 그러나 1945년 8월 15일 저녁 결성된 건국준비위원회는 시간에 쫓겨 여운형, 안재홍을 위원장, 부위원장으로만 추대하였을 뿐 구체적인 담당 부서는 정하지 못하였다. 그러다 보니 실제 건국준비위원회는 1년 전 여운형이 결성한 조선건국동맹이 주도하는 모양이 되어 건준 발족 초기부터 건준과 건국동맹과의 미묘한 관계가 형성되었다고 한다.

이튿날인 8월 16일 건국준비위원회는 다음과 같은 전단을 살포하면서 본격적으로 활동에 들어갔다.

"조선 동포여, 중대한 현 단계에 있어 절대의 자중과 안정이 요청한다. 우리들의 장래에 광명이 있으니 경거망동은 절대의 금물이다. 제위의 일어 일동이 민족의 휴적에 거대한 영향있는 것을 맹서하라! 절대의 자중으로 지도층의 포고에 따르기를 유의하라!"

이에 발맞추어 전남 지역에서도 일부 인사들이 건국준비위원회 전남도지부를 결성함으로써 권력의 공백을 메꿈과 동시에 새로운 나라를 건설하는 데 주도적인 역할을 하려 하였다. 특히 당시 '제2수도'라는 의식을 지녔던 전남 지역 주민의 강한 자존감은 어느 지역보다 건국준비위원회 결성을 서두르게 하였다. 특히 유혁, 강석봉 등 서울회계통의 독립운동세력이 일제 말 은인자중하며 독립운동세력을 관리한 결과이기도 하였다.

태평양전쟁이 막바지에 달하면서 점차 전쟁의 주도권을 상실한 일본은 발악하였다. 반면 국내외에서 독립운동하던 세력들은 일본의 패색이 확실해지자 새로운 공화국을 수립할 준비를 하고 있었다. 여운형이 주도하여 조직한 조선건국동맹이 그 대표적이다. 일제는 1942년 광주고보 졸업생·재학생이 결성한 무등회, 1942년 광주사범학교 학생들이 세운 무등독서회 등을 임시정부와 연결된 독립운동 단체로 판단하여 혹독한 고문을 가해 무등회 회원 4명이 옥사하기도 하였다. 유혁 등 독립운동가들은 일제의 예비 검속에 걸려 경찰서 유치장에 갇히거나 대화숙에 수용되었다가 나오기도 하였다.

유혁은 해방 직전에도 예비 검속되어 유치장에 있다가 해방 이튿날 고향에 돌아왔다. 앞서 언급하였지만, 7월 예비 검속 대상이었으나, 부친 장례가 있어 잠시 미루었다가 1945년 8월 1일 영암경찰서에 검속되었었다. 이미 여러 차례 검속을 당하였던 유혁은 이번의 검속은 조선건국동맹과 관련이 있음을 느꼈다. 그러므로 이번에는 쉽게 나오지 못할 것이라는 예감이 들어 모친에게 이번에 붙잡히면 다른 곳으로 옮겨가 오랫동안 돌아오기 힘들 것이라고 하였다고 한다.

해방 이튿날 유혁이 고향 모산리에 트럭을 타고 돌아왔다. 동네 주민들이 거리에 쏟아져 나와 환영하였다. 환영인파가 도로를 가득 메웠다고 4남 인학은 기억한다. 유혁은 영암에서 일제 식민통치기구의 하수인 역할을 하던 조선인 경찰서장이나 일본인들이 조선인들로부터 공격받지 않도록 도와주었다. 그들은 단순 하수인이었기 때문에 용서해주어야 한다는 생각을 지녔다.

유혁은 잠깐 집에 들러 모친과 가족들을 보고 광주에 올라갔다. 여운형의 지시에 따라 건국준비위원회 전남지부 결성 준비를 하기 위해서였다. 8월 17일 결성된 건국준비위원회 전남지부는 중앙과 지방행정의 통상적인 상하 관계가 아닌 독자적인 판단에 따라 지방의 행정업무를 관장하였다.

앞서 8월 16일 경성방송을 통한 안재홍의 건국준비위원회 설립 촉구

방송이 있었다. 안재홍은 16일 오후 3시, 6시, 9시 세 차례에 걸쳐 경성 방송국을 통해 '3천만 동포에게 고함'이라는 연설함으로써 서울 시내뿐만 아니라 전국적으로 모든 국민이 건국준비위원회의 결성을 알도록 하였다. 이에 따라 전국 각 지방에서 건국준비위원회 지방지부가 발족되기 시작하여 8월 말에는 145개에 달하였다. 하지만 전남 지역은 사정이 달랐다. 여운형이나 안재홍 등 상부의 직접적인 지시나 명령이 없는 상태에서 독자적으로 건국준비위원회를 결성한 것이다.

8월 15일 일본 국왕의 항복 방송을 직·간접으로 들은 광주에 거주하는 일부 인사들은 국기열 집으로 모였다. 그의 집은 해방 이전부터 이들이 자주 모였던 장소였다. 그는 당시 조선총독부 기관지였던 '매일신보' 전남지사장이었지만, 그 이전 동아일보에서 기자로 활약하다가 필화사건으로 투옥당한 적도 있었다. 동아일보가 폐간되자 '매일신보'의 초대 사장이었던 이상협의 도움으로 전남지사장으로 내려와 있었다.

이런 연유로 그의 집에는 해방 이전부터 국가와 민족의 장래를 염려하는 우국지사들의 출입이 잦았다. 8월 16일 국기열 집에 모인 10여 명은 경성의 건국준비위원회 결성 소식을 이미 들었기 때문에 전남지방에서 건국준비위원회를 조직하자는데 쉽게 의견의 일치를 보았다. 이때 참석한 10여 명이 누구인지 모두 알 수 없으나 최인식이 본인이 그 모임에 참여하였다고 진술한 것으로 보아 그 역시 포함되어 있음은 분명하다. 최인식은 조선일보 기자를 하다 조선일보가 폐간되자 국기열처럼 '매일신보' 기자를 하고 있었다. 17일 결성된 건국준비위원회 전남지부 간부를 맡았던 인물 가운데 상당수가 국기열 집에 있었던 회합에 참석하였을 가능성이 크다.

이들은 이튿날인 8월 17일 오전 10시에 국기열 집 앞에 있던 창평상회에서 건국준비위원회 전남지부 결성식을 개최하기로 하고, 위원장으로 최흥종을 선출하자는데 의견일치를 보았다. 창평상회는 고광표가 운영하던 회사였다. 최흥종은 광주에서 YMCA를 처음으로 설립한 기독교 장로로서, 광주 3·1운동을 계획하다 경성에서 체포되어 투옥되었다.

8월 17일 오전 10시 창평상회에서 열릴 예정이었던 전남건국준비위원회 결성식을 인근에 있는 제국관(현 무등극장)에서 11시에 열기로 하였다. 전남건국준비위원회 결성식에 너무 많은 사람이 모여들어 창평상회는 비좁았기 때문이다. 수백 명의 시민들이 참석한 가운데 진행된 결성식의 사회를 유혁이 보았다.

이때 유혁이 사회를 본 모습은 그의 조카인 정찬준의 기억에 생생히 남아 있다. 광주중학교에 재학 중인 유혁의 매제였던 정우채의 장남 찬준은 외숙인 유혁과 광주에서 함께 생활하고 있었다. 광주극장에서 열린 대회에서 외숙의 연설하는 모습을 보았는데, 외숙이 행사가 시작하기 전에 연단에 올라가 마이크로 웅성웅성하는 군중들을 조용히 시키며 행사를 시작하였다고 증언하였다. 정찬준의 기억과 유혁이 행사의 사회를 보았다는 역사적 사실이 일치함을 알 수 있다.

그런데 박헌영은 행사가 열리는 무등극장의 뒤편 군중 틈에서 조용히 살펴보다 조용히 사라졌다. 건준이 그와 이념노선이 전혀 다른 유혁 등이 주도하고 있었기 때문에 그가 나설 수는 없었을 것이다.

유혁이 해방 이후 전남건국준비위원회 결성식 사회를 보았다는 것은 전남건국준비위원회의 토대가 건국동맹에 있었다는 것을 알려준다. 곧 비밀리에 조직되었던 건국동맹 전남 지부가 전남건국준비위원회 이름으로 화려하게 모습을 드러낸 것이다. 유혁은 이 단체를 빠른 속도로 광주 전남에서 활동하던 명망가들을 중심으로 세력화한 것이라고 여겨진다.

이날 최흥종이 만장일치로 위원장에 선출되었는데, 다음은 건국준비위원회 전남지부 간부들이다. 이들 명단은 자료들 『광주시사』(1966, 1980), 『전남도지』(1984), 『광복 30년』(김석학, 1975)마다 각기 다르게 나와 있다. 대표적인 것이 학무부장 김범수와 조직부장 신순언의 경우인데, 서로의 임무가 뒤바뀌어 있다는 얘기도 있다.

•위 원 장 : 최흥종 •부위원장 : 김시중, 강해석
•총무부장 : 국기열 •치안부장 : 이덕우
•재무부장 : 고광표 •선전부장 : 최인식
•학무부장 : 신순언 •산업부장 : 한길상
•조직부장 : 김범수 •청년부장 : 주봉식

이들 외에 58명의 건국 준비위원이 선출되었는데, 그들의 구체적인 명단은 현재 확인되고 있지 않다. 유혁은 당연히 포함되어 있었을 것이다. 이날 선출된 주요 간부들의 면면을 살펴보면 다음과 같다.

부위원장으로 선출된 김시중은 장성 출신으로, 김성수의 족숙이 되는 인척이었고 지주 출신이었지만 광주학생운동 등에 적극적으로 가담하는 등 민족적 성격이 강한 인물이었다. 그렇지만 건국준비위원회가 개편될 때 우파인 한국민주당에 가담했고, 한국전쟁 때는 다시 인민공화국에 참여하다가 경찰에 피살된 것으로 알려져 있다.

또한, 부위원장이 된 강해석은 일제강점기 사회주의 이념을 바탕으로 청년·학생운동을 전개한 인물이다. 1926년부터 1928년까지 전남 청년연맹의 위원으로 있으며 이로 인해 검거되어 3년 형을 받았다. 유혁에게 형이라고 부를 정도로 아우인 강영석과 함께 청년운동, 소년운동을 함께 하였다. 형인 강석봉은 전남 사회주의 운동을 주도적으로 이끌어 왔다. 부위원장으로 강해석이 들어간 것은 유혁의 역할이 작용하지 않았을까 추측된다.

그런데 이날 결성된 전라남도 건국준비위원회와 관련된 이기홍의 진술은 이와는 다르다. 이날 건준 위원장으로 박준규, 부위원장으로 강석봉, 국기열, 김철 등이 선임되었다고 기억하고 있다. 그런데 이는 곧 서술할 9월 3일 전라남도 건국준비위원회가 개편될 때 박준규가 위원장, 강석봉, 국기열, 김철이 부위원장으로 선출되고 있는 사실을 혼동한 것으로 보인다. 그러면 왜 8월 17일 전라남도 건국준비위원회가 결성될 당시 강석봉이 들어가지 않고 아우 해석을 넣었을까? 우선 형제가 명단에 들어가는 것에 대한 부담감을 가진 강석봉은 동생 강해석을 위원으로 추천한 것이라고 생각한다.

국기열은 매일신보 전남지사장으로 있었지만, 동아일보 기자 시절 필화사건으로 쫓겨날 정도로 항일 의식이 강한 데다 사회주의적 성향도 있었다. 송진우와도 절친하게 지냈지만, 극우적인 성향을 표명하지 않은 이른바 중도적 민족주의적 성향을 지닌 인물이었다. 이 때문에 많은 민족적 성향을 지닌 인사들이 그의 주위에 많았고, 건국준비위원회 결성에 주도적 역할을 하는 것이 가능하였다.

선전부장이 된 최인식은 일본 유학을 다녀온 후, 광주에서 조선일보 지국장을 지내다가 해방 직전에는 총독부 기관지 매일신보 기자로 활동했고, 한국전쟁 때는 입산하여 야산대 활동을 하다가 전향하여 사회주의 조직에 막대한 피해를 주기도 하였다. 그의 자서전이라고 할 수 있는 『격랑』을 출판하기도 하였으나 한국전쟁 후에는 철저한 반공주의자로 전향하였고, 1961년 5·16 군사쿠데타 직후에는 광주를 방문한 박정희 최고의장에게 광주학생운동 기념탑 건립을 건의하여 약속을 받아내는 등 시대의 변화를 읽는 눈이 탁월하였다.

치안부장 이덕우는 광주사범학교를 졸업한 후, 독학으로 변호사 시험에 합격하여 변호사가 된 사람으로서, 3·1운동과 농민운동, 독서회, 야학 등 각종 지하운동에 관련되어 여러 번 옥살이를 한 대표적인 민족주의자였다.

사회주의 사상을 지녔던 그는 해방 후 좌익사건에 대한 무료변론을 많이 했으며, 인권변호사로서도 명성이 높았다. 친일파 경찰 노주봉 암살사건에 연루된 김현 등을 무료 변론한 것으로 광주시민에게 널리 알려져 있다. 그의 이러한 경력 때문에 치안부장으로 선출된 것으로 보이는데,

그는 한국전쟁이 일어나자 보도연맹 사건으로 피살되었다. 이기홍의 글에는 이덕우의 최후의 모습이 그려져 있다

> (전략) 그 당시 변호사인 이덕우 동지는 내가 있는 감방 바로 앞 감방에서 우측 세 번째 감방에 수감되어 있었는데, 호명되어 끌려나갔다. 이덕우 동지는 큰 소리로, "동지들! 우리를 총살하려고 여기에 데려왔으니 각오하시오. 내가 먼저 가니 다음에 저세상에서 다시 만납시다!"하고 외쳐대자 간수가 그의 입을 틀어막는 소리가 들려왔다.
> 이 무렵 광주학생운동의 핵심 인물, 장재성도 총살되었다.

산업부장인 한길상은 강석봉과 평생 동지로, 1925년 이후 전개된 조선공산당 운동, 1928년 이경채 사건 등에 관련되어 여러 차례 투옥된 경험이 있는 진정한 독립운동가이자 철저한 사회주의 운동가였다. 그는 1961년 군사쿠데타로 정권을 잡은 박정희가 그의 정권의 정통성을 확보하기 위해 상훈법을 제정하여 건국훈장을 주는 것에 반발하여 거부하는 강단이 있는 인물이었다. 강석봉의 가장 가까운 동지였던 그는 조선공산당 교양부 위원으로 활동하다 검거되어 2년 6개월 형을 받기도 하였다.

조직부장인 김범수는 경성의학전문학교 출신으로 광주에서 남선의원을 경영하고 있었으며, 3·1운동으로 대구형무소에서 옥고를 치른 독립운동가였다. 광주청년회를 중심으로 전개된 민족실력양성운동에 적극적으로 참여하였다. 그는 해방 후 건국준비위원회 및 인민공화국 참여를 비롯하여 좌·우를 막론하고 해방 공간에서 민족의 역량을 하나로 모으는 데 앞장섰다.

재정부장 고광표는 담양 창평의 대지주로서, 동아일보의 고재욱, 고재필과 사촌지간이었으며, 김성수, 송진우, 백관수 등과 일본에서 같이 공부했던 친구였다. 건국준비위원회 사무실이 되는 창평상회는 그가 경영하고 있던 미곡상회였다. 그는 건국준비위원회가 좌익 중심으로 개편될 때 이탈하여 우파 정당인 한국민주당 전남지부를 창설하는 데 중추적 역할을 했다.

학무부장 신순언은 경성제대 법학부를 졸업한 변호사로서, 건국준비위원회 활동에 소극적이었다. 청년부장 주봉식은 운동선수로서 기골이 장대한 청년이었다.

이처럼 처음 결성된 전남건국준비위원회에는 지방 명망가와 활동가들이 참여하였다. 초기의 전남건국준비위원회는 신국가 건설이라는 목표를 달성하기 위해 극렬 친일파를 제외하고는 항일투쟁의 정도나 이념, 그리고 나이와 관계없이 다양한 인사들이 참여한 통일전선 성격의 조직이었다. 건국동맹의 지향점이 들어있었다.

건국준비위원회의 조직이 완성되자 해방 후의 무정부적 상태에서 빈번하게 발생했던 일본인에 대한 공격 저지와 치안 유지를 담당하기 위한 치안대의 조직이 급선무였다. 이에 치안부장인 이덕우는 함평 출신 김석을 대장으로 한 치안대를 급하게 조직하였다. 김석은 상해 복단대학을 다녔고, 대한민국임시정부 밀명으로 국내에 파견되었다가 체포되어 오랫동안 투옥되었던 인물이다. 그는 대한민국임시정부에서 활동한 김철의 조카였다.

그러나 건국준비위원회 위원 가운데 일부 위원이 치안대를 새로 조직하는 것보다 식민지 시기의 경찰조직을 복원하여 재가동하자고 주장하였다. 즉 건국준비위원회에서 조직한 치안대원들은 과거 경력을 고려할 때 치안 업무를 떠맡을 능력이 없다는 것이었다. 당시 치안대원은 운동선수들이 많았고, 체격이 좋은 청년들이 대부분을 구성하고 있었다. 이처럼 치안대조직 문제로 위원들 간에 의견이 나누어지는 상황에서 8월 24일 열린 건국준비위원회회의에서 치안대 건설에 반대의견을 제시하였던 보수 인사들이 사퇴하였다. 그들이 물러난 자리에 새로운 사람들이 충원되었다. 이처럼 치안대원 구성 문제로 표면화된 내부 문제는 9월 3일 열린 건국준비개편대회에서 최종 정리되었다.

이날 열린 개편대회의 사회 역시 유혁이 맡았다. 이는 건국준비위원회를 사실상 건국동맹이 실질적으로 주도하였음을 보여주고 있다. 그런데 사회를 맡은 유혁이 경성의 한민당 발기인 명부에 전라남도 건국준비위원회의 간부였던 김시중, 고광표와 함께 최흥종과 국기열 이름이 포함되어 있다고 보고하였다.

한국민주당은 1945년 9월 16일 발기인 1,600명이 모여 창당대회를 하였는데 미 군정에 우호적인 언론인, 지식인이 주를 이루었다. 여기에는 고려민주당(1945. 8. 18), 조선민족당(1945. 8. 28), 한국국민당(1945. 9. 4), 국민대회준비회(1945. 9. 7), 충칭임시정부 및 연합군환영준비위원회(1945. 9. 7) 등 우파 단체가 참가하였다.

유혁의 폭로로 최흥종, 국기열 등이 한민당에 참여한 사실이 알려지자

회의장에서 이들은 반대진영으로부터 격렬한 비난을 받았다. 고광표가 본인의 의사와는 전혀 상관없이 최흥종과 국기열을 임의로 포함을 시켰다고 하는 사실이 밝혀지기는 하였지만, 치안대 건설에 반대하였던 일부 보수진영은 공개적으로 궁지에 몰리게 되었다.

　한편 이날 열린 도민대회에서 보수진영은 미군이 곧 진주해올 것이므로 건준 간부들은 친미적 인물로 채워 건준과 미군 사이를 원만하고 우호적으로 만들어야 한다면서 건준의 재조직을 주장했다. 이에 대해 진보진영에서는 그러한 주장은 이제 막 해방된 조선의 위엄에 걸맞지도 않고 미국은 잠시만 머물 것이라고 하여 반대하였다. 이 논쟁에서 진보진영이 승리했고 상임위원회를 개편하는 선거에도 간부의 2/3를 차지함으로써 거의 완전한 주도권을 장악했다. 9월 3일, 도민대회에서 개편된 전남건국준비위원회의 조직구성원은 다음과 같다.

- 위　원　장 : 박준규
- 부 위 원 장 : 강석봉, 국기열, 김철
- 조 직 부 장 : 김종선
- 산 업 부 장 : 한길상
- 총 무 부 장 : 장영규
- 후 생 부 장 : 노종갑
- 지 방 부 장 : 조병철
- 학 무 부 장 : 강해석
- 치 안 부 장 : 이덕우
- 무임소위원 : 이익우

전남건국준비위원회의 개편된 조직은 이상의 간부 12명과 평의원 21명 등 총 33명으로 구성되었다. 이날 회의의 하이라이트는 강석봉의 등장이다. 그와 직접 관련이 있는 인물들이 사실상 전라남도 건국준비위원회를 장악하고 있는 모습이 보인다.

새로 건국준비위원장이 된 박준규는 평양 출신으로서, 일제강점기에 항일운동을 했던 독립투사이며, 해방 직전에는 호남은행에 근무하였다. 그는 덕망이 있어 많은 사람으로부터 절대적 지지를 받았던 원로로서, 1946년 초에는 민주주의민족전선 위원장에 추대되기도 하였다. 이 경력으로 인해 미 군정에 좌익 혐의로 구속되기도 했다. 그가 위원장으로 선출되게 된 데는 국기열, 한길상과 절친한 관계를 유지하고 있었던데다 목포에서 강석봉과 함께 '고보' 설립 운동도 하는 등 관계가 형성되어 있었던 것이 중요한 요인이었다.

전남건국준비위원회 창립에 필요한 경비를 오롯이 부담한 부위원장 강석봉이 위원회 개편에 있어서 실질적 영향력을 발휘하였다. 위원장으로 선출된 박준규를 비롯하여 그와 같이 부위원장인 국기열, 김철, 산업부장 한길상, 학무부장 강해석 등 주요 간부들이 그와 밀접한 인물이라는 데서 이러한 추론이 가능하다.

새로 조직부장을 담당한 김종선은 일본에서 노동운동을 했던 사람으로서, 일본 공산당 재건 운동과 일본 산별노조의 간부를 지냈던 혁혁한 공산당 혁명가였다. 1차 조직에서는 없었던 무임소위원에 이익우가 선출되었다. 1931년 5월 제주 야체이카 결성에 참여한 그는 제주 해녀 사건을 일으켰던 주동자로 징역 4년을 복역한 후 일본으로 도피한 인물이다. 대단한 이론가로 전남 사회주의 운동에 많은 영향을 끼쳤던 그는 해방 직후 귀국하여 광주에 올라와 건국준비위원회 광주시지부 선전부장을 맡고 있었다.

그와 강석봉의 관계는 제주에 구축된 야체이카와 관련이 있다. 제주 야체이카는 강석봉이 처음 조직을 하였다. 그러므로 이익우와 강석봉은 서로 연결이 되고 있었다. 이익우가 건국준비위원회 및 인민위원회 등에서 간부로 활동한 것은 강석봉이 추천하였을 가능성이 있다. 한길상의 집에 이익우가 자주 놀러와 아들 한세원과 씨름을 하며 놀았다는 한세원의 증언은 이를 뒷받침한다.

이처럼 개편된 전남건국준비위원회를 보면 명망가적 특성을 나타냈던 보수적 인물이 대부분 탈락하고 보다 사회주의적 성격이 강한 인물들로 채워졌음을 알 수 있다. 처음 전라남도 건국준비위원회에 참여하였다가 이때 탈락한 인사들을 보면 부위원장 강해석, 총무부장 국기열, 치안부장 이덕우, 산업부장 한길상을 제외하고, 위원장으로 추대된 최흥종을 비롯하여 부위원장 김시중, 재무부장 고광표, 선전부장 최인식, 조직부장 신순언, 학무부장 김범수, 청년부장 주봉식 등이었다. 이 가운데는 안종철 박사도 지적했지만, 최흥종, 고광표, 김시중 등 보수적 성격이 강한 인물이 많았다. 이때 김범수도 포함되어 있었는데, 사회주의적 성격이 강한 인물들에게는 보수적 인물로 비추어졌음을 알려준다.

이렇게 전남 건준의 주도권이 보수 우파에서 진보계열로 넘어가는 데 유혁이 주도적 역할을 하였다. 건준이 인민위원회로 개편될 때도 김종선, 이익우와 함께 유혁이 중요한 역할을 하였다. 그러나 유혁은 건준이나 인민위원회에서 이렇다 할 역할을 맡지 않았다. 그가 요직을 맡지 않음으로써 한민당 계열로 넘어간 보수파를 공격한 그의 정당성이 확보될 수 있기 때문이다. 이를 통해 유혁의 투철한 멸사봉공 정신을 엿볼 수 있다. 특히 유혁은 고광표나 김시중처럼 투옥 경험이 없는 이들이 건준의 얼굴이 되는 것은 문제가 있다고 생각했다. 박헌영은 일제강점기 투옥 여부, 대화숙 등에 들어가 변절했는지의 여부를 중요한 기준으로 삼았고, 유혁 또한 민족주의 우파를 기회주의로 인식하고 있었던 것과도 관련이 있다.

인민위원회와 인민공화국, 그리고 유혁

1945년 9월 3일 재정비된 전남건국준비위원회는 얼마 지나지 않아 같은 달 23일 인민위원회로 개편되었다. 그것은 1945년 9월 6일 경기여고 강당에서 전국인민대표자 대회가 개최되어 '조선인민공화국 임시 조직법안'을 통과시킴으로써 인민공화국이 수립되었기 때문이다.

건국준비위원회가 인민공화국 수립을 서둘렀던 까닭은 미 군정의 진주에 앞서 국내 각 계층의 사회 세력들이 참여하는 정치 조직을 만들어 미 군정으로부터 정통성을 인정받아 미 군정과 대등한 관계 속에서 정국 주도권을 확보하기 위해서였다. 동시에 충칭 대한민국임시정부와 맞설 수 있는 정치 조직을 만들어 해방정국의 주도권을 장악하기 위함이었다.

인민공화국의 중앙조직의 부서장으로 선임된 인물 가운데 80%이상이 좌파 성향이 강한 인물이었다. 그것은 건국준비위원회 결성에 참여하였던 우파들의 일부가 한국민주당을 독자적으로 결성하며 이탈하였기 때문이다. 그렇다고 하더라도 인민공화국은 공산주의자가 지배적이지는 않았고, 더구나 극좌파가 우세하지도 않았다. 특히 이들 가운데 63%가 일제강점기 정치범으로 한 번 이상 투옥된 경험이 있으며 인민위원 87명 가운데 그들의 애국심을 의심받을 정도로 일제에 협력했던 자들은 극소수였다. 항일투쟁 경력의 구성원 성격은 인민공화국이 많은 대중으로부터 지지를 받는 요인의 하나였다.

인민공화국은 수립과 더불어 "우리는 안으로는 조선 인민 대중 생활의 급진적 향상과 정치적 자유를 확보하고 밖으로는 소련·미국·중국·영국을 비롯하여 평화를 사랑하는 모든 민주주의적 제諸국가와 제휴하여 세계평화의 확립에 노력하려 한다."라는 선언을 발표하였다. 인민공화국이 표방한 정강은 다음과 같다.

1. 우리는 정치적, 경제적으로 완전한 자주적 독립 국가의 건설을 기함.
1. 우리는 일본 제국주의와 봉건적 잔재세력을 일소하고 全 민족의 정치적, 경제적, 사회적 기본요구를 실현할 수 있는 진정한 민주주의에 충실하기를 기함.
1. 우리는 노동자, 농민 및 기타 일체 대중 생활의 급진적 향상을 기함.
1. 우리는 세계민주주의 제국의 일원으로서 상호 제휴하여 세계평화의 확보를 기함.

인민공화국 정강에 따르면, 인민공화국이 일본 제국주의와 봉건적 잔재 청산을 강조하였음을 알 수 있다. 이러한 정강은 당시 해방된 조국의 지향하는 바와 일치하였다. 따라서 중앙은 물론 지방에서 조직 정비가 쉽게 이루어질 수 있었다. 9월 12일 서울시 인민위원회를 시작으로 11월 10일 경기도 인민위원회를 마지막으로 남한의 7도 12시 131개 군에 걸친 조직이 완결되었다.

전남건국준비위원회는 9월 20일 인민위원회로 개편하는 대회를 열었다. 유혁이 임시의장을 맡아 대회를 진행하였는데, 건국준비위원회의 기존 간부들을 그대로 인민위원회의 간부로 재임명하였다. 학무부장에 병을 앓고 있던 강해석 대신 김범수로 바뀌었을 따름이다. 이렇듯 전남건국준비위원회 결성대회, 개편대회, 인민위원회 개편대회 등 행사 모두를 유혁이 사회를 보고 있다. 이는 일련의 단체 조직 및 정비 과정에 유혁이 깊이 개입되어 있음을 알려준다.

전남인민위원회의 성격은 전남건국준비위원회가 재정비되는 과정에서 제외되었던 김범수가 다시 학무부장에 선출된 것만 다를 뿐 이전의 전남건국준비위원회와 큰 차이 없이 사회주의 활동을 하였던 인사들이 인민위원회를 주도하게 되었다. 김범수는 강해석이 건강 문제 때문에 직무를 수행할 수 없었기 때문에 급히 대안으로 임명되었다고 한다. 김범수는 이념상으로는 열렬한 사회주의와는 거리가 있었지만, 사회주의 운동을 주도한 강석봉과 광주 3·1운동을 주도하다 함께 투옥되었고, 광주청년회 활동도 같이하였기에 강석봉 등 사회주의 계열 인사들이 그가 인민위원회 간부가 되는 것을 인민위원회의 위상을 강화하는 데 도움이 되었을 법하다고 여겼을 것이다. 김범수가 인민위원회 간부에 선임된 배경이라 하겠다.

그러나 인민위원회로 개편되는 과정에서 총무부를 없애고 실무를 총괄하는 서기국이 신설되었는데, 서기국장에 이익우가 선출된 사실이 주목된다. 강석봉과 매우 가까운 이익우가 인민위원회의 사무를 총괄하는 역할을 맡았다.

그러나 출범한 인민공화국을 미 군정이 인정하지 않아 적지 않은 타격을 받았다. 이러한 상황에서 여운형은 11월 초 해방 직전 그가 조직한 조선건국동맹을 모태로 한 조선인민당을 창당하였다. 조선인민당의 강령은 다음과 같다.

1. 조선민족의 역량을 집결하여 진정한 민주주의 국가의 건설을 기함.
1. 계획경제 제도를 확립하여 전 민족의 완전해방을 기함.
1. 진보적 민족문화를 건설하여 인류문화향상에 공헌함을 기함.

강령을 통해 조선인민당이 사회주의 경제에 바탕을 둔 민족 민주국가 건설을 위한 역량을 강화하려고 하는 것을 알 수 있다. 그런데 조선인민당 강령을 보면 사유재산을 부정한다는 내용 등 급진적인 내용 없이 계획경제만을 이야기하고 있음을 알 수 있다. 인민당의 지향이 급진좌파가 아닌 중도좌파 성격임을 짐작하게 한다.

M.L계 공산당을 창당한 강석봉은 유혁과 같은 서울계였다. 이들은 전남건국준비위원회, 그리고 그것을 계승한 인민위원회를 그의 정치 활동의 공간으로 삼고 있음을 알 수 있다.

박헌영의 등장과 공산당 파벌 투쟁

인민위원회가 정부형태로 바뀌어 가자 공산주의자들은 통일전선 뿐 아니라 독자적인 활동에도 힘을 기울였다. 당 재건은 외관상으로는 옛 서울계 및 화요계 공산주의자들의 주도하에 일본 항복 직후인 1945년 8월 15일 저녁 모임부터 시작되었다.[214]

> "8월 15일 저녁에 8월 혁명(일본 항복일) 이전부터 극히 제약된 정세 밑에서 분산적으로 지하운동을 계속하던 제諸 써클이 중심이 되어 조선공산당을 결성하였으며 그 중앙위원은 조동호 외 10명이었고, 다음날 덕성여자대학교 강당에서 홍남표 동지의 사회하에 재경 혁명자회를 소집했는데, 소련군이 막 서울에 들어왔다는 소식에 따라 '조선독립만세'를 부르고는 산회하였다"[215]

8월 15일 저녁에 모인 옛 서울계 출신 인사들을 중심으로, 그들 주도

---

214 이하 서술은 스칼피노 이정식 공저, 1986, 『한국공산주의 운동사』

215 혁명신문, 1945. 10. 4. 혁명신문은 장안파가 발행한 신문이다.

의 공산당을 결성하기로 하였다. 이날 모인 인사들은 최익한 하필원, 김광수(김철수의 동생), 이영 등이었다. 이튿날인 16일 서울 시내 중심가인 장안 빌딩에 '조선공산당 서울시당부'라는 간판을 내걸었다. 200여 명이 모였다. 장소가 비좁아 인근에 있는 시내에 있는 덕성여자실업학교로 옮겨 행사를 치르려 하였으나 소련군이 서울역에 도착했다는 낭설로 대회는 유회되었다. 장안빌딩에서 출범하였다고 하여 이들을 '장안파'라고 세인들이 부르게 된 계기이다. 그런데 15일 저녁, 이날 오후 발표된 여운형이 주도한 건국준비위원회 결성을 지원하기 위해 여운형, 정백, 홍남표, 안기성, 박헌영의 화요회계인 홍증식, 홍덕유 등이 따로 보였다.

옛 M.L계와 서울계 출신들이 장안파 지도자들이라는 사실을 알고 있었지만, 구심점이 없던 화요계 출신들은 8월 17일 8월 15일 모임에 참석한 이들 가운데 여운형과 홍덕유를 제외하고 모두 조선공산당(장안파)에 입당하였다. 장안파가 주도하는 조선공산당이 출범한 순간이었다. 하지만 바로 그날 8월 17일 저녁 광주에서 은신하던 박헌영이 상경하여 서울에 나타났다. 박헌영은 건준 전남지부를 결성하려던 광주의 지도자들이 서울 상황을 알아보기 위해 김범수 등으로 구성된 대표단이 서울에 올라왔을 때 트럭에 한 자리를 얻어 상경할 수 있었다.

서울에 출현한 박헌영은 8월 19일 성명을 발표하였다. 장안파는 박헌영에게 당 중앙의 요직에 취임해달라고 요청하였으나, 박헌영은 별도로 조선공산당재건준비위원회를 결성하고 이미 존재한 당의 해체를 요구했다. 이미 장안파의 당에 입당했던 조동호, 홍남표, 최원택, 정재달 등은 바로 탈당하였다. 두 세력 사이의 치열한 공산당 내의 주도권 다툼이 재연된 것이다.

1945년 9월 8일 서울 계동에서 장안파와 박헌영의 재건파 등 60여 명이 모여 당의 진로를 논의했다. 이 모임은 장안파가 그들이 만든 당의 진로를 모색하고자 하여 열린 열성자대회였다. 박헌영은 그날 초청인사로 참석하였다. 박헌영은 이 자리에서 현재 조선공산당이 존재하고 있음에도 불구하고 (장안파가 별도의 당을 만든 것은) 기존의 당의 바깥에 당외당을 조직하는 것이므로 일국 일당 원칙을 무시하고 있다고 비난하였다. 그는 막스, 레닌, 스탈린주의의 이론으로 무장하고 실지 투쟁 경력을 지닌 인사들이 당 재건의 핵심을 형성해야 한다고 하였다. 과거의 파벌투쟁이나 운동을 휴식한 분자는 아무리 명성이 높다 해도 지도자로서 중앙에서 일할 자격이 없다고 했다.[216] 박헌영의 기세에 눌린 장안파는 속수무책으로 당하였다.

9월 11일 박헌영파는 장안파의 견제가 있었지만, 조선공산당의 결성을 공표했다. 그들의 기관지인 해방일보에 실린 강령이다.

1. 조선공산당은 조선의 노동자, 농민, 도시빈민, 병사, 인텔리겐차 등 일반 근로 인민의 정치적·경제적·사회적 이익을 옹호하여 그들의 생활의 급진적 개선을 위하여 투쟁한다.
2. 조선민족의 완전한 해방과 모든 봉건적 잔재를 일소하고 자유발전의 길을 열어주기 위하여 끝까지 투쟁한다.

---

216 장안파의 상당수 인물들이 일본에 의해 체포, 투옥되었을 때 공개적으로 전향의사를 밝혔기 때문이다.

3. 조선인민의 이익을 존중하는 혁명적 민주주의적 인민정부를 확립
하기 위하여 싸운다.
4. 프롤레타리아트의 독재를 통하여 조선 노동 계급의 완전 해방으
로써 착취와 압박이 없고 계급이 없는 공산주의 사회의 건설을 최
후의 목적으로 하는 인류사적 임무를 주장한다.[217]

이렇게 서울에 올라간 박헌영이 재빠르게 공산당 재건을 시도하였을
때 전남에서도 본격적으로 전라남도당대회가 준비되고 있었다. 전남도
당 결성모임을 9월 15일 열었다고 한다. 이미 전남에서는 건국준비위원
회를 인민위원회로 개편하는 작업이 이루어지고 있었다. 특히 미군의 진
주가 임박하자 인민위원회를 인민공화국으로 확대되고 있었다. 인민위
원회는 공산당까지 망라한 좌·우 연합체였다. 전남도 인민위원회는 9월
20일 개편대회를 열었는데 임시의장으로 유혁이 선출되었다. 박헌영이
추종하는 마르크스 레닌의 사상을 따르지 않았던 유혁은 박헌영의 재건
파가 주도하는 별도의 공산당 조직을 결성하려 하는 것에 대해 반대하
는 입장에 있었다.

그런데 9월 15일 조선공산당 전남도당 결성 준비모임이 있었다. 이날
박헌영 계열로는 윤순달, 고항, 이남래, 조주순, 좌혁상이었고, 이정윤
계열로는 유혁, 김종선, 선태섭, 윤석원, 한종식, 조병철, 선동기, 이익
우, 김부득 등 14명이 참석하였다고 한다. 저자는 이날 모임에 대해 약간
의 의문이 있다. 우선 유혁이 이 모임에 참석할 이유가 없다. 이정윤계라

---

217 해방일보. 1945. 9. 19

고 분류된 김부득, 선동기 모두 박헌영계였다. 김부득은 한국전쟁 때 유혁의 행방을 박헌영계에게 밀고한 인물이다. 대부분 박헌영계가 주도하는 예비모임에 참석하였을까 하는 의문이 든다. 아울러 독립운동 및 농민운동의 대선배격인 유혁을 이정윤계로 분류하는 데 저자는 동의하지 않는다. 다만 도 인민위원회 조직을 구성하고자 하는 유혁의 입장에서 공산당 활동을 하는 이들의 모임에 나가지 않을 이유가 없었을 것이다.

물론 상당수 일본이나 국내에서 고등교육을 받았던 서울회계 인사들이 건국준비위원회나 인민위원회 등에 참여하고 있었다. 반면 박헌영 계열에서는 노동자, 농민들의 기층계급 속에서 민족해방운동을 전개하고 있었다. 박헌영은 같은 공산주의 노선과 정책을 지닌 이정윤 계열을 포용하지 못하고 타도의 대상으로 삼았을 뿐 아니라 중도파와 우익세력을 민족통일의 관점에서 연합해내지 못한 치명적 약점을 드러냈다. 더구나 박헌영 계열은 미제국주의 침략성을 제대로 살피지 못한 채 1946년 중반까지 그들과 타협을 모색하는 등 상황을 오판하기까지 하였다.

박헌영계는 수원의 예방구금소에서 석방된 294명의 비 전향자를 포섭하여 출신지로 파견하였다. 강진 출신 윤가현과 윤순달, 보성의 김백동 등이 이때 박헌영의 지시에 따라 당재건에 앞장섰던 자들이다. 이기홍도 이들로부터 박헌영을 함께 돕자는 제의를 받았으나 거절하였다고 한다.

1945년 12월 25일 공산당 전남도당 개편대회가 각 군당에서 선발된 대의원 100명이 참석한 가운데 목포에서 열렸다. 이기홍은 광주시 대의원으로 참석하였다.[218] 미 군정의 감시를 피해 한 창고에서 비밀리에 열렸다고 이기홍은 증언한다. 이날 대회에서 윤가현이 유혁의 잘못을 폭로하면서 심한 논쟁이 일어났다고 이기홍은 기억하고 있다. 계속된 이기홍의 증언이다.

> "박헌영 계열에서 유혁을 도당 책임자에서 떨치려고 심하게 격론이 벌어졌다. 일부에서 도당 개편은 유혁을 포함하여 전형위원 10여 명을 뽑아 도당 간부될 사람을 인선하게 했다. 물론 책임자는 이 자리에서 선임하자고 했다. 윤가현과 유혁을 두고 무기명 투표를 하자고 하여 투표를 실시한 결과 유혁이 80%라는 압도적 지지를 얻어 도당 위원장으로 당선되었다."

유혁이 대의원들의 절대적 신임을 받고 있음을 보여준다. 유혁은 박헌영이 비판한 변절자도 아니고, 감옥에 다녀오지 않은 자도 아니다. 박헌영과 같은 유학생 출신으로 지식인 투쟁가인 데다 민중과 함께 한 실천주의자였다. 박헌영이 유혁을 견제할 이유가 없다. 그럼에도 윤가현을 시켜 유혁을 공격한 것은 유혁의 사상 노선이 그와 근본적으로 차이가 있는 데다, 유혁이 좌·우 연합을 통한 민주주의 국가를 건설하려는 생각이 분명하였기 때문이다. 유혁의 사상은 지지자들로부터 공감을 얻기에 충분하였다. 서울계 등 통합론자들을 변절자로 공격하려는 박헌영에게 유혁은 불편한 존재였다. 유혁의 입장에서도 박헌영의 노선은 급진적인 데다 분파성이 강하여 받아들일 수 없었다.

---

218 이기홍은 개편대회 일시에 대해서는 1946년 2, 3월에 있었던 것으로 잘못 알고 있다. 일시는 착오가 있을 수 있으나 진술 내용을 굳이 부인할 필요는 없다.

12월 열린 공산당 개편대회의 임시위원장을 유혁이 맡았다. 그리고 위원 선임의 책임자로 박헌영계의 윤가현과 무기명 비밀투표 결과 앞도적인 지지로 유혁이 선출되었다. 유혁으로 대표되는 서울회계가 박헌영, 윤가현으로 대표되는 화요계와의 팽팽한 세력이 유지되고 있음을 보여준다. 하지만 주도권이 화요회계로 넘어가면서 김영재가 위원장, 유혁은 농민부장으로 2선으로 물러났다. 유혁 등은 레닌 사상을 추종한 화요계로부터 변절자 공격을 받았기 때문에 조선공산당 전남도당에서 밀려날 수밖에 없는 구조였다.

조선공산당 내부에서 치열한 주도권 다툼이 전개되고 있을 때 여운형은 좌·우를 연합하는 정치기구를 구상하였다. 조선인민당 창당 선언문을 살펴보면 알 수 있다.

> "조선의 완전 독립과 민주주의 국가의 실현은 현 단계의 조선이 통과하지 않을 수 없는 엄숙한 요청이니 우리의 이 당면임무를 수행함에는 각층 각계의 인민 대중을 포섭, 조직하여 완전한 통일전선을 전개하고 관념적 혹은 반동적 경향을 극복, 타파함으로써만 완수될 것이다."

여운형은 좌와 우를 아우르는 완전한 통일전선을 구축하려 하였다. 그러나 실제는 우파들이 한국민주당 등을 결성하여 이탈하고, 좌파인 박헌영의 공산당 계열은 참여하지 않음으로써 일정한 한계가 드러났다. 따라서 완전한 통일전선 정치체를 지향한 인민당은 일부 중도 우파도 있었지만, 중도좌파 및 일부 사회주의 계열들이 주류를 형성하였다.

이러한 경향성은 지방인민위원회 구성에도 나타났다. 전남도인민위원회도 앞서 살핀 바처럼 민족주의 우파들도 있었지만, 사회주의적 성향을 띤 인사들이 대부분을 차지하였다. 이른바 공산주의 계급투쟁의 선봉에 섰던 인사들은 포함되어 있더라도 극히 일부여서 대세를 장악하지는 못하였다.

이처럼 인민공화국을 비롯하여 해방 직후 결성된 정치 조직 대부분이 사회주의적 성향을 띠는 경우가 많았다. 우선 일제의 식민지 반봉건적 모순 관계가 쌓이면서 기층계급의 불만이 고조되어 무상몰수, 무상분배에 의한 토지개혁으로 지주 – 소작인 관계를 청산해야 한다는 사회주의 주장이 현상 유지를 원하는 세력보다는 더 많은 지지를 얻어낼 수 있었다. 다음으로 민족주의 우파 세력이 민족운동 과정에서 친일 협력 내지는 타협적 운동을 전개할 때도 사회주의 세력들이 멈추지 않는 투쟁을 통해 민족운동의 전통을 보존하였기에 해방 후 이른 시일 내에 활동을 전개할 수 있었다.

더구나 사회주의 세력은 보수 세력과 비교되지 않을 정도로 대중 조직력이 매우 우세했다. 그것은 일제의 무서운 탄압을 받으면서도 지켜낸 조직원리가 작동되고 있었기 때문이다.

이렇게 해방 직후 광주를 중심으로 한 전남지역에서는 사회주의 세력들이 우파와 손을 잡거나 때로는 독자적으로 정치조직을 결성하여 권력의 공백기를 메워갔다. 그러나 미 군정이 이들 정치기구를 인정하지 않으면서 또 다른 갈등이 나타났다. 특히 한국 민주당을 비롯하여 독립촉성중앙회 등 우파들이 중심이 된 정치 세력이 등장하면서 주도권 다툼이 나타났다. 사회주의 내부에서도 박헌영이 주도하는 공산당 세력과 여운형을 중심으로 하는 중도적 사회주의 세력 사이의 갈등도 나타났다.

그런데 당시 미군정은 남한에서 각 정치 세력이 전개하고 있는 치열한 각축을 방관하며 여러 상황을 살피고 있었다. 심지어 공산당 활동도 인정하는 상황이었다.

민주주의 민족전선(민전) 결성과 유혁

국내의 정치 세력이 치열한 세력 다툼을 하고 있을 때인 1945년 12월 말 모스크바에서 한반도의 운명을 결정짓는 중요한 협정이 발표되었다. 이른바 '모스크바 3상 회의'이다. 여기서 결정된 내용 가운데 가장 논란이 되었던 1항과 3항을 원문 그대로 옮겨보도록 하겠다.

1. 조선을 독립국가로 재건하여 조선을 민주주의적 원칙하에 발전시키는 것을 조건을 조성하고 일본의 강구한 조선통치의 참담한 결과를 가급적 속히 청산하기 위하여 조선의 공업, 교통, 농업과 조선인민의 민족문화발전에 필요한 모든 시설을 취할 임시적인 조선민주주의정부를 수립한다.
2. (생략)
3. 조선인민의 정치적, 경제적, 사회적 진보와 민주주의적 자치 발전과 독립 국가의 수립을 원조, 협력할 방안을 작성함에는 또한 조선 임시정부와 민주주의 단체의 참여하에서 공동위원회가 수행하되 공동위원회의 제안을 최고 5년 기한으로 4국 신탁통치의 협약을 작성하기 위하여 미·영·소·중의 4개국 정부와 협의한 후 제출되어야 한다.
4. (생략)

이에 따르면 모스크바 협정의 핵심 내용은 1항의 "조선에 임시정부를 수립한다."라는 내용이다. 그런데 이러한 협정의 핵심 내용은 알려지지 않고, 오히려 3항의 '신탁통치' 부분이 강조되어 '모스크바 협정=신탁통치'라는 외신 보도가 전해졌다. 심지어 '미국은 즉시 독립을 주장하였으나 소련은 탁치를 주장한다.'는 사실과 다른 보도들이 나오면서 12월 28일 이후 좌·우를 막론한 모든 정치 세력이 신탁통치에 대한 강한 반대 태도를 경쟁하듯이 잇달아 표명하였다.

독립촉성중앙회·충칭임시정부·한민당 등 우익과 중도파 정당들은 말할 것도 없고, 인민공화국·조선공산당·인민당 및 기타 좌익계 사회단체나 언론기관들도 모두 신탁통치에 대해 반대 태도를 보였다. 유혁이 이끈 전농도 처음에 모스크바 결정 반대를 내세웠다. 이러한 반탁운동은 민족 감정을 자극하여 광범위한 지지를 끌어내는 데 성공하였다. 신탁통치에 대한 반대는 완전독립을 바라는 민족적 자존심, 신탁통치를 변형된 식민지배로 간주한 오해 등이 상승 작용하였기 때문이었다.

그러나 우익진영은 '결사반대'를 주장하는 반면, 좌익진영은 '신중한 반대론'을 전개하였다. 곧 '찬탁=매국', '반탁=애국'이라는 기이한 구도가 형성되었다. 소련이 주장하여 신탁통치가 결정되었다고 하여 우익은 더욱 격렬히 반대 주장을 하였지만, 좌익은 민족 감정 때문에 반대하면서도 머뭇거렸다. 그런데 여기서 주목할 사실은 해방공간에서 열세에 놓여 있거나 특히 청산의 대상이었던 친일세력들이 '신탁통치 반대'라는 명분을 통해서 수세에서 공세로 입장이 전환되게 되었다는 점이다.

그런데 당시 전 민족적인 반탁운동은 김구의 대한민국임시정부가 앞장서 이끌었다. 임시정부는 1945년 12월 28일 오후 김구, 주석 이하 모든 국무위원이 참석한 가운데 긴급 국무회의를 개최하고 전 국민에게 신탁통치를 철저히 반대하는 운동을 촉구하였다. '탁치 순응자는 민족반역자로 처단하자'는 행동강령까지 발표되었다

한편 처음에 모스크바 결정을 반대하였던 좌익들은 '임시정부 수립'이 핵심이라는 협정 내용이 알려지면서 지지로 선회하였다. 그것은 북한은 이미 좌익정권이 수립되고 있었던 데다 남한에서도 건국준비위원회와 인민공화국 등 중도좌파 내지는 좌파 중심으로 정국이 주도되자 하루바삐 임시정부 수립이 그들에게 유리하다고 판단했기 때문이었다. 그러나 좌익들의 모스크바 결정지지 입장은 남한에서 그들의 정치적 입지를 크게 약화시켜 절대적으로 열세였던 우익들이 정국의 주도권을 잡아가는 계기가 되었다. 유혁이 참여한 전농도 모스크바 결정을 지지하는 입장으로 선회하였다. 하지만 유혁 개인은 모스크바 결정에서 신탁통치 관련 부분을 반대하는 입장이어서 전농의 결정을 그대로 따르지 않았다. 이게 박헌영 등 반 유혁 계열 인사들이 유혁을 공격하는 빌미로 작용하였다.

모스크바 결정 반대를 명분으로 정국의 주도권을 찾으려 한 대표적인 세력이 김구가 이끈 임시정부계열이었다. 그들이 충칭에서 귀국할 때 이미 이승만과 한국민주당 세력에 의해 굳어진 우파의 권력 구조로 소외되어 있던 김구 세력은 모스크바 결정 반대를 제2의 독립운동이라는 기치 아래 약세를 극복하기 위한 최적의 기회로 삼았다. 김구가 주도한 반탁

운동에 이승만, 김규식 등 우익 대부분이 참여한 '비상국민회의'가 1946년 2월 14일 발족 되었다.

이렇게 우파들이 조직적으로 모스크바 결정 반대를 빌미로 세력을 결집하여가자 모스크바 결정을 지지하는 좌파 민족진영에서도 조선인민당, 조선공산당, 독립동맹, 문학가동맹, 청년총동맹 등 29개 정당 및 사회주의 단체들이 '민주주의민족전선(약칭, 민전)'이라는 통일전선 조직을 다음 날인 1946년 2월 15일 결성하였다. 민전은 우익의 '비상국민회의'에 대항하기 위한 조선공산당, 인민당, 신민당 등 29개 정당, 전농 등 사회단체의 결집체로 인민공화국의 후신이라 할 수 있다. 1946년 2월 16일 민전에서는 305명의 중앙의원을 선거하였고, 그 가운데 중앙상임의원 47명과 의장 4명, 부의장 9명을 다음과 같이 선거하였는데, 유혁이 중앙상무위원에 선임되었다.[219] 이때 선출된 임원 명단은 다음과 같다.

<중앙상무위원>
여운형, 허헌, 홍남표, 이여성, 박헌영, 한빈, 김원봉, 장건상,
김성숙, 성주식, 이주하, 이승엽, 이영, 이정윤, 강우, 이강국,
장표우, 김오성, 김세용, 허은탁, 백용희. 유영준, 정칠성,
이호재, 이태준, 최익한, 백남운, 이기석, 한철, 유혁, 나상신,
도상록, 이병남, 안기성, 박문규, 정노식, 김상덕, 임화, 김철수,
홍덕유, 이승기, 강기덕, 정운영, 조한용, 김기림, 김태준, 박치우

---

219 자유신문 1946. 2. 18. 그러나 『해방조선 I 』(민주주의민족선선 편집, 1988)에는 의장단 15명, 상임위원 73명, 중앙위원 391명 명단이 게재되어 있어 자유신문과 차이가 있다. 자유신문에는 백남운을 부의장으로 분류하였으나 해방조선에서는 의장으로 분류하였다. 부의장에는 자유신문에 한빈이 있으나 해방조선에는 한빈 대신 윤기섭이 들어 있다. 그리고 해방조선에는 중앙상무위원은 별도로 나와 있지 않다.

<의장>
여운형, 허헌, 박헌영, 김원봉
<부의장>
한빈, 홍남표, 백용희, 유영준, 백남운, 이여성, 장건상, 성주식,
김성숙

　　의장, 부의장, 중앙상무위원에 선임된 인물 가운데 여운형, 김철수 등
은 중도좌파에 가까운 사회주의자들이었다. 유혁이 전농 대표단의 일원
으로 들어갔지만, 중앙의 민주주의민족전선 주도권은 박헌영 등이 점차
세력을 확장하는 구도에 있었다. 유혁은 중앙보다도 민전 전남지역 위원
회 결성에 더욱 박차를 가하였다.

　　민전은 각 지역에 지역위원회를 두었는데, 전남지역에도 1946년 3월
9일 출범하였다. 그러나 광주지역에서 민전과 같은 통일전선 조직을 결
성하려는 움직임은 중앙 민전이 출범하기 훨씬 이전인 1월 23일 광주 시
내 중앙국민학교 강당에서 열린 조선민족통일 광주협의회에서 있었다.
1946년 1월 27일 이미 모스크바 결정의 하나인 미소공동위원회를 환영
하기 위한 광주 시민대회에서 중앙 민전의 결성을 지지하는 선언이 나왔
다. 그리고 민전 준비위원회가 구성되었는데 독립운동에 앞장선 김범수
를 비롯하여 당시 이 지역 명망가들이 대거 참여하였다.

・위원장 : 국기열
・부위원장: 김철
・총무부 : 강해석, 양영하, 장영규, 여영숙, 박호민, 최상배, 장재성

•선전부 : 이강진, 최석두, 최규창, 노천묵, 최영자, 신해순
•연락부 : 선동기, 고재휴, 윤가현, 조주순, 박오봉, 이기홍, 김홍은,
　　　　　장경렬
•심사부 : 이용근, 윤순달, 박준규, 노종갑, 김범수, 정은찬

이들 가운데 건국준비위원회 결성에 앞장선 국기열과 김범수, 광주 인민위원장 박준규 등은 좌나 우에 속하지 않은 기본적으로 민족주의자들이었다. 이들이 건국준비위원회, 인민위원회, 민전 등에 참여한 것은 해방된 조국의 희망찬 미래를 건설하려는 일념이었다. 일제 치하에서 사회주의적 이념을 바탕으로 광주학생독립운동에 앞장섰던 장재성, 최규창, 강해석, 이기홍 등도 참여하고 있다. 민전에는 선동기, 조주순, 윤가현, 윤순달 등 해방 후 공산당 재건 활동에 참여한 열혈 공산주의 활동을 한 인물들이 적지 않게 보인다. 유혁이 전남 민전 준비위원 명단에 들어있지 않은 것은 전남 민전이 사실 그의 의도대로 조직되고 있었기 때문이다.

민전에는 당시 전남지역에서 항일운동의 선봉에 섰던 상당수 인물이 이념을 초월하여 참여하고 있었다. 당시 민전 전남 지부는 극히 일부 우파들이 빠진 그야말로 중도 세력과 일부 공산주의 사상을 지닌 인물이 포함된 사회주의 세력들이 총결집하여 조직한 통일전선 조직체였음을 알수 있게 한다. 전남 도내 186개 단체가 참여하고 있는 것으로 보아 사실상 이 지역 최대 통일전선 조직이라고 할 수 있다.

1946년 3월 9일 정식 출범한 전남도 민전의 조직구성은 다음과 같다.

- 위 원 장 : 김완근
- 부위원장 : 유혁·국기열
- 사무국장 : 국기열(겸임)
- 사무국원 : 지용수, 김진규, 강문구, 김영환, 김문일
- 조직부장 : 양장주
- 조직부원 : 이혁백, 김종선, 최영자, 이득윤
- 선전부장 : 장영규
- 선전부원 : 김범수, 윤석원, 정임숙, 이강진, 양회인
- 재정부장 : 최한영
- 재정부원 : 김언수, 지영구, 노종갑, 고재걸, 한익수, 최당식, 최상배,
  양회인
- 무임소위원장 : 선동기
- 위원 : 차인, 이남래, 김홍은 윤가현, 오평기, 조용남

　정식 출범한 민주주의민족전선의 구성 인물들이 앞서 살핀 준비위원회와 약간 차이가 있다. 이 가운데 새로 선임된 인물들 가운데 주목된 인사가 적지 않다. 유혁이 중도 우파라고 할 수 있는 국기열과 함께 부위원장에 선임되었다는 사실이다. 박헌영이 이끄는 공산당 재건파와 완전히 절연한 유혁이 좌·우를 아우르는 단체결성에 직접 나섰음을 알 수 있다. 특히 민전 중앙상무위원의 직책을 지닌 그가 전남도민전 부위원장을 맡았다는 것은 상징하는 바가 크다. 물론 윤가현처럼 박헌영 추종 세력도 있다.

　김언수도 눈에 들어온다. 그는 김범수의 바로 손아래 아우로, 그의 집에서 독립선언서가 일부 인쇄되는 등 광주 3·1운동이 성공리에 일어나는 데 결정적으로 도움을 주었다. 김언수는 누구인가에 대해서는 관심이

없었다. 최근 저자가 처음으로 그가 김범수의 아우라는 사실과 함께 그의 집에서 태극기 등 유인물이 인쇄되었다는 사실을 밝혀냈다. 이러한 것만 보더라도 그가 항일운동에 앞장선 독립운동가라고 해도 좋을 것이다.

그 또한 투철한 배일排日사상을 가졌다는 김범수 딸의 친구인 이복순의 증언은 이러한 사실을 뒷받침해주고 있다. 그는 광주에서 사업을 하여 어느 정도 재력도 있었다. 그가 재정부원으로 선임되는 데는 형인 김범수의 역할이 있었지 않았을까 싶다.[220]

재정부장으로 선임된 최한영도 주목할 만하다. 그 역시 광주 3·1운동의 핵심 인물로 김범수와 함께 대구형무소에서 1년 6월 투옥되었다. 그는 1925년 조선공산당 창당 과정에 참여할 정도로 사회주의적 이념이 강하였다. 건준이나 인민위원회에는 참여하지 않았던 그가 민전에 참여하였다는 것은 민전이 그만큼 여러 세력을 아우르는 전남지역 최대의 정치 조직이었음을 말해준다.

역시 주목된 인물로 재정부원으로 선임된 최당식을 들 수 있다. 최당식은 앞서 자세히 언급한 건국준비위원회에서 선전부장을 맡은 최인식의 큰형이었다. 그는 신간회 광주지부 자금부장을 맡아 활동을 하다 투옥된 경력을 지녔다.

김언수, 최한영, 최당식 모두 사회주의 사상에 투철한 혁명가라고 볼 근거는 많지 않다. 오히려 사회주의 사상에 관심을 가졌던 민족주의자라고 보는 것이 더 합리적일 것이다. 따라서 민전의 간부 구성만 놓고 보면

---

220 박해현, 2020, 『독립운동가 김범수 연구』 참조

민전은 좌·우 이념을 떠나 새로운 국가를 건설하려는 의지를 지닌 인사들이 망라된 통일전선 조직체였음을 알 수 있다. 이러한 민전의 성격은 결성대회 당일 발표된 성명서에서 알 수 있다.

> 조선건국은 일 계급이나 어느 당파만으로서 달성할 수 없다.
> ① 전 민족적 통일의 완수와 전 민족적 총역량의 집결로서만이 가능하다. 우리 민족의 당면한 급무는 광범한 인민의 토대 위에 선 민주주의 제정당과 대중단체 및 무소속의 진보적 인사 등 각층 각계의 거족적 단결로서 정권을 수립하는 데 있다. 이 진정한 민주주의민족전선은 필연적으로 국제민주주의 노선과 합치되는 것이다. 그러하므로 이 민주주의 노선은 ② 반민주주의적인 일제 잔재 및 봉건적 잔재세력과 대립되고 있다. (중략) ③ 친일파 민족반역자의 규정에 해당한 자라도 진심으로 과거를 생각하고 성심으로 근신하는 자는 민족적 애정과 아량으로써 그의 민주주의 발전을 위하여 선도될 것이다. 이상 조선의 완전 자주독립은 민주주의민족전선의 바른 노선으로 전 민족이 총집결하는 데 있다는 것을 명심하고 왜곡된 선전에 맹종이 없도록 성명한다.

이 성명서를 통해 전남민전이 모든 정치 세력을 하나로 결집시키려함을 알 수 있다. 그런데 민전은 일제 잔재 및 봉건적 잔재세력과의 투쟁을 강조하고 있다. 이는 정치 세력화하고 있는 친일세력에 대한 강력한 경고를 보내고 있는 것이라 생각된다. 이렇게 친일세력의 준동을 경계하면서도 진정으로 회개한 친일인사에 대한 관대한 포용을 공포하고 있는 사실이 주목된다. 이는 민전이 이념 대립은 물론 친일 문제로 민족 내부의 갈등이 야기되는 것을 경계하였음을 말해준다. 말하자면 이미 한반도 문제가 모스크바 결정에 따라 국제문제가 되고 있는 상황에서 우리끼리 분열하는 것은 결국 외세에 이용될 수 있다는 우려감 때문이라 생각된다. 여기에 민족의 힘을 토대로 여러 세력의 힘을 하나로 결집하고자 하였던 유혁의 지향점을 찾을 수 있다.

이와 같이 해방 직후에 결성된 전남지방의 많은 정치사회단체들이 민전을 중심으로 총집결하게 되자, 우익청년조직인 광주청년단원의 신언노, 김희종, 윤재춘, 문준식, 최정식 등 단장과 단원 일부도 탈퇴하여 민전에 참여하는 상황이 되었다.

이렇게 좌·우, 심지어 회개하는 친일 세력도 포용한다는 민전의 방향성은 매우 이례적이라 하겠다. 이처럼 민전이 파당성을 극복하고 완전한 통일전선을 구축하는 과정에서 내부 갈등이 있었을 법하다. 이러한 갈등을 극복하고 광주지역은 민전을 중심으로 정국이 안정적으로 유지되고 있었다. 미 군정 당국도 '도 민전'을 인정하지 않을 수 없었다. 1947년 3월 15일 민전 측과 미 군정 고문이 만나서 정국을 의논하였던 사실은 이러한 사정을 잘 말해준다.

전국농민조합총연맹 결성과 유혁

좌·우세력의 연합노선 구축을 통해 통일국가의 방략을 모색하던 유혁은 일제강점기에 일제의 무서운 탄압으로 거의 와해 상태에 있었던 농민운동세력을 결집하였다.

영보농민운동처럼 일제강점기 빛나는 항일농민운동에는 투옥 3,190명, 총살 및 고문, 병사자 550여 명에 달하는 농민들의 희생이 있었다. 처음에는 단순히 소작료 인하, 소작권 보장 등 지주·소작인의 문제로 출발하였으나 식민 지배체제의 구조적 모순에서 기인함을 알고 이에 맞서는 혁명적 농민운동으로 발전하였다. 그러나 일제의 거센 탄압으로 전국적인 조직은 불가능한 채 세포 지하 조직 형태로 명맥이 유지되었다. 해방되어 정치 상황이 변화하고 농민단체의 자체 역량이 강화되어 전국적 조직을 결성하는 것이 가능하였다.

1945년 11월 7일 조선노동조합전국평의회(전평) 회합을 계기로 홍재훈 외 40여 명이 회동하여 전국 농민조합총연맹을 결성하였다. 주요한 결의사항은 다음과 같다.

"첫째, 토지문제의 해결로서 농민대중의 특수한 경제적 정치적 사회적 이익의 전취戰取를 위하여

둘째, 농민대중의 강력한 조직적 훈련을 위하여

셋째, 당면하고 있는 민족통일전선에 농민대중이 적극적으로 참가하며 나아가서 그의 강력한 추진력이 되기 위하여

넷째, 반동분자들의 전국적 농민단체결성의 기도를 봉쇄하며 그 공작에 항쟁하기 위하여 전국농민조합총연맹을 결성하려고 한다."

이에 1945년 12월 8일 서울시 천도교 기념 강당에서 오전 11시 결성대회를 열기로 하였다. 전남은 이에 따라 11월 30일 도 결성대회를 열었다. 대의원에 선출된 유혁은 이 행사를 준비하느라 무척 바빴다. 그는 12월 4일 서울에 올라왔다. 행사는 12월 8일인데 그가 무려 4일 빨리 올라왔다는 것은 그가 이 행사를 총괄하고 있었기 때문이다.

11월 31일 현재 전국농민조합은 239개인데 각도 대표가 3인, 부 대표 3인 등 대의원은 762명이었다. 이날 결성대회에는 545명의 대의원이 참석했다. 12월 8일부터 10일까지 3일간 전국 농민조합총연맹 결성대회가 열렸다.[221] 이 자리에서 집행위원장으로 백용희, 이귀흔, 유혁 외 60명의 위원, 검사위원장 이민용을 선출하였다.[222]

전국농민조합총연맹에서는 선임된 상임위원들이 12일 오전 10시에

---

221 전국농민조합총연맹이 12월 8일, 9일 양일간 열린 것으로 알려져 있으나, 실제 기록을 검토하면 12월 8일 결성대회는 천도교 기념강당, 2일차인 12월 9일은 서울시 소극장, 3일차는 천도교 기념강당으로 옮겨가며 회의를 한 것으로 나와 있다.(김남식, 『남로당 연구』, 91.남조선좌익계정당사회단체 전국농민조합총연맹)

222 자유신문, 1945. 12. 10

제1회 위원회를 개최하고 부서를 다음과 같이 정하였다.[223]

    위 원 장 : 백용희
    부위원장 : 이귀흔, 유혁
    서기부장 : 김기용 위원 : 홍승유, 현동욱, 한종오, 송지문
    선전부장 : 박경수 위원 : 송을수, 차진규, 허영호
    조사부장 : 서병인 위원 : 안철욱
    쟁의부장 : 최한철 위원 : 송진경
    원호부장 : 어진한 위원 : 구연행
    청년부장 : 장일민

유혁은 12월 8일 열린 전국농민조합총연맹 결성대회에서 상임위원으로 선출되었고, 12일 총연맹 부위원장으로 선출되었다. 그는 전농 전남도연맹을 대표하는 대의원이었다. 대의원은 유혁 혼자이다. 12월 9일 서울시 소극장에서 열린 둘째 날 회의에서 유혁이 발언하고 있다. 그의 발언은 다른 대의원들이 짧게 발언하고 있는 것과 달리 상세히 농민조합총동맹 결성 배경 등을 상세히 설명하였다. 그가 이 단체의 결성을 주도하였음을 알려준다. 지방정세 보고 내용이다. 내용이 약간 많지만 전체 이해를 돕기 위해 해당 부분 그대로 옮겨 본다.

　"전라남도 대표 유혁
　한기가 심하니 외투를 입은 채 하겠다. 객관적 정세를 보고하면 전남에는 ① 미국 군대의 진주가 가장 늦은 곳이다. 그래서 무장한 일본 군인이 전남에 집결되어 있음으로 최후까지 그놈들과 싸우느라

고 노력의 손해가 많았다. 미군정이 실시되자 조선인의 민의를 반영한다는 의미로 도에 10명의 고문을 두었다. 그 중에는 반동분자도 있고, 그렇지 않은 사람도 있었다. 그 고문들이 각 군의 행정관을 임명하고 있다. 전남도청에는 8월 15일 현재까지 관리이었던 사람은 안 쫓겨났으나 ② 일부는 유직留職 운동에 성공하여 유임되어 있는데 가증스럽고 그들은 민간에서 일어나는 일을 일일이 과장 보고하여 모해하고 있다. 도내 각 군은 광주부, 광주군 등 수數 3군을 제외하고는 군수 이하 면장 등이 농민의 의사를 대표하는 인민위원장이 취임하고 보안서장도 인민위원회 관계자가 취임되어 있다.(박수)

두려운 것은 과거의 관리들이 서로 선동하여 이 기초를 파괴하려는 것이다. 면 부락에 있어서의 주재소 등은 농민 영도하에 있다.(박수) 일례를 들면, ③ 면장이라는 관청으로 공문을 내면 농민은 따르지 않는다. 인민위원장의 명칭으로 공문을 내면 절하고 받아간다고 한다.(박수)

그리고 친일파의 음모는 역시 우려되는 바가 있다. 각 도가 다 같지만 8월 15일 직후의 운동은 건국준비위원회의 운동이었다.

첫째는 치안유지 일방으로 일어나는 애국운동 일본제국에 대한 반감의 앙양 등이었다. 만일 건준의 지도자들이 일지一指로서 지시하였다면 각 관청의 관직자는 물론 심지어 애국반장까지도 희생이 있었을 것이다.

그러나 우리는 이것을 적극적으로 방지해왔다. 조직문제에 있어서는 군 단위냐, 면 단위냐 하는 것이다. 중심 문제이었는데 당초에는 면단위로 되었었다. 부락에는 농민위원회가 설치되었었다. 그래서 지도자들은 반동세력과 싸우느라고 조직에 전력을 경주하지 못한 감도 있었다. 각군에는 협의기관을 두었다.

그 후 전국적 조직 방침에 관한 지시가 있었음으로 이것을 개편하여 군 단위 농조로 하고 도에는 연맹을 두게 되었다. 31군 2부 1도島 중 22농조 4,734반이 조직되고 조합원은 약 30만(불확) 가량 된다. 당면운동으로는 소작료의 감정은 소작인이 하고 대체로 3·7제를 확립하였다. 동척 일인 소유토지는 사무원이 감정했는데 많이 줄여서

한 곳이 많다. 농민운동의 입장에서 우려되는 것은 더욱이 미 군정하에서는 농민의 자기 희망을 앙양하지 않으면 위험하다.

④ 처음에는 소작료 불납운동이 있었다. 물론 이것은 극좌적 경향이요 과오이었다. 그러나 이것을 고쳐서 3·7제로 방향을 전환하는 데는 도 연맹에 있는 지도자의 노력이 있었으나 말단의 농민은 오히려 불평이 많았다.

최근에는 3·7제와 3·1제가 가장 크다. 군정청의 견해는 3분의 1이하는 지주와 협의하라 하였는데 지주 등은 3할을 고집하고 있다. 이들은 당초에는 확실히 힘이 없었는데 군청정에서 3분지1제를 발표한 이후 득세하여 고집을 주장하게 되었다. 미가 대책에 대하여는 최초에는 농민들은 확실히 착각을 가졌었다. 즉 최저가격을 32원이라고 발표한 것을 공정가격으로 오인하여 이 가격으로서 금납하기를 주장하였던 것이다. 지주는 시가를 요구하였음으로 그 타협에 힘이 들었다. 11월 30일 도 연맹 결성대회를 열고 4일에 상경하느라고 상세한 조사를 할 여가가 없었음으로 자세한 보고가 곤란하다. 교육운동은 문맹퇴치로부터 시작하였는데 이 사업에 가장 곤란한 점은 석유문제이다. 한편으로 어떤 군에서는 농민학교를 개설하여 20세 내지 30세의 청년들을 10일간 쯤 매일 12시간 가르쳐서 수료하면 지방에 파견하였는데 이 학교에서는 교재를 주로 사용하고 주학(晝學, 낮에 공부)으로 밤에는 합숙훈련을 한다.

(중략)

"충남 천안 대의원

38선 이남에서 산출된 미곡 중 소비 여분을 38도 이북으로 수송해야 되겠는데 옮길 때까지 보관할 책임이 이남 동지들에게 있다고 생각하는데 일본으로 수출한다는 사실이 있다고 들었으니 그 실정을 설명하라"

"유혁

군정청 농상부장을 방문하였더니 일인 토지에 대해서는 그 소작료를 동척이 인수하여 생활필수품회사에 넘기는데 그때 32원씩 인수한다 한다. 조선인 지주에 대하여는 자기네들은 별무방침이라 한다. 빈농은 금납으로 가게 해달라고 하였더니 법령으로 일본인 토지의 것은 물납物納으로 받으라고 하고 있음으로 다른 방책이 없다 한다. 일본으로 쌀이 가고 있는 것은 사실을 잘 모르나 혹 비밀 수출이 있는지도 모르겠다.”

함남 진병련 대의원이 대회에서 우리가 할 일이 태산 같으니 보고는 농민운동에 관계되는 사실만을 들려주기 바란다. 만장(옳소!)

“박헌영에게 보내는 메시지,

(전략) 이것들은 미군정과 조선 인민 사이를 허위와 무고로서 그 이간을 꾀하며 붉은 군대애 대한 얼토당토 아니한 악질의 테마로서 그 우호적 관계를 끊으려 하며 민족 내부에서 민족통일전선 결성을 파괴하는 온갖 음모를 꾸미기에 급급하며 악질적 테러와 수단으로 진실한 인민의 대표를 살해함을 기도하며 어떤 때에는 가장 애국자인체 하며 극좌적 언사로서 정당한 정치노선을 민중의 앞에 현란시키며 어떤 때에는 과장적 사실을 지어내어 허위의 인물로서 인민의 인기를 집중하기에 책동하여 실로 조선의 정세를 더욱이 우려할 바 없지 아니합니다.

그러나 예리하고 총명한 것은 대중의 눈이며 갈 길을 가고야 만다는 역사적 대법칙입니다. 이 역사의 길을 바로 잡은 정당하고 진실한 정치노선은 우리의 앞에 뚜렷이 서 있으며 현명한 대중은 이 정치노선으로 용감하게 그 굳센 발자욱을 옮기기 시작하였습니다. 이 정치노선이야말로 조선의 절대 독립과 완전자유의 큰 곳을 향하여 돌진하는 유일 무이한 대노선입니다.(하략)

1945.12.9.
전국농민조합 총연맹 결성대회 대의원 일동”

"전남 대의원(유혁)

⑥ 지방에서 들으니 경성에 있는 국군 준비대에서 잘 싸운다고 하는데 그 생활이 대단히 비참하다고 들었으니 우리가 모인 기회에 대의원 1인 10원 이상을 모금하여 준비대에 기부함이 어떠한가요. 또 그들은 이 대회를 위하여 주니 감사하다.

만장 옳소 박수로 찬의를 표하여 가결되었다.

(국군에 기부할 금액 6,110여 원을 그 처리에 관하여는 의장단에 일임)

(전농 이승만 박사 문제 논의)

성주 대의원

우리 농민은 이승만 박사가 입국할 때 우리 지도자라고 믿어 왔는데 입국 후 위로의 말은 없고 농민은 일을 안한다고 모욕하였는데 그 말을 취소하란은 결의문을 내자.

(제안자) 이승만의 국제적 지위는 간단히 무시할 수 없다.

논란 끝에 취소 결의문 보내자고 만장일치 의결

전남 대의원(유혁)

엄항섭이가 인민공화국의 취소를 허헌씨에게 요청하였다는 데 그 진상을 설명하라.

소작료 규정 통일에 관한 건

(평남대의원) 소작료는 전체로 3·7제로 하고 조세와 공과는 지주가 부담하고 비료만은 반반을 부담하고 부재지주는 전면적으로 금납을 하고 농촌에 거주하는 지주에게 식량될 만큼 물밥을 하고 그 외는 금납으로 하기를 제안하고 지방마다 이것을 실시할 것을 통일하자.

전북(남) 대의원 유혁

식량 사정은 38도 이북만 아니라 이남도 긴급하다. 한 장의 결의문으로 간단하게 해결될 문제가 아니다. 이렇게 열성으로 토의하였으니 그 열성을 각지에 돌아가서 실천에 옮기도록 해주기를 바란다. (박수)

(결의문 채택)

(전략)

근로 농민의 기본요구를 달성하여 주지 못하는 여하한 정권도 우리나라에 있어서는 진정한 민주주의 정권이 될 수 없는 것이다.

8월 15일 이후 농민운동은 전국적으로 활발하게 전개되어 있고, 또 전개되고 있다. 전국 각지에는 혹은 농민조합 혹은 농민위원회라는 명칭 하에 농민운동이 전개되고 있다. 그러나 농민조합의 구성과 체계에 있어서 우리는 반드시 정당한 길만을 밟아 왔다고 볼 수 없다. 조직상의 결함은 농민의 일상 요구와 정치적 요구를 관철하는데 여러 가지 지장을 많이 가져오고 있다. ⑦ <u>우리는 현단계에 있어서 농민운동의 조직형태가 농민조합이 적당하다고 인정한다. 농민조합은 첫째로 빈농, 중농을 중심으로 구성되어야 하며 부농도 반동에 서지 않는 한 이 조합에 가입시켜야 될 것이다.</u> 둘째로 조합은 지금에 있어서는 행정구역인 군, 도島를 단위로 단인 조직을 가지는 것이 가장 적합하다고 생각한다. 그것은 농촌에 있어서 농민의 정치적 경제적 사회적 조건이 대개 군, 도島를 중심으로 유사한 점이 있다는 것 뿐만 아니라 우리가 당면하고 있는 민족통일전선 결성과 인민정권 수립 과정에서 있어서 농민의 정치적 요구를 실현시키는데 향정구역을 단위로 하는 것이 가장 적합하다고 생각하는 때문이다.

군, 섬 단일조합은 그 하부조직을, 면에는 면 지부, 동에는 반을 두어야 한다, 그러나 지방에 따라 특수한 필요가 있을 때는 조합과 조합, 지부와 지부, 반과 반 사이에는 일시적으로 혹은 항구적으로 협의기관을 들 수 있는 것이다. 가령 내농장 혹은 수리조합이 군, 면 단위 지역을 넘어 존재할 때에는 협의기관을 둬야 한다. 셋째로 우리는 농민조직의 전국적 체계를 주저하여 왔다. 그것은 농민은 그 단계적 성질로 보아 전국적 조직을 갖게 되면 반동화 할 우려가 있다는 것이 이유이었다.

그러나 반동화의 여부는 오직 노동계급의 영도력의 여하에 달려 있는 것이다. 오늘날과 같이 노동계급의 영도력이 강화된 때에 와서는 전국적 체계화를 조금도 주저할 것 없는 것이다. 뿐만 아니라 전국적 조직을 통하여서만 우리는 가장 잘 전국 각지의 농민운동을 종합적으로 파악할 수 있는 동시에 개개 지방의 경험을 전국적으로 살릴 수도 있고 또 일정한 지도 방침에 농민운동을 전국적으로 체계있게 전개할 수 있는 것이다. 더욱이 우리가 당면하고 있는 민족통일전선 결성과 진정한 민주주의적 인민정권의 수립 과정에 있어서 농민의 정치적 요구를 가장 잘 집중적으로 표현할 수 있는 것이다. 이러한 의미에서 우리는 각 도에는 도내 농민조합을 구성요소로 한 도 연맹을, 전국에는 각도 연맹과 전국 각 군, 섬 조합을 구성요소로 한 전국 농민조합 총연맹을 구성할 것을 주장한다.(하략)

1945. 11. 23
전국농민조합총연맹결성준비위원회"

해방된 지 4개월도 되지 않은 상태에서 전국 단위의 농민조합 총연맹을 결성하였다는 것은 의미가 있다. 1930년대 후반 일제의 무서운 탄압으로 거의 붕괴된 것처럼 보였던 농민조합이 그 조직을 유지하고 있었음을 알 수 있다. 그리고 조직결성에 유혁이 주도적 역할을 하고 있었다.

유혁이 일제 말 금광에 투자하여 얻은 재력이 이러한 운동세력을 유지하는 데 유효하게 사용되지 않았나 생각하게 한다. 그를 중심으로 일제강점기에 작동되던 조직이 그대로 복원되었음을 알 수 있다. 박헌영이 유혁의 정치 기반을 붕괴시키려 하였지만, 성공하지 못한 것은 당시 최대의 농민운동 단체인 전국농민조합총연맹을 지지 기반으로 삼고 있었기 때문이다.

한편, 유혁의 보고 내용 및 결의문을 통해 전국농민조합총연맹의 지향점을 찾아볼 수 있다. 유혁은 전남은 서울에서 멀리 떨어져 있었기 때문에 미군의 전남 주둔이 상대적으로 늦었다고 전제하고, 이 때문에 친일파의 정리가 충분히 이루어지지 못하였음을 지적하였다.(①, ②) 전남 전 지역을 장악하지는 못하였지만, 대부분 지역에 인민위원회가 실질적으로 지배력을 행사하였음을 알 수 있다.(③)

유혁은 해방되자마자 소작 농민이 소작료 불납 운동을 전개한 사실을, 극좌적 경향이요 과오라고 비판하였다. 대신에 3·7제로 방향을 전환하는 데는 도 연맹에 있는 지도자의 노력이 있었으나 말단의 농민은 오히려 불평이 많았다고 안타까워하였다.(④) 3·7제는 지주가 수확량의 3할을, 소작인이 7할을 갖는 것으로 과거에 비하면 파격적으로 소작농민에게 유리한 제도였다.

유혁은 이 정도의 개혁이면 대부분을 차지하고 있는 소작농민에게 유리한 것이라고 판단하였다. 미군정에서는 3·7제 대신 3·1제를 들고 나왔다. 즉 소출의 3분의1만 지주에게 주고, 3분의 2는 농민이 차지하는 것이다. 농민이 66%을 차지하는 3·7제와 거의 비슷하였다. 이렇게 볼 때 유혁의 토지관은 사유재산을 인정하지 않는 사회주의와는 거리가 있다. 그가 소작농민이 전개한 소작료 불납 운동을 비판한 까닭이다.

유혁은 정세 보고를 하며 창설되는 국군 준비대의 운영비에 보탬이 되는 성금을 모으자고 즉석 제의하여 큰 호응을 받았다. 이때 이미 북한에서는 김일성은 소련군의 도움으로 북한군을 편성하고 있었다. 국군 준비대는 남한의 군대를 말한다. 이 군대의 훈련을 위해 성금을 모으자고 유혁이 제안하여 큰 박수로 동의를 이끌어냈다. 이는 유혁이나 전농 지도

부의 이념 스펙트럼이 박헌영이 이끄는 공산당이나 북한 정권과 거리가 있었다는 반증이다.(⑥)

마지막으로 유혁은 "우리는 현단계에 있어서 농민운동의 조직형태가 농민조합이 적당하다고 인정한다. 농민조합은 첫째로 빈농, 중농을 중심으로 구성되어야 하며 부농도 반동에 서지 않는 한 이 조합에 가입시켜야 될 것이다."(⑦)라고 하여 농민조합 결성에 빈농, 중농, 부농 등을 모두 포함시켜야 함을 이야기하였다. 이는 그가 빈농 중심의 프롤레타리아 혁명노선에 경도되어 있지 않음을 보여준다.

12월 10일 완전 극좌적인 노선과 일정한 거리를 두며 출범한 전국농민조합총연맹은 미군정 및 중도 우파와 일정한 연대의 필요성도 느끼고 있었다. 특히 전농 대표들은 12월 14일 미 군정청을 방문하여 군정장관 아놀드 소장과 시급한 식량 문제 등을 논의하였다. 당시 신문보도이다.

전농 대표, 군정청을 방문하고 식량문제 등에 관해 의견 교환

14일 오후 2시반에 전국농민조합총연맹全國農民組合總聯盟 대표 이구관李龜串, 유혁柳赫, 박경수朴庚洙, 최한철崔漢喆 4인은 군정장관 아놀드소장의 초청을 받고 장관을 만나 대략 좌左와 여如한 문답식 요담이 있었고 동同 5시 다시 하지중장과 회견하고 좌기左記와 여如한 의견의 교환이 있었다.

◇ 군정장관 아놀드

현하 조선의 식량문제의 해결이 긴급한데 군정청에서도 만단의 계획을 세우고 있으나 전국농총全國農總에서도 책임을 가지고 협력하기를 바란다. 현재 농촌에서는 쌀을 방매치 않는다. 그 이유는 역시 어떤 선동분자의 관계가 아닌가 일본에 밀수출을 하는 사람도 있는데 이는 조선민족으로서 가히 할 바가 아니다. 소작료를 내어야 할

것이며 지방에 따라 불납하는데도 있으나 소작료는 반드시 낼 의무
가 있을 것이다. 도시나 농촌에 생활필수품을 주어야 되겠고 공장을
움직여야 되겠다.

<u>38도 문제는 전조선민중이 급속한 해결을 요망하고 있다.</u> 우리도
중대관심을 가지고 있고 그는 자기自己만으로 해결치 못한 것이므
로 현재 모스크바에서 개최중인 외상회의에서도 이 문제에 대하여
무슨 방책이 서리라고 본다.

◇ 전국농민조합총연맹대표

쌀을 팔기 싫어하는 것이 아니다. 쌀이 잘 방출되지 않은 이유는
일반물가가 조정되지 않아서 농촌에서 필요한 생활품은 매우 고가
로 매입하고 농민이 가지고 있는 쌀은 과도한 염가로 팔고 있다. 현재
쌀을 가지고 있는 농민은 중농이상과 지주 또는 간상배들이다. 일반
빈농은 자기네 식량까지도 부족한 현상이다. 쌀을 밀수출하는 것은
여수, 군산 등지에서 밀수상인들의 반反국가적 행동이다. 이를 금지
하려면 군정청의 권력이 아니면 곤란하다. 소작료문제는 미군이 조
선에 진주하기 전에 우리는 3·7제를 실시했다. 미군정이 실시된 후에
3분의 1제를 발령하였는데 그 차는 매우 적으나 그 점은 별로 문제될
것이 없다. 소작료를 불납하는 지방이 혹 있는지 모르나 우리는 3·7
제로 납부하라고 극력 역설하고 있다. 38도 이남에서 도道와 군郡과
의 수송의 불원활로 지방에 따라서는 물자의 부족으로 대곤란을 받
는 데가 있다. 경남 삼천포 같은데는 쌀의 부족으로 기근이 대단하
다. 이 수송문제를 속히 해결하는 것이 민중 경제생활에 절대로 필요
하다. 지방에서 불상사가 발생하는 일이 있는데 각도에서 하등 무죄
한 농민조합, 인민위원회, 노동조합의 간판을 무조건하고 떼어버리
는 일이 있었고 그 위원들은 검거하는 일이 있는데 이런 점은 진보적
인 미군정의 본의가 아니라고 본다. 이는 친일파 민족반역자들의 책
동과 간교한 서류 무고로 인민과 군정을 이간시키기 위한 모략적 행
동이라고 우리는 규정한다. 미군당국은 이를 그대로 솔직히 듣고 그
들의 무고에 오해가 없이 선처하기를 바란다.

현재 생필물자를 일본 제국주의시대에 저장해 두었던 것을 간상배에게 분배해 주었는데 그들은 그 물자를 저렴공평하게 민중에게 배급치 않고 폭리를 취하고 부정하게 밀매함으로 농민과 노동자들은 더욱 곤란을 받는다. 그러므로 군정청에서 보지保持한 물자를 금후는 도시에서는 전평全評을 농촌에서는 전농全農이나 협동조합을 통해서 불하해 주면 공평하고 정당하게 배급을 하겠다.

오후 5시에는 하지중장과 회견하였는데 하지중장中將은 "금번 대회에 대한 여러분의 수고를 찬양하고 나도 농민의 자식이다. 농민의 마음을 잘 안다. 금후 자주 여러분과 만나고 싶다.

조선의 38도문제가 해결되면 지방으로 쌀을 보내려고 쌀을 준비 저장하고 있다. 여러분도 38도 이북의 동포를 위하여 쌀 방출에 많이 협력하여 달라"고 말하였다. 이에 대하여 전농全農으로서도 "적극협력하고 있고 또 하겠다"고 말하였다.[224]

미군정 당국과 전국농민조합총동맹이 쌀값 폭등 문제, 소작료 문제, 분단문제 등을 진솔하게 의논하여 서로 공감대를 형성하였음을 알 수 있다. 이 자리에 전농 부위원장으로 선출된 유혁도 참여하였다. 하지 중장은 12월 12일에 있은 창립대회에 칭찬을 아끼지 않았다. 곧 미군정 당국은 전농을 이용하여 여러 현안을 해결하고자 하였다.

미군정 당국과 전농이 창립 당시 대화가 가능하였던 것은 소작료에서 전농의 3·7제, 미군정의 3분의 1 등이 거의 비슷하였고, 빈농 곧 프롤레타리아 계급 위주가 아닌 중농, 심지어 부농까지를 조합 결성의 대상으로 삼는 등 자본주의 요소도 받아들이고 있었기 때문이다. 전농은 개인의 사유재산도 인정하고 있었다.

---

224 자유신문 1945. 12. 17

독립촉성중앙협의회 가입과 탈퇴

유혁이 주도하여 결성한 전농의 이념 스펙트럼은 이승만이 주도한 독립촉성중앙협의회에 가입한 사실에서도 짐작할 수 있다. 독촉은 출범 당시에는 좌우가 망라된 조직체였다. 독촉에 전농 대표로 참여한 이가 유혁이었다. 유혁의 노선을 이해하는 데 도움을 준다.

다음 글은 각계각층을 망라한 독립촉성중앙협의회 전형위원 39명이 선정되었다는 사실을 알려주고 있다.

> 독촉, 전형위원 선정
>
> 독립촉성중앙협의회獨立促成中央協議會는 그동안 전형위원의 일방적 선출로 말미암아 유회와 지연을 보이고 있던 바 겨우 이즈음 각 당 각파 각계층을 망라하여 39명의 전형위원을 선정하고 앞으로 활동을 전개할 것으로 보인다. 이것은 이승만李承晩의 환국 후의 정치운동의 전 집결체인만큼 그 성과의 여부는 주목되는 바 크다.
>
> ◇ 전형위원銓衡委員
>
> 정당측政黨側:공산당共産黨 4명, 인민당人民黨 4명
>
> 국민당國民黨 4명, 한국민주당韓國民主黨 4명

여성단체女性團體: 부녀동맹婦女同盟 1명, 여자국민당女子國民黨 1명,
　　　　　　　　　무소속부녀無所屬婦女 1명
종교단체宗敎團體: 야소교耶蘇敎 1명, 불교佛敎 1명, 천도교天道敎 1명,
　　　　　　　　　유교儒敎 1명
청년단체靑年團體: 청총靑總 2명, 기외其外 8명
기타단체其他團體: 전평全評 2명, 전농全農 2명, 군소정당群小政黨 2명[225]

1945년 12월 16일 신문보도 내용이다. 독립촉성중앙협의회가 각당, 각파, 각 계층을 망라하여 39명의 전형위원을 선정하였다는 것이다. 그런데 이때 선출된 집단을 보면 심지어 공산당까지 포함된 당시 남한의 모든 정치 세력이 망라되어 있음을 알 수 있다.

이 단체는 이보다 2개월 전인 1945년 10월 16일 일본을 거쳐 귀국한 이승만이 좌우를 초월한 민족의 단합을 주장하면서 탄생하였다. 흔히 이승만이 조직한 독립촉성중앙협의회는 한민당 등 우파 일색이라고 생각한다. 그러나 12월 16일 선출된 위원들은 공산당, 인민당 등 좌파계열이 각 4명으로 우파계열보다 많거나 비슷하였다. 여기에 유혁 등이 주도하여 독립촉성중앙협의회 출범 직전에 결성된 전국농민조합연맹도 참여하고 있다. 이때 이 단체의 2명 가운데 1인이 유혁이었다. 유혁이 독립촉성중앙협의회에 참석하고 있음을 알 수 있다. 이렇게 독립촉성중앙협의회에 우파계열보다 중도파 또는 중도좌파 계열 단체의 비중이 더 많이 차지한 배경은 무엇일까?

225　자유신문 1945. 12. 16

1945년 10월 16일 환국해서 12월 말, 반탁운동이 본격화되기까지 이승만의 정치적 활동은 부침을 거듭했다. 이는 이승만의 정치적 강점과 한계 때문이었다. 환국 직후 좌우의 절대적 지지를 받던 이승만은 그 열기를 '독립촉성중앙협의회' 결성으로 이어가고자 하였다. '뭉치면 살고 흩어지면 죽는다', '덮어놓고 뭉치자'라고 한 이승만 자신의 정치노선을 '독촉獨促'으로 구체화시킨 것이다. '독촉'은 결과적으로 그 시점에서 이념과 정파를 뛰어넘는 지지를 받고 있던 이승만의 장점을 극대화시키고 '임시정부 주미대사' 정도의 자격밖에 불과한 구미위원부 대표라는 기존의 직함에서 비롯되는 단점을 최소화한 절묘한 수였다. 환국 당시 국내에 독자적 조직이나 세력이 없던 그에게 '독촉'은 그 같은 정치적 자원을 마련해준 중대한 계기였다.

이승만은 환국 7일 만인 23일 자신이 묵고 있던 조선호텔로 전국의 65개 정당 단체 대표 200여 명을 모이도록 했다.

> "지금까지는 소리가 너무 많은 탓으로 세계에서 조선이 무엇을 요구 하는지 모르고 있습니다. 그리고 조선의 장래를 걱정하고 있습니다. 오늘은 그 소리를 하나로 하여 세계에 표명하자는 것입니다. …… 무엇이든지 하나로 만듭시다. …… 타국 사람이 조선을 알려고 하면 곧 가서 물어볼 만한 책임 있는 기관을 만들어야 합니다."

그의 연설이 끝나자 좌익계열의 학병동맹에서는 민족 반역자의 처단 문제를 들고나왔다.

“자주 독립이나 대동단결은 조선민족 전체가 바라는 바입니다. 그
러나 그것이 달성되지 않는 원인은 어디 있습니까. 민족반역자와 매
국노적 행위를 하는 놈들 때문입니다.”

곧이어 조선공산당에서도 대동단결의 선결 조건은 임정을 계승할 것
인지, 인공을 강화할 것인지를 분명히 하는 것이라면 임정에 비중을 둔
이승만의 입장에 반기를 들었다. 반면 한민당은 친일파 처단 및 임정 계
승 문제와 관련해 좌익과 전혀 다른 의견을 개진했다.

이날 모임은 격론 끝에 일단 ‘독립촉성중앙협의회’라는 정당통일운동
협의체를 발족시켰고 국민당 대표로 참석한 안재홍의 제안으로, 이승만
은 독촉의 회장으로 추대됐다. 하지만 1차 회의 날짜를 잡지 못한 채 좌우
정당 간의 논쟁이 계속됐다. 가장 중요한 현안은 좌익을 대표하는 박헌영
의 설득 여부였다. 여운형의 ‘건준’을 제압하고 ‘인공’ 선포로 기세를 올리
던 박헌영은 이승만의 등장과 함께 일단 뒤로 물러서지 않을 수 없었다.

그런데 이승만으로 인해 점차 우익의 목소리가 높아져 가는 것을 어떤
식으로건 견제하지 않으면 안 되는 숙제도 안고 있었다. 박헌영은 10월
30일 기자회견을 열고 이승만의 ‘무조건 통합론’에 맞서 ‘조건부 통합론’
을 내세웠다.

“조선에서는 아직도 일본 제국주의의 잔재 세력이 남아 있다. 친일
파가 그대로 남아 있는 것이다. 이러한 친일파를 근절시킨 다음 옥석
을 완전하게 가려 놓고, 순전한 애국자, 진보적 민주주의의 요소만을
한데 뭉치어 통일하지 않으면 안 된다.”

미국 시절부터 이미 철저한 반소, 반공주의자였던 이승만이었지만, 통합에 대한 국민적 열망 때문에 일단은 박헌영 설득에 나섰다. 흔히 '극우'로 분류되는 이승만이 '극좌' 박헌영에 대해 이처럼 유화적 태도를 보인 근본 이유는 좌익 이념에 대한 공감이라기보다는 당시의 분위기가 상당히 좌파적인 경향이 강하였기 때문이었다. 이승만으로서는 '독촉'의 광범위한 정당성 확보 차원에서도 박헌영의 참가를 끌어내야만 했다.

10월 31일 오후 3시부터 7시까지 장장 4시간 동안 이승만은 돈암장에서 박헌영과 단독 회담을 가졌다. 이승만은 '독촉'의 존재를 삼천만의 총의를 모은 통일된 기관으로서 시인하여 주는 동시에 여기에 힘을 합쳐 줄 것을 부탁했다. 그러나 박헌영은 선 숙청·후 통합의 입장을 견지하며 자신의 입장을 고수하였다.

이승만은 이에 성스러운 건국 사업에 친일파를 제외하자는 원칙에는 동의하지만, 지금은 그 시기가 아니라며 재차 설득했으나 완전한 의견 일치는 보지 못했다. 돈암장 회담은 그러나 논쟁의 불씨를 남겨둔 채 외형상의 '의견일치'를 본 것으로 발표됐다. 이승만은 11월 1일 여운형과도 만났다.

우여곡절 끝에 11월 2일 오후 2시 천도교 대강당에서 독촉 1차 회의가 열렸다. 정당 단체별로 2명씩, 수백 명의 대표들과 이 회의를 참관하려는 수천 명의 시민들이 강당을 가득 채웠다. 이 자리에서 이승만은 남북 분단의 책임이 미소 등 강대국에 있음을 분명히 했다. 그리고 그는 특히 10월 20일 미 국무성 극동국장 빈센트가 조선은 자치할 준비가 되어 있지 않으므로 공동신탁제를 실시하겠다는 내용이 23일 국내 신문에 보도된 것과 관련해 다음과 같이 지적했다.

> "조선 통치에 대하여 공동신탁제가 제안되었다는 보도를 접하고 참으로 경악을 느끼지 않을 수 없었다. 우리는 경의와 신실한 우존友存의 정신으로서 이 제안이 미국의 대對조선 정책에 있어서 한 가지 중대한 과오가 될 것을 지적하고자 한다."

여기서도 박헌영은 분단의 책임을 강대국으로 돌리는 것은 조선을 해방시켜 준 나라들에 대한 예의가 아니라고 소련을 두둔하고 다시 친일파 숙청을 요구했다. 공산당에 대한 유화적 제스처는 이승만이 12월 19일 방송을 통해 명확한 반공 노선을 표명하기까지 계속된다. 그만큼 이승만이 '독촉'의 명분 확보를 중시했다고 볼 수 있다. 이에 따라 오히려 우파 진영에서 비판이 제기되기도 했다. 우익신문 『대동신문』은 12월 8일자에서 이승만의 좌파 회유 노력을 노골적으로 비난했다.

> "좌파와 연합을 시도했던 그 결과가 …… 이박사의 한참을 나가던 인기 고무풍선이 순식간에 급강하 저공비행을 하게 된 것이다."

조선공산당은 이미 11월 3일 이승만의 통일안에 정식으로 반대하는 성명서를 발표하였고, 16일 독촉에서 공식 탈퇴를 선언함으로써 이승만과 공식 결별했다. 이에 이승만은 12월 16일 방송을 통해 공산주의를 정면으로 비판하면서 이승만과 박헌영은 완전히 갈라서게 된다. 그러니까 이승만과 박헌영이 완전히 결별한 날, 독립촉성중앙협의회 전형위원 39명을 선정하였고, 유혁이 여기에 이름을 올린 것이다. 독촉에 유혁이 참여한 것은 박헌영과 전혀 무관함을 말해준다.

처음부터 이승만과 맥아더, 이승만과 하지, 하지와 맥아더의 도쿄회담의 산물이었던 독촉 결성을 통해 승만은 남한을 대표하는 지도자로 부각되었다. 그러나 독립촉성중앙협희회를 구성하는 이승만이나, 지주, 자본가 계급이 주도하여 결성한 한민당이 그들의 기득권을 지키려는 안전판으로 이 단체를 이용하려는 의도가 있어 계획 단계부터 갈등 요소가 있었다.

1945년 12월 28일 모스크바에 모인 미, 영, 소 3개국 외상들이 한반도에 임시정부를 수립하되, 이것을 논의하기 위한 미소 공동위원회 운영, 미·영·중·소 4개국의 공동심의를 받아야 한다는 결정을 하였다. 이른바 한반도에 '신탁통치'를 하겠다는 것이었다. 물론 '임시정부 수립'이 핵심이었는데, 당시 김구 등은 신탁통치 문제를 쟁점화하여 정국을 주도하는 계기로 삼았다. 12월 31일 홍명희가 위원장을 맡은 반파쇼 공동투쟁위원회가 결성되어 신탁통치 결정을 반대하는 모임을 결성하였다. 여기에 조선공산당, 전국농민조합총동맹 등 이른바 좌파계열 단체들이 참여하였다. 이처럼 처음에는 좌익, 우익할 것 없이 모스크바 결정을 반대하였으나, 모스크바 결정을 지지하는 쪽으로 선회한 좌파들은 1946년 1월 3일 '민족통일독립촉성시민대회'를 결성하여 모스크바 결정이 얄타회담에서 논의된 조선의 독립을 진일보한 것이라고 하여 지지로 선회하였다. 오후 1시부터 열린 대회에 270여 단체와 30여만 명이 참석하였다.

전국농민조합총동맹 역시 모스크바 결정을 지지하는 방향으로 입장을 선회하였다. 하지만 유혁은 모스크바 결정은 완전 독립을 가로막는 외세에 의한 간섭의 연장이라고 생각하여 전농 지지 결정에 공개적으로 반대하였다. 실제 전농 활동 이후의 유혁 행적을 보면, 곧 결성된 좌파가 중심이 되어 우파까지 아우르는 민주주의민족전선 결성에 참여하는 등 극좌, 극우 어느 쪽으로 치우치지는 않았다. 그러나 강경파들의 공격으로 전농에서 축출되었다고 한다. 1947년 제2차 미소공동위원회가 교착상태에 빠졌을 때도 유혁은 영암의 특산물을 대표단에 선물로 보냈다. 미소 공동위원회의 역할에 끝까지 기대하였음을 보여준다.

이승만이 주도한 독촉은 2월 8일 신탁통치 반대 결성을 주도한 김구와 결합하면서 대한독립촉성국민회로 바뀌었다. 유혁은 대한독립촉성국민회가 한국민주당 계열이 다수 포진하는 등 친일 잔재 청산이 이루어지지 않는 것을 보고 그 단체와는 인연을 끊었다. 대신 그는 또 다른 좌·우의 통일전선 조직인 민주주의민족전선 결성에 앞장섰다.

제10장
한국전쟁과 강제 납북된 유혁

북로당의 통일전선 전략과 유혁의 자진 입북설

1. 박헌영과 다른 사상 스펙트럼

저자는 최근 전 세계를 깜짝 놀라게 하였고, 국내외 동포들에게 독립 의지를 심어주었던 1929년 광주학생운동을 촉발한 '이경채 사건'의 주인공인 이경채의 평전을 출간하였다.[226] 이 책을 집필하면서, 인물의 증언이 서술의 중요한 토대를 이루고 있는 현대사에서 개인의 증언을 무턱대고 받아들이는 것이 얼마나 위험한가 하는 것을 실감하였다.

> "송병조宋秉祚로부터 「이중환李中煥(또는 김판수金判守, 이경채李景采 가명)은 이상한 행동이 있음을 지적하고 일사一四일자로 제명 처분에 회부했다」고 하는 보고가 있었다. 이상한 행동이란 '당의 비밀을 일본관헌에게 밀보한 것이 아닌가'라는 혐의이며 이중환李中煥은 그때 당 사무소로부터 쫓아내어 어디론가 가버렸다."

---

226 박해현, 2023, 『이경채 평전』(전남대 출판부).

이경채의 동료인 박경순(건국훈장 독립장 서훈)이 일본 경찰에 체포되어 심문받을 때, 이경채를 밀정으로 의심하고 있다는 내용이다. 전체 맥락을 보지 않은 채, 이 부분만 읽었을 때는 이경채를 밀정으로 의심할 수도 있다.

그러나, 저자는 꽤 긴 그의 심문조서의 진술이 너무나 구체적이고 정확하여 오히려 그가 일본의 밀정이 아닌가를 의심하였고, 실제 그러할 가능성이 높다는 결론에 도달하였다. 건국훈장 독립장 서훈자인 그의 밀정 사실을 상대에게 떠넘기고 있음을 알 수 있었다. 소름이 끼쳤다. 친일과 항일, 좌와 우의 이념적 대립이 치열한 한국 현대사는 자신을 변명하는 입장에서 증언한 경우가 많다. 철저한 고증과 사료 비판이 따라야 한다.

유혁이 월북했다는 주장이 있다.[227] 월북 시기도 한국전쟁 이전, 또는 전쟁 때 각각 다르다. 심지어 어떤 연구자는 한국전쟁 때 서대문형무소에서 죽었다고 하기도 한다.[228] 하지만 이들의 주장은 근거가 없거나 빈약하다. 반면, 후술되겠지만, 한국전쟁 때 인민군에게 강제로 납북되었음을 뒷받침하는 근거가 훨씬 많다. 그럼에도 우리는 사실과 다른 주장을 마치 진실인 것처럼 믿는 경우가 많다.[229]

---

227 오수열, 앞의 논문 및 『한국사회주의운동인명사전』(1996, 창작과비평사, 302-303쪽)

228 이기홍 선생 유고 / 안종철 정리, 1997, 『광주 학생 독립운동은 전국 학생 독립운동이었다』

229 광주 3·1운동을 일으킨 김범수도 한국전쟁이 발발하자 처가가 있는 화순 백아산 기슭으로 피난을 떠났다. 그가 운영하던 남선의원이라는 개인 병원은 인민군들이 들어와 사용하였다. 그런데 훗날 김범수의 병원이 인민병원이었고, 김범수가 인민병원장이었다는 주장이 진실인 거처럼 떠돌아다녔다. 저자의 연구에 따르면, 현재의 전남대 병원이 인민병원 제1병원, 지금은 건물만 남아 있는데 적십자병원이 제2인민 병원이었다. 김범수와 인민병원은 하등 관계가 없다.(박해현, 2020, 『독립운동가 김범수 연구』)

유혁이 월북하였다는 근거의 하나로 내세운 것이, 해방 공간 남한에서 박헌영에게 배척되어 활동 공간이 없었던 유혁이, 1949년 이루어진 남 북노동당 합작 과정에 참여함으로써 활동 공간이 넓어진 북한으로 갔다 는 것이다.[230] 이러한 주장의 타당성을 검토하려 한다.

서울회계의 유혁은 화요회계의 박헌영계와 1920년대 중반부터 치열 한 노선 투쟁을 했다. 물론 그 노선은 공산당 내부의 주도권 싸움이 아 니라 마르크스 사회주의를 따를 것인가의 여부였다. 유혁은 이미 1920 년대 사회주의를 접할 때부터 마르크스의 사회주의와는 성격이 다른 웰 스의 사상을 토대로 하였고, 그에 입각하여 민중의 힘을 하나로 결속하 여 민족해방을 도모하고자 하였다. 철저한 마르크스 계급사관을 신봉한 박헌영과 다르다.

1945년 12월 8일 결성된 전국농민총동맹에서 유혁이 언급한 내용을 보면, 지주제를 완전히 부정하고 있지 않고, 심지어 미군정 당국과도 일 정한 관계 유지를 꾀하고 있었다. 그의 꿈은 민중이 주체가 되는 민주주 의 국가였다. 민중도 빈농 계급을 우선시하는 것이 아니라 빈농, 중농, 부농 등의 계급 내의 계층의 차이를 인정하고 있다. 빈농 등 사회 최하층 을 계급 투쟁의 주체로 인식하는 마르크스 레닌주의와는 성격이 다르다.

이념적으로는 여운형의 중도좌파 이념을 가졌다. 해방 직후 전농 전 남 지부 대의원으로, 전국농민총동맹 결성을 주도하고, 부위원장에 선

---

230 오수열은 남북노동당 합작과정에 유혁이 참여하였다는 이기홍의 증언을 토대로 박헌영 으로부터 소외된 유혁이 선택할 곳은 북한뿐이라고 하였다.

출된 유혁은 농민 대중들의 우상이었다. 일제강점기 전남지역 서울회계의 지도자 유혁은 농민, 노동자, 최하층 계층들을 포용하며 힘을 결집시켜갔다.

유혁의 사상적 스펙트럼은 마르크스의 사회주의와는 거리가 있음은 분명하다. 그는 정인보, 안재홍, 그리고 홍명희, 여운형 등 중도파 내지는 중도좌파 인사들과 비교적 가까이 지내고 있었다. 그런 그가 박헌영에게 밀렸다고 해서 북한에 들어갈 이유는 더더욱 없다. 이 부분 독자들의 이해를 돕기 위해 자세히 살필 필요가 있다.

2. 남북 연석회의와 북로당의 움직임

1945년 12월 말, 모스크바 삼상회의 결정이 나온 이래 1947년 상반기까지 미소공동위원회가 진행되던 시기만 하더라도 미국과 소련은 자신에 유리한 통일 임시정부를 수립시키려 노력하였다. 그러나 1947년 중반 이후, 제2차 미소공동위원회의 결렬과 함께 한반도는 영구 분단으로 방향이 선회하였다. 남한에서는 '단정·단선'이, 북한은 '인공 수립'으로 치달았다.

남한이라도 단독정부를 수립해야 한다고 판단한 미국은 유엔에 한반도 문제를 상정하였고, 이북에 인민정권이 수립될 기반이 충분히 갖춰졌다고, 본 소련은 미·소 양군 철수와 한민족의 자주적 결정에 의한 조선문제 해결을 내세웠다. 미국과 소련은 1947년 중반에 이르러서는 더

이상 남, 북의 정치 세력과 협의를 통해 한반도 문제를 해결하려고 하지 않았다.

소련이 진주한 동유럽의 여러 나라들이 공산당이 집권하고 사회주의 정권이 탄생하는 것을 본 미국은 터키, 그리스 등에서도 유사한 상황이 나올 것을 염려하였다. 트루먼 독트린이 나오게 된 배경이다. 남한에 민주기지를 건설하려는 북한의 의도가 구체화되고 있는 상황에서 미국은 소련의 팽창을 막는 교두보로 남한을 만들어야 한다는 생각이 절박해졌다.

남한에서는 1차 미소공위 때 모스크바 삼상회의 결정을 반대하였던 한국민주당이 2차 미소공위 때는 통일임시정부 수립의 협의대상에 참가할 정도로, 통일 정부 건설 방향으로 여론이 바뀌고 있었다. 오직 이승만이 주도하는 독립촉성회만 단정을 주도하였다.

1차 미소공위 결렬 이후 좌·우합작운동을 전개한 여운형과 김규식이 2차 공위가 시작되자 광범하게 우익계 정당, 사회단체를 끌어들였다. 미군정 당국은 좌·우합작운동에 관심을 가졌지만, 미 국무부는 단정을 원했다. 미 국무부와 미군정 당국, 그리고 단정을 추진하는 이승만과 반대하는 김구 등 각 집단 사이에 갈등이 증폭되었다. 좌익 내에서도 박헌영의 남로당과 여운형의 근로인민당 사이에 갈등이 싹트고 있었다. 이 과정에 여운형의 암살은 좌·우합작운동을 파탄시켰다. 남북 합작을 방해하려는 자들의 소행이었다. 유혁, 김범수처럼, 광주에서 여운형이 주도한 좌·우합작 참여 세력들은 여운형 암살 후 사실상 정계 은퇴 수순을 밟았다.

여운형 암살 후, 1947년 9월 17일 미국은 한반도 문제를 유엔에서 논의하자고 제의했으나, 조선 문제의 유엔 상정을 반대한 소련은 9월 26일 "1948년 초까지 남북에서 미·소 양군을 철수시키고 조선인 스스로 자신의 정부를 수립하게 하자"고 하였다. 소련은 이미 확고한 기반을 닦은 이북의 좌익과 이와 공조 체제를 갖춘 남한의 좌익들이 일을 추진하게 하면서 자신들은 한발 비켜서는 고등전술을 사용하였다. 반면 남한의 정치 세력들 상당수가 북한의 통일전선전술에 말려들고 있었다고 판단한 미국은 '유엔감시하의 인구비례에 의한 총선거'를 내세울 수밖에 없었다.

1947년 12월 미국이 주도한 유엔에서 사실상 남한만의 단독정부 수립 방향으로 정책이 선회하자, 미소공위가 진행될 때만 하더라도 미국을 지지하는 입장에 있던 우익의 상당수가 "미·소 양군 철수 후 한국인의 자주적 결정에 의한 통일 정부 수립"이라는 소련안을 지지하는 상황이 연출되었다.

이러한 상황에서 남한의 남로당, 북한의 북로당 등 남북의 공산세력은 주도권 다툼을 벌였다. 미국의 단선, 단정 정책을 반대하고 자주독립과 통일 정부를 수립해야 한다는 정치강령을 기본으로, 남로당과 북로당은 충돌할 수밖에 없었다. 김일성이 이끄는 북로당의 입장에서 남한의 여러 정치 세력을 우군으로 끌어들여야 장차 전개되는 통일 정부 수립에 있어 박헌영의 남로당과의 경쟁에서 우세한 상황을 연출할 수 있기 때문이다.

이때 북로당은 남북의 모든 정치 세력을 결집시키고 연합하는 구체적 방안으로 1948년 4월 추진된 '남북협상' 안을 추진하고 나섰다. 곧 남한의 단선, 단정을 반대하는 세력을 끌어들이는 전략을 세웠다. 김구, 김규식, 김창숙, 유림 등을 그 대상으로 삼았다. 북로당의 이러한 계획에 대해 남로당은 반대하였다. 결론부터 말하자면, 남로당은 남한에서 단선, 단정 반대투쟁의 주도권을 잡아 자주독립과 통일 정부 수립에 주도권을 차지하려고 하였다. 북로당은 이미 북한에서 영도권을 잡은 바탕 위에서 이남의 중간파나 우익세력과의 민족통일전선을 형성함으로써 명실상부하게 남북 전체의 영도권을 확립하려 했던 것이다.

북로당은 중도좌파나 중도우파적 성격을 갖고 있으면서 김구, 김규식 등과 긴밀한 협의가 가능한 근로인민당, 민주독립당, 인민공화당, 민주한독당 등을 끌어들였다. 이들 정당과 동맹 제휴 관계가 실현된 바탕 위에서만 우익의 김구, 김규식 세력과도 정치적 연합을 실현할 수 있을 것이라 보았기 때문이다. 1947년 10월부터 1948년 2월 사이에 백남운, 홍명희, 김원봉 등이 38선을 왕래한 것은 이 때문이다. 근로인민당의 최백근, 민주독립당의 강병찬, 인민공화당의 황모, 한독당의 안우생, 민족자주연맹의 권태양, 조소앙의 비서 김흥곤 등이었다. 이들은 북로당의 대남연락부 소속으로 남한에서 정치공작을 하고 있던 성시백과 연계되어 있었다.

이렇게 북로당은 그들에게 유리한 상황을 조성하기 위해 단선, 단정 반대라는 명분을 충분 이용하였고, 이 과정에서 박헌영의 남로당이 아닌 다른 정치 세력이 이용되었다. 이 과정에 과거 공산당 대회파 출신으로 박헌영에게 반기를 들었다가 집중적으로 비판받았다가 자기비판하고 남로당에 참여한 사람들이 북로당과의 연계가 중요해지자 남로당과 별도로 북로당과 접촉을 넓혀갔다.

박헌영은 이들을 품지 않고 배척하는 등 편협하게 당을 운영한 것이 파벌 문제를 심화시켰다. 북로당에서는 강진, 이영 등 장안파(대회파) 출신뿐만 아니라 과거에 공산주의 운동에 가담하였다가 민족자주연맹을 비롯한 중간파 정당, 단체들에서 일하는 사람과도 접촉을 늘렸다.

만약 유혁이 북로당과 연계되었다면, 오수열이 말한 남북노동당 합당 과정이 아니라, 이 과정에서였을 것이다. 하지만 유혁은 기본적으로 박헌영의 남로당이든, 김일성의 북로당이든 마르크스 레닌주의를 표방하는 사회주의와는 노선을 달리했기 때문에 북로당이 그에게 접촉을 시도했다 하더라도 거부하였을 것이다.

설사 유혁이 북로당의 제의에 따라 남북협상 등에 적극적으로 참여하였다면, 이 무렵 유혁의 이름이 북한 당국이나 남한 경찰 당국의 자료에 당연히 있어야 한다. 1948년 8월 25일 황해도 해주에서 비밀리에 북한이 추진한 '남조선인민대표자대회'가 열렸다. 이보다 앞서 1948년 6월 29일부터 7월 5일까지 평양에서 열린 제2차 '남북조선제정당사회단체지도자협의회'에서 이북에서뿐만 아니라 이남에서도 최고인민회의의 대의원선거 실시를 결정하였다. 남한에서는 이북의 직접선거와는 달리 간접선거를 치렀다. 남측 대의원 숫자는 360명으로 확정하고, 대의원을 선출하기 위한 인민대표는 1,080명으로 확정하였다.

이에 따라 열린 회의는 8월 21일부터 예정보다 하루가 연장되어 8월

26일까지 진행되었다. 이 회의를 남로당이 주도적으로 진행하였다. 22일 열린 토론대회에서는 30명의 토론자가 참여하였는데, 남로당의 김오성, 민애청의 조희영, 민중동맹의 나승규 등이 이름을 올렸다. 나승규는 광주학생운동을 주도한 인물이다. 그러나 유혁의 이름은 어디에도 보이지 않는다. 인민대표 1,080명 이름에도 없다.

유혁은 전농 부위원장을 하였고, 전농 대표로 하지 중장을 만나는 등 중앙에서도 활동을 인정받은 지도자로 곳곳에 그의 활동 흔적이 남아 있다. 서울에서도 그의 이름이 낯설지 않을 정도로 거물 활동가였다. 북에서 유혁의 존재를 충분히 알고 있었을 것이다.

만약 그가 남북협상 과정에 참여하고, 이후 월북하였다면 서울시 경찰국이 작성한 월북자 명단에 이름이 있어야 하나 없다. 그의 이름이 누락된 것이 아니라 월북하지 않았기 때문에 없다고 보아야 할 것이다. 다음은 지금의 경찰청에 해당하는 치안국 사찰과에서, 중간정당에 침투한 남조선노동당 특수부 조직사건 관련자를 검거했다고 발표한 내용이다.

> "제목 1950년 5월 27일 치안국 사찰과, 중간정당에 침투한 남조선
> 노동당 특수부 조직사건 관련자를 검거했다고 발표[231]

치안국 사찰과에서는 남로당 중간정당 프락치에 관한 유력한 정보를 입수하여 예의 수사를 계속하여 오던 바, 1949년 10월 19일 남로당 특

---

[231] 산업신문, 연합신문, 서울신문 1950. 5. 28~29

수부 조직책 김한경과 홍원상, 동 블록책 임대용 등을 레포선에서 검거한 것을 계기로 1950년 2월 하순까지 19개 정당·단체 프락치 및 특수부 행동대 등을 100여 명 검거하여 송청한 바 있었다.

그 중 농민당과 민주독립당에 침투한 남로당 프락치는 교묘한 지하운동을 계속하여 오던 바 지난 5월 8일 민주독립당 프락치책 윤홍찬尹弘燦 이하 3명과 농민당 프락치책 손택원孫澤元 이하 6명을 검거하여 계속 수사 중 모某의 선거사무장으로 활약하던 남로당 프락치책 장경로張景路를 동월 25일에 검거함으로써 중간정당 프락치 사건은 일단락을 보게 되었다고 한다. 그런데 내무 치안국에서는 이들 남로당 특수조직부의 행동내용에 관하여 27일 다음과 같이 발표하였다.

"남로당은 난립한 중간정당·사회단체를 이용할 목적으로 특수부 조직책 임대용 및 부원 권정식權整植·윤영기尹容基 등 3인으로 하여금 중간정당 프락치 조직에 착수케 하였다. 전기前記 3명은 남로당 지령에 의하여 무수한 블록책과 오르그를 배치하고 그 밑에 각 정당 프락치책을 두어 지도 통제케 하였으며 그들이 침투에 성공하여 남로당 노선에 추종토록 조종한 정당 및 사회단체는 청우당靑友黨·사회당·대한노농당·민주한독당·민족공화당·민족자주연맹·민주동맹·건민회健民會·신생회·민족대동회·근로대중당·민주독립당·대한농민연맹·근로인민당·농민당·신진당新進黨·사회민주당·한국독립당·독립노농당 등 19개에 달한다. 이들 남로당 중간정당 프락치의 중요한 활동을 열거하면
1. 1948년 4월 중소정당으로 하여금 남북로당을 주동으로 개최한 남북협상을 지지 추진케 하였으며 김구金九씨, 김규식金奎植 박사를 비롯하여 여운홍呂運弘·김붕준金朋濬·원세훈元世勳·조소양趙素

柳씨를 월북하도록 공작하는 데 성공하였다.

2. 중소정당으로 하여금 5·10선거를 단선單選으로 규정하고 5·10선거를 보이코트하라는 남로당 지령에 의하여 선전담화를 발표하도록 공작하여 간접적으로 선거를 방해하였다.

3. 1948년 8월 소위 남조선 지하선거 실시시에는 중간정당·단체로 하여금 연連(전문電文 불명)을 수립하여 이성화가 이에 주재하는 남조선 지하선거 지도위원회에 제출하라는 지령에 의하여 연판상連判狀 수립공작에 성공하였다.

4. 1948년 8월 25일 북한 해주에서 개최한 소위 인민대표자대회에 중소정당대隊로 하여금 대표를 파견하였으며 소위 북한 최고인민회의 의원 100여 명을 당선케 하였다.

5. 1948년 12월 북한에 주둔한 소련군이 철퇴하였으니 남한도 미군 철퇴를 주장하라는 남로당의 지령에 의하여 각 중소정당·단체로 하여금 성명·담화 등을 발표하도록 강조하였다.

6. 1949년 4월 중소정당·단체로 하여금 미군의 철퇴를 요청한다는 메시지를 유엔한위에게 제출하라는 지령에 의하여 공작을 전개하여 메시지를 제출케 하였다.

7. 1949년 6월 소위 조국통일민주주의전선 결성 시에는 조통祖統결성의 제안서를 각 중소정당·단체에 배포하는 동시 조통결성을 지지한다는 결의문을 각 정당·단체를 하여금 작성 제출케 하였으며, 조통결성대회에 대표를 파견하도록 공작하여 35명의 대표를 월북시켰으며 조통결성대회에서 채택한 선언서를 광범위로 선전하였다.

8. 1949년 7월 미군사고문단의 철퇴를 주장하는 메시지를 유엔한위에 제출하는 동시에 대중으로 하여금 이를 지지케 하여 여론을 환기시키라는 지령의 공작을 전개하여 메시지를 유엔 한위에게 제출하였다.

9. 1949년 9월 북한 인민군이 4월에 입성할 것이니 환영준비위원회를 조직하여 준비위원회는 중간정당·단체 요인을 참가시키라는 지령에 의한 공작을 지하에서 맹렬히 추진시켰다.

◇ 월북 대의원, 조통 대표 내용

남로당 특수조직부 정당·사회단체의 월북 대의원 및 조통 대표는 다음과 같다.

△중간정당·단체 월북 대의원 및 조통 대표 : 청우당 월북 대의원 이석보李錫保·정주하·김영선金寧善·백악영白樂榮·장약성張洛星·김동제金東濟

△민주·한국독립당 월북 대의원 : 김일청金一靑·신백현申白鉉·이능종李能鐘

△민족공화당 조통 대표 : 이광순李光淳·박근실朴根實·남경우·임흥식林興植·하철河鐵

△민족자주연맹 월북 대표 : 이용선李容善·김용호金勇昊·송준호宋俊鎬·유용상柳龍相·고석환高錫煥

△민중동맹 월북 대의원 : 나승규羅承圭·황운黃雲·김낙정·이두원李斗元·정철鄭徹·조태옥趙泰玉·신상훈辛尙勳·최준영崔俊英

△조통 대표 : 오종시·전원□·김동주金東周·홍순규洪淳奎·김윤선金允先

△신생회 조통 대표 : 임일도林一道·유상수柳相秀·□청목

△민족대동 월북 대의원 : 김성규金成圭·홍섭洪燮

△조통 대표 : 김찬태金贊泰·한웅韓雄·조승연·윤덕기尹德基·김인진金仁津·박풍동朴豊東

△건민회 월북 대의원 : 이극로李克魯·김병문·구본회具本會·김병구金炳九

△근로대중당 월북 대의원 : 강순·장상묵張相黙·탁창혁卓昌赫·김유태金有泰·문민운·김승모金昇模·김호채金鎬採

△민주독립당 월북 대의원 : 홍명흥洪明興·홍기문洪起文·하만호河萬鎬·신봉하申鳳夏·홍철희洪鐵喜·김무삼·마진화 외 10여 명

△조통 대표 : 월중흡越重吸·강대인康大仁 외 2명

△농민당 월북 대의원 : 이혜경李惠景·김성일金成日·양길춘陽吉春·김태민金泰民

△신진당 월북 대의원 : 윤용준尹龍準·이진李珍·김령·김규헌·김호

동·김창빈金昌頻·이용·윤수尹洙·김충규·이성李星·이치호·김□
수·박해섭·박 모 외 6명
△근로인민당 월북 대의원 : 백남운白南雲·성대경成大慶·정철鄭
鐵·박동철朴東喆·신두환申斗煥·최택근崔宅根·장철張鐵·이영준李
英俊·맹두은孟斗恩·강능진·이영李英·정백鄭栢·최창환崔昌煥·이
여성李如星·김기석金基錫·이은우李殷雨·이정구李貞求·이규창李
圭昌·팽진호 외 5명
△사회민주당 조통 대의원 : 정권鄭權·이재순·변규창·김효원金孝
源·박정현
△조통 대표 : 고흥석高興錫·이창현·서종기 외 2명
△사회당 조통 대표 : 이병호李秉昊

위 글 어디에도 유혁을 찾을 수 없다. 특히 그가 조직결성에 관여한 농
민당 월북 대의원 명단에도 없다. 이미 좌경화된 농민당에서 유혁은 파
문되었기 때문에 그의 이름이 나올리 만무하다. 다음은 경찰이 파악한
남로당 활동하다가 전향한 인사들이다.

◇ 다수는 전향자, 작보昨報 정당 프락치 검거자 명부
　남로당 특수조직부 정당·사회단체 프락치 총 검거사건에 대하여
　는 작昨 27일 내무부 치안국으로부터 그 전모를 발표한 바 있거니
　와 각 당 검거자는 다음과 같다.
△청우당靑友黨 : 안병석
△대한노농당 : 이현필李鉉畢
△민족공화당 : 신현욱申鉉旭·김원술金元述
△민자련 : 김원회金元會·조병래趙秉來·윤정훈尹定勳·최중석·장치
　환張致煥·김상겸·남중희南重熙·윤종규尹宗奎·남명환南明煥
△민중동맹 : 정철鄭徹·신상훈辛尙勳·조태옥·이두원李斗源·이관
　호李寬浩·김윤진·김병운·고명高明·이종태李鍾泰·홍철호洪喆浩·이

윤항·김의극金儀極·안병철·곽인필郭寅弼·여규삼呂奎三·김후식金
厚植·이경우李景雨·김난식·김환일·윤철희·강명구姜明求·맹기영孟
基永·장대훈張大勳·홍차호·박철규朴喆圭·구본순具本舜·임홍식林
弘植

△건민회 : 신철申鐵·이시근李時根·유재주柳在柱·이용기李容基·이금
섭李錦燮·송정낙宋廷洛·이정재·김상희·김영김·강대홍姜大弘·변명
호·김귀룡金貴龍·이상학李相學·백구남白九男

△신생회 : 정영술鄭永述·홍사규洪思奎·홍종천洪鍾天·이계영·오유
상·현중호玄重浩·이규수李圭秀

△민족대동회 : 윤원소尹元昭·이영일李英一·김승경金承慶·김주봉金
周鳳·박인호·김석기·정중수鄭中秀·신윤만·정항섭鄭恒燮·윤항尹恒

△근로대중당 : 박봉래朴鳳來·곽내수郭來洙·이희준

△민독당 : 한병규·이창태李昌泰·박양래朴陽來

<u>△농민당 : 한병규·박종혁朴鍾赫·이동일李東日·송호휘宋好輝·유여
찬尹女燦·김원규金元圭·최원홍·홍재현洪在鉉·최귀거리崔貴巨里·
이세민李世民·차후락</u>

△신진당 : 유세일柳世一·박재섭·김남주金南柱·김영식金永植

△근로인민당 : 고명자高明子·김시종金時鍾·고선귀高先貴·김제영金
濟英·이해종

△사회당 : 윤구섭尹九燮·권동원權東源·오규홍

△사회민주당 : 김홍승金鴻昇·한복운韓福云·안영삼安永三·김진문金
鎭文·왕갑룡王甲龍·심무순申茂順

△한국독립당 : 박승구朴勝龜·김자중金子中

△특수부행동대 : 정용성丁勇盛·이원렬李元烈·유병구劉炳九·윤영
석·박朴병돈·박삼출朴三出

△특수부 프락치과 : 조태구趙泰龜·강원구
그런데 피검자 중에는 이미 공판을 받고 무기 혹은 장기로 복역하
고 있는 죄수가 상당수에 달한다고 하며 개중에서 전향을 결심한
자에 대하여는 관대히 포섭하였다 한다.

(연합신문 1950. 5. 29)

전향한 명단 어디에도 유혁의 이름이 없다. 월북했거나, 남로당 활동
하다가 전향한 흔적이 전혀 없다. 특히 농민당 결성을 주도하였기 때문
에 그의 빛나는 이력이라면, 당연히 이 명단에 있어야 할 것이다. 하지만
명단에 이름이 없다는 것은 그가 애초에 이러한 일에 연루되어 있지 않
았기 때문이라고 단언해도 좋을 것이다. 더욱 다음 장에서 상세하게 살
피겠지만, 그가 한국전쟁 때 남북되었다는 사실은 이러한 객관적인 주장
이 사실임을 반증하는 것이라 하겠다.

민족정신선양회 활동과 유혁

1950년 6월 25일 한국전쟁이 일어났다. 이 무렵 유혁의 관심은 1949년에 제정되어 이듬해인 1950년 3월 시행된 토지개혁이 불완전한 정책이지만 현장에 뿌리내리게 하는 데 관심을 가졌다. 아울러 해방 직후부터 심각한 문제였던 쌀값 폭등 문제도 주요 관심사였다. 쌀값 문제는 미군정장관이 그에게 특별히 물어봤던 문제이기도 하다. 다음은 1950년 초부터 한국전쟁이 일어나기 직전까지 쌀값과 관련된 주요 뉴스를 정리한 것이다.

<표16. 쌀값 관련 주요 뉴스>

월일	내용	보도신문	비고
1.4	정초쌀값급등과 정부의 대응방침	국도신문	
1.9	정부 비축미 방출 잡곡 수입 언명	서울신문	
2.1	양곡배급의 문제점과 정부미 방출 첫날 풍경	동아일보	
2.3	국회 방출미 가격인하 논의	서울신문	
2.13	정부보유미 방출량 적어 쌀값 조절 어려움	조선일보	
2.16	양곡밀수출자 최고 사형에 처하는 양곡관리법 공초	자유신문	
2.19	쌀값 해방직후와 비교 500배 상승	동방신문	
3.12	식량사정의 이모저모	한성일보	

3.13	국무회의 전년도 정부매상추곡 보상비료 가격 올리지 않기로 결정	한성일보	
4.6	대통령, 대한노동총연맹과 대한청년단 마찰 친목을 지령	자유신문	
4.10	지방으로부터 입하량 감소 쌀값급등	서울신문	
5.31	정부 방출미곡 차익금이 17억원에 육박		

이 문제에 대해 유혁이 어떤 입장을 취했는지 알 수는 없다. 다만 그가 거의 서울을 오갔다고 하는 진술을 볼 때, 이 문제의 해결과 무관하지 않았을 듯싶다.

한편 박병엽은 유혁이 이 무렵 김구, 김규식, 정인보 선생, 박권응 등과 연계하면서 '민족정신건약회' 조직과 '구국통일독립협회'를 조직하여 활동하였다고 증언하였다. 그러나 민족정신건약회라는 단체는 당시 기록에서 찾아지지 않는다. 다만 박병엽이 증언한 것과 유사한 성격의 '민족정신선양회'가 1949년 창립되었다. 저자는 아마 이 단체에 유혁이 참여하였을 가능성이 크다고 본다. 관련 신문기사 내용이다.

> 민족정신선양회
> 역대선열의 유지를 이어 민족정기를 북돋고 남북통일 완전자주독립의 전취를 도모하고자 오세창 오하영 양씨를 중심으로 3·1절 30주년을 계기로 민족정신선양회를 발기하였다는 바 동회 발기인은 다음과 같다. 오세창 오하영 윤기섭尹琦燮 외 58명
>
> (자유신문 1949. 3. 12)

저자가 유혁이 이 단체에서 활동하였을 가능성이 있다고 보는 근거는

다음과 같다. 우선 선열들의 민족정기를 북돋고 남북통일을 위한 목적으로 창립되었다는 내용과 박병엽의 진술이 일치하고 있다는 점이다.

다음으로 이 단체의 결성을 주도한 윤기섭과 유혁의 관계 때문이다. 윤기섭은 임시정부 국무위원, 지청천 등과 민족혁명당 결성, 1943년 임시정부 군무부차장 등을 역임하였다. 귀국 후 그는 민주주의민족전선 및 좌우합작위원회에서 활동하였다. 그리고 정인보 뒤를 이어 국학대학장이 되었다. 한국전쟁 때는 정인보, 유혁 등과 함께 납북되었다. 북한 애국렬사릉에 안장되었다. 대한민국정부는 1989년 건국훈장 대통령장을 추서하였다. 유혁은 민주주의민족전선연맹 및 좌우합작위원회 활동을 하였다. 이 과정에서 윤기섭과 가까이 지냈을 것이다. 특히 정인보 뒤를 이어 국학대학장에 취임한 것으로 보아 윤기섭과 정인보는 서로 잘 알고 있었다고 본다. 정인보를 통해 유혁은 윤기섭을 소개받았을 것이다. 윤기섭이 설립을 주도한 민족정신선양회에 유혁이 참여하였을 가능성이 높다.

한국전쟁과 납북

1. 김일성의 '모시기 공작'

북한 인민군은 1950년 6월 25일 새벽, 탱크를 앞세우고 38선을 돌파 남으로 쳐들어왔다. 소련제 무기의 지원을 받으며 전쟁 준비를 철저히 한 북한군의 공격에 대한민국 국군은 제대로 싸워보지도 못한 채 한강 이남으로 후퇴를 거듭하였다. 불과 개전 3일 만에 완전히 북한군에 점령당한 서울은 북한의 수중에 들어갔다. 이들은 1950년 7월 4일 당시 서울시청 2층에 설치한 서울시인민위원회에서 군사위원회 결정을 확인하였다. 곧 결정사항은 남한의 요인을 납치하여 동반자, 협력자를 만들어 그들의 혁명전략에 이용하자는 것이었다.[232]

---

232 '모시기 공작' 부분 서술은 이태호, 1991, 『압록강변의 겨울-납북요인들의 삶과 통일의 한』 참조. 이 부분은 전 북한 조국통일민주전선부국장 정무원 부부장 신경완의 구술을 토대 정리한 것이다. 신경완은 박병엽의 필명이었다. 박병엽의 본 이름은 그의 사망 후에 나왔다. 박병엽(1922~1998. 9)은 전남 무안 청계 출신(일부에서는 강진 출신이라고 나와 있으나 잘못임)으로 한국전쟁 때 월북하여 북한에서 노동당 중앙위원을 역임하는 등 북한 정권에서 중요한 역할을 하였으나 죽마고우로 공군참모총장을 지낸 무안 몽탄 출신 옥

군사위원회가 공작 대상으로 삼은 남한의 저명인사를 다음의 다섯 가지 기준에 따라 분류하였다.

첫째 부류는 북한 정권의 수립에 참여한 남한의 정당과 단체, 다시 말하면 1949년 6월 25일 남북한 좌익성향의 단체로 결성된 '조국통일민주주의 전선'에 가담한 정당과 단체에 속했던 잔류인사

둘째 부류는 남한의 행정부와 국회, 정당, 사회단체에 잠복해서 활동하던 북한의 프락치와 이에 동조한 사람

셋째 부류는 1948년 4월 남북협상에 참여한 정당·단체 지도자와 개별인사들이었다.

넷째 부류는 자수 또는 자발적으로 협력해오는 사람들

다섯째 부류는 연행 또는 체포해야 할 인사들이었다. 후술하겠지만 유혁은 다섯째 부류에 해당하였다.

이 부류 가운데 다섯째 부류는 정치·사회적 위치가 다르고 활동과 생활 수준도 다르고, 연행·체포의 동기와 경위도 저마다 달랐다. 이들을 북한당국은 북한당국에 적극 협조한 자에 대해서는 재교양을 통해 마땅한 예우를 하고 적절히 참여시키지만, 끝까지 저항한 자에 대해서는 과거 죄과까지 따져 처리하려는 기준을 세웠다.

만호가 대만 대사로 나가 있을 때 만나러 대만에 건너왔다가 한국 중앙정보부 요원에 의해 국내로 납치되어 징역 5년을 복역하였다. 그후 국내(분당)에서 거주하다 1998년 9월 사망하였다. 그는 출옥 후 해방 직후부터 북한 정권 초기 역사에 대해 많은 증언과 저서를 남겼다. 다만 그의 노년의 기억에 의존하여 구술된 것이기는 하지만, 대부분 사실로 확인될 정도로 비상한 두뇌의 소유자였다고 한다. 유혁의 북한에서의 생활도 그의 진술을 통해 확인되고 있다. 유혁의 손자 유수택은 우연히 박병엽이 성남에 거주한다는 얘기를 듣고 숙부인 인학과 함께 그를 만나 북한에서의 조부의 행적을 들을 수 있었다고 한다.

그리고 이날 회의에서 다음의 사항이 결정되었다.

　　1. 공작그룹 지휘부는 정보국이 자리잡고 있는 건물의 3층에 둔다.
　　2. 합동대 지휘부는 성남호텔(현 광교 부근)로 정한다.
　　3. 당 조직에서 협조 인원을 보장받는 문제는 이주상이 책임지고,
‘모시기 공작’의 전반적 지휘는 방학세[233]가 맡는다.
　　4. 작전 순서는 사전에 정보를 수집 확인해 소제를 파악한 뒤, 정보
를 종합 평가하고, 이에 따라 모시기, 연행, 자수 또는 체포 등을 대상
에 따라 구체적으로 결정하며, 대상자들을 일단 성남호텔로 집결시
켜 개별심사를 실시하고 나서 자기 집에 연금하든지, 아니면 정해진
장소에 따로 또는 단체로 연금하거나, 구속 감금한다.

이러한 원칙에 따라 남한의 주요 요인들이 ‘모시기’ 공작의 대상이 되
었다. 7월 5일 방학세가 있는 종로의 5층 빌딩 2층에 권태양, 안우생, 김
용관, 홍기무, 김약수, 권태희, 노일환 황윤호 등 우리에게 익숙한 이름
들이 모였다.[234] “노동당 중앙당 서울 지도부 이주상 동지가 보내서 왔다”
고 하였다. 이들은 저마다 자신이 속했던 조직의 수뇌부나 친지 등 낯이
있는 인물 가운데 ‘모시기 공작’의 명단에 들어있는 사람의 거처를 알 수
있는 정보를 방학세에 넘겨주었다.

김규식의 비서 권태양은 김규식을 비롯한 민족자주연맹계 인사들의
소재를, 안재홍과 가까운 권태희는 안재홍을 비롯한 국민당계 인사들의

233　방학세(1914~1992)는 고려인 출신으로 김일성 정권에서 초대 사회안전상, 2, 3대 내
　　무상, 중앙재판소장을 역임하며 박헌영의 축출, 종파 사건 등을 주도하며 김일성 체제 구
　　축에 결정적 공을 세웠다.

234　김약수, 노일환, 황윤호 등은 국회 프락치 사건 관련자로 형무소에서 탈출해 있다가 출두
　　해 자진 협조한 것으로 보인다.

소재를, 조소앙의 비서 김흥곤은 조소앙과 사회당 및 한국독립당계 인사들의 소재를 탐지했다.

김규식, 조소앙, 조완구, 김붕준, 류동열, 최동오, 윤기섭, 원세훈, 엄항섭 등 임정요인들, 안재홍, 박열, 백관수, 정광호, 신석빈, 신상봉, 김헌식, 이강우, 장연송, 조종승, 오정방, 김용무, 조헌영, 명제세, 김종원, 설민호, 김경배, 김용하, 이상경, 이만근, 박영래, 박승일, 박보렴(여), 박승호(여), 정인보, 이광수, 최규동, 방응모 등 국회의원과 정당 사회 단체 인사들이 줄줄이 강제 연행되었다.

당시 정인보는 등창을 심하게 앓았다고 한다. 해방 이후의 분단과 혼란, 제대로 되지 않은 친일 청산, 이념 갈등에 따른 4·3사건과 여순사건, 위대한 국학자 정인보에게는 도저히 받아들일 수 없는 일이었다. 그가 초대 감찰위원장을 맡아 5천년 빛나는 역사의 전통을 수립하려 하였으나 여의치 않았다. 그의 건강이 극도로 쇠약해졌다. 그가 감찰위원장을 내놓은 것은 심적인 갈등도 컸지만, 실제 건강도 악화된 탓도 있었다.

한국전쟁이 발발하였을 때, 등창을 심하게 앓은 정인보는 친구 박계양이 원장으로 병원(한양병원)에서 입원 치료 중이었다. 피고름이 심하여 더럽혀진 옷을 갈아입히고자 아내가 집에 다녀온 사이에 북한 요원들이 연행한 것이다. 교사였던 큰아들도 부친의 병원을 찾았다가 함께 연행되었는데 저녁때 돌아왔다. 이튿날 아침이면 나올 것 같다고 아들이 말하였다. 이튿날 아침 일찍 편찮아 잘 먹지 못하던 정인보에게 미음을 주고자 하여 아내 조씨는 소공동에 있는 옛 총독부 도서관이 있는 곳으로 갔

으나 이미 다른 곳으로 옮겨가고 없었다.[235]

공작 지도부는 연행 또는 체포된 요인들을 성남호텔, 청파동과 성북동의 비밀장소에서 연금시키고 회유 공작을 하였다. 박헌영은 임정요인들에게 정치활동 보장을 약속하였다.

그러나 친일행적이 있거나 해방 후의 행적에 북의 정책에 반대한 '악질반동분자'는 성북동 비밀장소에 그대로 감금해 놓고 적절한 시점에 북으로 끌고 가려고 하였다. 특히 이들 지도부는 김규식, 조소앙 등 임정요인들에게는 "전쟁 전과 다름없는 정치적 지위, 즉 민족진영의 대표이자 지도자로 인정하고 예우하며, 남북 정치 세력 가운데 유일한 중간세력으로서 독자적 정치활동을 보장하겠다" 약속했다.

2. 박헌영의 토지조사위원회와 반박헌영계 체포

그런데 김일성의 직접 지시에 따라 '군사위원회'가 추진한 '모시기' 공작과 별도로 박헌영의 밀명으로 남한 내에서 활동하던 반 박헌영 세력을 체포하는 작업이 추진되었다. 훗날 북한에서 박헌영을 제거하려고 하였을 때 재판정에 나온 박헌영계 백형복의 진술이다.

"박헌영의 심복인 이승엽은 서울시 인민위원장으로 있으면서 동 청사 지하실에 비밀유치장을 설치하고 체포한 무고한 인민 70여 명

---

235 경향신문, 1955. 11. 26 정인보 배우자(조경희) 인터뷰 기사. 남편이 살아오기를 애타게 기다리던 조경희는 1979년 10월 13일 한 많은 삶을 남긴 채 남편 곁으로 갔다.

을 체포하여 고문을 가하고 자신들의 비밀을 알 수 있는 노동당원을 학살하였다"[236]

박헌영이 남한에 있는 반박헌영계열 인사를 한국전쟁 때 체포하였다는 내용이다. 이승엽은 박헌영의 지시에 따라, 1950년 7월 초 '토지조사위원회'라고 한, '비밀살인단체'를 조직하였다. 이 단체는 외견상 남한의 토지를 조사하기 위하여 설치하였다고 위장하였으나, 실은 박헌영이 그의 약점을 알고 있는 이들을 체포 학살하거나 변절자들을 찾는 도구로 활용하고자 설치한 조직이었다. 이와 관련한 이승엽의 진술이다.

> "나는 1950년 7월 초순 서울에서 토지조사위원회를 조직하고 안영달을 그의 책임자로 배치하였다. 내가 이 단체를 조직한 목적은 나와 간첩 연계를 맺고 있던 노블의 지시대로 불원한 장래에 미군의 침공을 예견하고 토지조사위원회를 통하여 중간층과 우익 분자들을 규합하여 그들을 장차 우리들의 정치적 기반으로 이용하여 우리들의 범죄적 비밀을 알고 있는 자들과 우리 활동에 방해되는 자들을 모조리 체포 처단하자는 에 있었다"

박헌영이 토지조사위원회를 만든 목적이 남한에서 자신의 세력 규합에 방해가 되었던 인물들을 색출하려 하는 데 있음을 분명히 밝히고 있다. 이 활동의 목적이 박헌영 세력의 무차별적인 보복 내지는 남한의 박헌영 세력 구축에 있는 것을 안 북한당국이 7월 중순 해체를 지시하자 의용군 본부 내에 '특수부'라는 이름으로 바꾸어 이 조직을 계속 유지하

---

236 '토지조사위원회' 관련 부분 서술은 김남식·심지연 편저, 1986, 『박헌영노선비판』 참조

였다. 이를 통해 남한 특히 서울회계 출신이 많아 반反박헌영계의 활동이 두드러졌던 전남지역 인사들이 '토지조사위원회'의 요원들에게 체포되었다. 유혁도 이들에게 체포된 것으로 보인다.

유혁의 체포 사실은 김남식[237]의 증언으로 확인된다.[238]

> "(유혁은) 그들이 반대파 숙청을 목적으로 조직한 '토지조사위원회'라는 정치테러 조직에 체포되어 인민군 후퇴와 함께 북한으로 강제 납북되었다"

유혁이 토지조사위원회 요원들에 의해 납북되었음을 알 수 있다. 그런데 토지조사위원회라는 단체는 박헌영이 전쟁 초기에 반박헌영 세력을 제거하기 위해 조직된 것이라는 사실은 앞서 박헌영의 재판 기록에서 확인된다.

유혁이 한국전쟁 때 토지조사위원회 요원들에 의해 체포되어 납북되

---

237 김남식은 독립운동을 하였고, 해방 이후 남로당 활동을 하다가 월북하였다. 1960년대 중반 남파 간첩으로 내려왔다 체포되었다. 이후 전향하여 중앙정보부에 있으면서 『북한총감』(1968), 『실록남로당』(1974), 『남로당연구자료집』(1974) 등 북한 연구의 토대가 되는 중요한 저작물을 남겼다. 2011년 사망하였다.

238 1998년 1월 유혁의 4남 인학을 경찰이 찾아와 중앙정보부 보호 아래 있던 김남식이 보자고 하였다고 한다. 당시 인학은 김남식이라는 북한 연구자가 있다는 정도만 알고 있을 때였다. 서울 청진동 소재 여관에서 경찰 입회 아래 김남식을 만났는데, 김남식은 북한에서 유혁을 만난 이야기를 하며 한국전쟁 때 납북되었다는 사실, 유혁이 '종파분자'여서 북한 정권에서 철저히 배제되었다는 사실을 증언하였다. 김남식이 유인학을 일부러 찾아 유혁이 '월북'이 아니라 '납북'되었다는 사실을 증언한 것은 이 무렵 출판된 『한국사회주의운동인명사전』(1996, 창작과비평사)에 유혁이 월북하였다고 사실과 달리 기술되어 있는 등 유혁의 행적이 잘못 알려져 있는 것을 바로 잡으려는 의도였다. 특히 유혁이 북한에서도 '종파분자'로 몰려 핍박받았다는 사실을 증언한 것도 유혁이 '평양부시장'을 역임하였다고 하는 등 북한에서의 유혁의 행적을 왜곡하여 남한에서 정치적으로 악용하고 있는 사례를 지적하고자 함이었다.

었다는 또 다른 증언이 있다. 앞서 언급된 박병엽의 진술인데, 그는 북한에서 유혁을 여러 차례 만나 많은 이야기를 나누었다고 한다. 무안이 고향인 박병엽은 같은 전남 출신인 데다 한학자로서의 인품, 독립운동가의 위엄을 지닌 유혁을 무척 존경하였다고 한다.

> "(유혁은) 6·25 후 북한의 불의의 무력 남침으로 서울이 강점되자 ① 서울 왕십리에 은신해 있다가 박헌영의 졸개로 ② 광주 출신의 김부득(6·25 때 감옥에서 출감한 자)에게 탐지되어 박헌영계가 자신들이 비행과 약점을 잘 알고 있는 반대파를 조사하여 체포 처치할 목적으로 조직한 정치 테러조직인 ③ '토지조사위원회'에 밀고되어 배신자, 변절자로 체포되어 서울 시청(당시 서울시인민위원회) 지하실에서 고문 등 고역을 당한 후 ④ 성북동 민간가옥 지하실과 성남호텔의 강제 납북 감금 장소에서 조사와 추궁을 받다가 인민군대가 패주하게 되자 임정요인들을 위시한 강제 납북인사들과 같은 대열에 속해 강제로 끌려 납북되었다."

유혁의 납북 과정을 상세히 설명하고 있다. 그와 김남식은 남한에서 서로 만난 적이 없다. 그런데도 양인의 증언이 유혁이 토지조사위원회에서 체포되었다고 하는 등 큰 틀에서 거의 일치하고 있어 진술의 객관성을 높여준다. 토지조사위원회가 반反박헌영 세력을 제거하기 위한 조직인데, 박헌영계가 유혁을 배신자, 변절자로 낙인하여 체포하였다는 사실 또한 사실과 일치한다. 김남식, 박병엽의 진술을 뒷받침하는 또 다른 증언이 있다.

한국전쟁이 일어나고 남한에 내려온 박헌영계가 유혁을 찾으려 혈안이 되어 있었다는 사실을 독립운동가 이기홍[239]의 증언을 통해 확인할 수 있다.

1950년 7월 23일 북한 인민군이 광주에 들어왔을 때, 광주에 있던 이기홍은 이들에게 체포되었다. 그가 보도연맹에 가입하였기 때문에 변절자라는 것이었다. 박헌영이 이끄는 남로당에서는 보도연맹 가입자를 변절자로 공격하였다. 이기홍을 조사한 이는 평소 그가 잘 알고 있던 조형표라는 자인데, 당시 전남도인민위원회 내무부장을 맡고 있었다. 조형표는 이기홍에게 "유혁이 반당 조직을 하고 있다는 데 알고 있는 것을 털어놓으라"라고 하며 이기홍을 압박했다, 이기홍은 "정말 모르는 일이다."라고 버텼다. 이기홍은 "그(조형표)는 아마도 반당 조직을 한 것으로 (유혁을) 엮어내 공을 세우려고 작심을 한 것처럼 보였다."[240]라고 생각하였다고 한다. 이기홍을 조사한 보위부 과장은 "강석봉, 유혁, 김종선 등과 함께 M.L당 모의를 하지 않았는가!"하고 추궁하였다. 박헌영에 맞섰던 유혁을 어떤 형태로든지 옭아매려는 의도가 분명하였다.

이기홍의 증언은 박헌영계가 한국전쟁 때 반박헌영계의 선봉이었던 유혁을 찾으려 하였다는 사실, 그리고 한국전쟁이 발발했을 때 유혁이 북한이 아닌 남한에 있었다는 사실을 확인해준다. 김남식, 박병엽, 이기

---

239 이기홍은 완도 출신으로 학생운동과 사회운동에 헌신하다 여러 차례 투옥된 독립운동가이다. 한국전쟁이 발발하자 보도연맹 회원을 예비검속할 때 광주형무소에 투옥되어 죽음 일보 직전에 탈출하였는데 이때의 생생한 증언이 당시를 복원하는 데 많은 도움을 주고 있다.

240 김명기, 2019, 『이기홍평전』

홍의 증언을 통해 한국전쟁 이전에 유혁이 월북하였다는 주장은 전혀 사실이 아님이 확인된다.[241]

박병엽의 구체적인 증언을 통해, 유혁의 납북 과정이 소상히 드러났다. 그의 증언이 객관적인 사실을 설명하고 있다는 사실도 확인되었다. 그의 증언의 신빙성을 높여준다.

유혁은 한국전쟁이 일어났을 때 서울에 있었던 것을 알 수 있다. 당시 13세였던 유혁의 4남 인학은 한국전쟁이 발발했을 때 부친은 서울에 있었다고 증언한다. 13세 때의 기억은 정확하다. 박병엽은 유혁의 납북과 관련하여 한국전쟁이 발발하였을 때 서울에 있었다는 사실, 왕십리 근처에서 김부득의 밀고로 체포되었다는 사실, 성북동 민가 및 성남호텔 등을 언급하고 있다. 김부득은 광주고보 재학 중 광주학생운동에 가담하였고, 노동운동을 하다 투옥되는 등 박헌영 계열과 가깝게 활동한 인물이다. 김부득을 알 리 없는 박병엽이 김부득을 언급한 것 자체가 유혁이 북한에서 박병엽을 만났을 때 김부득이 밀고한 이야기를 했기 때문이라는 사실을 확인할 수 있다.

성북동 민가 및 성남호텔은 당시 납북된 인사들을 수용하였던 곳이다. 이제까지 검토를 통해 유혁이 한국전쟁 때 박헌영계에 의해 체포되어 구금되었음을 알 수 있다.

박헌영이 유혁을 체포한 목적은 박헌영의 재판 기록에 있는 것처럼, 반박헌영계에 있었고, 누구보다 박헌영의 약점을 잘 알고 있었기 때문이

---

241 오수열, 앞의 논문.

다. 곧 1920년대 중반, 박헌영이 조선공산당을 구축하려 할 때 유혁은 그의 노선과는 다른 민족주의와 민중의 힘을 결집한 진화론적 관점에 입각한 사회주의를 표명하면서 이른바 서울회계 사회주의에 가까웠다. 특히 해방 직후 전남에서 박헌영 세력이 그의 세력을 강화하려고 할 때 유혁에게 오히려 밀리는 상황이 연출되었다.

유혁을 비롯하여 체포된 사람들은 북한으로 끌려갔다. 맨 먼저 출발한 인사들은 첫째 부류에 속한 참여파의 잔류인사들이었다. 2차로 끌려간 사람들은 국회프락치사건 관련자 일부와 셋째 부류인 협상파 일부, 3차는 넷째, 다섯째 부류에 속한 사람이었다. 3차에 속한 인사들은 체포되어 유치장과 지하실에 갇혀 있던 정인보, 이광수, 백관수, 명제세, 최린, 현상윤, 김용하 등이었다. 3차에 속한 유혁은 정인보와 함께 북행길에 올랐다.

리조실록 번역 사업 참여

트럭에 실린 납북 인사들은 하룻밤과 한나절을 달려 평양에 도착하였다. 하루 8시간씩 사상 개조 교육을 받았다. 김일성대학 교수 등이 강사를 맡았다. 특히 서울에서 체포되어 평양에 끌려온 이광수, 정인보, 최린, 현상윤, 최규동, 명제세, 백관수를 비롯한 저명인사들은 처음부터 '반동'으로 낙인찍힌 사람들이기 때문에 서평양의 외진 곳에 수용된 채 교육을 받았다. 유혁도 이들과 같은 취급을 받았다. 이들을 회유하기 위해 남한에서 활동하다 1948년 4월 남북협상 때 김구, 김규식과 북한에 왔다가 그들의 회유 공작으로 북한에 머문 홍명희, 김원봉 등이 와서 조국 통일에 협력하자며 설득하였다.

홍명희는 그의 본가가 영암 신북과 가까운 나주 도래 홍씨 집안 출신이었기 때문에 유혁과는 잘 아는 사이였다. 홍명희는 유혁을 따뜻이 맞이하며 북한당국에 협조할 것을 종용하였다. 하지만 유혁은 일제 대답하지 않고 침묵으로만 일관하였다.

평양에서 교육받던 남북인사들은 9월 15일 인천상륙작전이 성공하고 국군과 유엔군이 대대적인 반격 작전을 펴자 후방으로 끌려갔다. 이들 납북인사들은 세 경로를 통해 이동하였다. 첫째 부류는 참여파·자진 참여자들인데, 이들은 10월 8일 사인장, 순천, 개천, 묘향산 고개를 넘어 자강도 희천으로 이동하였다. 국군이 그 지역까지 북진하자 10월 하순, 강계 지역으로 이동하였다.

둘째 부류는 '반동'으로 지목된 정인보, 유혁, 최린, 백관수, 명제세, 김용무, 백상규 등인데, 첫째 부류들에 비해 차별 대우를 받았다. 10월 9일 안주 방면으로 이동하였다. 건강이 악화된 정인보는 내무서원의 등에 업혔고, 몸이 쇠약한 이광수는 수용소에 그대로 놔두었다. 순안까지 도보로 걷고 나서야 트럭을 탈 수 있었다. 그러나 연합군의 추격속도가 빠르고 도로가 막혀 1,500m가 넘는 적유령 산맥을 도보로 넘어갔다. 계속된 강행군에다 영하로 떨어진 고산 지대의 날씨는 납북인사들을 힘들게 했다. 낙오자가 속출하였다. 그들은 발이 얼어터져 심한 고통을 참으며 비상식량으로 연명했다. 식량이 떨어졌다. 살을 에는 찬바람 속에 1주일 이상 굶주린 끝에 쓰러져 아사와 동사한 이들이 속출하였다.

인솔자를 따라 천신만고 끝에 11월 중순에 강계에 도착한 납북인사들은 그동안의 참상을 북한당국에 항의하였다. 극도로 쇠약해진 정인보는 일행들과 낙오되었다. 한참 지나서야 정인보의 낙오를 확인한 북한당국은 부랴부랴 찾아 나섰다. 나무숲에서 숨이 끊어지기 직전의 정인보를 발견하였다. 평안북도 초산 부근의 민간병원에 입원시켰으나 회복하지 못하고 11월 하순 눈 감았다. 노동당 중앙위원회는 인솔책임자인 내무성 정보국 간부 김상학과 정근호에게 책임을 물어 징역 15년을 선고하였다.

중환자로 분류되어 수용소에 남아 있던 이광수, 최규동은 국군과 유엔군이 북상하자 후퇴하는 인민군들이 들것에 실어 이동시켰다. 미군기의 공습으로 최규동은 폭사하였고, 강계에 도착한 이광수는 10월 25일 폐결핵이 악화되어 사망하였다.

한편 서울 성북동 안가에 갇혀 있던 조소앙 등 임정요인 등 30여 명이 국군의 서울 점령이 임박한 9월 27일 북행길에 나섰다. 이 가운데 방응모, 김봉준 등은 미군기의 폭격으로 도중에 사망하였다. 평양에 도착한 인원은 김규식, 조소앙, 조완구, 안재홍, 정광호 등 25명이었다.

여강출판사에서
수입한 이조실록

중공군의 개입으로 국군과 유엔군이 남쪽으로 후퇴하여 38선을 사이에 두고 지루한 공방전을 전개하였다. 북한에 끌려온 납북인사들은 1951년 9월 10일 평양 교외에 속한 대동군 시족면 성문리와 철봉리의 마을로 집단 이주하였다. 소小지주가 살았던 큰집에는 남한과 중공의 신문 잡지, '리조실록'을 비롯한 고전, 고서가 가득하였다.

북한 노동당에서는 납북자들을 통일전선사업을 위한 주요한 대상으로 결정하였다. 곧 이들 납북자들이 남북한 정치 세력과 인사들 중에서 유일한 중간 정치 세력이며 애국적 민족주의 세력의 대표라고 추겨세웠다. 대우가 좋아졌다. 조소앙, 안재홍, 엄항섭, 오하영 등 거물급 임정요인들은 특별대접을 받았다. 반면 '반동'으로 찍힌 최린, 백관수, 김용무, 손진태 등은 이곳으로 이사 왔으나 차별대우를 받았다. 북한당국은 이들을 회유하려 하였지만, 끝내 거절하였다.

1951년 말에 북한당국은 임정 요인과 일부 협조자들에게 행정, 교육, 경제, 연구, 보건 기관의 부책임자급 직위를 주었다. 안재홍, 조소앙에게는 명예원사 등을 주었다. 백관수 등 반동으로 낙인이 찍힌 사람들은 순안에 있는 목장으로 보내 말, 양, 돼지 등을 길렀고, 손진태는 신의주와 정주에 있는 생산협동조합에 보내 경비를 서게 했다. 반동으로 낙인이 찍히고, 이들의 회유에도 꿈쩍하지 않았던 유혁은 1952년부터 1953년까지는 만포 함북 목장, 1954년부터 1956년까지는 진천군 화남 과수농장, 1957년부터 1962년까지는 희천시 장평목장에서 일흔이 다된 고령임에도 강제 노역을 하였다.

한편 1952년 1월 북한당국은 남한에서 약탈해 온 각종 고전, 고서, 의서와 자료 정리를 납북인사들이 하도록 하였다. 남북 인사들은 이 일은 민족의 문화유산이기 때문에 필요한 일이라고 생각하고 협조하였다. 후술하겠지만, 유혁은 '리조실록' 번역 4분과 책임을 맡았다.[242]

1952년 12월 15일 이른바 박헌영 사건이 일어났다. 박헌영이 미국과

---

242 박병엽의 증언에는 누락되어 있지만, 장손 유수택은 박병엽의 구술에서 '리조실록 4분과 책임자'였다고 하는 얘기를 들었다고 하였다.

연결되어 공화국을 전복하려 했다는 죄목이었다. 이승엽, 임화, 이강국 등 상당수 박헌영 직계가 처형되었다. 무려 6개월 동안 박헌영 세력을 제거하기 위한 재판이 계속되었다. 박헌영과 직, 간접적으로 관계가 있는 납북인사들도 재판에 참고인으로 불려나왔다. 반박헌영 계열의 대표 인물이었던 유혁도 재판에 증인으로 불려 나왔다.[243] 박헌영 사건과 관계있는 이들은 1954년부터 1955년 사이에 중앙당 교육을 받았다. 이 교육 대상에 유혁을 비롯하여 황태성, 정태식, 이문홍 등이 포함되었다. 황태성은 조선건국동맹을 함께 하였지만, 상호 비밀조직이었던 관계로 잘 아는 사이는 아니었다.

한국전쟁이 끝났다. 납북인사들은 북한당국이 구상한 한반도 중립화 통일론에 관심을 표명하였다. 북한의 속셈을 전혀 몰랐던 이들은 '재북평화통일촉진협의회'를 구성하였다. 1956년 7월 2일 오후 1시 모란극장에서 결성대회가 열렸다.[244] 조소앙이 위원장, 안재홍, 오하영이 부위원장을 맡았다. 그러나 이 협의회에 백관수, 현상윤, 최린 등 이른바 '반동'들은 참여를 거부하였다. 유혁도 이 협의체에 들어갈 것을 강권받았지만 거절하였다. 북한 공산 당국에게 이용당한 꼭두각시에 불과하다고 생각하였기 때문이다.

협의회에서는 사업의 하나로 고전 번역을 추진하였다. 고려사, 리조실

---

243 박병엽 구술, 2010, 『김일성과 박헌영 그리고 여운형』(도서출판 선인)

244 재북평화통일촉진협의회 결성과 관련된 자세한 설명은 이태호 저/신경완 구술, 1991, 『압록강변의 겨울-납북 요인들의 삶과 통일의 한』(신경완은 박병엽의 필명으로 구술 당시 박병엽의 신분 노출을 감추려고 한 것이었다.)에 자세히 설명되어 있다.

록, 팔만대장경 등의 번역이 부분적으로 이루어졌다. 이때 협의회는 협의회 산하에 고전연구부를 두려 하였다. 반면 북한당국은 과학원 산하 고전연구소에 속하여 번역할 것을 원하였다.

유혁에게 번역 참여 요청이 있었다. 유혁의 한학 실력은 이미 소문이 나 있었다. 하지만 유혁은 거부하였다. 주위에서 계속 권유하였고, 박병엽도 이것은 북한 당국에 협조하는 것이 아니라 민족 유산을 보존, 정리하는 일이라고 설득하였다. 이때가 1954년부터 1956년 무렵이었다.

유혁은 이들의 강권을 더 이상 거절하지 못하고 민족유산을 정리한다는 일념으로 참여하였다. 번역 업무에 참여한 사람들은 박건웅, 강성규, 김경태, 김석형, 박시형 등 남한에서 자진 넘어온 인사들이 대부분이었다. 강제 납북된 사람은 유혁뿐이었다. 박병엽의 진술에 유혁 이름이 제일 앞에 나와 있다. 그가 리조실록 번역을 주관한 책임자였기에 제일 앞에 배치한 것으로 보인다.[245]

박병엽은 유혁에게 앞서 든 재북평화통일협의회에 참여 및 대남 선전 방송 등에 북한 정권에 협조하지 않으면 강제노역에서 벗어날 수 없다고 간청하였으나 미동도 하지 않았다. 유혁은 끝까지 북한 체제에 협조하지 않고 고향 월출산 정상에 통일의 태극기를 휘날리게 할 날을 기다렸다고 박병엽은 증언하였다.

1962년 유혁이 고령으로 노동력이 상실되고 건강이 악화되자 북한당국

---

[245] 고전연구소에 배치된 유혁처럼 한학에 능한 사람들은 주로 리조실록 번역을 맡았고, 외국어에 능한 사람은 마르크스레닌주의 저작을 번역하는 일을 맡았다.(박병엽 구술, 2010, 『김일성과 박헌영 그리고 여운형』(도서출판 선인))

은 평양주변 노인 요양시설이 있는 평원군의 과수농장의 닭 관리 업무를 맡겼다. 유혁이 북한에 있을 때 딸을 하나 둔 전쟁 미망인이 그를 보살폈던 것 같다. 북한 당국은 납북 요인의 회유를 위해 북한 여인들을 곁에서 시중들게 하였었다. 유혁에게 전쟁 미망인이 곁에 있었던 것도 그 일환인지 알 수 없으나, 유혁은 그 여인과 10여 년 넘게 지냈다고 한다. 아마 1950년대 중반으로 추정되는 데 북한당국이 납북자들에게 시중드는 여인을 곁에 두었던 때와 얼추 비슷하다. 박병엽은 그 여인과 유혁 사이에 후손은 없었고, 유혁이 사망한 후 함경도로 출가한 딸에게로 갔다고 하였다.

유혁은 북에 있을 때 고혈압으로 고생하였다. 말년에 고혈압 치료를 위해 금강산온천과 주을온천 등지에서 요양을 하였다고 한다. 1964년 평안북도 선천에 있는 요양소에서 지내다 1966년 3월 16일 통일의 한을 가슴에 묻은 채 사망하였다. 그의 사망 사실은 북한방송에 나온 것 같다. 1966년 3월 16일 평양방송을 청취한 영암경찰서 정보과 대공계 형사가 유혁의 며느리인 박경애를 찾아와 유혁 선생이 북한에서 돌아가셨으니 이날로 제사를 모시라고 이야기하였다. 그날이 음력 2월 24일. 후손들은 이날을 그의 기일로 제사를 모시고 있다.

위대한 민족의 지도자, 독립운동의 방략을 제시한 혁명가이자 독립운동가는 이제 역사에 빛나는 별이 되었다.

제11장
청사를 빛내는 가문

유혁의 가계

다음은 모친인 거창 신씨가 옥중에 있는 아들 유혁에게 보낸 편지이다. 언문 투를 번역하여 그대로 전재한다.

① "팔월에 답장 편지를 보냈는데 일전에 네 편지를 봄에 이전 답서를 받지 못한 듯하니 매우 의아하고 답답하다. 8월 인길이 보내온 편지에 자동차 운전을 배운다하더니 이후 편지가 없었다. 그 당시 답서에 인길과 너의 편지 왕복이 아마 마땅치 않은 듯하구나.

인길이 너에게 답서가 없어서 그런 듯하다. <u>그 사이 6월 17일에 손자를 얻고 나서부터 지금까지 별일 없고 여러 가지 안부 여전하단다.</u> 정우채에게 듣기로 환채가 병이 있어 일본 신소정 이서방한테 갔는데 무고하다고 한다. 내왕하는 문중에선 올가을 분수년초를 내다 팔려고 날인을 청하였는데 끝내 불허하였다. 이 때문에 불화가 있으나 괘념할 필요 없다. 인길이는 빨리 나오지마라 하였다.

음력 10월 5일 어미 씀"

② 용희에게 보낸 편지

엄동설한을 어찌 보내고 있느냐. 근래 역시 무탈하냐. 간절히 그리는 마음 변치 않았다. 내가 이번 달 5일 신시에 <u>갑자기 숙부상을 당하</u>

주조장 광고 호남신문 1949.1.8

<u>여 상례와 장례를 급작스럽게 치르게 되어 궁색한 집에 모든 것이 백
에 하나도 갖추지 못하고 정신없이 보내고 있으니 애통하기 그지없다.</u>
나머지는 줄인다.

계유년(1933) 음력 1월 13일 어미 씀

이 편지는 모두 유혁의 모친인 거창 신씨가 옥중 아들에게 직접 쓴 글
이다. 붓펜으로 또박또박 눌러쓴 글씨 하나하나에 아들을 그리워하는 모
정이 듬뿍 들어 있다. 이 글을 통해 유혁의 장남 인길(1915년생)이 부친에
게 편지를 하여 집안의 소식을 전한 사실을 알 수 있다. 그리고 인길에
게 "이곳 일은 걱정말고 들어오지 마라" 하였는데, 인길이 일본 상업학
교에서 공부하였을 때의 사정을 살필 수 있다. 특히 첫 번째 편지에 손

자가 태어났다고 하는데, '또희'라고 불렀던 둘째 딸이 아들(정찬준)을 얻은 것을 말한 것으로 보인다. 정찬준이 1932년생이니 이 편지 작성 시점도 짐작할 수 있다.

②는 집안에 상喪을 당해 혼란스럽다는 얘기와 집안의 경제적 사정이 궁색함을 말하고 있다. 이때 '상喪'을 당한 친척은 교보생명을 세운 신용호 회장의 장인을 말한 것 같다고 인학은 추측한다. 유혁이 수시로 연행되고 투옥되는 상황에서 집안이 매우 어려운 처지에 있었음을 짐작할 수 있다.

유흥인은 슬하에 장녀와 아들인 혁, 그리고 차녀 우희又義가 있었다. 장녀는 나주 임씨(병진)에게로, 차녀는 하동 정씨(우채)에게 출가시켰다. 정우채는 앞서 설명한 것처럼 성진회 결성에 앞장섰고, 이경채 사건이 일어났을 때 맹휴를 주도하다 퇴학당하였던 광주학생운동의 영웅이었다.

유혁은 첫 번째 부인 나주 오씨와 사이에 장녀 열순과 장남 인길을 두었다. 열순은 1912년생으로 영암 학산에 거주하는 이채우와 혼인하였다. 1915년에 태어난 장남 인길이 세 살 때 오씨 부인이 병으로 사망하였다. 유혁은 1922년 나주 반남 청송리 출신 김상준의 장녀인 김선임과 재혼하였다. 김선임은 본관은 김해였다. 김선임과의 사이에 인하(1928년생), 인봉(1932년생), 인학(1939년생), 건(1941년생)을 두었다.

인길은 1944년 승勝으로 이름을 바꾸었다. 족보에는 '승'을 자字라 하였으나, 제적등본에 유혁이 이름을 변경 신고하였다고 한 것으로 보아 일본의 패망을 예측한 유혁이 일제와의 싸움에서 반드시 승리하겠다는 의미로 개명하였다고 추측된다. 인길은 1939년 7월 27일 영암 군서 월

곡리 538번지에 거주하는 함양 박훈채의 차녀인 박경애와 혼인하였다. 박경애는 1919년생이니 21세, 인길의 나이 25세 되던 때였다.

인길의 결혼이 늦어진 것은 적령기에 유혁이 옥중에 있었던 것과 관계가 있다. 그런데 인길은 학교 교육을 제대로 받지 못했다. 부친이 독립운동하다 투옥되었기 때문에 취학증명서가 나오지 않았기 때문이었다. 1930년대 일본 상업학교에 진학하였으나 곧 귀국하였다고 한다. 인길과 박경애 사이에 장남 수열이 태어났다. 자는 수택으로 1940년생이다. 제적등본에는 1944년생으로 나와 있으나 잘못이다. 차남 원열은 1943년생으로 자가 춘택이다.

혁의 차남 인하는 고창고보를 다니다 해방 후 광주서중에 편입하였다. 인하는 유혁이 감시의 대상이었기 때문에 일본 당국이 취학 허가를 내주지 않자 부득이 민족 교육의 산실로 이름이 높았던 고창고보에 입학했다가 광주서중에 편입하였다고 한다. 그는 한국전쟁의 혼란기에 인민군들이 부친인 유혁을 찾으려고 혈안이 되어 있는 상황에서 이를 피하기 위해 집을 나섰다가 행방불명되었다.

목포 문태학교 재학 중 사회주의 사상에 잠깐 경도된 3남 인봉은 해방 후 사상범으로 몰려 목포형무소에 수감되었다가 경북 김천형무소로 이감되었다. 한국전쟁이 발발하자 다른 재소자들과 함께 국군에게 처형되었다. 4남 인학은 1938년생으로 광주고등학교와 전남대 법대를 졸업하였다. 배우자는 강진 출신 유종인이다. 5남 건은 1940년생으로 서울법대를 졸업했다.

한국전쟁과 가문의 수난

1945년 해방은 우리에게는 기쁨이었지만, 우리 국토는 강대국의 분할통치와 미소 냉전의 중심지였다. 소련이 모든 것을 장악하여 위성국가가 건설되어 통치체제를 구축한 북한과는 달리 남한은 좌·우 갈등, 우파 내부의 갈등, 좌파 내부의 갈등 등 정치적 혼란이 이어졌다. 이 시기에 친일과 항일, 반공과 친공을 둘러싼 치열한 싸움이 상대를 공격하는 수단으로 변질되었다.

전남 지역에서 세력을 형성하기 시작한 박헌영계와 맞섰던 유혁을 공산당 내부에서는 변절자로 공격하였고, 유혁이 '가면을 쓴 민족주의자'라고 비판한 민족주의 우파 내지는 친일파들은 그를 공산당으로 공격하였다. 유혁은 양쪽으로부터 공격받는 어처구니없는 상황이었다. 이러한 사례는 수없이 많다. 광주 3·1운동을 기획한 경성의전 출신 김범수도 해방공간에서 서북청년당으로부터는 공산당으로 공격을 받았고, 이승만 정부에서 만든 보도연맹에 강제 가입되어 한국전쟁이 발발하자 감옥에서 죽을 뻔하였다.

한국전쟁 직전 화재로, 사랑채가 불탔다. 사랑채는 모두 다섯 칸으로 구성되었는데, 이곳에 조부(유흥인), 부친(유혁)이 거처하였고, 오고 가는 손님들이 많이 유숙하였다. 이곳에 보관된 귀중한 전적들이 많이 불탄 것을 4남 인학은 몹시 안타까워한다. 모산리는 지리적으로 광주에서 강진, 해남으로 가는 길목이기도 하고, 영산강을 거쳐 목포로 가는 덕진포구가 가까운 곳에 있는 등 교통의 요지였다.

한국전쟁이 일어나 서울에 정인보 선생 등을 만나 민족정신 선양문제를 의논하러 갔던 유혁이 7월 말 납북되었다. 집에는 박헌영계의 지시를 받은 인민군들이 유혁을 찾느라 혈안이었다. 모산촌 유씨들은 종파분자인 유혁 동네라 하여 인민군 치하에서 엄청난 탄압을 받았다. 유혁의 장남 인길은 반남에 거주하는 고모(우희) 집으로 피신하여 지냈다. 박헌영계 인민군이 유혁이 체포하려고 하였다는 사실만 보더라도 유혁이 한국전쟁 발발 이전, 월북했다는 주장이 사실이 아님을 알 수 있다. 만약 유혁이 한국전쟁 이전에 월북하였다면, 유혁의 자손들이 인민군 치하에 피난 다니는 일은 없었을 것이다.

1951년 1월 말 장남 인길이 억울하게 죽었다. 그는 사업에 필요한 자금을 마련하기 위해 유혁이 모친에게 맡겨놓은 금을 가지고 나갔다가 이 사실을 알고 있는 어느 경찰이 "빨갱이 자금 만들려는 것 아니냐"라는 핑계를 만들어 금을 빼앗고 살해하였다고 한다. 얼마 후 영암경찰서장이 인길의 아내를 불러 경찰서에 갔더니 작은 크기의 금을 돌려주었다고 한다. 기가 막힌 인길의 아내는 금은 필요 없고, 한국전쟁 때 불탄 양조장 허가를 다시 내줄 것을 청하였다 한다.

아들 유혁이 납북되어 소식을 알 수 없고, 장손 인길, 둘째 손자 인하, 셋째 손자 인봉이 모두 비참하게 최후를 맞이하자 흥인의 아내 거창 신 씨는 충격을 받아 시름시름 앓다가 1951년 12월 7일 숨을 거두었다.

유혁의 이름을 빛낸 후손들

한국전쟁 때 납북된 시아버지, 갑작스럽게 죽음을 당한 남편, 생사를 알 수 없는 시동생 등 한 여성이 감내하기에는 쉽지 않았지만, 박경애는 명문가의 맏며느리라는 자긍심으로 시조모, 시모를 정성껏 모셔 효부상도 받았다. 특히 정성을 다하여 뒷바라지한 시동생, 자녀들이 대한민국을 빛내는 동량이 되었다.

유혁의 4남 인학은 호남의 명문 광주고등학교(7회)와 전남대학교. 대학원을 졸업하고 한양대학교 교수가 되었다. 미국 미주리대학과 동국대학교 박사과정을 마쳤다. 고향 영암에서 13, 14대에 걸쳐 국회의원에 당선되었고, 한국조폐공사 사장을 지냈다. 세계거석문화협회 총재를 맡아 지석묘를 세계유산에 등재하는 공적을 남겼고, 2023년 4월 20일 국립마한역사문화센터의 영암 유치 등 마한 유산의 세계화에 커다란 족적을 남겼다. 인학의 아내 유종인은 국회의원을 지낸 강진 유수현의 여동생으로, 한양대학교 영문과 교수를 역임하였다. 인학은 슬하에 원택, 해림,

진중 등 2남 1녀를 두었다.

인학은 형수(박경애)에 대한 아련한 추억이 있다. 형수는 항상 시동생인 자신과 아우인 건이 등록금을 먼저 준 다음, 아들인 수택의 학비를 주었다고 하였다. 그리고 대한민국 명문 경기중학교를 인학이 진학하려 하자, "도련님이 서울로 가면 동생, 조카들 학비 조달이 어려우니 고향의 학교를 진학하면 안 될까요?" 하며 박경애는 인학의 눈치를 살폈다. 마침 고모부인 정우채가 인학이 공부가 뛰어나니 시골에 놔둬선 안 되고, 광주로 보내자고 절충안을 제시하여 광주사범 병설중학교에 진학할 수 있었다고 한다.

유인학이 결혼할 때의 얘기이다. 한양대 교수로 있던 인학이 일본과 국교 체결 반대 시위에 앞장서다 투옥된 적이 있었는데, 인학의 나이가 31세였다. 박경애가 감옥에 면회를 와서 도련님이 결혼하지 않으니 건이 시동생, 아들 수택, 시누이까지 결혼 적령기가 넘어서고 있다고 빨리 결혼하라고 독촉하였다. 그러자 인학은 "형수가 추천한 사람과 무조건 할 터이니 소개해달라"고 하니 5명의 여성을 추천하였고, 다시 3명으로 압축한 다음, 현재의 아내를 만났다고 하였다.

유인학이 1988년 고향 영암에서 국회의원에 출마하였을 때의 일이다. 지금도 그러하지만, 선거는 막대한 자금이 소용된다. 예전에는 지금보다 훨씬 많은 돈이 필요하였다. 인학이 선거에 출마하자 형수는 당시 6천만 원이라는 엄청난 금액을 대출받아 제공하였고, 아우인 건은 처가에 빌린 9천 5백만을 형에게 주었다. 유혁은 하늘의 별이 되었지만, 그

자녀들이 얼마나 우애를 하였는지 알 수 있다. 그 중심에 큰 며느리인 박경애가 있었다.

5남 인건은 서울대학교 법과대학을 졸업하고 대한교육보험 상무이사와 교보문고 사장, 교보실업사장, 한국관광공사 사장을 지냈다. 슬하에 지연, 연경, 상원 등 1남 2녀를 두었다.

장손인 수택은 광주고등학교(9회), 동국대학교 경영학과를 졸업하고 고창군수, 완주군수, 정읍시장, 여천시장, 순천시장, 내무부, 행정자치부, 국무총리실의 고위직을 거쳐 광주광역시 행정부시장을 역임하였다. 한국소방검정공사사장, 아크로CC사장, 전남개발공사 사장, ㈜고리 시장을 역임하였다. 슬하에 정훈, 은정 등 1남 1녀를 두었다.

둘째 손자 춘택은 조선대 광산과를 졸업하였고, 대한승마협회 전무이사로 있으며 '86아시안게임' 및 '88서울올림픽' 준비차 미국 출장을 다녀오던 중 1983년 9월 1일 소련 전투기의 공격을 받은 대한항공 여객기 사고로 순직하였다. 슬하에 은주, 명오 1남 1녀가 있다.

장손녀 민재는 숙명여자대학교를 졸업하고 고흥의 명문 신동식과 혼인하였다. 신동식은 현대건설 상무를 지내고 서현건설을 창립하였다. 슬하에 1남 2녀를 두었다.

둘째 손녀 명희는 한양대학교를 졸업하였고, 이비인후과 의사인 강영과 혼인하였다. 슬하에 2남을 두었다.

이처럼 훌륭히 성장한 유혁의 두 아들과 인길의 4남매는 대한민국을 빛내고 있다. 이는 오로지 유혁의 빛나는 명성을 자랑스러워하는 후손과 그 이름의 무게를 잊지 않도록 교육한 박경애 여사의 공이다.

박경애는 장남 수택에게 시어머니가 물려준 유석철의 통정대부칙명과 유흥인이 후학들을 교육한 서적 및 유혁의 옥중서신을 가보家寶로 여기라고 하였다. 수택은 모친의 뜻에 따라 생가에 돌을 쌓고, 나무를 심고, 연못도 팠다. 2011년 유혁이 태어난 생가터에 유물관을 지었다. '독립운동가 우석 유혁 선생 기념관'이다.

수택은 특히 납북된 조부 유혁의 묘소를 찾고자 백방으로 노력하였다. 4남 인학, 5남 건 형제 또한, 북한을 공식 방문하였을 때, 부친의 행적을 찾으려고 하였으나 뜻을 이루지 못했다. 조국 통일이 이루어질 때, 후손과의 상봉이 이루어지리라 기대한다.

결 론

독립운동가·민족주의자 유혁

유혁은 위대한 독립운동가였다. 일제강점기에 8차례 구금, 3차에 걸쳐 8년 넘은 옥중 투쟁을 하였다.

<구금 및 투옥 기록>

일자	내용	장소
1925. 11. 5	제3차 정기총회(목포청년회관)유혁 전차회의록 낭독, 임석경관 토의 금지	목포
1926. 2. 22.	제1회 정기총회, 임석경관, 일본 경찰에 대한 비판 금지 통고	광주
1926. 7. 4.	함평청년회 6주년 행사, 특강 금지	함평
1926. 8. 30.	광주경찰서 소환	광주
1927. 4. 24.	제3회정기총회, 사전집회허가, 조극환, 강석봉, 김재명, 설준석 참석, 당일 행사 금지 명령,	목포
1927. 5. 8.	목포소년단 발회식 강제중단, 유혁 체포	목포
1927. 10.	목포청년동맹 창립대회 유혁 체포	목포
1928. 6. 18.	신간회목포지회 1주년기념식 유혁발언 중지검속	목포
1928. 8. 5. 12.29(1차 투옥)	전남도소년연맹 창립대회 건 구속 금고 4월 (-12.29, 만기출옥과 동시 서대문형무소 이감)	광주 형무소
1928.12. 29. 1931.7.6.(2차 투옥)	조선공산당 사건 치안유지법 1929.7.15 징역 2년 1931.7.16 만기 출옥	서대문 형무소
1932. 6. 9. 1934. 3. 7.	영보농민운동 사건(32.6.9.체포.9.29 1심 징역5년, 대구복심법원 1934.3.7. 징역5년 상고심1934.5.10. 형확정	목포, 대구 형무소

유혁은 호남 문화 유씨 거점인 영암군 신북면 모산리에서 태어났다.

소론계의 핵심 근거지였던 모산촌은 소론계로 양명학의 태두였던 이광사의 처가이자 이긍익·이영익 형제의 외가였다. 유명한 정인보는 유혁과 가까운 사이였다. 소론계라는 공통점이 있었다. 민족의식이 강한 부친 유흥인은 윤봉길 의사의 홍구공원 의거를 찬양하는 시를 남겼다.

유혁은 이론가이자 혁명가였다. 1919년 10월 조선 총독 자문기구인 중추원을 비판하는 글을 총독부 기관지인 매일신보에 기고할 정도의 기개가 있었다. 유혁의 공개 비판을 받은 총독부는 중추원 기능을 바꾸었다.

3·1운동 후 민족 독립운동에 본격적으로 뛰어든 유혁은 여러 계층과 집단이 지닌 역량을 하나로 묶어냈다. 개별 운동세력을 하나의 조합으로 묶고(1단계), 그 조합을 연합회나 연맹으로 묶은 다음(2단계), 연맹 간의 통합을 통해 전체 독립운동세력을 단일조직으로 엮어냈다.(3단계) 1925년 결성된 전남지역 최대의 운동조직인 전남해방운동자 동맹은 이러한 투쟁 전략 결과물이었다. 그의 투쟁의 토대는 웰스의 '진화론'이었다.

웰스의 진화론은 계급투쟁을 강조한 마르크스 레닌의 사회주의와 달리, 약소민족의 해방은 스스로 힘의 결속을 통해 이루어질 수 있다는 것으로 약소민족 해방운동의 중요 이론적 근거가 되었다. 일본 경찰은 유혁을 '민족주의 의식이 강한 사회주의자'라고 하여 '공산주의자'와 구분하였다.

유혁은 마르크스 레닌 사상과 철저히 거리를 두었다. 서울회계가 주도하여 결성한 '사회주의자동맹'에 발기인으로 참여하였으나, 마르크스 레

닌주의를 표방한 화요회계가 주도한 통일전선 조직인 '조선사회단체중
앙협의회'에는 참여하지 않았다.

유혁은 일제의 식민통치에 교묘하게 협조하였던, 이른바 타협적 민족
주의자들을 '사이비 가면주의자'로 비판하였다. 그의 노선은 '비타협적
민족주의자'였다. 신간회 중앙본부 결성을 그가 주도한 것은 이러한 노
선 표방과 관련이 있다.

많은 애국지사가 진화론에 입각한 독립운동의 방략을 모색한 혁명가
이자 이론가였던 유혁의 삶을 숭상하였다. 진도에서는 초청 강사로 온
유혁의 특강이 끝나자마자 감동을 받은 청중들이 그 자리에서 바로 '필
연단'이라는 단체를 결성하였다. 유혁은 수많은 행사에 초청되어 특강
을 하였다. 그가 참석한 행사의 일부를 소개한다. 그의 활동 반경을 알
수 있다.

일자	내용	장소
1925.4.25	제1회 정기총회, 유혁 전차회의록 낭독	광주
1925.11.5	-제3차 정기총회(목포청년회관)유혁 전차회의록 낭독, 　임석경관 토의 금지 -지방순회대 조직, 유혁 해남방면 담당	목포
1925.11.6	- 제13회 집행위원회(목포) 유혁 장성 방면 순회위원 - 소안도 출신 해방자동맹회원 박흥곤 죽음 추도식 약력 소개 　광주청년회·광주노동공제회 분쟁 조사위원 선출 　(유혁, 김은환, 김상수)	목포
1925.11.30	진도 필열단 조직- 동맹순회위원 참석 계기	진도
1926.2.23	-제2회 정기총회, 준무위원 선임 　사회문제대강연회 특강(형평운동에 대하여)	광주
1926.10.13	목포노동총동맹 창립1주년 기념식참석 축사일경의 사전 검속으로 축사 못함(유혁, 전남해방운동자동맹대표)	목포

유혁은 민족 해방운동에 목숨을 던졌다. 1928년 8월 광주소년 동맹 창립 사건과 조선공산당 사건으로 연이어 3년간 투옥되었던 유혁은 1931년 출옥하자마자 영암의 농민운동세력의 구심점이 되어 영보농민운동을 조직적으로 이끌었다. 기한부 소작농으로 전락한 농민들의 불만이 직접적인 원인이었지만, 일제 식민체제에 대한 강한 부정이 들어 있었다. 기소된 73명 가운데 67명에게 형이 선고된 것은 단일 사건으로는 최대 규모였다. 유혁은 징역 5년 형을 받았다.

영보농민 운동은 일제에 결정적 타격을 가하였다. 일제는 1934년 조선농지령을 제정하여 소작권의 계약기간을 1년에서 3년 또는 7년으로 늘려 소작인의 불만을 잠재우려 하였다. 영암 농민의 항쟁 산물이었다.

유혁은 이념을 초월한 통일국가 건설을 희망하였다. 1944년 여운형이 조직한 조선건국동맹, 농민동맹에 참여하였다. 해방 직전 예비 검속으로 수감되었던 그는 보호소에서 해방을 맞았다. 출옥 직후, 건국동맹을 확장한 전남건국준비위원회를 결성하였다. 여운형이 주도한 건국준비위원회, 인민위원회, 민주주의민족전선 결성 등에 적극적으로 참여하였다.

1945년 12월 초 결성된 전국농민조합총연맹 부회장으로 선출되는 등 이 단체결성을 유혁이 주도하였다. 소작료를 미군정이 제시한 1/3과 비슷한 3·7제를 주장하였고, 프롤레타리아 계급 위주가 아닌 중농, 심지어 부농까지 연맹 결성의 대상으로 삼았다. 마르크스가 강조한 계급 노선에 치우쳐 있지 않음을 알 수 있다.

이승만이 주도한 '독립촉성중앙협의회' 결성에 참여한 유혁은 모스크바삼상회의 결정을 반대하는 운동에 참여하였다. 하지만 이승만이 주도한 '독촉'이 한국민주당 계열 등 친일파가 다수 참여한 '대한독립촉성국민회'로 명칭을 바꾸자 인연을 끊었다.

민주주의민족전선 결성을 이끌던 여운형이 1947년 7월 암살되자, 유혁은 충격을 받고 사실상 정치 활동을 접고 민족정신선양회 활동 등 민족의식을 강화하는 일에 관심을 두었다.

유혁은 한국전쟁 때 서울에 있다가 평생 동지였던 정인보와 함께 납북되었다. 유혁은 그를 변절자로 공격하며 체포하려고 혈안이었던 박헌영이 조직한 토지조사위원회 소속 인민군들에게 체포되었다. 북에 끌려간 유혁은 북한의 온갖 회유와 협박에도 북한 정권에 협조하지 않았다. 그는 북한이 강요한 '리조실록' 번역사업은 민족문화 유산의 복원이라는 생각에 분과 책임을 맡아 도움을 주었다. 1966년 고향의 산천을 그리며 하늘의 별이 되었다.

부 록

연보

연대 (나이)	활동	시대상황	비고
1893.10.16	출생(3남매의 장남)	보은집회	
1894		동학농민전쟁	
1897		영암의병	
1907	면사무소 촉탁	영암의병	
1909	일본유학		
1910		국권피탈	
1911	나주 오씨 희근 딸과 혼인 일본 메이지대 입학		
1912.2.12	장녀 열순 출생 (1932.5.6. 영암 이채우와 혼인)		
1913	여동생 우희 출생 (1929. 가을 정우채와 혼인) 일본 메이지대 졸업		
1914	귀국		
1915.8.23	장남 인길 출생 (1944. 勝으로 개명)		
1916.8.2	배우자 나주 오씨 사망		
1919.4	영암 3·1운동 참여 매일신보 기고(1919.10)		
1921.4.24	신북학교창립기성회 간사		
1922.2.15	반남 김상준 딸 선임과 재혼	4.18 영암강습회 설립	
1923	전남청년동맹 상무위원		
1925	나주 효종단 서기(1.8) 전남해방운동동맹창립임원 신북청년회창립(3.1)		

연대 (나이)	활동	시대상황	비고
1925	전남청년대회자격심사위원·서기(3.23) 전남기자발기대회참여(4.13)- 조선일보기자		
1925	조선사회운동자동맹발기준비위원(4.17) 전남상사 소작권갈등(5.5)		
1925	영암소년강좌원유회 특강(6.12) 전남해방운동자동맹 3차 정기총회 전차회의록 낭독(11.5) 해방운동집행위원회 특별순회위원 선임		
1925	진도 특별순회위원 선발(11.6) -진도필연단 결성		
1926	전남해방운동자동맹 13회집행위 -분쟁조사위원선임(1.13)		
1926	광주완차부창립총회 임시의장 (2.5)		
1926	광주형평청년회 제1회집행위의장선임(2.19) 전남청년회연합회 제2회 정기총회 준무위원(2.23)		
1926	전남해방운동자동맹 주최 사회문제대강연회특강(2.23)		
1926	전남노동연맹발기준비회 상무집행위원(2.24)		
	전남청년연맹집행위원· 조사부원선임(2.25) 전남노동청년6단체연합창립 연합대표선임(2.27) 광주정미노조이사회이사장선임(3.14)	전남청년연합회창립 (3.2)	
	전라연맹·전남노농연맹총합창립준비회 상무위원(3.18)		
	전남노동·농민 양 연맹창립준비위원회 서무부원선임(3.29)		

연대 (나이)	활동	시대상황	비고
	조선사상단체총동맹발기창립준비위원 선임(4.12)		
	영암노농회원유회특강(6.1), 장성노동조합제4회정기총회 유혁〈전남노 동연맹준비위원장〉축사(6.14) 송정리노동조합쟁의조사활동(6.25)		
	함평청년회창립6주년행사축사 -경찰 금지(7.4)		
	담양소년단총회 축사(8.7)		
	나주농민조합연맹연합단체출범식축사 (8.14) 광주재외유학생환영간담회축사(8.26)		
	광주경찰서 소환조사(8.30) 전남청년동맹상무위원선임(26.10) 목포노동총동맹창립1주년 축사 -경찰 검속(10.13)		
1927	조선청년동맹상무위원회전형위원 선정(1.27)		
	조선청년총동맹분규 발생 전남도연맹대표선정(2.17) 정우회임시총회참석(2.14)		
	조선일보노동운동사원 전남북출장(3.18)		
	조선사회단체중앙협의회창립준비위원회 준비위원(4.17) 전남청년연맹제3회정기총회 전회록낭독, 경찰방해(4.24) 주일독일대사사망무안농민연합회추도식 참석추도사(4.27)		
	목포소년단발회식 참석, 경찰 검속(5.8) 조선사회단체중앙협의회창립대회임시집행 위원선임(5.16) 신간회함평지회발회식참석축사(6.9) 조선공산당가입(7.16)		
	병인지우회참석(7.16) 신간회목포지회주최연결회 참석(7.22)		

연대 (나이)	활동	시대상황	비고
	목포 야체이카조직(27.9) 목포청년동맹창립대회 도중 체포(27.10)		
1927	광주청년동맹창립총회참석축사(10.26) 신간회목포지회제1회정기총회 간사선임(12.4)		
1928	신간회목포지회출판부상무간사보선 (1.11) 신간회순천지회 설립대회 축사(1.13)		
	신간회목포지회창립1주년기념식 총무간사 유혁경과보고 (6.18 임석장관 다과회유혁발언 중지검속)		
	전남도소년연맹창립대회개최 (8.5-12.29, 금고4월)-광주형무소 투옥 서대문형무소투옥(12.29)		
1929	치안유지법위반 징역2년 (29.7.15-31.7.16)		
1931	서대문형무소출옥(7.16)		
1932	영보농민운동(6.4) 신북경관주재소경관피체(6.9) 징흥검사국(7.23) 목포검사국(7.29). 징역5년구형(9.29)(목포,대구형무소)		
1933	예심(6.22) 1심(9.29) 징역5년		
1934	대구복심법원(3.7) 상고심 (5.10)(대구형무소)		
1936	출옥		
1938	4남 인학 출생(10.11)		
1939	장남 인길 결혼		
1940	5남 인건 출생(40.7.2) 장손 수택 출생(2.3)		
1943	손 춘택 출생(6.14)		

연대 (나이)	활동	시대상황	비고
1944	조선건국동맹 참여		
1945	전남건국준비위원회 출범식 사회(8.17) 전남건국준비위원회개편대회사회(9.3)	전남인민위원회 개편	
1945	전국농민조합총연맹집행위원(12.9) 전국농민조합총연맹부위원장(전남대의 원)(12.12) 미군청방문(12.14)		
1945	독립촉성중앙협의회전형위원 선임(12.15) 조선공산당전남도당개편대회 임시위원장, 도당위원장 선출(윤가현과 경쟁 승리) -농민부장 밀려남(12.25)	모스크바 삼상회의	
1946	민주주의민족전선 중앙상임위원(1946.2.15.) 민주주의민족전선 전남부위원장(3.9)		
1947	미소공동위원회 영암특산물전달(6.14)		
1950	납북(7.말)		
	리조실록 편찬위원		
1966.3.16	사망(평북)		

증언

1. 박병엽 증언

증언(박병엽)
피증언자 성명 : 유혁 1893년 생
　출생지 : 전라남도 영암군 신북면
증언자 성명 : 박병엽
　주민등록번호 : 220729 – 1081119
　보훈번호 : 550
　출생지 : 전라남도 무안군 청계면 도림리
　현주소 : 성남시 분당구 구미동 222
　현 직 : 국가안전기획부실 연구위원(1987년부터)

피증언자와 증언자와 관계

출생지가 전남도의 인접군의 근거리 관계로 8·15 전에는 피증언자
가 그 지방에서는 이름안 독립운동가로 알려진 소문에 의해서 반일
독립투사로 그의 이름만 알고 있었다.
8·18 해방 후 건국준비위원회, 농민조합총연합회 등 같은 조직 계

층에서 상하부관계로 피증언자의 지도를 받게 된 계기로 직접 상면 접촉하여 알게 되었고, 그 과정에서 8·15 전 항일독립투쟁 활동 내용은 본인 또는 주변 인물로부터 직접 듣고 더 자세히 알게 되었다.

6·25 전쟁 때는 피증언자가 성남호텔에 감금되었을 때 만나 감금 면담 사실을 알게 되었고, 납북 입북 후에는 동향 인간관계, 업무관계(납북인사들은 조국 건설과 노동당 연적부에서 관리한 관계)로 수시 상면 접촉 기회를 가져 그의 주요 경력과 생활 형편을 잘 알 수 있었으며, 1966년 1월 2일 평안북도 선천 요양원에서 병석에 신음하고 있을 때 문병한 것이 그와는 마지막 만남이었다.

이상과 같이 장기간 비교적 긴밀한 인간 관계를 가지고 직접 듣고 본 사실은 있는 그대로 증언한다.

피증언자의 주요 경력 및 활동 사항에 대한 증언 내용

8·15전, 유혁씨는 우리나라가 일본 놈의 식민지로 전락하던 시기 1909년 경에 월출산 위인의 꿈을 품고 일본 유학 길에 나섰다. 일본 유학에서 명치대학 중등부 전문부에서 고학을 했다고 본인으로부터 직접 들었다.

유학 시절에는 같은 조선 유학생들인 김약수, 백관수, 안재홍, 춘원 이광수 등 선배, 동배 등과 교우하면서 그들의 영향과 지도를 받고 항일독립사상을 더욱 굳게 간직되었다는 것을 자랑삼아 이야기했다.

1910년대 중반시기 일본 명치대 전문부를 중퇴하고 귀국하여 먼저 유학을 마치고 귀국했던 민세 안재홍, 백관수 등과 연계하여 그들의 지도를 받으며 반일 민중 계몽운동에 적극 참가하였으며, 1910년대 후반시기 백관수 씨의 주선으로 조선일보 기자로 입사하였다.

입사 후 기자로 활동하면서 한편 김약수, 장덕수, 안재홍, 백관수 씨와 연계하여 반일계몽운동, 독립협회 운동에 적극 가담하였으며, 특히 1919년 3·1 전 민족 항쟁 때는 직접 거리 시위 현장에 참가하였고, 예리한 필봉으로 투쟁에 앞서서 항쟁 군중을 고무 추동했다 한다.

1920년대 중반 조선일보 기자를 그만 두고 여운형, 김약수, 홍명희 씨 등과 연계하여 조선신민회운동, 청소년 계몽조국운동과 6·10만세 투쟁, 농민 계몽 및 소작 쟁의 투쟁, 농민투쟁조직(농조, 공조회, 노동조합) 등 활동은 적극적으로 조직 전개하여 일제 경찰과 헌병의 끊임없는 감시와 추적을 받게 되었다.

이 과정에서 비장년, 29~31년, 33년, 38년 세 차례 검거 투옥되어 10여 년간의 옥살이를 하면서 일제 군경의 끊임없는 집요한 사상 전향 압력과 재판거부 반대 등 면밀한 법정과 간방(감방) 투쟁을 전개하여 일제 판검사와 검찰 헌병을 당황, 망조케 하고 같은 독립투사 동료들을 고무했고, 같이 감옥 생활을 하고 있는 독립투사 안창호 선생으로부터 치하를 받았던 사실을 자랑삼아 이야기하곤 했다.

1938년 대구 감옥을 만기 출감 후 1940년 초 서대문 감옥에서 출감한 여운형 선생과 다시 연계, 그가 책 거소하는 지하 반일 독립투쟁 조직인 건국동맹과 그 산하 조직인 농민동맹의 주동자인 양주의 김용기 장로와 연계를 가지고 비합법적인 반일 투쟁조직 활동을 펼치면서 일제 조직의 감시, 추적, 사상전향, 대화숙 가맹, 일본명 창시(창씨)개명 등의 강요와 협박을 피신과 도피 등으로 번번히 반대 투쟁한 사실을 많은 사람들의 입을 통해 소문으로 알 만한 서람들에게는 알려졌던 것이다.

8·15 해방 후

8·15 해방 되자 여운형이 조직 지도한 건국준비위원회 전남 조직 간부로 저명한 농민운동 대표로 전국농민조합 총연맹 부위원장으로 선출되어 활동했다. 1945년 12월 말 조선문제에 관한 모스크바 삼상회의 결정으로 신탁통치 문제가 제기되자 반탁을 주장했고, 반탁군중대회까지 소집했고, 박헌영이 이북공산당을 갔다 오면서 돌연 찬탁으로 방향을 전환하고 반탁 군중대회를 찬탁군중대회로 전화시키는 찬탁 입장을 취하자 찬탁으로 또 다시 변신 민족을 강대국에게 팔

아먹는 매국 행위를 규탄하는 항의편지를 박헌영에게 보낸 것을 계기로 박헌영과 정면 대립되면서 그들로부터 변절과 배신자로 취급받고 건준, 인공, 농맹으로부터 제명당하고, 그들과 완전 결별하고 반탁 진영에 속하게 되었다.

1946년 1월 중순 합동학교 옥동에서 연 전남도내 군 대표회의에서 유혁 제명 문제를 토의 결정했다. 증언자 무안군 대표로 참석했었다.

그후부터 반탁 진영에 가담해서는 전면에 나서지는 않고 김구, 김규식 선생, 정인보 선생, 박권응 등과 연계하면서 민족정신건약회 조직활동과 민족분열을 반대하고 통일을 지향하는 구국통일독립협회 조직활동을 펼쳤다.

6·25 후

6·25 후 북한의 불의의 무력 남침으로 서울이 강점되자 서울 왕십리에 은신해 있다가 반헌영의 졸개로 광주 출신의 김부득(6·25 감옥에서 출감한 자)에 탐거되어 박헌영계가 자신들이 미행과 약점을 잘 알고 있는 반대파들을 조사하여 체포 처지할 목적으로 조직한 정치 테러 조직인 "토지조사위원회"에 밀고되어 배신자, 변절자로 체포되어 서울시청(당시 사울시 인민위회) 지하실에서 고문 등 고역을 당한 후 성북동 민간가옥 지하실과 성남 호텔에 강제 납북 감금 장소에서 조사와 추궁을 받다가 인민군대가 패주하게 되자 임정요인들을 위한 강제 납북인들과 같은 대열에 속해 강제로 끌려 납북되었다.

한편으로 북단 끝 만포까지 끌려가며 영하 40도가 넘는 혹한의 강추위 엄동설한에 홋바라기 입은 것에 심한 굶주림 속에서 자선군 운동, 입산 작업장에서 강제 노동에 혹사 당해야 했다.

그후 1952~1953년까지는 만포 함북목장에서 1954~1956년까지는 진천군 화남과수 농장에서, 1957~1962년까지는 희천시 장평 목장에서 70 고령으로 강제 노역에 시달려야 했다.

1962년에 고령으로 노동력이 상실되고 건강이 악화되자 평양주변

노양시설이 있는 평원군 과수농장으로 이동시켜 닭관리 공으로 있
다가 쓰러져 1964년 봄 평안북도 선천에 있는 요양소로 이동 가료받
다가 1966년 4월 초에 사망했다.

　강제납북 생활 과정에서 북한당국의 이조실록 번역에 협조하는 문
제(1954-56)로 3여 년간을 강요받았으나 완강히 거부했고, 또 대남
방송 출연도 거부했고, 특히 1956년 57년 임정요원 납북인사 중심으
로 조직된 통일운동체인 재북 평화통일협의회 조직에 참여할 것을
강요받았으나 꼭두각시 노릇이라고 거부하면서 납북인사 전원 무조
건 귀향시키고 유공은 통일활동을 펼치게 했고, 완강하게 요구하는
등 강직한 모습과 면밀한 의지를 고수했다.
　증언자도 수차 만날 때마다 고전 번역 협조와 재북평통조직 참여
등 권유하고 강제노동의 고역만을 벗어날 것을 간곡히 이야기했으
나 그때마다 그런 말을 하려면 찾아오지도 말라고 단호한 태도를 보
여 더 말을 못하곤 했다.
　그는 북한 당국의 협조 협력의 요구와 강요를 일체 완강히 거부하
고 강직하고 억센 반 김일성 의지와 신조를 가진 모습을 보여주었다.
　그는 납북가족들에게 자유를 주고 무조건 한국에도 처자식이 있는
고향에도 귀향시킬 것을 완강히 요구하고 항변하여 여러 차례 박해
를 받기도 했다. 그는 증언자를 만날 때마다 '고향 월출산정에 해방
의 태극기를 꽂는 것처럼 태극기를 휘날리게 한 날이 언제나 올까?'
하면서 한숨을 짓곤 했었다.

　◦ 증언자의 주요 경력
　8·15 후 건국준비위원회 농민조합연맹 무안군조직 도연맹 조직
간부
　6·25 후 민주청년동맹, 노동당 서울시당위원회 간부
　입북 후
　·조국통일민주주의전선 중앙위원부 간부(1953년~1955년)

·정무원 교육위원회 간부(1956년~1958년)
·노동당 중앙위원회 간부(1953년~1980년 중반)

1998.2
증언자 박병엽

2. 김남식 증언

증언
성　　명 : 유혁
출생년 : 1893년
본　　적 : 전라남도 영암군

증언내용

위 사람은 일제강점시기에 목포, 영암지방에서 반일 독립운동을 했으며, 그로 인해 2, 3회의 감옥 생활을 했음
8.15해방직후에는 여운형이 지도하는 건국준비위원회 간부로, 그 후 전국농민조합총연맹 중앙간부로 활동했다.
1945년 말 모스크바3상회의 신탁통치 결정에 당시 공산당 대표인 박헌영파의 찬탁과는 달리 반탁 입장을 취함으로서 농민조합연맹 간부직에서 제명처분을 당했다.
그후 반탁진영에 가담하게 되었는데, 이로 인해 박헌영파로부터 배신자로 낙인받았음. 결국 이것이 근거가 되어 50.6.25 당시 박헌영파가 서울을 강점하게 되자 그들이 반대파 숙청을 목적으로 조직된 '토지조사위원회'라는 정치테러 조직에 체포되어 인민군 후퇴와 함께 북한으로 강제 납북되었음
납북 후에는 주로 자강도 지방에서 강제노동을 강요당했으며, 51년 초부터 62년 초까지 자강도 자성군, 진천군, 희천군 등의 과수원

독립운동가 우석 유 혁

등에서 노동생활을 했음

소문에 의하면 1967년 경 평안남도 순안의 어느 노양원에서 사망했다 한다.

이상의 내용은 증언자가 자강도 간부로 재직 시 1958~1961에 실시된 집중지도(개개인의 신상조사)에서 확인된 것임

1998.1

증언자 김남식
주민등록번호 250423-1037810
주 소 서울 서대문구 남가좌2동 325-55
경력
1957-1963 자강도당 선전선동부 간부
1967-1978 고대 아시아문제연구소 연구위원
1978-1980 통일원 상임연구위원
1980-1988 국제문제조사연구소 연구위원
1988-1995 평화연구원 연구위원

김남식·박병엽 자필 증언 수기 노트

독립운동가 우석 유혁

유혁 매일신보 기고

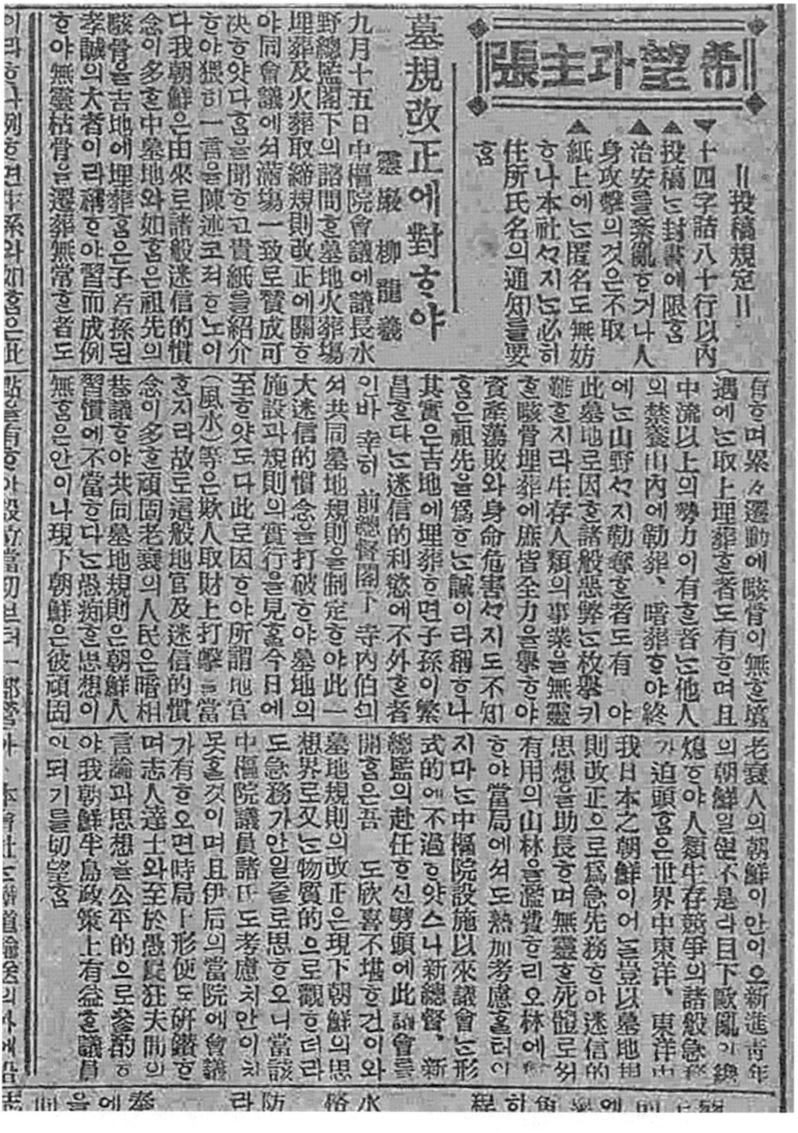

希望과主張

‖投稿規定‖
▼十四字詰八十行以內
▲投稿ᄂᆞᆫ封書에限ᄒᆞᆷ
▲治安을紊亂ᄒᆞ거나人身攻擊의것은不取
▲紙上에ᄂᆞᆫ匿名도無妨ᄒᆞ나本社々지ᄂᆞᆫ必히住所氏名의通知를要ᄒᆞᆷ

墓規改正에對ᄒᆞ야

雲巖 柳龍羲

九月十五日中樞院會議에議長水野總監閣下의諮問ᄒᆞᆫ墓地火葬場埋葬及火葬取締規則改正에關ᄒᆞ야同會議에셔滿場一致로贊成可決ᄒᆞ얏다ᄒᆞᆷ을聞ᄒᆞ고貴紙를紹介ᄒᆞ야猥히一言을陳述코져ᄒᆞ노이다我朝鮮은由來로諸般迷信的慣念이多ᄒᆞᆫ中墓地와如ᄒᆞᆫ은祖先의骸骨을吉地에埋葬ᄒᆞᆷ은子若孫된孝誠의大者이라稱ᄒᆞ야習而成例ᄒᆞ야無饕枯骨을遷葬無常ᄒᆞᆫ者도有ᄒᆞ며累々遷動에骸骨이無ᄒᆞᆫ境遇에ᄂᆞᆫ取上埋葬ᄒᆞᆫ者도有ᄒᆞ며且中流以上의勢力이有ᄒᆞᆫ者ᄂᆞᆫ他人의禁養山內에勒葬、暗葬ᄒᆞ야終에ᄂᆞᆫ山野々지勒奪ᄒᆞᆫ者도有ᄒᆞ야此墓地로因ᄒᆞᆫ諸般惡弊ᄂᆞᆫ枚擧키難ᄒᆞᆫ지라生存人類의事業을無靈ᄒᆞᆫ骸骨埋葬에應皆全力을擧ᄒᆞ야資産蕩敗와身命危害々지도不知ᄒᆞᆷ은祖先을爲ᄒᆞᄂᆞᆫ誠이라稱ᄒᆞ나其實은吉地에埋葬ᄒᆞ면子孫이繁昌ᄒᆞᆫ다ᄂᆞᆫ迷信的利慾에不外ᄒᆞᆫ者인바 幸히 前總督閣下 寺內伯의셔共同墓地規則을制定ᄒᆞ야此一大迷信的慣念을打破ᄒᆞ야墓地의施設과規則의實行을見ᄒᆞᆫ今日에至ᄒᆞ얏도다此로因ᄒᆞ야所謂地官(風水)等은欺人取財上打擊을當ᄒᆞᆫ지라故로這般地官及迷信的慣念이多ᄒᆞᆫ頑固老襄의人民은暗相巷議ᄒᆞ야共同墓地規則은朝鮮人習慣에不當ᄒᆞ다ᄂᆞᆫ愚痴ᄒᆞᆫ思想이無ᄒᆞᆷ은안이나現下朝鮮은彼頑固老衰人의朝鮮이안이오新進青年의朝鮮일뿐不是라目下歐亂이終熄ᄒᆞ야人類生存競爭의諸般急務가迫頭ᄒᆞᆷ은世界中東洋、東洋中我日本之朝鮮이어ᄂᆞᆯ豈以墓地規則改正으로爲急先務ᄒᆞ야迷信的思想을助長ᄒᆞ며無靈ᄒᆞᆫ死骸로셔有用의山林을濫費ᄒᆞ리오林에ᄒᆞ야當局에셔도熱加考慮ᄒᆞᆯ터이지마ᄂᆞᆫ中樞院設施以來議會ᄂᆞᆫ形式的에不過ᄒᆞ얏스나新總督、新總監의赴任ᄒᆞᆫ신劈頭에此議會를開ᄒᆞᆷ은吾 도欣喜不堪ᄒᆞᆫ건이와墓地規則의改正은現下朝鮮의思想界로又ᄂᆞᆫ物質的으로觀ᄒᆞ더라도急務가안일줄로思ᄒᆞ오니當議中樞院議員諸氏도考慮치안이치못ᄒᆞᆯ것이며且伊后의當院에會議가有ᄒᆞ오면時局上形便도硏鑽ᄒᆞ며志人達士와至於愚夫愚婦의言論과思想을公平的으로參酌ᄒᆞ야我朝鮮半島政策上有益ᄒᆞᆫ議員이되기를切望ᄒᆞᆷ

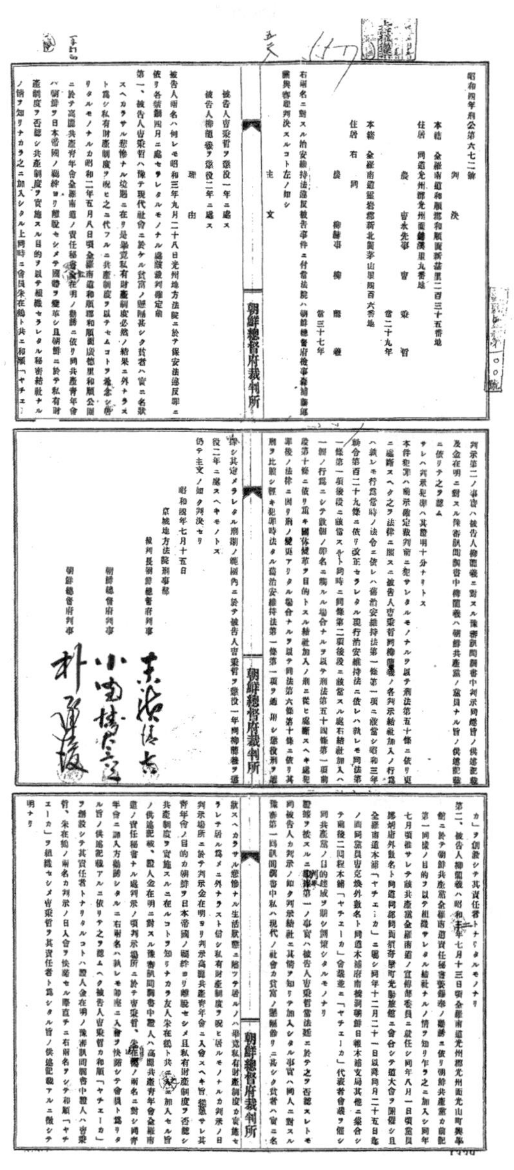

昭和四年刑公第六七二號

判決

本籍　全羅南道和順郡和順面新蘆里二百三十五番地
住居　同道光州郡光州面錦溪里九番地
農　曺永先事　曺　乘　智　當二十九年

本籍　全羅南道寶岩郡蒋北面孝山里閑百六番地
住居　右同
農　同　柳熙專　柳　熙　避　當三十七年

右兩名二對スル治安維持法違反被告事件二付當法院ハ朝鮮總督府檢事森浦藤郎關與審理判決スルコト左ノ如シ

主文

被告人曺乘智ヲ懲役一年二處ス
被告人柳龍避ヲ懲役二年二處ス

理由

被告人両名ハ何レモ昭和三年九月二十八日光州地方法院二於テ保安法違反罪二依リ各懲期四月二處セラレタルモノナル處廢毀判確定前

第一、被告人曺乘智ハ豫テ現代社會二於ケル貧富ノ懸隔甚シク貧者ハ實二名狀スヘカラサル悲惨ナル境遇二在リ是皆覺私有財產制度必然ノ結果二外ナラスヘカラサル悲惨ナル境遇ニ在リ是皆私有財產制度ヲ呪ヒ之ニ代フルニ共產制度ヲ以テセムコトヲ雅念シ將リタルモノナルカ昭和二年五月八日頃金羅南道和順郡和順面廣惚里和順公園ニ於テ高麗共產青年會金羅南道ノ實任秘密會在明ノ勸諮ニ依リ同共產青年會ハ朝鮮ヲ日本帝國ノ羈絆ヨリ離脱セシメテ國權ヲ變革シ且朝鮮ニ於テ私有財產制度ヲ否認シ共產制度ヲ實施スル目的ヲ以テ組織セラレタル秘密結社ナルノ情ヲ知リナカラ之ニ加入シタル上同時ニ會員朱在鵠ト共ニ和順「ヤチエ」

朝鮮總督府裁判所

本件犯罪ハ前示産定裁判ニ繋サレタルモノナルヲ以テ刑法第五十二條ニ依リ更ニ處斷スヘク之ヲ行為當時ノ法令ニ依リ示結社加入ノ行為ハ義レモ行為當時ノ法令第二須後段ニ藏當スル各列示結社加入ノ行為ハ一ケ法律ニ因リ刑ノ變更アリタル場合ナルヲ以テ刑法第六條第十條ニ依リ其罪後ノ法律ヲ輕キニ依リ其罪後段ニ依リ其一罪ノ行為ニシテ一ケ法律ニ因リ刑ノ變更アリタルヲ以テ刑法第十條ニ依リ項罪後ノ法律ニ因リ刑ヲ比照シ輕キ犯罪

朝鮮總督府裁判所

第二、被告人柳龍避ハ昭和元年七月十三日頃全羅南道光州郡光州面光山町興學舘ニ於テ朝鮮共產黨ノ設立秘書責任者ノ勸諮ニ依リ朝鮮共產黨ノ情ヲ知リナカラ之ニ加入シ同年八月一日頃盟員第一回程本舖「ヤチエ」ニ被告人柳龍避ハ朝鮮共產黨全羅南道ノ組織シ且組織サレタル秘書責任會長ニ同年十二月二十五日七月頃盟員サレテ昭和元年十二月二十一日頃其ノ後高麗共產黨全羅南道本舖「ヤチエ」合議會ニ被告人柳龍避ハ實ニ訓練シタル事實ノ同人ニ對スル右阿富岡先兑換外數名「ヤチエ」代表者會議ヲ催シ

判示第一ノ事實ハ被告人柳龍避ニ對スル訊問調書中判示同趣旨ノ供述記載及金在明ニ對スル訊問調書中判示同趣旨ノ供述記載ニ依リテ之ヲ認ム

刑ヲ比照シ輕キ犯罪後ノ法律ニ因リ刑ヲ處斷スヘキモノトス一ケ法律ニ因リ刑ノ變更アリタル場合ナルヲ以テ刑法第六條第十條ニ依リ其刑後段ニ依リ其定メラレタル刑期ノ範圍内ニ於テ被告人柳龍避ヲ懲役二年ニ處スヘキモノトス仍テ主文ノ如ク判決セリ

昭和四年七月十五日
京城地方法院刑事部

朝鮮總督府判事
朝鮮總督府判事　小田
朝鮮總督府判事　朴

朝鮮總督府裁判所

정인보 아천정기

아천정기我泉亭記[246]

모산은 나주의 한 마을이다. 산수가 아름답기는 하지만, 꼭 특별히 다른 데가 있는 것도 아닌데, 그 이름이 사방에 알려진 것은 오진 류씨가 대대로 살아서 충간공忠簡公, 충정공忠靖公 부자가 잇달아 이름난 정승이 되었고, 이려실李黎室 신제信齋가 모두 류씨의 생질이기 때문이다.

원교員嶠가 해도海島에서 귀양살이하게 되자, 온 집안을 이끌고, 외가로 가니 그 아버지 가까이 있으려고 해서였다. 모산제영茅山題詠이 『신재집信齋集』 중中에 아직도 보인다. 모산茅山이 국고國故와 관계가 깊다.

충간공忠簡公·충정공忠靖公은 벼슬이 높고 임금의 예우도 대단하여 빛나고도 드러나 비록 흉보고 헐뜯는 자일지라도 그 업적을 가릴 수 있는 자는 없었다. 충정공忠靖公 종형제의 아들인 용암舂菴은 몸도 집안도 영락되어 언행을 상고할 길이 없더니, 몇 해 전에 그가 지은 경세서인 『우서迂書』를 얻으니, 반계와 아주 비슷하되, 정밀, 긴절하고 간략하면서 해

---

246 정인보 저·정양완 역, 2006, 『담원문록』

박하기로는 더한 지라, 이때부터 더욱 모산茅山에 내 마음이 끌렸었다. 유혁 군柳赫 君을 보고 이야기가 이에 이르니, 군은 모산茅山사람이기 때문이었다. 그 말결에 군은 다음과 같이 이야기했다.

"저의 아버지는 늙었소, 늘 답답증을 견디지 못하여 산골짜기로 나가, 두어 칸 집을 지어 거닐면서 아천정我泉亭이라 이름 짓고는 남에게 기記를 부탁한 적은 없건만, 유독 자주자주 그대의 글을 이야기하오. 그대가 지어주면 아마 우리 아버지 마음에 들 듯 하오."

보普는 공경스럽게 승낙을 하였다. 아! 모산茅山이 세상에 알려진 것은 여러 어른 때문이었거니와 또한 여러 어른 때문에 당시 노여움을 받게도 되어 벼슬길은 막히고 영달의 길은 닫힌 지 200년이나 되어 간다.

대개 농암聾巖은 일찍이 조정에 벼슬했고, 저술이 많은 분이건만도 묻혀진 채 오늘에 이른 즉, 바위틈에 살거나 냇가에 살면서 말라 죽고 만 사람이 어찌 헤아릴 수나 있겠는가마는 이제 옹翁이 세속을 스스로 멀리하고, 남에게 알려지기를 바라지 않음이 또한 오히려 지난날 유씨柳氏가 내수內修를 좋아했던 끼침인 것이다.

보普가 비록 그 정자 위에 내 몸소 올라가 보든 못했지만, 산봉우리와 묏구비며 시내와 석간수石間水가 앞뒤로 감돌고 있는 것은 상상하여 알 만하다. 옹翁이 그 정자에 이름을 붙이기를 다른 것은 그만두고, 오직 이 졸졸 흐르는 샘이 그윽한 동산과 담에서부터 나와 풀과 나무, 그늘을 덮게 되니, 역시 이미 가늘어도 이에 즐거움을 취했을 테지만, "나我"라 한 것은 무슨 까닭인가? 대개 이로써 가려진 채 세상이 돌보지 않은 까닭에 세상을 버린 깨끗함을 즐거움으로 삼아 마치 일민逸民이 빈 산 외진 골짜기를 마주보며 도섭을 부리는 세상의 뒤바꿈으로 능히 어쩔 수 없는 것과 같다. 이는 『시경詩經』 대아大雅의 「황의皇矣」 편篇의 말과 서로 통하여, 거의 시의 뜻을 제대로 말했다고 할 것이다.

왕선산王船山의 말에 "인仁으로 제 겨레붙이를 사랑하고 의義로서 그 무리를 절제한다"는 것이 있으니, 충간공忠簡公·충정공忠靖公이 몸소 자기를 시새우는 이에게 항거해 가면서 떠받쳐야 할 바를 생각한 것은 바로 이것이며, 농암聾巖이 고심하여 저술한 것이 사전에 미리 물샐 틈없는 대비책을 강구하기를 기약함도 이것이었고, 원교員嶠와 연려실燃藜室·신재信齋가 말과 글을 연구하여 밝히고, 혹은 역사를 종합 검토하여 힘써 북돋고 물대고 심고 한 것도 역시 이것이었는데, 이제는 씻은 듯 자취도 없어졌다.

옹翁이 이에 모산茅山 동안의 샘물에서 따다가 "나"라 그 집을 이름 짓고 더불어 늙어가니, 그 또한 슬프다. 그러나 세상을 버린 사람은 세상이 그를 버린 것이니, 세상에 버림받은 즉, 나로서 나를 능히 오롯할 수 있는 것이다. 포의布衣의 외로운 회포는 고인의 정신과 마음가짐이 오히려 흩어지지 않을 것이니, 이 졸졸 흐르는 가는 물줄기가 큰 물과 한데 얼려 같이 흐르지 않을지 어찌 알겠는가?

보普는 말이 어설퍼 옹翁의 가슴 속에 숨은 뜻을 미루어 밝힐 길 없지만, 한 두 가지 어렴풋이 열리는 것이 없다고도 할 수 없을 것이나, 돌아가 이것을 드셔 보시구려.

장손 유수택의 편지 "할아버님 영전에"[247]

    할아버님 한없이 불러보고 싶습니다. 2011년 9월 15일 오후 4시 할아버지 추모시를 부탁하고자 저의 광주고등학교 동창인 소설가 문순태 군을 만나러 담양군에 위치한 생오지 문학관을 찾았습니다. 다가오는 10월 29일 오후 2시에 건립할 할아버지 동상에 새길 추모시가 필요했기 때문입니다. 한 시간여에 걸쳐 할아버지 행적에 대해 담소하고 그리고 동행한 후배 박동기 군의 '빨치산 실화'를 듣는 시간이었습니다. 듣는 내내 북에서 잠드신 할아버지에 대한 생각에 가슴이 저려 왔습니다. 제가 품고 있는 애틋한 정, 그리워하는 마음, 내가 털어놓는 할아버지에 대한 모든 이야기를 듣고 오수열 교수 논문집 말미에 이러한 내용의 글을 싣는 것이 좋겠다고 문순태 군은 생각을 전해왔습니다. 망설임 속에서도 아, 그게 좋겠구나 하는 생각에서 저는 이 글을 씁니다.

    할아버님!
    할아버님께서는 제 기억으로 1945년 해방 두 달 전에 증조부님이 돌아가셨을 적에 모산리 생가에 들르셨고, 그 이전에 형무소에서 출옥하신 후에 집에 오셔서 집앞 텃논 보리밭에서 한 손으론 제 손을 잡

---

247 이 글은 2011년 10월 29일 아천미술관 개관 및 유혁 선생 흉상제막식에 장손 수택이 조부께 바치는 글이다.

고 다른 한쪽은 막내 숙부의 손을 잡고 일렬로 서서 밟아 주시던 것이 기억납니다. 제가 "보리밭은 왜 밟아주느냐고 물었더니 보리는 밟아줘야 좋단다"하신 말씀이 할아버지께서 제게 해주신 처음이자 마지막 말씀입니다.

할아버지께서는 8·15광복 후에 한두 차례 집에 들르시고 6·25 전쟁 전후에는 전혀 오지 않으셨습니다. 우리 조국의 앞날, 우리 민족이 스스로 함께 잘 살 수 있는 민족공영의 길을 모색하시느라 집에도 못 오시고 동분서주하셨다는 걸 우리는 모두 알고 있습니다.

1950년 한국전쟁 전에 우리 집안은 아버지 주도하에 양조장을 경영하고 있었습니다. 그리고 아버지와 함께 양조장에서 일하시던 중 둘째 인하 아저씨가 하루는 아버지 앞에서 무릎을 꿇고 무엇인가 승낙을 받으시려 하는 것 같았습니다. 그후 혼자서 훌쩍 집을 나가시더니 20여일 만에 다시 집에 돌아오셨습니다. 며칠 계시더니 또 집을 나섰습니다. 한국 전쟁 때 피난을 가셨다가 행방불명 되었습니다.

셋째 아들인 인봉이 아저씨는 목포 문태고등학교 재학 중 사회주의 사상에 심취한 채 사상범으로 연루되어 목포형무소에서 수감생활을 하였고, 전쟁 2년전 쯤 김천소년형무소로 이감되어 수형생활을 하던 중 6·25전쟁이 발발했습니다. 그곳에서 모든 재소자들과 함께 죽었다는 이야기를 김천 사람에게서 들었습니다. 할머니께서는 김천소년형무소로 면회를 다녀오시곤 하셨는데 신북면 회진 할머니와 함께 다니셨습니다. 그때 회진 할머니의 외아들 이연홍도 함께 형무소 생활을 하였는데 이러한 인연으로 회진 할머니는 저희들이 광주에서 학교 다닐 때 밥을 해주시면서 함께 생활하기도 하셨습니다.

6·25가 발발하자 아버지와 저희 가족 모두 양조장과 모산리 생가에서 살았습니다. 양조장은 운영할 수 없었고, 공산주의 치하에서 약 3, 4개월을 살아야 했습니다. 저희들은 그때그때 상황에 따라 피난을 다니기도 하였습니다. 다시 군인과 경찰이 수복을 하였으나 양조장은 불타버렸고, 아버지도 반남 고모 할머니 댁에 피신해 계시다가 신북으로 돌아오셨습니다. 그때 인학이 아저씨가 초등학교 5학년, 막내 건이 아저씨와 저는 초등학교 3학년이었습니다.

1951년 음력 1월 말일 아버님은 집은 나가신 후 그해 3월에 돌아가셨습니다. 저희들은 광주에서 중학교와 고등학교를 다녔고, 넷째 숙부인 인학이 아저씨는 전남대학교와 대학원을 졸업하고 한양대학교에서 교수를 하던 중 미국 미주리대학과 동국대학교 대학원에서 박사과정을 마치고 박사학위를 취득했습니다. 13대, 14대 국회의원에 당선되었고, 한국조폐공사 사장을 역임한 후 한양대학교 교수로 지내다가 정년을 맞이하고 현재는 세계거석문화협회 총재를 맡아 아직도 사회활동을 하고 있습니다. 할아버지의 며느리가 된 유종인은 국회의원을 자낸 강진의 유수현씨 여동생으로 한양대학교 영문과 교수를 지내고 정년퇴직하였습니다. 슬하에는 원택이, 해림이 그리고 진중이, 이렇게 2남 1녀를 두었습니다.

다섯째인 건이 숙부는 서울대학교 법학과를 졸업하고 대한교육보험 상무이사와 교보문고 사장 그리고 교보실업 사장을 거쳐 한국관광공사 사장을 지냈으며 슬하에는 지연이와 연경이 그리고 상원이 1남 2녀를 두었습니다.

장손인 저 수택은 동국대학교 경영학과를 졸업하고 고창군수와 완주군수 그리고 정읍, 여천, 순천시장을 지냈으며 내무부와 행정자치부 국무총리실의 중요 직책들을 두루 거쳤습니다. 광주광역시 행정부시장을 끝으로 공직을 마감하고 한국소방검정공사 사장과 아크로CC 사장, 전남개발공사 사장과 ㈜고리 사장을 지냈습니다. 슬하에는 정훈이, 은정이 1남 1녀를 두었습니다.

둘째 손자인 춘택은 조선대학교 광산학과를 졸업하였으며 대한승마협회 전무이사로 재직 중 86아시안게임과 88올림픽 준비 차 미국을 다녀오던 중 KAL007 뉴욕발 비행기에 탑승, 소련의 비인도적인 만행으로 순직하였습니다. 아마도 우리 집안의 가장 큰 비극은 아버님이 돌아가시고 춘택이가 고인이 된 것이 아닌가 싶습니다. 춘택이 역시 은주와 명오 1남 1녀를 두었답니다.

첫째 손녀인 민재는 숙명여자대학교를 졸업하고 신씨 가문으로 출가하였습니다. 남편은 신동식으로 현대건설 상무를 지낸 후 서현건설을 창립, 사장이 되었습니다. 슬하에는 1남 2녀를 두었습니다. 신씨 가문은 고흥의 명망있는 집안입니다.

둘째 손녀인 명희는 한양대학교를 졸업하고 의사인 강영군을 만났습니다. 이비인후과 전문의로 2남을 두었으며 강서방은 50대 초반에 세상을 떠났습니다.

할아버님!

저희 두 분의 숙부님과 저희 4남매는 아버님이 안 계시고 할아버지께서 북쪽에 계실 때 여러 가지 어려움을 겪으면서 살기도 했지만 또 한편으론 행복한 시절도 있었습니다. 저희는 늘 할아버님을 생각하면서 독립운동을 하셨던 그 높은 정신을 받들고, 훌륭한 가문을 이어나가야 한다는 사명감을 잊어본 적이 없습니다. 어머님께서는 두 분 숙부님과 4남매를 잘 키워주셨습니다. 6·25 직후 증조할머니와 그리고 저희 여섯 숙질을 잘 보살피셨습니다. 꿋꿋이 집안을 지켜냈습니다. 지금은 93세로 광주 요양병원에 계십니다.

할아버님!

제가 어느 날 집에 왔을 적에 어머니는 할머니께서 돌아가시기 전 물려주신 유품을 저에게 보여 주셨습니다. 그 유품은 고조부님의 통정대부칙명과 증조부님께서 후학을 가르칠 때의 서적 그리고 조부님의 옥중서신 등 그 무엇과도 비교할 수도 없는 우리 가문의 가보였습니다. 그 가본을 접하는 순간, 이 물건들을 소중하게 보존하고 자자손손 대를 이어가야겠다는 일념으로 가슴이 벅찼습니다. 틈틈이 시간이 나면 모산리 생가를 찾아 돌을 쌓고 나무를 심었습니다. 연못도 팠습니다. 미술관을 짓고 할아버지께서 태어나신 생가터에는 유물관을 지었습니다. 숨결이 살아 있는 할아버님의 흔적을 모두 모셔놓았습니다. 제 친구인 홍용만 군이 그린 할아버님의 영정도 모셨습니다. 옆에는 할아버님의 매제인 대고모부의 사진과 서훈도 함께 모셨습니다.

세상에서 가장 존경하고 한없이 뵙고 싶은 할아버님! 왜 고향에는 한번도 안 오셨습니까? 이 손자의 눈에는 이슬이 맺힙니다.

1997년 겨울 어느날.

다정한 친구의 소개로 북에서 내려온 박병엽씨를 만났습니다. 할아버님의 북에서의 행적이나 근황을 알기 위해서였습니다. 1950년 전후의 활동, 그리고 북으로 가신 후의 행적을 비교적 소상하게 접할 수 있었습니다. 마치 녹음기를 틀어서 듣는 것처럼 많은 것을 들려주었습니다.

1950년 북에 가셔서 4년여를 홀로 생활하셨다는 내용, 그 후 따님이 하나 있는 전쟁미망인을 할머니로 모셔 들였다는 이야기도 들었습니다. 고혈압으로 고생하시어 금강산 온천과 주을 온천에서 휴양하시고 1966년 1월 2일 평북 선천 요양원에서 마지막으로 만나 뵈었고 그해 3월에 돌아가셨다고 전해 주었습니다. 그때 할머님과는 10여 년을 넘게 함께 사셨는데 두 분 사이에서 태어난 자손은 없었느냐고 묻자 없었다고 알려주었습니다. 그 후 할머니는 어떻게 되셨느냐고 묻자 함경도의 시집간 딸의 집으로 가셨다고 알려주었습니다.

1998년 제가 광주 행정부시장으로 부임한 그해 박병엽씨로부터 무안 청계 고향을 다녀오는 길이라면서 전화를 한 통 받았습니다. 그 전화를 마지막으로 서울대병원에서 사망했다는 소식을 듣고는 얼마나 애석했는지 모릅니다. 할아버님에 대한 더 깊은 소식을 들을 수 없었으나 말입니다. 정말 박병엽씨 그 분은 천재였습니다. 2010년 출판된 '조선민주주의 인민공화국 탄생'이라는 책자는 박병엽씨의 구술에 의해 간행돼 전국 서점에서 판매 중에 있습니다. 북에 있는 그 가족들은 박병엽씨가 돌아가신 줄도 모르고 있을 겁니다. 안타깝습니다.

할아버님!

1966년 3월 16일 이북방송 즉 평양방송을 청취한 영암경찰서 정보과 대공계 형사가 어머님을 찾아왔었습니다. 할아버지께서 돌아가셨으니 이날로 제사를 모시라고 하였습니다. 그후 매년 음력 2월 24일에 할아버님을 비롯해 아버님과 춘택이의 제사까지 합동으로 모시고 있습니다.

2005년 중국에 있는 친척에게 평안남도 평성시 하고면에 있다는 할아버님의 묘를 확인하도록 협조를 구했습니다. 북한에서의 행적

확인이 쉽지 않을 것이나 그러나 한번 해보자는 심정으로 추진하였습니다. 누군가에게 부탁을 하였는데 어떻게 했는지 그 과정은 잘 모르겠지만 어떤 사람을 시켜서 북한을 다녀오도록 하였다는 것입니다. 그 사람이 현장을 다녀왔다며 상황을 알려주었습니다. 감시가 심하여 사진 촬영은 안되고 눈으로 목격한 바 할아버님 묘소의 관리 상태가 허술하다는 것입니다. 몹시 마음이 아프고 또 아팠습니다. 그 후 또 한 차례 사람을 시켜 북한을 다녀오도록 했습니다. 그런데 아무런 소식이 없습니다. 돈만 떼었는지? 북한에 가다가 잡혔는지? 제 노력은 결국 수포로 돌아갔습니다. 그래도 기대를 할 수 있는 시간이어서 좋았습니다.

할아버님!
2010년 여름, 제가 증국 연길을 다녀왔습니다. 연길의 가이드가 하는 말이 북한을 자주 왔다 갔다 한다고 귀띔해 주었습니다. 그래서 연길이나 두만강쪽으로 가서 다시 확인 작업을 시도해볼까 생각하고 있습니다.

2002년 9월 12~28일까지 인학 숙부는 세계거석문화협회 총재로서 북한 고인돌 연구차 북한을 다녀왔습니다. 북한의 고위 인사에게 할아버님의 북한에서의 행적과 묘소의 위치 등을 확인하여 줄 것을 요청하였으나 구체적인 대답은 없었답니다.

2003년 10월 6~10일 작은 숙부께서도 한국관광공사 사장 재직 중 평양 정주영 체육관 개관식에 참석차 평양을 다녀왔습니다. 이곳저곳 탐문해 보았으나 많은 시간이 흘렀기 때문인지 더 이상 할아버님에 대한 상황을 알기가 어려웠습니다.

2006년 어느 날, 고인이 된 김홍식 장성군수로부터 반가운 소식이 왔습니다. 자기 둘째 형이 북에 있는 막내 이모를 만나기 위해 금강산에 간다는 것입니다. 남북 이산가족 면회가 이루어진 것입니다. 고 김군수의 첫째 이모가 모산리 배포아저씨의 큰아들인 유상열씨의 부인으로 6·25때 함께 북으로 갔답니다. 그리고 둘째 이모도 유상열씨 가족과 함께 동행을 하였고요. 이번 금강산 면회가 할아버님에 대한 소식을 어느 정도 들을 수 있는 기회가 되겠구나 하는 생각으로 할아버님에 대해서 잘 알아보도록 간곡하게 부탁을 하였습니다. 며칠 후 금강산을 다녀온 김군수의 둘째 형님으로부터 전화가 왔습니다. 금강산 면회소를 다녀온 결과를 알려주었습니다. 몇 사람의 소식과 함께 전해주었는데 조부님의 묘소는 북에 있는 유인창씨의 아들들이 알고 있을 것이라는 겁니다.

유인창씨는 6·25 당시에 서울대학교 공과대학 기계과에 재학 중 학도병으로 인민군에 참전하였답니다. 북으로 가서 1957년 김책대학 기계과를 졸업한 후 기계공장 책임자로 근무하고 2001년에 사망한 모산리의 이웃집 반남 할아버지의 막내아들입니다. 그 분은 4남 1녀를 두었는데 유상열씨의 처제와 결혼하여 손아래 동서가 되었답니다. 함경북도 나진시에 살고 있다는데 금강산 면회 같은 기회가 온다면 언젠가는 만나볼 수 있을 것입니다.

1984년 춘택이가 KAL기 사고로 세상을 뜨자 집안은 이루 말할 수 없는 슬픔에 잠겼습니다. 우리 집안이 남들에게 인심을 잃은 것도 아닌데 어떻게 이렇게 이런 끔찍한 일이 일어날 수 있는가? 이듬해인 1985년 선대들의 선영을 한번쯤 살펴봐야 되지 않을까 하는 생각을 갖게 되었습니다. 5대조 할머니 산소는 오봉산 할아버지 산소에 합장을 하고 고조부님 산소는 그대로 모셨습니다. 증조부 내외분을 봉덕 선영의 '복치혈'의 명당에 이장을 하였는데 큰 도로변으로 아주 좋은 자리랍니다. 할아버님 산소는 분수동 선영에서 가장 좋다는 길지로 '매화낙지혈'의 명단인데 초혼장으로 일단 모셨습니다. 누가 보더라도 좋은 자리라고 느낄 수 있는 그런 자리입니다. 묘소를 마련하던 날 지관인 현원 이규상 선생이 "5년 안에 발복하니 장관이 나올 것이다"라고 말씀하셨습니다. 정확하게 5년째 되던 해 인학 숙부께서 국회의원에 당선되셨고 그해 저는 부이사관으로 승진하여 여천시장이 되었습니다. 할머니 산소는 복부혈에 아버님 산소는 장군대좌혈에 춘택이 묘소는 연소혈로 모두 분수동 선영에 모셨습니다. 고이 잠드십시오.

할아버님!

저희들은 어린 나이에 세상을 살아오면서 많은 시련과 고통도 있었고 불행한 일도 겪었습니다. 그럴 때마다 항상 할아버님을 생각하고 가문을 떠올리면서 올곧게 살아왔습니다. 어렸을 때 길잡이와 후견인이 되어 주신 고마운 분들을 잊을 수가 없습니다. 저희들이 어렸을 적에는 대고모부(고 정우채)님 내외분과 모산리 수원 아저씨(고 유인묵)의 정성어린 보살핌을 잊을 수가 없습니다. 사회생활에 발을 디딘 후에는 대한교육보험을 설립하신 고 신용호 회장님과 그 분의 동서이신 고 조상호 전 장관님께서 많은 가르침을 주셨습니다. 그리고 제가 공직생활을 하는 동안의 그 역경은 이루 말할 수가 없었습니다. 할아버님과 관계되는 여러 가지 일들입니다. 그러나 사상적인 측면보다는 일생을 국권 상실의 설움을 극복하고 조국광복과 민족의 자주적 통일을 위해 생의 전부를 바친 유혁씨의 손자 유수택이란 것이 오히려 공직생활에 도움이 되었다고 생각하면서 저는 살아가고 있었습니다. 고마운 분들은 공직생활에 발을 딛게 하여 주신 전 전라북도지사와 문화방송 사장을 지내신 이환의씨, 내무부에서 근무할 수 있도록 배려하여 주신 손수익 전 장관님, 큰 고비에서 저를 보살펴 주신 서정화 전 장관님, 공직생활 내내 정을 쏟아 주신 전석홍 전 장관님의 은혜를 평생 잊을 수가 없습니다.

마지막으로 할아버님의 친구 분들과 관련된 글을 올리고자 합니다. 10여 년 전이나 되었을까요. 우연히 광주고등학교 제 2년 후배입니다만 2선의 국회의원을 지냈고, 단국대학교 이사장과 다산연구소장으로 있는 무안 출신의 박석무 전 의원을 만났습니다.

"유선배! 역시 유선배는 대단한 집안에서 태어났소. 위당 정인보 선생의 전집에 유선배의 할아버지가 글에 실려 있습니다. 스스로 양반이라고 안 해도 이젠 명문가문의 양반임이 틀림없이 증명됐습니다."라고 농담 반 진담 반으로 말하는 것입니다. 반가운 마음에 그 길로 교보문고에서 위당전집인 '담원 정인보 목록' 전집을 샀습니다. 그리고 거기에 있는 '아천정기我泉亭記'를 촬영하여 유물관에 게첨하고 있습니다. 내용은 할아버님과 정인보 선생이 대화하는 형식으로 모산리의 역사와 인물 등에 관한 글이 실려 있습니다. 특히 동국진체東國眞體의 서체를 창안한 서예의 대가 원교 이광사(圓嶠 李匡師 1705~1777)와 연려실 이긍익(燃藜室 李肯翊 1736~1806)과 모산리가 나주 일촌一村이요, 우리 유가들이 세거해온 동네로 잘 소개되었습니다. 정인보 선생의 큰 자제분인 전 여수경찰서장을 지낸 정상모씨를 우연한 기회에 남해종합개발주식회사 회장으로 있는 친구 김응서를 통하여 만나 뵙게 되었고, 인학 숙부께서는 국립박물관장을 지낸 둘째 아들인 정양모씨와 대를 이어 세교를 하고 있습니다.

할아버님!
누구보다도 낭산 김준연(郎山 金俊淵) 선생을 잘 아시죠? 같은 고향이시면서 독립운동을 함께 하셨고, 공산당 사회주의 이념도 같이 하셨던 친구가 아니십니까? 1960년 작은 숙부께서 서울대학교 법과대학 재학시절이었답니다. 재경 영암 학우회가 서울 동숭동에 있는 서울대학교 문리과대학 교정에서 열렸는데 4대 국회의원이신 낭산이 격려차 참석하셨습니다. 숙부께서 낭산을 뵙고 "선생님! 유혁씨가 제 아버님이십니다."하고 인사를 드리자 낭산께서 "아니 너희들이 안 죽고 살아 있느냐? 그럼 어머님은 어디 계시냐?"라고 반문하시더랍니다. 숙부께서 "모산리에 살아계신다"고 대답하자 그렇게도 반가워하시면서 이런저런 안부를 물으시더랍니다. 낭산 선생님은 슬하게 따님만 계신 것으로 알고 있습니다. 저희들은 낭산 선생님의 깊은 뜻을 헤아리고 1967년에 영암청년회의소가 주관이 되어 낭산 김준연 선생의 기념비를 영암읍 공원에 건립하고 제막을 하였는데 저도 기념비 건립 모금에 참여한 바 있습니다. 인학 숙부께서는 '낭산 김준연 선생'의 일대기를 발간하여 출판기념회를 서울 프라자호텔에서 성대하게 치러드렸습니다. 또한 영암에서는 낭산 김준연 선생의 기념사업회를 구성하고 그 추진위원장을 인학 숙부께서 맡아 생가 복원과 추모사업을 활발하게 전개하고 있습니다. 2011년 11월 중에는 준공식을 가질 예정입니다. 정말 뜻깊은 사업이 아닐 수 없습니다. 저희들은 낭산 김준연 선생과 관계되는 일은 할아버님의 일이나 똑같다는 생각과 마음으로 추진하고 있습니다.

할아버님!
오늘 할아버님의 동상을 제막하는 날, 국가로부터 독립유공자로 서훈은 받지 못하였으나 언젠가는 할아버님의 깊은 뜻이 결코 헛되지 않았음이 밝혀지는 그날이 기필코 오리라 믿어 의심치 않습니다. 모산리의 팔경인 "죽봉에는 달이 뜨고 호산에는 해가 지는" 그러한 하루하루는 예나 지금이나 변함이 없습니다.

할아버님!
고향 동산에 모시고 성묘드리는 그날까지 북녘에서 편히 쉬십시오. 고이 잠드소서!

2011. 10. 29.
장손 수택 올림

참고문헌

1. 기본자료
일제강점기 경성지방법원 기록 해제

검찰사무에 관한 기록

일본외무성, 일월회선내지운동통일계획에 관한 건

경성지방방법원 검사 정전正殿

금강시사

반양시사

조선일보

동아일보

매일신보

경성일보

대중신문

혁명신문

해방일보

자유신문

서울신문

산업신문

연합신문

경향신문

2. 단행본
堺利彦, 鄭栢 譯, 1925,『社會主義學說大要』, 개벽사출판부

『조선인요시찰인약명부』, 2023, 민족문제연구소

강만길, 1996,『한국사회주의운동인명사전』, 창작과비평사

김남식, 1984,『남로당 연구』

김남식·심지연 편저, 1986,『박헌영노선비판』

김명기, 2019,『이기홍평전』, 도서출판 선인

민주주의민족선선 편집, 1988,『해방조선Ⅰ』

박병엽 구술, 2010,『김일성과 박헌영 그리고 여운형』, 도서출판 선인

박해현, 1921,『동구의 인물 2』

박해현, 2020,『독립운동가 김범수 연구』, 도서출판 선인

박해현, 2021,『독립운동가 교사가 되다』, 도서출판 다컴

박해현, 2023,『이경채 평전』, 전남대 출판부

선경식, 2007,『학산 윤윤기』, 한길사

스칼피노 이정식 공저, 1986,『한국공산주의 운동사』

영암문화원, 2021,『모산동분비재학도권학문』

원광대학교 원불교사상연구원, 2018,『선산 변중선』

이기홍 유고·안종철 정리, 1996,『광주 학생 독립운동은 전국 학생 독립운동이
　　　었다』

이태호 저·신경완 증언, 1991,『압록강변의 겨울』

조동걸, 2010,『우사조동걸 전집』, 역사공간

한국광업협회, 2012,『한국광업백년사』

3. 논문

金基旺, 1998,「在日朝鮮留學生の民族解放運動に關する研究」, 神戶大學大學院博士論文

김성민, 2006,「광주학생운동연구」(국민대학교 대학원 박사학위논문)

김승대, 2018,「호남 소론의 근거지 모산촌 연구」,『한국실학연구』36

류종렬, 1991,「일제 강점기의 '금 모티프' 소설 연구: 김유정 소설을 중심으로」,
　　　외대어문논집 13.

박종린, 2007,「1920년대 사회주의 사상의 수용과 一月會」,『한국근대사연구』

박찬승, 2003,「20세기 전반 동성마을 영보의 정치사회적 동향」,『지방사와 지
　　　방문화 6권2호』

반재영, 2020,「함석헌 평화주의의 한 사상적 기원 –H.G.웰스의 세계국가론과
　　　그 변용」,『상허학보』58.

이계형, 2008,「1904 ~1910년 대한제국 관비 일본 유학생의 성격 변화」,『한
　　　국독립운동사연구31』

이남옥, 2023,「해방 전후 정인보의 교유 관계」,『한국학 170』

이승렬, 2005,「일제하 중추원 개혁문제와 총독정치」,『동방학지』132

이인화, 2014, 「1910년 이후 한말 사회진화론의 변용과 극복 양상」, 『동서철학연구』74

이현주, 1999, 『국내임시정부 수립운동과 사회주의 세력의 형성』

전명혁, 2001, 「1920년대 코민테른의 민족통일전선과 서울파 사회주의 그룹」, 『한국사학보』11

정병준, 1993, 「조선건국동맹의 조직과 활동」, 『한국사연구』80

정용욱, 2002, 「기억투쟁: 새천년 전환기의 한국현대사연구」, 『청계사학』16·17

조성돈, 1920, 「노동만능론」, 『共濟』 창간호

조성산, 2010, 「정인보가 구성한 조선후기 문화사」, 『역사와 담론』56

감사의 글

"할아버님! 한없이 불러보고 싶습니다. 세상에서 가장 존경하고 한없이 뵙고 싶은 할아버님! 왜 고향에는 한 번도 안 오셨습니까! 못오셨습니까! 이 손자의 눈에는 이슬이 맺힙니다."

독립운동가 유혁 선생의 장손 유수택입니다. 조부님을 한시도 잊어본 적이 없었던 저는 한없이 그리워하는 마음을 담아 모산리 생가에 유물관을 짓고 흉상을 세웠습니다. 2011년 10월 29일 흉상제막식 때, 추도문 일부입니다.

할아버님은 조국 독립을 위해 한평생을 바치셨습니다. 백성들의 삶을 항상 생각하셨습니다. 해방 후에는 대한민국의 초석을 닦는 데 힘을 보태셨습니다. 하지만 안타깝게도 한국전쟁 때 평생 친구였던 위당 정인보 선생과 함께 납북되셨습니다. 생사를 알지 못하던 할아버님의 북한에서의 생활을 북한 고위층 간부로 있다 전향한 박병엽 선생으로부터 들었습니다. 너무 기뻤습니다.

제 나이 다섯 살 때, 할아버지 손 잡고 보리밭을 밟았던 추억이 80년이 넘었지만 생생합니다. 저는 할아버님의 체취를 남기고자 노력하였습니다. 생가터에 기념관과 흉상을 세워 할아버님의 빛나는 삶을 영원히 기억하고자 하였습니다. 하지만 할아버님의 빛나는 삶이 분절된 기록으로 남아 제대로 평가받지 못함을 안타깝게 생각하였습니다.

마침 독립운동가들의 빛나는 삶을 추적하고 있던 초당대 박해현 교수를 만났습니다. 교수님은 3·1운동과 학생운동 판결문을 번역 정리하였고, 우리 지역 미서훈 독립운동가를 발굴하여 1,000여 명의 서훈 신청을 한 정말 중요한 일을 하였고, 60여 명 가까운 독립운동가들의 열전, 전기, 평전, 연구서를 집필한 분입니다. 지금은 전남독립운동사 편찬을 총괄하고 있습니다.

교수님께서는 할아버님의 삶의 궤적을 시대 속에서 추적하셨습니다.

국내는 물론, 북한, 러시아, 일본 등 자료까지 발굴하고, 종횡으로 분석하여 내린 할아버님의 삶에 대한 평가는 청사를 빛내고 있었습니다. 저는 이번에 할아버님께서 우리 지역을 넘어 중앙의 독립운동세력을 포함하여 하나로 아우르는 중요한 일을 하였다는 사실을 알았습니다. 특히 할아버님의 사상 토대는 당시 유행한 '진화론'을 발전시킨 민족주의에 토대를 둔 사회주의라는 것, 따라서 박헌영이 추종한 마르크스 레닌 사상과는 전혀 달랐다는 것, 이 때문에 박헌영 세력에게 해방 후 집중 공격을 받았고, 한국전쟁 때 납북되었다는 충격적인 진실을 알았습니다. 할아버님께 덧씌워졌던 '월북'이라는 낙인은 '역사의 죄악'이라는 사실을 알았습니다. 교수님께서는 이러한 사실들을 철저한 고증을 통해 입증하고, 밝혀냈습니다. 교수님은 할아버님을 '독립운동가'라는 단어보다 '민족주의자'로 평가하는 것이 훨씬 진실에 가깝다고 역사적 평가를 하였습니다. 교수님의 수고로움 잊지 않을 것입니다.

할아버님! 손자로서 할아버님께 큰 선물을 하였다고 생각하니 기쁨 말로 표현할 수 없습니다. 편히 쉬십시오.

2025. 8.

장손 유수택(전 광주광역시 부시장)

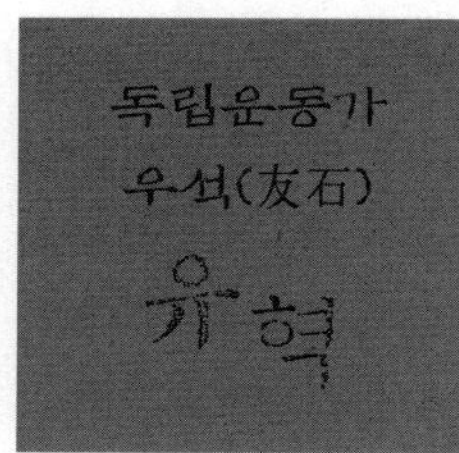

초판 1쇄 인쇄일 2025년 8월 5일
초판 1쇄 발행일 2025년 8월 15일

지은이   박해현
펴낸이   한선희
편집/디자인   이보은 박재원 안솔비 근지은
마케팅   정찬용 정진이
영업관리   한선희 정구형
책임편집   이보은
펴낸곳   국학자료원 새미(주)
등록일   2005 03 15 제 395-3240000251002005000008 호
               경기도 고양시 덕양구 권율대로 656 원흥동 클래시아 더 퍼스트 1519, 1520호
               Tel 02)442-4623 Fax 02)6499-3082
               www.kookhak.co.kr
               kookhak2010@hanmail.net
ISBN   979-11-6797-256-9 *93810
가격   25,000원